KB054314

약편

仙道 체험기

4

글터
GEUL TEA

약편 선도체험기 4권을 내면서

약편 선도체험기 4권은 『선도체험기』 10권부터 14권까지의 내용 중 선별하여 구성하였다. 시기적으로는 1991년 7월부터 이듬해 11월까지이다.

선도수련의 요체는 『삼일신고』에서 전하는 "지감 조식 금촉하여 일의화행 반망즉진 발대신기 하나니 성통공완이 바로 이것이니라"에 있다. 이렇게 간단한 수행법임에도 이를 제대로 실천하기 어렵다. 그 이유는 욕심과 이기심이 있기 때문이다.

사람은 누구나 기쁨, 두려움, 슬픔, 노여움, 탐욕, 혐오감을 느끼며 산다. 이 여섯 가지 감정을 조절할 수 있는 절제력을 가지고 있는 한 문제가 없다. 그러나 소리, 색깔, 냄새, 맛, 색탐, 피부접촉욕이라는 여섯 가지 욕심과 이기심 때문에 절제력을 잃고 감정에 휘둘리며 스트레스를 받게 된다. 그래서 욕심과 이기심을 극복하는 것도 구도에 해당된다.

또한 부모 자식, 스승과 제자 사이를 포함해서 모든 인간관계는 엄격한 거래로 성립된다는 것을 알아야 한다. 즉 세상에는 공짜가 없다는 진리가 인간세계에도 적용되는데, 이를 무시하면 무엇을 해도 성공하기 어렵다. 도를 닦기 전에 이러한 인간관계의 진리부터 터득해야 한다. 주고받는 인간의 도리를 깨우쳐 욕심과 이기심에서 벗어나 상부상조하는 대조화의 원리를 터득하고 구도에 임해야 한다.

구도란 진리를 추구하는 것이며, 진리를 추구하는 사람을 구도자라고 한다. 하느님의 마음으로 수행함으로써 망상을 떨구고 진리에 임하면 하늘의 기운이 몸안에 꽉 차게 된다. 도인은 바로 이런 경지에 오른 사람이다. 이런 사람은 이미 하늘과 나, 남과 나, 우주와 내가 하나임을 몸과 마음으로 깨닫게 된다. 그 깨닫는 정도에 따라 하느님의 무한한 사랑, 무한한 지혜, 무한한 능력과 생명력을 부여받게 된다. 이렇게 되면 의통 따위의 초능력은 중요하지 않다.

『약편 선도체험기』 4권은 위와 같은 내용이 주류를 이룬다. 이러한 책이 나오는 데 있어서 작업을 도와준 조광, 책을 출판해 준 글터 한신규 사장님에게 감사의 뜻을 전한다.

단기 4353년(2020년) 11월 10일
서울 강남구 삼성동 우거에서 김태영 씀

차 례

〈11권〉

무엇이 진리인가

1991년 9월 26일 목요일 17~23℃ 한두차례 비

김춘식 원장이 내 인영 촌구를 짚어보더니,

"한달 전보다도 많이 좋아졌습니다. 오른쪽 인영에 나타나는 석맥을 어떻게 잡느냐가 문제군요."

이렇게 말하면서 그는 자장침(磁場鍼) 두 개를 한데 묶어서 부상당한 오른쪽 발목, 방광경과 신경이 지나가는 부위에 부착시켜 주었다. 방광경은 양경이니까 기운이 위에서 아래로 흐르니까 자장침의 화살표 방향이 아래를 가르키게 하고, 신경은 음경이어서 기운이 땅에서 위로 흐르니까 화살표가 위를 향하게 했다.

언젠가 자장침을 착용했더니 금방 어지럽고 속이 울렁울렁하고 머리가 빙빙 돌아 못 견딜 지경이었다. 이상해서 살펴보았더니 실수로 화살표 방향이 기운이 흐르는 방향과는 반대로 되어 있었다. 임맥과 독맥이 흐르는 방향도 이러한 실험 끝에 확인된 것이다.

"맥이 바뀌면 부상도 빨리 나을 수 있겠습니까?"

"모든 질병은 맥이 바뀌면 낫게 되어 있습니다. 부상도 예외일 수 없지요. 암환자가 백일기도를 했더니 나았다든가 무슨 약을 먹고 무슨 운동을 했더니 나았다고 해도, 실제로 병맥이 바뀌지 않았으면 일시적인 자각 증상일 뿐이지 실제로 병이 나은 것은 아닙니다. 자장침은 3천 가우스의 힘으로 기를 밀어주니까 침보다도 강력한 효과를 낼 수 있습니다. 그런데, 이걸 처음부터 너무 오래 차고 있으면 갑자기 맥이 변하느라고 반작용이 일어나서 졸리고 피곤하고 그래서 맥을 못 추는 일이 있습니다. 그래서 처음에는 하루에 여덟 시간 이상 차는 것은 무리이고 서서히 착용 시간을 늘여나가는 것이 좋을 것입니다."

"생식도 하고 이렇게 강의도 받고 하여 맥진법에 대한 확신을 갖게 되니까 몸의 상태도 가속적으로 좋아지는 것 같습니다."

1991년 10월 1일 화요일 12~24℃ 구름 조금

강의 도중 휴식 시간에 김춘식 원장이 뚱딴지같이 불쑥 말했다.

"내년쯤 되면 김태영 선생님은 자기 병을 스스로 고칠 수 있게 될 겁니다. 저렇게 열성적인 분은 처음 봅니다. 하긴 하느님이 되실 분이니까."

이때 뒤에서 누가 "옳습니다!" 하고 맞장구를 쳤다. 갑자기 당하는 일이라 어리둥절해 있던 내가 입을 열었다.

"이 세상에 하느님 될 소질이 없는 사람이 어디 있습니까? 누구나 진정으로 원하고 그 길을 실천하면 하느님이 되는 거죠."

"그건 김 선생님 말씀이 맞습니다. 진정으로 도(道)를 추구하는 사람을 도인이라고 하는데 도를 튼 사람이 바로 하느님이예요." 김춘식 원장이 말했다.

"선생님 도(道)란 뭐를 말합니까?" 수강생 중 한 사람이 물었다.

"도(道)란 진리를 말하는 거죠. 사람은 소우주로서 누구나 하느님이 될 수 있는 씨를 속에 품고 있는데, 어떤 사람이 나타나서 자기만 하느님이고 다른 사람들은 자기를 따르지 않으면 성통할 수 없다든가 구원받을 수 없다든가 하고 거짓말을 하는 자를 우리는 사기꾼 또는 사이비 교주 또는 사교의 교주라고 합니다.

여러분은 이러한 사기꾼의 농간에 넘어가지 않겠지만 실제로 이 세상에 심성이 약한 사람은 이외에도 많습니다. 이런 사람들이 사기꾼의 감언이설에 속아서 맹종자, 맹신자, 광신도가 되어버립니다. 뭐 92년 10월 28일 자정에 세계의 종말이 온다고 사기를 치는 자들도 있습니다. 맹신자들은 직장을 때려치우고 사기꾼 도사에게 재산을 바치고 집단생활을 한다고 합니다."

"선생님 그럼 어떻게 하면 도인이 될 수 있습니까?"

"생식도 맥진법도 도인이 되는 방법의 하나입니다. 왜 그런지 아시겠어요. 도인이 될 수 있는 첫 번째 조건이 무엇인지 아십니까?"

"뭡니까?"

"독립해서 스스로 살아가는 겁니다. 혼자 동떨어져 있어도 외로움을 느끼지 않고 재정적으로도 자립할 수 있어야 합니다. 어떤 사람은 도의 길을 가고 싶어도 의식주 문제가 해결이 안 되어 못한다고 합니다. 그런 사람은 도인이 될 자격이 없습니다. 누구의 도움이나 뒷바라지를 안 받고도 당당하게 혼자서 스스로 살아나갈 수 있는 것이 도인이 될 수 있는 첫 번째 전제 조건입니다. 그래서 기생충 같은 인간은 도인이 될 수 없습니다.

두 번째는 무엇이냐? 우리가 지금 배우는 것이 바로 그것입니다. 자기 병을 스스로 고칠 수 있는 능력입니다. 도인이 되어 도를 터서 하느님이 되겠다는 사람이 병이 나서 의사에게 몸을 의탁한다면 그건 이미 도인 될 자격을 상실한 겁니다. 그런 사람은 백번 죽었다 깨어나도 도인이 될 수 없습니다. 제아무리 종교계의 거목이라고 해도 제병 제가 못 고치는 것은 전부 가짜입니다. 여러분은 그런 가짜가 되지 않으려고 생식과 맥진법을 공부하는 겁니다.

여러분 천황(天皇)이 무엇을 의미하는지 아십니까? 옛날 7대에 걸친 환인, 18대에 걸친 환웅, 47대에 걸친 단군 역대 임금을 천황 또는 천제(天帝)라고 했습니다. 환인 환웅 단군 임금들은 전부 합치면 72대 역년이 6960년이 됩니다. 이때를 환단시대(桓檀時代)라고 하는데 이분들은 전부 도를 튼 신선들입니다.

다시 말해서 우리나라는 원래 도인들이 나라를 세우고 다스린 지구상 유일한 국가입니다. 이분들은 글자 그대로 하늘의 명을 받은 임금이기 때문에 천제 또는 천황이라는 칭호를 받았던 것입니다. 이 칭호는 고구려와 백제 시대에도 이어져 내려왔습니다. 이 호칭은 또한 백제를 통하여 일본으로까지 전해져서 일본인들은 지금도 자기 네 왕을 과장해서 '천황'이라고 합니다.

그 글자의 뜻에 어울리는 하늘의 명을 받은 천황이라면 자기 병은 자기가 고칠 줄 알아야 합니다. 그런데 일본의 어떤 왕은 '천황'이라는 이름에 어울리지 않게 남의 피를 수혈 받다가 숨을 거두었습니다. 결국 자기 병을 자기가 다스리지 못하고 세상을 뜬 것입니다. 그래서 이

10

름은 비록 '천황'이지만 우리나라 환단 시대의 천황과는 근본적으로 그 성질을 달리한다는 것을 알아야 합니다.

도인은 이 세상에서 자기가 할 일을 다했으면 스스로 자기 목숨을 거두어 시해선(尸解仙)이 되든가 그렇지 않으면 사는 날까지는 제 병은 제가 고칠 줄 알아야 됩니다. 자기 병 때문에 병원이나 남의 신세를 지는 일이 없어야 진짜 도인이라고 할 수 있습니다."

1991년 10월 6일 일요일 11∼21℃ 갬

오후 4시에서 6시 사이에 김병준 씨가 찾아왔다. 그는 두 달 전부터 우리집에 드나드는 사람인데 자기 스스로 기경팔맥이 열리고 운사합법 즉 원격치료를 할 수 있다고 했다. 벌써 많은 사람들의 병을 치료해 주었다고 했다. 그러나 내가 보기에는 그의 단전은 허하고 축기가 덜 되어있었다.

"김병준 씨는 단전 강화 수련을 열심히 해서 축기부터 하세요. 아직은 함부로 기를 쓰지 마십시오. 손기 현상이 일고 있습니다. 까딱하면 병이 날수도 있습니다. 조심해야 됩니다."

"그래도 어떤 때는 기운이 막 사방으로 뻗쳐서 가만히 있을 수가 없는 걸 어떻게 하죠? 이런 때 기운을 쓰지 않으면 미쳐 버릴 것 같은데 어떻게 합니까?"

"그래도 시련이니 참아야 합니다. 깨달음을 얻고 어떤 형태로든 사명을 받을 때까지는 함부로 기를 써서는 안 됩니다. 기운이 아무리 사방으로 뻗친다고 해도 자제해야 할 때는 자제할 줄도 알아야 합니다."

"그럼 언제쯤 저도 운사합법 능력을 맘대로 구사할 수 있을까요?"

"그걸 내가 어떻게 압니까? 수련을 하다가 보면 본인이 스스로 알게 되는 것이죠. 지금 보니까 너무 기운을 많이 썼기 때문에 하단전이 비어 있습니다. 우선 하단전을 충실히 해야 됩니다. 그다음에는 상 중 하단전이 적절히 균형을 이루어야 수련이 원만해 집니다. 백회는 이미 열어주었으니까 상 중 하단전이 균형을 이룬 상태에서 계속 수련에 매진하다 보면 어떤 큰 변화가 일어나게 될 것입니다."

"언제쯤 말입니까?"

"그건 아무도 예언을 할 수 없습니다. 오직 수련자의 자질과 전생과 현생의 공력에 달려 있는 겁니다. 1년이 걸릴지 5년이 걸릴지 10년이 걸릴지는 아무도 모릅니다. 그때가 올 때까지 꾸준히 밀고 나가는 수밖에 없습니다."

"지극히 막연한 얘기군요."

"구도자는 그런 말은 하지 않습니다. 이생에서 못 이루면 내세에라도 이루겠다는 각오가 있어야 합니다. 세세연년 성통할 때까지 전력투구한다는 단단한 각오 없이는 함부로 선도에 발을 들여 놓아도 안 됩니다. 10년이 하루같이 백년이 하루같이 꾸준한 항심(恒心)이 있어야만 큰 깨달음이 있게 될 것입니다. 깨달음과 수련은 수레의 양 바퀴처럼 언제나 함께 움직이고 있다는 것을 알아야 합니다."

"그럼 그때까지는 기를 함부로 쓰면 절대로 안 되겠군요."

"그렇습니다. 깨달음도 사명도 안 받은 사람이 기를 함부로 쓰면 대생명체의 무한한 사랑, 무한한 지혜, 무한한 능력을 지속적으로 공급받을 수 없으므로 생명력의 고갈을 가져 오게 됩니다. 이때 중병에 걸리고 까딱하면 다시는 회복하지 못하고 이승을 하직하게 될지도 모릅니다. 깨달음은 이를 테면 플러그를 전원을 연결해 놓고 전기면도기를 작동시키는 것과 같습니다. 전원을 연결시키지 않고 써서 충전된 전기가 다 소모되어 작동을 하지 않게 되면 새로 충전되지 않는 한 무용지물이 되어버리고 말 것입니다.

수련자도 마찬가지입니다. 깨달음을 얻어 개아(個我)의 속박에서 벗어나 진아(眞我)를 찾은 사람은 영원무궁한 생명체에 자신의 생명줄을 연결해 놓은 것과 같습니다. 아무리 기운을 써도 결코 고갈되는 일은 없게 될 것입니다. 그러나 이런 절차도 없이 기운을 쓰면 전원에 연결하지 않고 전기면도기를 작동시키는 것과 같다는 말입니다."

"무슨 뜻인지 어렴풋이 짐작은 가는 것 같습니다."

"그럼 확실한 깨달음이 올 때까지는 더 열심히 수련을 하세요. 그전에는 절대로 기운을 쓰면 안 됩니다. 어떤 자칭 스승이라는 사람은 이런 것도 모르고 덮어놓고 기운을 쓰라고만 가르치는 모양인데 그것은 큰 잘못입니다. 기운은 그렇게 함부로 쓰는 것이 아닙니다."

"무슨 뜻인지 알 것 같습니다."

내경침법과 압봉

1991년 11월 19일 화요일 4~7℃ 한두차례 비

오후 2시. 부산 ○○소방 파출소에 근무한다는 오태수 씨가 찾아왔다. "수련을 시작한 지 2년 넘었고 단전에 기운을 확실히 느끼는데도 그 이상의 진전이 없어서 답답해서 찾아왔습니다."

운기를 해보니 중단이 꽉 막혀 있었다. 우리집에 찾아오는 수련생들은 거의 다 중단이 막혀 있다. 스트레스 때문이다. 중단의 중심은 임맥에 속하는 전중이다. 전중은 또한 심포삼초의 모혈(募穴)이기도 하다. 내가 생식원에서 배운 맥진법에 따르면 소장경에 속하는 후계와 폐경에 속하는 열결에 침을 놓으면 막힌 임독이 열리게 된다. 전중은 심포삼초의 모혈이기도 하니까 심포삼초의 침자리에 내경침을 놓아도 된다.

오태수 씨는 기운을 느끼고 운기를 할 수 있으니까 도문(道門)은 일단 열린 셈이어서 나와 기운은 교류가 되므로 내 앞에 앉아 있으면 조만간 막힌 중단은 열리게 된다. 빠르면 30분 늦어도 한 시간 안으로 대체로 열리게 되어 있다. 그러나 기운이 많이 소모되고 시간이 걸린다. 내경침법을 구사하여 어떻게 하든지 기운도 시간도 절약할 수 없을까 하고 요즘 나는 내내 생각해 왔었다.

선도와 단학은 어떻게 생각하면 경혈학(經穴學)에서 시작하여 경혈학의 터득으로 완성되는 심신수련 체계라고 할 수 있다. 그래서 옛 도인들은 누구나 경혈학에 통달해 있었다. 수련을 하는 동안 운기를 하려면 경혈학은 필수적으로 통달해야 할 과정이기 때문이다. 동양의학은 바로 이 경혈학에 기초를 두고 발달된 학문이다. 따라서 선배 도인들은 경맥이나 경혈이 막혔을 때 운기만으로 안될 때는 침이나 뜸을 이용하여 뚫어왔다. 따라서 침은 수련에 필수적으로 따라다니는 도구였다.

현대를 살아가는 구도자들은 선배들이 이용하던 침술을 이용하지 말라는 법은 없다. 그러나 현행법으로는 침은 한의과 대학을 나온 한의사 자격증을 가진 사람이 아니면 놓을 수 없게 되어 있다. 외국에는 침구사 제도가 따로 있어서 일정한 자격만 갖추면 침을 놓을 수 있게 되어 있지만 동양 의학 특히 침술의 본고장인 한국에서는 1960년대 군사정부 시절에 침구사 제도조차 아예 폐지되어 버렸다. 그래서 법적으로는 한의사 외에는 아무도 침을 못 놓게 되어 있다. 그럼 요즘 한창 붐을 이루고 있는 수지침은 어떤가? 그것 역시 현행법상으로는 불법이다. 그러나 각 신문사 문화센터에서 수지침 강의가 실시되고 있고 실제로 이용하는 사람이 하도 많아서 당국에서는 그저 못 본 척하고 묵인하고 있을 뿐이지 합법화된 것은 아니다.

한의사도 아닌 사람이 침을 놓아주고 돈을 받다가 고발당하면 그건 갈데없이 의료법 위반에 걸리게 되어 있다. 그럼 침은 놓아주되 돈을 안 받는다면 어떻게 될까? 그것도 엄격히 말해서 불법이긴 하지만 돈을 받지 않았으니까 의료행위라고 할 수는 없다.

돈 안 받고 침 놓아주다가 어떤 사람이 당국에 고발을 한다면 의료행위를 한 것은 아니지만 우선 경찰서나 검찰에서 오라 가라 하니까 귀찮고 신경이 쓰이게 될 것이다. 그렇다면 현대의 한국의 선도인들은 선배들이 일상적으로 수련에 이용하던 침술을 끝내 구사할 수 없단 말인가? 침을 쓰지 않고도 침의 효과를 낼 수 있으면서도 법에 저촉되지 않는 무슨 묘책이 없을까 하고 궁리에 궁리를 거듭한 끝에 드디어 하나의 돌파구가 마련되었다.

그것은 수지침에서 침 대신에 이용하는 압봉을 써 보면 어떨까 하는 것이다. 압봉(壓鋒)이란 알미늄으로 만든 돌기(突起)인데 침처럼 피부를 찌르지 않고 반창고에 부착된 것을 침자리에 붙이는 것이다. 이것은 분명히 침이 아니므로 현행법에 저촉이 되지 않을 것이다. 그런데 이것은 원래 수지침에 이용하기 위해서 개발된 것인데 내경침법에도 이용할 수 있을까 하는 것이 문제였다. 수지침은 손에만 국한되지만 내경침법은 최소한 팔굽과 무릎 아래 쪽, 팔뚝과 손 그리고 다리와 발에 침을 놓아야 한다. 놓는 부위가 이렇게 다른데도 효과가 있을까 하는 것이 문제였다. 그것은 실험을 해보면 알 수 있는 일이었다. 압봉은 의료기기 상회에서는 어디서나 구입할 수 있는 상품이다.

나는 이 압봉을 사다가 내경침법에 따라 침자리에 붙이고 운기상태를 점검해 보았다. 침을 놓았을 때만큼은 못하지만 그와 어느 정도 비등한 효력을 낸다는 것을 알아냈다. 나는 오늘 오태수 씨에게 처음으로 이 압봉을 이용해 보았다. 전중이 막혀 있으므로 기경팔맥에 속하는 임맥의 통혈인 폐경의 열결과 이 역시 기경팔맥에 속하는 독맥의 통혈인 소장경의 후계에 압봉을 하나씩 붙였다. 다음에 인영 촌구를 만져보니까 구삼맥에 인영이 크므로 삼초에 둘, 심포에 하나 붙이기로 했다. 삼초에 둘은 관충과 중저혈을, 심포경에서는 중충혈을 택하여 2사 1보 했다. 사할 때는 백색 압봉을, 보할 때는 황금색 압봉을 썼다. 이렇게 압봉을 붙여 놓고 운기를 해 보았다. 순전한 기운의 교류로서는 30분 내지 1시간은 보통 걸렸는데 압봉을 붙인 후에는 5분이 채 안되어 상대방의 막혔던 중단이 서서히 녹아내리는 것이 감지되었다. 전중뿐만 아니라 중완도, 방광경에 속하는 등쪽의 양 신유혈도 화끈거리고 있었다. 드디어 10분 만에 확 뚫려나가는 것이 감지되었다.

"오태수 씨 어떻습니까?"

"네, 가슴이 시원해지면서 호흡이 아주 편해졌습니다."

이리하여 나는 처음으로 침 대신 압봉을 이용하여 내경침법을, 법의 저촉을 안 받고도 구사하여 수련에 도움을 줄 수 있게 되었다.

1991년 11월 21일 목요일 1~11℃ 가끔 흐림

12시경. 울산에 산다는 40대의 중년인 박성철 씨가 찾아왔다.

"책만 보고 제 나름대로 수련을 6년간이나 했는데도 기운은 느끼겠는데, 그 이상은 진전이 없습니다. 그래서 죄송스러움을 무릅쓰고 이렇게 선생님을 찾아뵙게 되었습니다."

"수련을 어떻게 하셨습니까?"

"여러 가지 선도에 대한 책들을 구해보고 제 나름으로 수련법을 고안하여 혼자서 단전호흡을 했습니다. 저는 서점에 가끔 나가서 선도나 단학에 관한 책이라면 무엇이든지 사들입니다. 우리집에는 선도에 관한 국내외의 책으로 가득차 있습니다."

"선도에 관한 책을 많이 보신다는 것은 알겠는데, 도대체 구체적으로 어떠한 방법으로 수련을 하고 계시는지요?"

"적당히 저의 폐활량에 맞게 단전호흡을 하고 있습니다."

"그것뿐입니까. 단전호흡하면서 무슨 생각을 하십니까?"

"아무 생각도 안 합니다."

"그럼 도인체조 같은 것도 안 합니까?"

"그것도 뭐 하다가 말다가 합니다."

"제가 쓴 책은 무엇을 읽으셨습니까?"

"『선도체험기』시리즈는 발간된 것은 다 읽었구요. 『소설 한단고기』와 『다물』도 다 읽었고 우학도인이 쓴 것이나 요가니 초월명상이니 국선도니 중국 기공이니 하는 책도 읽어보았습니다."

"제가 보기에는 박성철 씨는 이것도 아니고 저것도 아닌 두루뭉수리로 수련을 해오신 것 같습니다. 그런 국적 불명의 수련은 백년을 해도 향상은 되지 않을 겁니다. 우선 국적부터 찾으십시오. 한국 사람에겐 한국의 산야에서 나는 약초나 농산물이 제일 체질에 알맞는 것과 같이 선도 역시 한국적인 문화 풍토 속에서 성장해 온 한국 선도가 우리에게는 제격입니다. 가장 한국적인 것이 가장 세계적인 것이라는 말이 있지 않습니까? 이것도 저것도 아닌 것 흐리멍텅한 두루뭉수리는 누구에게서도 환영을 받지 못합니다. 박상철 씨는 분명 한국인이므로 한국적인 풍토에서 뿌리박고 성장해 온 한국식 선도를 해야만 됩니다. 그래야만이 제대로 수련이 자리를 잡게 될 것입니다."

"그 한국적 선도가 어떤 것입니까?"

"아니 『선도체험기』 시리즈를 다 읽고 『다물』과 『소설 한단고기』를 읽었다는 분이 그런 말씀을 하면 어떻게 합니까?"

"선도에 대한 책이면 무조건 탐독을 하다가 보니까 지금 그 내용을 확실히 기억하지 못하고 있습니다."

"대강 훑어보시고 말았겠죠. 무엇이 우리 것이고 무엇이 외국 것이라는 것을 똑 바로 알고 읽으셨더라면 그런 실수는 분명 저지르시지 않았을 것입니다."

"그럼 선생님 어떻게 하면 되겠습니까?"

"지금이라도 무엇이 진정으로 한국적인 선도인가 하는 것을 공부하셔야 합니다. 그래서 그 방법대로 수련을 하셔야 제대로 수련의 맥을 잡을 수 있을 것입니다."

"선생님 이제야 제가 무슨 실수를 저질렀는지 알 것 같습니다."

"그걸 아셨다면 오늘 박성철 씨가 날 찾아온 보람은 있는 겁니다. 지나나 인도의 그것과 다른 한국 선도의 특징은 무엇인지 아십니까?"

"모릅니다."

"그렇게 많은 선도 책을 읽었어도 헛 읽었군요. 그럼 이왕 날 찾아오셨으니 말씀드리겠습니다. 한국 선도의 핵심은 국조이신 삼황천제 세 분, 즉 환인, 환웅, 단군 세분을 스승으로 모시고 『천부경』, 『삼일신고』, 『참전계경』을 지표로 삼아 수련을 해 나가는 것입니다. 선도는 환단 시대 이래 고구려, 백제, 신라의 삼국 시대와 고려 시대까지 국가적으로 권장되던 심신수련 방법입니다. 몽골의 침략으로 일단 지하로 들어 갔던 선맥(仙脈)이 846년 만에 부활한 것입니다. 이것을 분명히 아셔야

19

합니다."

"그럼 죄송합니다만 실제로 어떻게 수련을 하면 되겠습니까?"

"세 분 할아버님들을, 숭배의 대상이 아니라, 수련을 이끌어주시는 스승으로 삼고 매일 수련에 임할 때마다 『천부경』을 열 번, 『삼일신고』를 1번씩 어떠한 일이 있어도 암송하도록 하십시오. 수련법은 『삼일신고』에 아주 구체적으로 나와 있습니다. 한마디로 말해서 지감 조식 금촉하여 큰 뜻을 실천에 옮기어(一意化行) 미망을 돌이켜 진리를 깨달으면(返妄卽眞) 신기(神機)가 크게 발동(發大神機) 하나니 이것이 바로 성통공완이니라, 했는데 이 몇 마디 속에 수련 방법이 전부 함축되어 있습니다. 이대로만 수련을 꾸준히 해 나가면 박성철이라는 소우주는 스스로 변화하면서 발전되어 나갈 것입니다. 지금처럼 이것도 저것도 아닌 두루뭉수리 속에 파묻혀 아무것도 못하는 교착 상태에 빠지는 일은 없게 될 것입니다. 내 말이 거짓말인가 한번 그대로 해 보세요."

"감사합니다, 선생님. 미욱하고 어리석은 제 머리를 틔워주신 것을 평생 잊지 않겠습니다. 그런데 지나인들이 쓴 단학책을 보면 소약(小藥)이니 대약(大藥)이니 양신(養神)이니 하는 말이 나오는데 그건 어떻게 된 겁니까?"

"그거야 지나인들이 환단 시대 이래 우리나라에서 선도를 수입해다가 자기네 나름으로 수련 방법을 변형 발전시켜 나가다 보니 그런 용어들이 나온 것이 아니겠습니까? 그거야 그쪽 사람들에게 적합한 수련 방법이고 용어들입니다. 그것이 반드시 우리에게도 꼭 맞는 수련 방법이라고는 할 수 없는 것입니다. 우선 시대 상황이 다르고 문화적인 풍토가 다르니까요. 수련 방법도 시대와 풍토에 따라 끊임없이 변화 발전한다는 것을 알아야 합니다.

소약, 대약, 양신은 수련 과정에 몸속에 변화하는 에너지의 모습을 표현한 용어입니다. 그런 용어에 구애되지 마십시오. 우리와 반드시 일치하는 것도 아닙니다. 지금도 사대주의 사상에서 헤어나오지 못한 사람들은 지나의 선도나 기공이면 껌뻑 죽고 못사는데 그런 구시대적 착각에서는 하루 빨리 벗어나야 합니다.

우리는 우리네 조상들이 개발해낸 수련 방법이 엄연히 있는데 왜 자꾸만 외국 것에 얽매이려고 합니까. 그렇다고 외국 것은 무조건 배척하라는 것이 아닙니다. 그들이 좋은 수련법을 개발했다면 얼마든지 우리 나름으로 우리 체질에 맞게 소화 흡수하여야 합니다. 그러나 그것에 구속당하는 어리석음은 저지르지 말아야 합니다. 아무리 좋은 외국 것이라고 해도 우리 체질과 우리 풍토에 맞지 않는 것은 과감하게 제거해야 합니다. 외국 사람들이 개발한 방법대로 수련을 해 보아서 아무런 성과도 없으면 채택하지 않으면 그만입니다. 외국 것이라면 덮어놓고 따라야 하는 것으로 알던 시대는 지나갔다는 것을 명확하게 아셔야 합니다."

"이제야 제 눈을 가렸던 동태 껍질 같은 장막이 서서히 걷히는 것 같습니다. 선생님 제 눈을 뜨게 해 주셔서 정말 감사합니다."

"잘못을 깨달았으니 다행입니다."

나는 그의 양손 후계와 열결, 그리고 중충, 관충, 중저에 침 대신 압봉을 붙여주었다. 의식이 바뀌어서 그런지 금방 꽉 막혔던 중단이 뚫리고 임독에 기운이 유통되면서 단전에도 기운이 쌓이기 시작했다.

오후 2시경 한 달에 한두 번씩 찾아오는, 약사로 일하는 박영식 씨가 왔다. 그 역시 중단이 막혔기에 같은 방법으로 터주었다. 무심코 영안에 비치는 것이 있었다. 나이가 수백 살은 되었을 성싶은 아주 신령스런 백발의 도인이 한가운데 좌정해 있고 그 옆에는 삿갓을 쓴 도승이 서 있다. 그의 보호령 두 분이 수련을 돕는 방법을 의논이라도 하는 것 같았다.

그는 최근에 수련이 급진전되고 있다. 운기가 그전과는 비교도 안 되게 활발해졌다. 수련의 진전 상황은 아무도 예측할 수 없다. 그는 지난 6년간 내내 기운도 제대로 못 느꼈었는데, 지금은 그전과는 하늘과 땅의 차이로 장족의 발전을 거듭하고 있다.

스트레스를 이기는 법

1991년 11월 23일 토요일 6~9℃ 가끔 구름

오후 2시. 우리집에 한 달에 한두 번씩 잊지 않고 찾아오는 주경훈 씨가 오리알을 50개쯤 싸 들고 왔다.

"아니 무슨 오리알을 이렇게 많이 가져 왔어요?"

"동생이 오리를 한 천 마리 농촌에서 기르고 있습니다. 그래서 오는 길에 선생님 생각이 나서 가져왔습니다. 약초를 먹여서 기른 것이니까 맛이 좀 특별할 겁니다. 그리고 가두어서 기르지 않고 넓은 들에 방사하고 있거든요. 선생님 저의 기 점검 좀 해 주십시오."

"그렇지 않아도 들어오면서 금방 감지가 되었는데 중단이 심하게 막혀 있네요. 누구와 싸웠거나 속상하는 일이 있습니까?"

"아무래도 일을 하다 보니 마찰이 좀 생깁니다."

"장가도 아직 안 간 젊은 나이에 그렇게 심한 스트레스를 받으면 어떻게 합니까?"

"선생님 어떻게 하면 스트레스 좀 안 받고 살아갈 수 있을까요?"

"우리가 수련을 하는 목적이 바로 그겁니다. 인간의 탈을 쓴 이상 전연 스트레스를 안 받을 수는 없습니다. 그러나 받은 스트레스를 얼마나 빨리 해소시키느냐가 수련의 높이와 진도를 가늠하는 기준은 될 수 있습니다. 스트레스는 꼭 화살이나 탄알과 같다고 생각하면 됩니다.

수련이 깊은 사람은 심신이 마치 강철처럼 단단하고 바다처럼 광활해서 화살이나 총탄을 맞아도 거의 장애를 받지 않습니다. 되받아 치거나 전부 수용해버리거나 둘 중의 하나이기 때문입니다. 그렇게 되면 거의 스트레스를 안 받는다고 할 수 있겠죠?"

"어떻게 하면 그런 경지에까지 이를 수 있을까요?"

"사욕(私慾)에서 떠나면 누구나 그렇게 됩니다. 이기심이 있으니까 기쁨도 두려움도 슬픔도 노여움도 탐욕도 혐오감도 있는 거 아니겠습니까? 그러나 이 여섯 가지 감정 즉 희구애노탐염(喜懼愛怒貪厭)을 떠나면 누구나 마음은 바다같이 넓어질 수 있습니다."

"이기심만 떠나면 스트레스를 안 받을 수 있나요?"

"또 한 가지가 있습니다. 촉감(觸感)의 세계를 초월해야 합니다."

"촉감의 세계요?"

"촉감의 세계가 무엇인지 모릅니까?"

"네, 책에서 읽은 것 같기는 한데 얼른 기억이 나지 않습니다."

"소리, 색깔, 냄새, 맛, 성욕, 피부접촉 이 여섯 가지 촉감에 얽매이지 않는 것을 말합니다. 요즘 젊은이들 속에는 팝송 같은 것을 틀어놓지 않으면 불안해서 공부도 독서도 하지 못하는 사람이 있다고 합니다. 또 어떤 특정 색깔을 선호하거나 혐오하는 사람이 있습니다. 육이오 때 빨갱이한테 죽을 뻔한 어떤 할머니는 지금도 빨간 색깔만 보면 미쳐버립니다. 또 어떤 사람은 노란 색깔만을 좋아해서 방안을 온통 노란색 일색으로 만들어 놓아야 직성이 풀리는 사람도 있습니다.

특정한 냄새에 중독이 된 사람도 있습니다. 특히 담배 피우는 사람

들이 그렇습니다. 밥 끼니는 걸러도 담배 못 피우고는 못 산다는 사람
도 있습니다. 어떤 사람은 맛 따라 천릿길도 마다하지 않습니다. 또 하
룻밤도 여자 없이는 잠을 이루지 못하는 색골도 있습니다. 이런 사람
을 가르쳐 색마, 돈 판, 오입쟁이, 색골이라고 합니다. 남자만 그런 것
이 아니고 사내를 바치는 여자도 많습니다. 어떤 여배우는 단 하룻밤
도 남자 없이는 잠을 이루지 못한다고 합니다. 또 피부 접촉에 유난히
쾌감을 느끼는 사람도 있습니다. 수유기의 애기와 엄마 사이라면 몰라
도 지나치게 피부 접촉을 탐하는 것도 병입니다. 이처럼 성색취미음저
(聲色臭味淫抵)의 촉감에서 해방이 되고 이것을 초월해야 합니다."

"그렇게 되려면 어떤 수련이 필요합니까?"

"단식을 함으로써 냄새와 맛의 세계에서 떠나보기도 하고, 담배를
아예 끊어버림으로써 니코틴 중독에서 해방도 되고, 장좌불와(長坐不
臥)함으로써 육신을 지닌 인간의 한계를 초월해 볼 수도 있을 것입니
다."

"그럼 지감(止感)과 금촉(禁觸) 수련만 하면 되겠습니까?"

"지감 조식 금촉이라고 『삼일신고』에 나와 있지 않습니까? 조식(調
息)은 단전호흡의 옛 용어죠. 단전호흡을 함으로써 맑고 흐리고 춥고
덥고 마르고 물기 있는 기운 즉 분란한열진습(芬爛寒熱震濕)을 몸속에
서 조절할 수 있는 겁니다."

열결과 후계, 중충, 관충, 중저혈을 압봉으로 자극하여 우선 임독을
터주었다.

"이젠 가슴이 시원해지고 호흡도 한결 편해졌습니다."

"수련을 어떻게 하십니까?"

"그냥 짬나는 대로 호흡만 하고 있습니다."

"그럼, 『천부경』도, 『삼일신고』도 대각경도 암송하지 않고 『참전계경』도 읽지 않는단 말입니까?"

"그렇게 해야 된다는 것을 알고 있지만, 막상 하려고 하면 잘 안됩니다."

"그렇게 열의도 정성도 없어가지고 무슨 수련을 하겠다는 겁니까. 인도자(引導者)나 스승이나 지도자는 수련 방법을 가르쳐 주고 기운의 교류를 통해 막힌 혈은 열어줄 수 있지만 수련을 하는 사람은 어디까지나 수련자 자신입니다. 마부는 말을 강가로 끌어다 놓는 것까지는 할 수 있어도 물을 마시고 안 마시는 것은 전적으로 말 자신의 의사에 달려 있습니다. 인도자는 선도라는 법을 먹을 수 있도록 후배들의 이빨도 혀도 그 밖의 소화기관들을 정비는 해 줍니다. 하·중·상 단전의 주요 경혈을 열 수 있도록 도와줌으로써 하늘의 기운과 연결도 시켜 주고 사기(邪氣)를 막을 수 있는 장치도 해 줍니다. 도인체조도 하고 103배도 하고 삼대경전을 외우고 읽도록 가르쳐 줍니다.

주경훈 씨는 이러한 배움의 과정을 다 마쳤습니다. 그런데도 이따금 찾아와서 한다는 소리가, 하라는 대로 수련은 하지 않고, 기 점검만 해 달라고 해 봤자 무슨 소용이 있겠습니까? 일러준 대로 어김없이 열심히 정성스럽게 꾸준히 계속하면 수련은 향상되게 되어 있습니다. 수련이 향상되면 누구보고 점검을 해달라는 말은 하지 않아도 스스로 자기 자신의 수련 정도는 알아낼 수 있습니다.

한 달 전의 자신과 두 달 전, 석 달 전, 반년 전, 1년 전의 자신과 지금의 자신을 냉정하게 비교해 보세요. 그럼 스스로도 얼마든지 진전 상황을 점검해 볼 수 있습니다. 수련은 어디까지나 수련자 자신이 하는 것이지 인도자나 스승이 하는 것은 아닙니다. 심신의 변화를 면밀히 관찰해 보면 그 변화 양상에 자기 자신도 감탄을 할 때가 반드시 있을 겁니다. 이쯤 되면 누구보고 점검을 해달라고 할 필요가 있겠습니까? 열의와 정성을 갖고 이미 전수받은 방법대로 한눈팔지 않고 집요하게 확신과 자신감을 갖고 밀고 나가 보세요.

『참전계경』 30조 면강(勉强)에 이런 말이 있습니다. '스스로 공부하고 노력하면 꾀가 나는 것을 극복하여 꾸준히 앞으로 밀고 나아가게 되고 갈림길이나 모퉁이 길에서도 머뭇거리지도 않게 되어 필경 어려움은 따르겠지만 성공하게 되며, 스스로 힘써 노력하면 정성의 뿌리가 더욱 깊고 단단해져서 애쓰지 않아도 능히 강해지고 능히 일을 성취할 수 있다'고 했습니다.

열심히 노력하면 자가(自家) 충전이 되고 탄력이 생겨서 웬만한 난관 따위는 능히 극복할 수 있게 된다는 말입니다. 수련은 어디까지 수련자 자신이 하는 것이지 가르치는 사람이 대신해 주는 것은 아닙니다. 스스로 돕는 자를 하늘도 돕게 되어 있다 그겁니다. 스스로 힘써서 공부하여 강해지면 그 사람을 중심으로 주변의 에너지가 모여들게 되어 있습니다. 자기 자신을 기운의 응집처, 에너지의 중심이 되도록 힘쓰세요. 그렇게 되면 기 점검 따위는 필요도 없게 될 것입니다."

"깊이 명심하겠습니다. 선생님."

그 후 주경훈 씨는 수련에 장족의 발전이 있었다. 나와 마주 앉은 지

30분쯤 지나면 기운의 교류가 거의 대등하게 이루어져 공명현상이 일어나려고까지 했다.

1991년 11월 25일 월요일 −3∼8℃ 대체로 맑음

오후 4시 반 안화숙 씨가 오래간만에 왔다. 들어와 앉자마자 중단이 꽉 막힌 것이 감지되고 뒤이어 나까지도 가슴이 답답해 왔다.

"무슨 일로 누구와 싸우거나 속상하는 일이 있습니까?"

"일하다가 보니 매듭이 잘 풀리지 않는 수가 있습니다."

"그 때문에 스트레스를 받으셨군요."

"선생님, 어떻게 스트레스를 좀 안 받고 살 수 있을까요?"

"그러기 위해서 수련을 하시는 거 아니겠습니까?"

"그런데 전 아무리 수련을 한다고 해도 그렇게 되지를 않네요."

"우선 마음이 바다같이 넓으면 무슨 스트레스도 안 받게 됩니다. 바다는 어떠한 독극물도 흡수하여 정화시키는 힘이 있으니까요."

"어떻게 하면 그렇게 될 수 있을까요?"

"우선 개아(個我)에서 떠나야 합니다."

"개아가 뭐예요?"

"이기심의 껍질을 벗어나야 한다는 말입니다."

"어떻게 하면 그렇게 될 수 있어요?"

"이기심의 껍질, 다시 말해서 개아의 껍질을 벗고 진아(眞我)를 찾는 수밖에 없습니다."

"진아란 무엇을 말합니까?"

"진아야말로 모든 종교와 심신수련이 지향하는 최후 목표입니다. 진아는 바로 하느님 자체를 말합니다. 하느님과 나, 남과 나, 우주와 내가 하나로 합쳐지는 경지죠. 여기에는 개아나 이기심은 비비고 들어갈 빈틈이 없습니다. 우리의 의식이 이 정도로까지만 고양이 되어도 스트레스 따위는 받지 않게 될 것입니다. 생각해 보세요. 나라고 하는 실체가 없는데 어떻게 스트레스를 느낄 수 있겠습니까? 기쁨도 두려움도 슬픔도 노여움도 탐욕도 미움도 초월한 사람에게 어떻게 스트레스라는 탄알이 들어가 박힐 수 있겠습니까? 이쯤 되면 스트레스를 받아보려고 해도 받을 수 없게 됩니다.

그런데 유감스럽게도 안화숙 씨는 세상일에, 사업에 너무 몰두하다 보니 수련을 깜빡깜빡 잊어버릴 때가 있습니다. 수련은 어떤 일이 있어도 중단해서는 안 되는데, 수련이 일에 눌려버리곤 합니다. 그럴 것이 아니라 수련이 일을 눌러버리도록 해야 합니다. 일 하나하나가 다 수련에 도움이 되도록 상황을 바꾸어 버려야 합니다. 이것은 마음만 바꾸면 되는 겁니다. 닥쳐오는 난관 하나하나를 새로운 수련의 계기로 전환시켜 나가면 됩니다.

그렇게만 되면 스트레스 자체도 무섭지 않고 극복하고 타고 넘어가야 할 만한 대상으로 바뀌고 맙니다. 그러면 어떠한 난관도 무섭지 않습니다. 처음엔 비록 고전(苦戰)을 하는 한이 있더라도 결국은 이기고야 만다는 확신이 서기 때문입니다. 그래서 난관은 오히려 교훈이 됩니다. 아슬아슬한 파도타기처럼 일 자체가 즐겁기만 합니다. 마음에 여유가 있으면 누구나 그렇게 될 수 있습니다. 선도를 하는 사람이라면 아무 수련도 안 하는 사람보다 무엇 하나라도 나은 것이 있어야 될 게 아니겠습니까? 그것은 어떠한 역경 속에서라도 실망하거나 좌절하지 않고 마음의 평정과 안정을 잃지 않는 겁니다.

이 마음의 평정만 잃지 않는다면 수련한 보람은 있습니다. 스트레스를 받는다는 것은 쉽게 말해서 마음이 상했다는 말입니다. 마음의 평정이 유지되는 한 마음이 상할 리는 없습니다. 마음이 바다같이 넓어지고 무슨 일이 닥쳐와도 마음에 상처를 입지 않는 상태, 이것이 바로 성통의 경지입니다. 소약, 대약, 양신이 성통을 가져오는 것이 아니라 마음의 상태가 성통을 가져오는 것입니다.

사랑하는 아내의 갑작스런 죽음을 앞에 놓고 슬퍼하거나 눈물을 흘리는 대신에 비파를 뜯으면서 새 생명의 탄생을 축하하는 노래를 부를 수 있었던 장자는 마음의 평정과 평화를 어떠한 역경 속에서도 잃지 않은 성통한 사람이었습니다. 사람들이 장자를 보고 인정머리 없는 매정한 인간이라고 욕해 봤자 장자의 마음은 역시 흔들리지 않았습니다.

내일 비록 지구의 종말이 오는 한이 있더라도 오늘 한 포기의 사과나무를 심을 수 있는 마음의 여유를 확보할 수 있는 사람이 바로 성통한 사람입니다. 그 사람은 왜 그런 태도를 견지할 수 있었을까 곰곰이 생각해 봅시다. 마음이 무한히 넓기 때문입니다. 그 사람의 마음은 지구 속에만 한정되어 있는 것이 아닙니다. 우주 전체를 감싸 안을 수 있을 만큼 마음이 넓기 때문에 지구의 종말이 온다고 해도 별로 마음이 상하거나 공포심에 떨지 않습니다.

성(性)이란 글자는 무엇을 뜻하는지 아십니까? 심방변에 날생자가 합쳐서 성(性)이 되었습니다. 다시 말해서 마음의 태어난 근본 자리 즉 마음의 근본 자리라는 뜻입니다. 본심(本心)이라는 뜻입니다. 성통(性通)이란 바로 마음의 근본이 툭 터져서 상하사방이 다 통달하여 거침이 없다는 뜻입니다. 다시 말해서 마음속에 우주 전체가 꽉 차 있다는 뜻입니다. 우주가 곧 나고 내가 곧 우주입니다. 하느님과 나, 남과 나, 우주와 나의 구별이 없습니다. 이러한 마음을 가진 사람에게 스트레스 따위가 무슨 맥을 쓰겠습니까?"

"과연 그렇겠는데요. 선생님."

"안화숙 씨는 내일모레가 사십인데도 시집도 안가고 도만 닦겠다고 하시지 않았습니까?"

"시집을 안 간 게 아니고 어쩌다 보니 못 간 거죠. 그래서 수련이나 하려고 작정을 하기는 했는데 그게 그렇게 맘대로 안 되니 탈입니다."

"딸린 가족이 있나 섬겨야 할 지아비가 있나 수련하기는 안성맞춤이 아닙니까? 남들은 수련을 좀 하고 싶어도 부양해야 할 가족과 돌봐주어야 할 배우자 때문에 발을 뺄 수가 없는 처지인데 그런 사람들에게 대면 안화숙 씨는 얼마나 조건이 좋습니까?"

"그런데 실은 그게 그렇게 말대로 되지 않습니다. 하던 지랄도 멍석 펴 놓으면 안 한다는 격으로 제가 그런 것 같습니다."

"기운을 타도록 하세요."

"어떻게 하면 기운을 탈수가 있나요?"

"선도는 다른 심신 수련법이나 종교와는 달리 기운을 타는 수련이 아닙니까? 안화숙 씨는 기운은 느끼고 계시지 않습니까?"

"네, 기운은 분명 느끼고 있습니다. 특히 선생님 댁을 찾아오면 아주 강한 기운을 느낍니다."

"그런데 그 기운은 바로 한기운, 다시 말해서 하늘의 기운, 우주의 기운을 말하는데, 기묘하게도 수련자의 마음의 크기에 따라, 마음의 그릇 크기만큼밖에 기운은 받아들일 수 없습니다."

"무슨 뜻이예요?"

"샘터에 물 길러 갈 때 우리가 가지고 가는 그릇의 크기만큼 물을 담아올 수 있는 것과 같이 기운도 역시 우리의 마음의 그릇만큼밖에는 받아들일 수 없다는 말입니다. 마음은 물질이 아니므로 제한이 없습니다. 우리의 마음먹기에 따라 마음은 얼마든지 넓힐 수 있습니다. 우리 속담에도 통 큰 사람이 큰일을 한다는 말이 있지 않습니까? 통이 크다는 것은 마음의 그릇이 크다는 말입니다. 그러한 사람이 큰일을 할 수 있는 것은 지극히 당연한 일이 아니겠습니까?"

"선생님 그렇다면 어떻게 하면 통이 큰 사람, 마음이 큰 사람이 될 수 있을까요?"

"이기심을 극복하는 정도에 따라 마음의 크기는 달라집니다. 자기 자신의 이익만을 추구하는 사람은 그만큼밖에는 기운을 받을 수 없습니다. 이런 사람을 이기적인 사람이라고 합니다. 이런 사람은 아무리 부지런해도 자기 자신의 이익밖에는 챙길 수 없으므로 자연히 받아들이는 기운에는 한계가 있게 됩니다. 그 다음에 가족의 이익만을 챙기는 사람은 개인의 이익만을 구하는 사람보다는 더 많은 기운을 받을 수 있겠죠. 그다음에 자기가 속한 단체나 회사의 이익만을 추구하는 사람은 분명 가족의 이익만을 추구하는 사람보다는 통이 크겠죠. 그다음에는 한 지역 사회를 위해서 헌신하는 사람, 한 국가를 위해서 일하는 애국자, 그다음에는 지구상의 한 지역을 위해서 일하는 사람, 인류 전체를 위해서 일하는 사람, 태양계 전체를 위해 일하는 사람, 은하계 전체를 위해 일하는 사람, 우주 전체를 위해 일하는 사람은 그에 따라 마음도 통도 크고 넓을 수밖에 없겠죠."

"그럼 결국은 우주 전체를 위해서 헌신하는 사람이 가장 큰 기운을 받게 되겠네요."

"당연한 일이죠. 그런 사람은 바로 성통공완하여 하느님이 되는 겁니다."

"그럼 지금까지 인간으로서 그러한 경지에까지 간 사람이 있을까요?"

"있죠. 환인, 환웅, 단군 할아버님들과 공자, 노자, 장자, 석가, 예수, 소크라테스, 그 밖에도 알려지거나 알려지지 않은 수많은 성자(聖者)들은 성통공완에 접근한 사람들이 아닐까 생각합니다."

"선생님께서는 그걸 어떻게 아십니까?"

"운기(運氣)를 해 보면 알 수 있습니다."

"아니 그럼 선생님은 그들과 직접 기운을 교류해 보셨단 말씀입니까?"

"그럼요. 안화숙 씨도 운기를 할 수 있으니까 직접 해 보세요. 기는 시공(時空)을 초월합니다. 제일 먼저 하느님과 직접 운기를 해 보시고 난 뒤에 삼황천제, 공자, 노자, 장자, 석가, 소크라테스, 예수 같은 분들과 기운을 교류해 보시면 금방 알 수 있습니다. 이분들의 기운의 강도(强度)와 맑기가 어느 정도인가 하는 것은 직접 확인해보시면 알 수 있

33

습니다. 원효 대사나 사명 대사 같은 고승들과도 운기를 해 보십시오. 그러면 그분들의 수련의 정도를 알 수 있을 것입니다."

"저도 정말 그렇게 할 수 있다는 말씀이세요?"

"그렇고말고요. 그러나 우선은 이기심과 사욕에서 벗어나십시오. 그 벗어나는 정도에 따라 홍익인간하고 우주 전체를 위해 봉사하고 우주와 하나가 되겠다는 의식의 변화 정도에 따라 들어오는 기운의 질량과 강도가 달라질 것입니다. 우선 사욕에서 벗어나면 빛이 보입니다. 새로운 세계가 펼쳐집니다. 이것은 겪어보지 않은 사람은 알 수 없습니다. 우선은 사욕에서 벗어나 통이 큰 사람이 되어야 그 통 속을 통해서 우주의 기운이 들어오게 되어 있습니다. 우주만큼 통 큰 사람이 되면 우주 전체가 마음속으로 들어와 그 사람과 하나가 됩니다.

그쯤 되면 눈이 밝아집니다. 영안이 뜨이게 된다는 말입니다. 어두운 동굴 속에서 사욕으로 충만했던 미망에서 벗어나 광명으로 가득찬 새 천지를 보게 될 것입니다. 새로운 지혜의 눈이 뜨이게 될 것입니다. 오감을 떠난 실상의 세계가 열릴 것입니다. 그렇게 되면 자연 차원이 다른 감각으로 사물을 분별하게 됩니다."

"저에겐 꿈같은 얘기겠죠?"

"절대로 그렇지 않습니다. 누구나 맘만 먹는다면 할 수 있는 일입니다.

태산이 높다 하되 하늘 아래 뫼이로다
오르고 또 오르면 못 오를 리 없건만
사람이 제 아니 오르고 뫼만 높다 하더라.

바로 이겁니다. 누구나 할 수 있는 일을 가지고 안화숙 씨는 뙤만 높다 하더라 하시는군요."

"선생님 얘기를 듣고 있자니까 저도 하늘에 붕 떠 있는 기분이네요."

"어느 정도 동감이 되니까 그런 거죠. 좀 더 마음의 고삐를 바싹 조이기만 하면 됩니다. 누구나 할 수 있는 일입니다. 옆에 도 닦는다고 잔소리하는 사람 없겠다, 부양해야 할 가족 없겠다. 얼마나 좋습니까? 선녀(仙女)가 될 수 있는 길이 바로 눈앞에 보이는데, 무엇을 망설이십니까?"

"아이구 선생님도. 이렇게 좋은 말씀을 듣다가 보니 그동안 쌓였던 스트레스가 확 다 풀린 것 같습니다. 가슴이 툭 트인 것 같네요."

"이해가 됩니다. 자기를 잊고 진리에 열중하면 큰 기운을 받으니까 그렇습니다. 지금의 그 상태를 오래 보존하십시오."

"좋은 말씀들려 주셔서 고맙습니다."

"네에, 안녕히 가십시오."

정기(正氣)와 사기(邪氣)

안화숙 씨가 나가자 뒤이어 삼십대 젊은이가 찾아왔다. 검은 테 안경을 쓴 깡마른 학자다운 냄새를 풍기고 있었다.

"선생님 인사드리겠습니다. 절 받으십시오."

그는 들어오자마자 대뜸 큰절부터 하고 꿇어앉았다.

"편히 앉으세요. 이 방석 깔고."

책상다리하고 다시 앉은 그의 얼굴을 자세히 살폈다. 창백하고 허탈해 보였다.

"선생님 제 이름은 양현수라고 합니다. S대 동양철학과를 나오고 대학원까지 마치고 군대도 갔다 왔습니다. 저는 제 나름대로 혼자서 단학 수련을 해 오고 있습니다. 그런데 이상한 현상이 있어났습니다. 이거 어떻게 말씀드려야 할지 모르겠습니다."

"왜요? 말하기 거북한 사연이라도 있습니까?"

"네, 좀 그렇습니다."

"무슨 사연인진 몰라도 이렇게 일부러 날 찾아왔는데, 좀 거북하더라도 털어놓아야지 어떻게 하겠습니까?"

"그럼 좀 창피한 일이긴 하지만 다 말씀드리겠습니다만."

이렇게 망설이듯 하는 그는 전반적으로 기운이 허했다. 단전에 축기도 되어 있지 않고 빈 풀주머니처럼 맥이 없었다. 이쪽에서 기운이 강하게 빨려 들어가고 있었다. 높은 데 있는 물은 낮은 데로 흘러드는 것이 자연의 이치이듯 나는 그에게 일방적으로 흘러 들어가는 기운을 막을 수가 없었다. 하도 강하게 기운이 빨려 들어가니까 일시적인 손기(損氣) 증세로 약간의 현기증까지 일어날 정도였다. 그렇다고 이런 내색을 할 수도 없었다.

"어서 얘기를 계속해 보세요."

"네 그럼 말씀드리겠습니다. 석 달 전서부터 저는 밤마다 꿈을 꾸는데 그 꿈이 현실보다도 더 생생한 현장감을 느끼게 합니다. 꿈에 꼭 예쁘고 요염한 선녀가 나타납니다. 처음엔 자시 수련 때 비몽사몽간에 그런 선녀가 나타나더니 이제는 밤에 잘 때도 나타납니다."

"선녀가 나타나서 무슨 일을 합니까?"

"처음엔 저를 침실로 유혹을 하기에 도망을 쳤습니다. 어느 책에 보니 그런 때는 도망을 치는 게 좋다고 씌어 있는 걸 보았거든요. 그날은 아무 일이 없었는데 그 다음날에 또 나타나서 이번엔 침실로 유혹은 하지 않고 나란히 앉아서 이야기를 했습니다. 대화를 하면서 손과 손이 닿았고 몸과 몸이 자연스럽게 접촉이 되어 저도 모르게 성적으로 흥분을 하게 되어 그만 한몸이 되어버렸습니다. 그런데 꼭 생시에 여자와 관계를 했을 때 모양으로 사정(射精)이 되는 겁니다. 사정이 끝나면 선녀는 어디론가 사라집니다.

이런 일이 벌써 3개월째 계속되는데 매일같이 똑같은 일이 반복되니까 저는 지금은 뼈다귀만 남았습니다. 대학원 졸업하고 나서 잡았던 직장까지도 몸이 허약해서 그만두지 않을 수 없는 지경이 되었습니다.

이런 것은 현대의학으로는 해결이 될 수 없다는 것을 알기 때문에 고명한 목사나 승려를 만나보려고 교회나 사찰에도 찾아가 보았습니다만 별 효과를 못 얻자 좀 창피한 일이지만 무당한테도 찾아가 보았습니다. 그래서 굿도 해 보았지만 전연 효과가 없습니다. 왜 이런 현상이 일어나는지 알 수 없을까요?"

"원인은 양현수 씨의 마음에 있습니다. 그 마음의 파장이 영계에 있는 저급영의 파장과 동조가 되었기 때문에 이런 현상이 일어나는 겁니다. 지금이라도 심기일전(心機一轉)하여 마음을 바꾸어 한 차원 높이는 수밖에 없습니다. 혹시 『삼일신고』 읽어 보신 일 있습니까?"

"『삼일신고』는 읽어는 보았습니다."

"그럼 지감 조식 금촉이 무엇인지 아시겠네요."

"읽을 때는 알았을 것 같은데 지금은 얼른 기억이 나지 않습니다."

"그럼 도대체 무엇을 기준으로 지금까지 단학 수련을 해 왔습니까?"

"그냥 우리나라 사람이 쓴 선도 책이나 중국·일본 사람이 쓴 것을 번역한 것을 읽고 제 나름대로 방법을 고안해서 호흡을 해왔습니다."

"그럼 막연하게 호흡만 해 왔다는 말입니까?"

"네."

"그렇다면 국적 없는 얼빠진 수련을 해 왔군요. 그러니까 그런 잡귀(雜鬼) 따위가 들러붙는 거 아닙니까?"

"네엣? 잡귀라구요?"

"잡귀라면 좀 미신적인 말 같아서 저급령(低級靈)이라고 고쳐 부르겠습니다. 잡귀건 저급령이건 다 일종의 에너지의 파장을 띤 생명체입니다. 이런 저급령일수록 국적 없는 얼빠진 사람의 파장과 동조하기 쉽습니다. 부모 없는 고아에게 인신매매단이 맘 놓고 접근하듯이 정신적인 고아에게는 저급령이 들러붙기 잘하는 겁니다. 도통하는 데는 여러 갈래의 길이 있겠지만 한국인으로 태어난 양현수 씨는 이왕에 선도를 하기로 했으면 한국식 선도를 하십시오."

"한국식 선도는 어떻게 하는 겁니까?"

"그것도 모르고 지금껏 수련을 해왔습니까? 내가 쓴 『선도체험기』 시리즈를 읽어보세요. 상세히 나와 있습니다. 수련하는 방법도 자세히 나와 있습니다."

"『선도체험기』는 3권까지는 읽었습니다만 건성으로 읽어서 그런지 지금은 얼른 기억이 나지 않습니다."

"3권까지 읽어가지고 되겠습니까? 이왕에 읽으려면 지금까지 나온 시리즈 전체를 다 읽어야지. 책을 팔아먹으려고 선전을 하려는 것이 아니고 그 책만을 읽으면서 수련을 하는 사람이 전국에 아마 만 명은 될 겁니다. 이 책이 나올 때마다 꾸준히 팔려나가는 것을 보면 알 수 있습니다. 순전히 이 책만 읽고 진동도 하고 대맥도 임독도 열려서 소주천이 되고 백회가 열려서 대주천이 되는 사람이 어디 한둘인 줄 아십니까?"

"어떻게 돼서 책을 읽는 것만으로 수련이 되는지 모르겠습니다."

"책 속에 진리가 들어 있고 기운이 실려 있기 때문입니다."

"정말 놀라운 일입니다. 사실이 그렇다면 그야말로 획기적인 전도 방법이 아니겠습니까?"

"지금은 옛날처럼 한가하게 스승과 제자가 마주앉아서 도법을 전수하는 시대가 아닙니다. 매스컴 특히 책이라는 인쇄물을 통해서 대량 보급이 요구되는 시대입니다."

"선생님, 그럼 한국 선도의 특징을 간단하게 요약한다면 어떻게 표현하면 되겠습니까?"

"환인 환웅 단군 할아버지 세 분 즉 삼황천제를 마음의 스승으로 삼고 『천부경』, 『삼일신고』, 『참전계경』을 지표로 삼아 수련을 하는 겁니다. 이 삼대경전을 하루도 거르지 않고 암송을 하거나 읽어야 합니다. 그렇게 함으로써 우리 몸에 정기(正氣)가 늘 충만하도록 해야 합니다. 사기(邪氣)는 정기를 침범하지 못하게 되어 있습니다. 어둠이 햇빛을 침해할 수 없는 것과 같은 이치입니다. 삼대경전은 우리 자신들의 에너지의 파장을 우주의 핵심 파장과 동조시키는 주파수 그 자체입니다. 따라서 삼대경전을 외우고 읽는 것은 우리 자신과 하느님의 에너지의 파장을 맞추는 작업이기도 합니다. 양현수 씨의 마음과 몸속에 정기가 충만하면 선녀를 가장한 그 따위 저급령이 감히 눈이 부셔서 접근조차 하지도 못할 것입니다."

"선생님, 그 말씀을 들으니 제 눈이 조금 뜨이고 마음이 열리는 것 같습니다. 이제야 비로소 제 영혼이 미망에서 깨어나는 것 같습니다. 좋은 말씀 들려주셔서 정말 감사합니다."

이렇게 말하면서 하직 인사로 큰절을 하는 양현수 씨의 몸이 사시나무 떨듯 진동을 일으키고 있었다.

"인간으로 태어난 가장 큰 기쁨은 진리를 깨달았을 때입니다. 그래서 옛 선배들은 조문도석사가의(朝聞道夕死可矣)라고 하지 않았습니까? 아침에 도를 깨달으니 저녁에 죽어도 여한이 없다는 뜻입니다. 이제 올바른 기운줄을 잡았으니 게으르지 말고 꾸준히 공부해 나가면 크게 성취할 때가 반드시 올 것입니다. 크게 이룰 사람에겐 큰 시련이 따르게 마련입니다. 이제 제 길을 찾았으니 열심히 달려가 보세요."

"선생님, 진심으로 감사합니다. 이 은혜 잊지 않겠습니다."

기회를 포착하라

1991년 12월 10일 화요일 −4∼4℃ 흐림

오후 3시경. S씨에게서 전화가 왔다. 그는 중소기업 사장으로 수련이 상당한 경지에 도달해 있었다.

"김 선생님 안녕하십니까? 요즘은 어떻게 지내십니까?"

"그저 글 쓰고 찾아오는 사람들 수련 도와주고 있습니다."

"그런데 선생님, 요즘은 어쩐지 제 중단이 심하게 아프면서 속에서 부글부글 끓는 것이 곧 폭발이라도 할 것 같은 느낌이 듭니다."

"그러세요? 그것 참 좋은 일입니다. 그럴 때일수록 수련의 고삐를 조금도 늦추지 마시고 바싹 당기십시오. 주색잡기를 삼가고 몸을 정결하게 유지하면서 행주좌와어묵동정(行住坐臥語默動靜) 염념불망의수단전(念念不忘意守丹田) 일념으로 수련에 전력을 기울이십시오. 곧 좋은 소식이 있을 것입니다."

"그럴까요?"

"그럴까요가 아닙니다. 지금 S씨에게는 일생에 한두 번 있을까 말까 한 좋은 계기가 찾아온 것입니다. 이때를 놓치지 마시고 수련에 박차를 가하십시오."

"잘 알겠습니다. 그럼 이만 전화 끊겠습니다."

"전화가 끝난 뒤에 나는 아무래도 심상치 않은 느낌이 들어 가부좌를 틀고 앉아 깊은 명상 상태에서 S씨를 비추어 보았다. 단정하게 앉아 있는 S씨의 머리 위에 환한 빛이 내리쪼이고 있었다. 그 빛을 따라 올려다보니 흰 도포 차림의 도인이 한 손에 백광이 비치는 횃불을 들고 서서 S씨에게 빛을 쏘여주고 있었다. 도력이 높은 신령스러운 도인의 모습인데 선계에서 파견된 신명으로 보였다. 누굴까? 하는 의문이 일었다.

그러나 내 심안에 떠오르는 이름 석자는 유위자(有爲子)였다. 1565년간 지속된 배달국 시대를 대표하는 대학자요 신선이 자부선인이라면, 2096년간 지속된 단군조선 시대를 대표하는 대학자요 신선은 유위자다. 『단기고사』에 보면 그는 3천 년 뒤에 일어날 배달민족의 변화상을 예언했는데 그것이 그대로 적중이 되었던 대예언가이기도 했다. 유위자가 살던 시대는 단군조선이 한창 번영을 구가하던 때였다. 영토는 양자강 이북 북부 지나와 만주 시베리아 그리고 그 당시 사람이 살던 서부 일본 전체였다.

그러한 우리 민족의 번영기에도 한민족이 3천 년쯤 뒤에는 외래 문물에 심취되어 사분오열되어 서로 헐뜯고 싸울 것이며 사대주의에 오염되어 우리의 고유 문자를 버리고 외래 문자를 상용하는 주체성 없는 백성으로 전락될 것이라고 예언한 것이다. 그때를 대비하여 가림토문(원시한글)으로 된 비석을 국토의 여러 곳에 세울 것을 임금에게 건의한 일까지 있었던 인물이었다. 바로 그 유위자가 S씨의 지도령으로 그의 수련을 맡고 있었던 것이다. 모르면 몰라도 일단 이것을 안 이상 가만히 있을 수 없었다. S씨를 전화로 불러 이러한 사실을 알려 주었다.

"네에 그러세요. 어쩐지 실감이 나지 않네요."

S씨는 내가 무슨 환상이라도 보고 이상한 소리를 하는 것처럼 여기는 눈치였다.

"물론 느닷없이 이런 말을 하니까 좀 이상한 생각이 드실지 모르지만 한번 속아보자는 셈 치고 믿어보십시오. 아까도 말씀드렸지만 지금 S씨에게는 일생에 몇 번 찾아오기 어려운 아주 천재일우의 호기니까 이때를 놓치지 마시고 백일 수련으로 지극정성을 다하세요. 반드시 좋은 결과가 있을 겁니다."

"네, 알겠습니다."

그러나 그의 대답은 끝끝내 시원치 않았다. 아무래도 미심쩍다는 눈치였다. 나에겐 심히 안타까운 일이었지만 더이상 어쩌는 수가 없었다. (결과적으로 그는 그 좋은 기회를 놓치고 말았다. 업무가 바빠서 수련에 정성을 쏟을 수가 없었다는 것이다. 친구들과 어울리면 어쩔 수 없이 술도 마시고 고스톱 같은 것도 칠 수밖에 없었단다. 다시 말해서 주색잡기를 완전히 외면할 수 없었다는 것이었다. 아무리 훌륭한 지도령이 선계에서 파견되어 왔다고 하더라도 수련받을 사람이 이처럼 열의가 없으면 그를 떠날 수밖에 없다는 것을 알 수 있다.

개인도 그렇지만 집단이나 국가도 마찬가지다. 운이란 사시사철 아무 때나 찾아오는 것이 아니다. 여기서 말하는 운이란 자기를 돕는 기운 즉 에너지를 말한다. 운이 찾아 왔다는 것은 어떠한 방식을 통해서든지 당사자에게 알려지게 마련이다. 아무리 천재일우의 호기가 닥쳐왔어도 당사자가 그것을 포착할 줄 모르면 무용지물이 되어버리고 만다. S씨에게는 실로 애석한 일이 아닐 수 없다. 언제 그에게 또 이러한 호운이 닥쳐올지 모르지만 다음 기회는 기필코 유감없이 포착하기를 바랄 뿐이다.)

S씨에게는 지극히 유감스러운 일이지만 왜 이런 현상이 일어나는 것일까? 그것은 S씨가 도와 진리를 받아들일 만한 충분한 준비가 되어 있지 않기 때문이었다. 비록 준비가 완벽하게 되어 있지 않았다고 하더라도 진리를 받아들이겠다는 열정과 확신만이라도 있었다면 미흡한 대로나마 마음의 문만은 활짝 열어놓을 수 있었을 것이다. 그러나 그에게는 마음의 문마저 채 열려 있지 않았다. 문만이라도 활짝 열어놓았더라도 손님이 발길을 돌리지는 않았을 것이다.

그러한 마음의 자세는 어디에서 오는가? 믿음에서 온다. 하느님에 대한 확신에서 온다. 이것이 인간의 마음의 본래 모습니다. 인간의 마음은 인간의 마음을 닮은 하느님의 마음이다. 그래서 인심은 천심인 것이다. 인심과 천심이 항상 통해 있으면 인간의 마음은 언제나 하늘을 향해 열려 있게 마련이다. 막히는 일이 없다. 무소불통 하는 것이 하나님의 속성이다. 인간의 마음이 하느님과 통해 있다면 무슨 장애가 있을 수 있겠는가? 이것이 바로 성통공완의 경지이다.

1991년 12월 12일 목요일 −10∼10℃ 구름 조금

오후 2시. 울산 석유화학단지에서 근무한다는 김종민 씨가 두 명의 동료를 데리고 30개들이 사과를 한 상자 들고 왔다.

"아니 무슨 사과를 이렇게 한 상자나 들고 오셨습니까?"

"약소합니다."

"약소하다뇨?"

"선생님께서 저에게 베풀어 주신 은혜를 생각하면 너무나도 약소합니다."

"내가 언제 무슨 은혜를 베풀었다는 말씀입니까?"

"일전에 제가 선생님께 감히 실례를 무릅쓰고 전화를 걸었을 때였습니다. 선생님과 전화로 대화를 나누는데 느닷없이 백회가 시원해지면서 강한 기운이 들어오는 걸 느꼈습니다. 그런데 그런 현상이 지금까지도 계속되고 있습니다."

"그러셨군요. 그러나 그건 김종민 씨가 때가 되어서 그렇게 된 것이지 내가 특별히 은혜를 베풀어준 것은 아닙니다. 난 사실 그런 일이 있었는지조차 모르고 있지 않습니까? 줄탁지기(啐啄之機)에 해당되는 현상에 지나지 않는 겁니다."

좌정하고 나서 그는 이렇게 말했다.

"선생님께서는 너무나도 솔직하십니다. 이런 때는 그저 아무 말 않고 가만히 계시기만 해도 되는 건데. 그렇지 않으면 '그럴 줄 알았어요' 하고 고개만 끄덕끄덕하셔도 선생님의 신비한 초능력은 얼마든지 과시되는데 왜 그렇게 굳이 선생님 자신을 낮추려고만 하십니까? 그렇게만 하셨어도 선생님의 위신은 한층 더 높아지셨을 게 아닙니까?"

"그건 참으로 위험천만한 발상입니다. 바로 그런 언행이 거듭되면 주변 사람들로부터 점점 더 추앙을 받게 되어 힘 안들이고 우상화되기 알맞습니다. 사이비 교주가 태어나는 경위는 대개 그러한 경로를 밟아서입니다. 사이비 교주 자신보다도 주위의 아첨꾼들이 사이비 교주를 만드는 겁니다. 세 사람이 한 사람 바보 만드는 것도 간단한 일이고 영웅 만드는 것도 식은 죽 먹기입니다. 물론 아첨꾼들의 감언이설에 놀아나는 것도 나쁘지만 말입니다. 나는 그저 평범한 구도자가 될지언정 만 사람이 떠받드는 우상화된 사이비 교주나 영웅이나 카리스마적 존재가 되고 싶지는 않습니다. 그것은 구도자로서는 최대의 실책이기 때문입니다."

"선생님의 깊은 뜻을 알겠습니다. 제 좁은 소견을 용서해 주시기 바랍니다."

이렇게 말하는 김종민 씨가 한층 돋보였다. 결코 보통내기가 아니라는 느낌이 들었다. 선도를 위해서 앞으로 큰일을 할 사람 같은 예감이 들었다. 무심코 영안으로 그를 보니 삼국 시대 대장군의 복장과 황금빛 투구가 유난히 번쩍였다. 김유신 장군이 그의 보호령이라는 직감이 왔다. 그러나 그에게 발설은 하지 않았다. 이런 말을 하면 내가 뭐 무당이라도 된 것 같은 인상을 받을 우려가 있기 때문이었다. 대화 도중에 김종민 씨의 상단과 중단이 다 열려버렸다.

전등(傳燈)

1991년 12월 20일 금요일 0~6℃ 가끔 흐림

오후 2시에서 3시 사이에 중곡동에 산다는 권성조 씨가 다녀갔다. 그는 『선도체험기』를 읽으면서 혼자 수련을 하다가 아무래도 저자를 직접 만나고 싶어서 찾아왔노라고 말했다. 오십대 후반으로 보이는 그는 이런 말도 했다.

"『소설 한단고기』를 읽어보면 이 책을 편집한 계연수 씨가 경신(80년)년이 되기 전에는 이 책을 세상에 내놓지 말라고 유언을 했다는 말이 있는데, 저는 중학교 시절이 이미 『천부경』과 『삼일신고』를 배운 일이 있습니다."

"그렇다면 6.25 전에 『천부경』과 『삼일신고』를 배웠다는 얘깁니까?"

"네, 그때 제가 살던 충청도 서산 시골 마을에 서당 훈장님이 계셨는데, 저는 분명 그분에게서 배웠던 일이 있습니다."

"그래요!"

"이것 보세요."

하면서 그는 안주머니에서 색이 노오랗게 바랜 갱지로 된 수첩만한 크기의 공책을 한 권 꺼내 보여 주었다. 철필로 쓴 글씨인데 『천부경』과 『삼일신고』가 분명했다.

"그럼 이걸 서당 훈장님한테 배웠다는 얘깁니까?"

"그렇습죠. 어렸을 때 일이니까 그동안 새까맣게 잊고 있다가 이번에 김 선생님께서 쓰신 『선도체험기』와 『소설 한단고기』를 읽으면서 그때 일이 어렴풋이 생각이 나서 벽장 속을 뒤져 보았더니 이것이 나오는 게 아니겠습니까? 하도 신기해서 이렇게 가져 왔습니다."

"그러니까 경신년에 삼대경전이 햇볕을 보기 전에도 이렇게 뜻있는 숨은 인사들에 의해서 전승이 되어 온 것을 알 수 있군요."

"선생님이 『선도체험기』에도 쓰셨지만 3대 경전은 정말 우리 민족정기의 핵심이요 구심점이 아니겠습니까. 그러니까 이렇게 은밀히 전해 내려온 것 같습니다."

"좋은 기념물입니다. 잘 보관하셔야겠습니다."

"그렇지 않아도 대대로 가보로 물려줄 작정입니다."

"물려주시는 것도 좋지만 하루에 적어도 『천부경』은 10번 이상 『삼일신고』는 한 번 이상 그리고 『참전계경』은 10개 조 이상씩 암송하거나 읽는 것을 생활화하시는 것이 수련하는 데는 제일 좋습니다."

"그렇지 않아도 지금 그렇게 실천하고 있습니다."

"그래서 그런지 권성조 씨는 혼자서 누구의 도움도 받지 않고 수련을 하시는데도 도장에 나가는 사람 이상으로 운기가 아주 활발합니다."

"고맙습니다. 선생님 앞에 앉아 있으니까 단전이 달아오르고 인당과 백회가 욱씬욱씬 합니다."

"삼대경전을 그만큼 소중히 아시고 암송을 하셨기 때문에 지성이면 감천이라고 하늘의 감응이 있어서 그런 겁니다. 제가 보기엔 곧 백회가 열릴 것 같습니다."

"고맙습니다. 이렇게 불쑥 찾아와서 좋은 말씀을 들으니 기운이 납니다."

"기운줄을 제대로 잡으셨으니까 도장에 나가시지 않았어도 수련이 제대로 되는 겁니다."

"그리고 저는 삼황천제님에게도 하루 꼭 103배를 드리고 있습니다."

"절 수련을 하는 것은 좋지만 어떤 마음의 자세로 절을 하느냐가 중요합니다."

"그렇다면 어떤 마음의 자세로 삼황천제님에게 절을 하는 것이 좋겠습니까?"

"삼황천제님을 자기와는 동떨어진 높고 높은 데 계시는 숭배의 대상으로만 알고 절을 하면 수련은 어느 수준에 이른 뒤에는 답보 상태를 면치 못할 것입니다."

"그럼 어떻게 하는 것이 좋겠습니까?"

"삼황천제님은 결코 숭배의 대상이 아닙니다."

"그렇습니까?"

"숭배의 대상이 아니고 선도를 수련하는 우리를 이끌어주시는 큰 스승이십니다. 큰 스승님에게 존경의 표시 이상으로 숭배의 대상으로 잘못 알고 자꾸만 절을 하는 것을 그분들도 원치 않으신다는 것을 똑바로 아셔야 합니다. 우리 구도자의 최후 목표는 성통공완하는 것입니다. 하느님과 나, 남과 나, 우주와 내가 하나임을 깨닫는 것이 바로 성통공완의 경지입니다. 이것을 불교에서는 성불(成佛), 대각(大覺), 또는 해탈이라고 합니다. 진아는 신성(神性)을 말합니다."

"그렇다면 삼황천제나 삼대경전을 우리 구도자는 어떻게 보아야 하겠습니까?"

"최후의 목표에 도달하는 데 필요한 방편일 뿐입니다. 강 건너 피안에 도달하기 위한 나룻배도 되고 달(진리)을 가리키는 손가락도 됩니다. 석가도 예수도 피안에 도달하기 위한 수단일 뿐 목적 그 자체는 아니라는 겁니다. 수단을 목적으로 착각을 하면 비극이 일어나게 됩니다. 진아(眞我) 이외의 엉뚱한 대상에게 자꾸만 절을 하는 것은 일종의 신성 모독입니다. 자신의 신성을 격하시키는 겁니다. 주인이 스스로 노예로 전락하는 행위에 지나지 않는 겁니다. 내가 나 자신의 주인이지 따로 주인이 있는 것이 아니기 때문입니다. 그렇다면 나 자신은 누구인가? 하느님의 분신임을 깨달은 진아입니다. 같은 절을 해도 숭배의 대상으로 알고 절을 하는 것과 큰 스승님들에게 지극한 존경의 염을 품고 절을 하는 것은 질적으로 다르다는 것을 똑바로 알아야 합니다.

수련을 도와준 스승의 은혜를 고마워하면서 하는 절과 자기가 자신의 주인 되기를 포기하고 엉뚱한 대상을 주인으로 격상시키고 자신은 노예로 격하되어 가짜 주인에게 하는 절은 같을 수가 없습니다. 허상에게 절을 하는 것을 우상숭배라고 합니다. 북한 동포처럼 독재자를 하느님으로 숭배하는 사람들은 비극적인 인생을 살 수밖에 없습니다. 사교 집단의 교주를 자신의 생명처럼 숭배하는 맹종자들의 삶 역시 본질적으로 비극적일 수밖에 없는 것입니다."

"선생님, 말씀 듣고 보니 절을 하는 데도 마음가짐에 따라 천양지차가 난다는 것을 알게 되었는데, 그 점은 각별히 명심하겠습니다만 한

가지 의문은 왜 사람들은 우상숭배 쪽으로 흐르는 것을 좋아하는지 모르겠습니다. 따지고 보면 우상숭배야말로 크게 잘못된 일인데도 말입니다."

"그것은 욕심 때문입니다. 힘들이지 않고 영생을 얻겠다는 얄팍한 이기심 때문입니다. 욕심이 많은 사람은 그 욕심이 눈앞을 가리어 진실을 보지 못합니다. 이때 사기꾼이 날뛰게 됩니다. 쉽고 편하게 성통할 수 있다고, 암표상이 귀성객 유혹하듯, 살살 꼬여내는 것입니다. 까딱하면 암표상에게 비싼 돈을 주고도 가짜표를 살 수도 있습니다. 고향집에 빨리 갈 욕심에 눈이 어두워 앞뒤를 가리지 못하기 때문입니다. 사이비 교주들은 꼭 암표상처럼 나타나 내가 아니면 아무도 성통할 수 없다고 감언이설로 유혹을 합니다. '나에게 절을 하고 나를 숭배하고 믿고 따르는 자는 틀림없이 성통시켜주겠다'고 호언장담을 합니다. 욕심에 눈이 어두워진 사람들은 이들의 농간에 간단히 넘어가 그 사이비 교주를 구원자요 하느님으로 착각하고 숭배하게 됩니다. 우상숭배는 이렇게 해서 생겨나는 겁니다.'

"우상숭배가 사람을 얼마나 망친다는 것을 이제 선생님의 말씀을 듣고 똑바로 알았습니다. 그리고 우상숭배에 빠지는 원인은 욕심 때문이라는 것도 확실히 알았습니다. 그렇다면 저 같은 놈은 앞으로 어떻게 수련을 해나가야 좋을지 모르겠습니다. 남들처럼 도장에 나가 사범들한테 일일이 지도받아가면서 수련을 받을 처지도 아니고 말입니다."

"어렵게 생각하실 것 하나도 없습니다. 지금까지도 잘해 오셨는데 왜 그런 말씀을 하십니까? 지금 사람들은 옛날과 달라서 스승이 제자들을 앞에 앉혀 놓고 하나하나 도법을 전수할 수만은 없는 환경과 조건 속에서 살고 있습니다. 현대에는 옛날 훈장들이 하던 일을 매스컴이 대부분 담당하고 있습니다. 신문, 라디오, 텔레비전, 테이프, 잡지, 책 따위가 옛날에 선생들이 하던 일을 대신하고 있지 않습니까?

그중에서도 나는 책이 수련을 돕는 데는 가장 효과적인 전달 수단이라고 생각합니다. 제가 쓰고 있는 『선도체험기』가 도장에 나갈 수 없는 일반 수련자들에게 큰 호응을 받고 있는 것도 그 때문입니다. 이 책만 읽고도 진동을 일으키고 기를 느끼고 소주천을 하고 백회가 열려서 대주천의 경지에까지 오른 사람이 많습니다.

이 책은 사범이나 법사 이상으로 온갖 수련상의 애로 사항을 해결해 주는 자문 역할도 하고 있고, 진지한 수련자들에게는 기운을 실어다 주기도 합니다. 한 번만 읽지 마시고 두 번 세 번 읽노라면 새로운 사실들을 알게 되고 새로운 기운도 받게 될 것입니다."

"선생님 말씀에 저는 전적으로 동감입니다. 저 자신이 지금껏 『선도체험기』 하나로 수련을 해 왔으니까요. 그런 의미에서는 선생님은 정말 우리 단독 수련자들에게는 크나 큰 은혜를 베푸신 것입니다."

"은혜라고까지 거창하게 말할 것까지는 없고 단지 선도수련을 여러분보다 먼저하고 약간의 깨달음을 얻은 작가로서 응당 후배들에게 해야 할 일을 하고 있을 뿐입니다. 어떤 분야에서든지 앞선 사람은 반드시 뒤 따라오는 후배들을 지도하는 것은 당연한 의무가 아니겠습니까? 나는 그런 평범한 일을 책을 통해서 실천하고 있을 뿐입니다."

"물론 그렇기는 합니다만 저는 『선도체험기』, 『다물』, 『소설 한단고기』 같은 선생님의 저서를 읽고 정말 너무나도 큰 깨우침을 받았습니다. 제 인생의 전환기를 맞게 했다고도 할 수 있습니다. 존경의 표시로 선생님께 삼배를 올리겠습니다."

이렇게 말하면서 그는 재빨리 일어나 세 번 큰절을 했다. 말리고 어쩌고 할 틈도 없었다.

"부디 성통하시기 바랍니다. 그리고 선생님 참으로 고맙습니다. 부모님은 제 육신을 만들어주셨지만, 제 영혼에 큰 깨달음을 얻게 한 분은 바로 선생님이십니다."

"과분한 말씀입니다. 힌두교 경전에 보면 샤크티파타(shaktipata)라는 말이 있습니다. 스승이 깨달음의 빛과 에너지를 제자들에게 전해주는 것을 말하는데, 흔히 손으로 제자의 양미간, 백회혈, 전중, 세 곳을 만져줌으로써 영혼과 마음 그리고 몸에 큰 변화가 일어나 성스러운 깨달음의 경지를 체험하게 된다고 합니다. 어떤 스승은 백회와 미간과 전중을 지긋이 바라보는 것만으로도 동일한 효과를 낼 수 있다고 합니다. 과거에 스승들은 제자들에게 촉수(觸手)와 응시(凝視)를 통해서 도법을 전수했지만 나는 책을 통해서 수많은 독자들에게 내가 체득한 깨달음과 기운을 전달하는 겁니다."

"선생님 그 말씀을 듣고 보니 이제야 수수께끼가 풀리는 것 같습니다. 도대체 『선도체험기』 시리즈를 읽는 것만으로 왜 진동이 오고 기운이 느껴지고 운기가 되고 임독이 열리고 하는가 하고 의문을 품어왔는데, 이제 보니 바로 힌두교에서 말하는 샤크티파타를 통해서와 같은 깨달음과 기운이 독자들에게 전달되고 있다는 것을 알게 되었습니다. 『선도체험기』를 다시 읽을 때마다 새 기운이 들어오고 깨우침을 받게 된 원인이 바로 그것이었군요."

"『선도체험기』에는 내가 수련을 통해서 얻은 깨달음과 진리가 그대로 고스란히 담겨져 있습니다. 그래서 이 책을 읽고 깊은 공감을 일으키는 사람은 누구나 저자인 나와 깊고 밀접한 정신적인 교감을 일으키게 됩니다. 바로 이 때문에 샤크티파타 현상이 일어나는 것이죠. 이러한 현상을 등불 붙여주기 또는 전등(傳燈)이라고도 합니다. 마음의 등잔에 불을 붙여주는 것과 같다고 해서 이런 말이 나온 것 같습니다. 생소한 힌두어보다는 등불 붙여주기라는 말이 더욱더 친근감을 갖게 합니다. 권성조 씨는 전등 현상을 겪고 계신다고 할 수 있습니다."

"오늘 참으로 좋은 생명의 말씀을 많이 들었습니다. 그럼 선생님 『선도체험기』는 몇 권까지나 쓰실 작정이신지요?"

"그건 나도 어떻게 단정적으로 말할 수 없습니다. 독자들이 이 책이 팔려서 적자가 나지 않을 정도로 구입해서 읽어줄 때까지는 내가 살아 있는 한 써야 하지 않겠습니까?"

"무슨 뜻인지 잘 알겠습니다."

"『선도체험기』는 김태영이라는 작가이며 구도자의 분신이라고 생각하시면 틀림이 없습니다."

"정말 그렇겠는데요."

1991년 12월 23일 월요일 5~7℃ 한 두 차례 비

오후 5시 안양에서 황영철이라는 삼십대 초반의 젊은이가 찾아왔다.

"선생님 저는 아픈 사람을 보면 무조건 기운을 보내서 고쳐주고 싶은 생각이 듭니다."

"그래요? 그럼 기운으로 원격 치료를 실제로 해 준 일이 있습니까?"

"네, 있습니다."

"어떤 환자를 치료해 준 일이 있습니까?"

"암, 고혈압, 당뇨병 같은 난치병 환자들을 고쳐 준 일이 있는데, 보통 일주일 안에 전부 낫게 해 주었습니다."

"혹시 수련 중에 어떤 형태로든지 사명을 받은 일이 있습니까?"

"그런 일은 없습니다."

"혹시, 치료해 주고 돈을 받은 일은 없습니까?"

"돈은 될 수 있는 대로 받으려고 하지 않았는데 억지로 맡기고 가는 바람에 할 수 없이 도장 차릴 자금으로 쓰려고 몇백 예금해 놓은 것은 있습니다."

"기운을 보니 황영철 씨는 아직 그런 일을 해서는 안 됩니다. 황영철 씨는 그것을 의통이 열렸다고 생각할지 모르지만 내가 보기에는 아직 아닙니다. 지금의 초능력은 수련 도중에 일시적으로 나타난 현상이지 정착된 능력은 아닙니다. 일종의 시험이요, 유혹이라고 생각하면 틀림없습니다. 이런 때 자제하지 않으면 앞으로 수련은 진전을 이룰 수 없을 것입니다. 아직은 나타날 때가 아닙니다. 은인자중(隱忍自重)하여 수련에 매진하기 바랍니다."

영안으로 보니 치우립 쓰고 활옷 입은 수많은 무당들이 그를 에워싸고 훨훨 춤들을 추고 있었다. 까딱하면 무당으로 흘러버릴 것 같은 느낌이 들었다. 그렇다고 내가 영안으로 본 것을 그대로 말할 수는 없었다. 어떻게 하면 좋게 인도할 수 있을까? 궁리를 거듭한 끝에 물어보았다.

"수련은 어떻게 하고 있습니까?"

"그저 호흡만 하고 있습니다."

"호흡할 때 무슨 생각을 합니까?"

"어떻게 하면 의통 능력이 생겨서 난치병 환자들을 치료하여 생활 안정을 기할 수 있을까 하는 생각을 합니다."

"바로 그거군요. 그런 생각을 늘 하기 때문에 영계에서 비슷한 파장을 가진 저급령이 빙의되려고 하는 겁니다. 수련의 목적을 겨우 생계를 위한 의통 능력에 둔다면 그거야말로 빗나가도 한참 빗나간 겁니다. 그렇다면 수련보다는 처음부터 의과대학을 가든지 했으면 좋았을 거 아닙니까?"

"그럴 형편이 못되어서 못 갔습니다."

"선도수련은 인격을 완성하여 성통공완하자는 것이지 겨우 의통이나 얻으려는 것이 아닙니다. 환자의 난치병을 기로 치료해 주고 돈이나 벌자는 것이 선도수련인 줄 착각을 하면 안 됩니다. 『선도체험기』를 읽었다면서 겨우 그 정도로 선도를 인식하고 있었다면 정말 곤란한데요."

"선생님 그럼 어떻게 하면 좋겠습니까?"

"근본적으로 방향 전환을 해야 합니다."

"어떻게 말입니까?"

"선도는 진리를 추구하자는 것이지 돈벌이를 하자는 것이 아닙니다.

'일의화행 반망즉진 발대신기(一意化行返妄卽眞發大神機)하나니 성통공완이 바로 이것이니라' 하는 『삼일신고』의 마지막 구절도 모릅니까? 무슨 뜻인가 하면 일의화행은 큰 뜻을 행동에 옮긴다는 말입니다. 큰 뜻이란 사욕을 버리고 남을 위해 큰일을 하겠다는 의지를 말합니다. 큰일이란 홍익인간 재세이화 하겠다는 것을 말합니다. 이러한 큰 뜻을 세웠으면 이를 즉각 행동에 옮기어 반망즉진 즉 미망에서 벗어나 진리를 추구해야 합니다. 다시 말해서 구도자가 되라는 말입니다."

"구도란 무엇을 말합니까?"

"진리를 추구한다는 말입니다. 진리를 추구하는 사람을 구도자라고 합니다. 그래야 일의화행 반망즉진하면 발대신기하게 됩니다. 발대신기(發大神機)는 신기(神機)가 크게 발동하게 된다는 말입니다. 하늘의 기운이 몸안에 꽉 차게 된다는 뜻입니다. 사기(邪氣) 따위는 도저히 범접할 수 없을 정도로 거룩한 하늘 기운으로 몸에서는 빛이 나게 됩니다. 도인은 바로 이런 경지에 오른 사람을 말합니다.

이런 사람은 이미 하늘과 나, 남과 나, 우주와 내가 하나임을 몸과 마음으로 깨닫게 됩니다. 내가 바로 하느님이다 하고 깨달은 사람이 바로 도인이고 성인입니다. 그 깨닫는 정도에 따라 하느님의 무한한 사랑, 무한한 지혜, 무한한 능력과 생명력을 부여받게 됩니다. 이렇게 되면 의통 따위가 문제가 되겠습니까?

그것은 어린애 장난에 지나지 않습니다. 이왕에 선도를 시작했으면 이 정도의 목표를 세워야지 째째하게 겨우 의통이나 열려서 난치병이나 치료하고 돈이나 벌겠다고 하니 말이 됩니까? 그런 생각을 끝내 버리지 못한다면 황영철 씨는 내가 보기에는 사이비 교주나 무당으로 굴러 떨어질 소질이 충분히 있습니다."

"선생님 제발 전 무당이나 교주가 되고 싶지는 않습니다."

"지금 황영철 씨는 무당이 되는 길을 걷고 있으면서 무당이 되고 싶지 않다고 하면 말이 됩니까? 그것은 마치 부산행 열차를 타고 대전쯤을 달리면서 차창으로 고개만 빼놓고 나는 서울로 가겠다고 말하는 것과 다를 게 뭡니까? 말만 가지고는 안 됩니다. 행동이 따라야 합니다. 말과 행동은 반드시 일치되어야 남들이 인정을 해 주게 됩니다. 이 세상에는 말만 그럴듯하게 잘하고 행동이 따르지 않는 사람이 너무나 많습니다. 선도를 보급하려고 단학 도장을 운영한다는 사람 중에도 그런 부류가 있어서 말썽이 되고 있습니다.

황영철 씨는 어느 쪽을 택할 작정입니까? 말과 행동이 일치된 구도자가 되고 싶습니까? 아니면 말만 앞세우는 사이비 교주나 가짜 단학 스승이 되고 싶습니까? 아니면 의통이나 열려서 난치병이나 치료해 주고 돈이나 벌겠습니까?"

"전 구도자가 되고 싶습니다."

"그렇다면 구도자의 길을 걸어가십시오.

수련 요령

12월 24일 화요일 1~4℃ 비 눈 후 갬

오후 2시쯤 감태성이라는 개인 사업을 한다는 40대 중년 남자가 찾아왔다. 운기를 해 보니 겨우 기운을 느낄 수 있는 정도에 지나지 않았다.

"아직은 수련을 좀 더 하셔야겠습니다. 축기가 덜되어 있어서 운기가 활발하게 진행되고 있지 않습니다. 이런 상태로는 제가 어떻게 뚜렷한 도움을 드릴 수 없겠는데요."

"그럼 어떻게 하면 좋겠습니까?"

"수련을 좀 더 열심히 하십시오. 수련 요령은 『선도체험기』에 여러 번 언급해 놓았습니다. 그대로 해 주시면 됩니다."

"그걸 어떻게 간단히 요약해서 들려주실 수 없을까요?"

"그럴까요? 하긴 진리는 아무리 반복하여도 지루하지 않다는 말이 있긴 합니다. 삼황천제님을 선도의 큰 스승으로 마음속에 모시고 삼대경전을 지표로 삼아 꾸준히 수련을 하십시오. 그리고 하루에 꼭 15에서 20분씩 도인체조를 해야 합니다. 그래야 굳어졌던 근육과 골절이 풀어져 유연해지고 기혈의 순환이 원활하게 되어 단전호흡하기 좋은 상태가 됩니다. 배꼽 밑 3에서 5센티쯤 되는 관원혈에서 안쪽으로 다시 3에서 5센티쯤 되는 곳에 타원형의 야구공만한 단전이 있다고 생각하고 그곳에 의식을 집중하고 길게 숨을 그곳으로 들이 쉬십시오. 일단 숨을 길게 들이 쉬고 나면 아랫배 단전 부위가 부풀어 오를 것입니다.

폐활량에 맞게 깊숙이 길게 숨을 들이쉬고 나면 아랫배가 부풀어 오르게 됩니다. 이때 어떤 도장에서는 숨을 멈추라고 하지만 반드시 그럴 필요는 없습니다. 그냥 한껏 들이쉬기만 하면 자연히 일정한 한계에 도달하게 됩니다. 밀물이 최고조에 이르러 만조가 되면 서서히 썰물 현상이 일어나는 것과 같다고 보면 됩니다. 음력 보름에 달이 점점 더 차올라 만월이 되고 나면 서서히 한쪽이 이지러지기 시작하는 것과 같습니다. 절대로 만조나 만월상태가 정지되는 일은 없습니다. 눈에는 그런 정지 상태가 지속되는 것처럼 보일지 몰라도 그것은 착각일 뿐, 이미 만조와 만월에 도달한 그 순간부터 서서히 기울어지기 시작하는 것입니다.

이것이 자연의 원리입니다. '달이 차면 기우나니 화무십일홍(花無十日紅)이요' 하는 노랫말이 사실은 진리를 설파한 것입니다. 사람의 호흡도 이와 같은 자연의 원리에서 벗어날 수 없다는 것을 알아야 합니다. 그래서 각종 호흡기병과 심장병과 신장병을 유발하는 수가 있습니다.

문제는 호흡을 얼마나 길게 하느냐가 수련의 진도를 결정하는 것이 아니라 얼마나 많은 하늘의 기운 즉 천기를 자기 몸속에 운용할 수 있느냐가 핵심이 된다는 것을 알아야 합니다. 천기를 몸속에 끌어들여 24개 정경과 기경팔맥에 골고루 순환시킴으로써 하느님과 나, 우주와 나, 남과 내가 하나라는 것을 몸과 마음으로 깨닫는 것이 중요한 것이지 무조건 호흡만 길게 하는 데만 전력을 기울이다 보면 온갖 생리적인 부조화를 초래하게 되어 각종 질병을 일으키는 수가 있습니다. 단학 수련인은 이것을 경계해야 됩니다."

"삼황천제님을 큰 스승님으로 삼고 삼대경전을 지표(指標)로 삼아 단전호흡을 하여 천기를 운용하면 된다고 요약해도 되겠습니까?"

"우선은 그렇게 말해도 됩니다."

"그럼 선생님, 실제로 수련을 할 때는 삼대경전 중 어느 대목이 가장 직접적인 지침이 될 수 있겠습니까? 가능하면 선도의 개론서 같은 것을 써주신다면 『선도체험기』만을 읽고 수련을 하는 많은 독자들에게 큰 도움이 될 수 있을 것 같은데요."

"선도의 개론서라고 할까, 명확한 수련지침이라고 할까 하는 것은 『삼일신고』 마지막 부분에 간략하게 나와 있습니다. 나의 선도 개론서는 바로 이것입니다."

"그것을 좀 알기 쉽게 설명해 주시겠습니까?"

"『삼일신고』 제일 마지막 구절을 읽어보면 '중(衆)은 선악청탁후박(善惡淸濁厚薄)을 상잡(相雜)하여 종경도임주(從境途任走)하여 타생장소병몰(墮生長消病歿)의 고(苦)'하고 라는 말이 있습니다. 이것을 알기 쉽게 풀어보면 이렇습니다. 어리석은 무리들은 착하고 모질고 맑고 흐리고 후덕하고 야박함을 서로 뒤섞어 망령된 길을 제멋대로 달리다가 태어나고 자라고 병들어 죽어가는 괴로움에 떨어진다는 뜻입니다. 그러나 '철(哲)'은 지감조식금촉(止感調息禁觸)하여 일의화행 반망즉진발대신기(一意化行返妄卽眞發大神機)하나니 성통공완(性通功完)이 시(是)니라' 했습니다. 다시 말해서 지혜로운 사람은 지감 조식 금촉하여 큰 뜻을 실천에 옮기어 미망에서 깨어나 진리를 추구함으로써 신기가 크게 발동하게 되는데 이것이 바로 성통공완이니라입니다. 여기서 명심해야 할 것은 단전호흡만 아무리 열심히 해도 별 의미가 없다는 것입니다. 반드시 지감하고 나서 조식하고 금촉을 해야만 합니다.”

“선생님 그럼 지감(止感)한다는 말은 구체적으로 무엇을 말합니까?”

“감(感) 즉 감정(感情)을 조절하는 것을 말합니다. 감(感)에는 희구애노탐염(喜懼哀怒貪厭)이 있다고 삼일신고 바로 그 앞 구절에 나와 있습니다. 기쁨, 두려움, 슬픔, 노여움, 탐욕, 혐오를 말합니다. 이 여섯 가지 감정을 극복하지 못하고 조식 즉 단전호흡을 하게 되면 건강은 보장할 수 있겠지만 좀 더 깊이 들어가면 아주 위험한 상태에 빠질 수도 있습니다.”

“단전호흡은 몸에 좋다고 하는데 왜 그런 일이 일어날 수 있을까요?”

“그것은 설명하려면 천상 희구애노탐염이 왜 일어나게 되는가 하는 것을 알아내는 것이 더 중요하겠군요.”

“선생님, 사람이란 누구나 감정이 있다고 하지 않습니까? 사람은 감정의 동물이라는 말도 그래서 나온 것이 아니겠습니까? 사람으로 태어나서 기쁨, 두려움, 슬픔, 노여움, 탐욕, 혐오감을 안 가진 사람이 어디 있겠습니까?”

“물론 옳은 말씀입니다. 사람에게는 비록 그 사람이 도인이고 성인이라고 해도 이러한 감정을 전연 안 가질 수는 없을 것입니다. 그러나 그러한 감정을 가질 수 있다는 것과 그 감정의 노예가 되어 자신의 이성을 잃어버리는 것과는 전연 별개의 것입니다. 그러한 감정을 일으킬 수는 있으되 때와 장소에 따라 적절히 조절을 할 수 있는 것과 그렇지 못하고 그 감정에 사로잡혀 이성을 잃어버리는 것 하고는 문제가 전연 다릅니다. 이 여섯 가지 감정을 조절할 수 있는 사람을 우리는 극기력 (克己力)이 있다고 말합니다. 혹은 자기 감정을 자기가 조절할 수 있다고 합니다. 또 이런 사람을 보고 우리는 절제력이 있다고 합니다. 그런데 문제는 이러한 조절 능력이 상실되는 경우입니다."

"선생님, 극기력이나 절제력이 상실되는 경우는 무엇에 그 원인이 있다고 보십니까?"

"아주 좋은 질문을 하셨습니다. 사욕(私慾) 때문입니다. 또 이기심 (利己心) 때문이라고도 하고 욕심 때문이라고도 합니다. 사욕을 극복하지 못하고 조식에 들어가면 건강 향상 이상은 기대할 수 없던가, 까딱하면 아주 위험한 경우에 빠지는 수가 있다 그겁니다."

"위험한 경우란 어떤 것인지요?"

"욕심을 그대로 가지고 조식만 강행하면 악인의 손에 칼을 쥐어주는 것과 같은 위험한 일이 일어나게 됩니다. 사욕을 가진 사람은 아무리 좋은 지식과 기술을 습득하고 좋은 처세술을 익혔다고 하더라도 결국은 자기 욕심을 채우는 데 그것을 이용하게 됩니다. 그 원인을 따지고 보면 지감(止感)하지 못한 채 조식만 하여 영계의 저급령과 파장이 맞아 접신이 되기 때문에 일어나는 현상입니다. 그래서 반드시 지감한 뒤에 조식을 해야 합니다."

"『삼일신고』에는 지감 조식 금촉이라고 하지 않았습니까, 그러면 금촉은 무엇을 말하는 가요?"

"지감한 뒤에 조식만 하면 되느냐 하면 그렇지 않습니다. 반드시 금촉을 해야 합니다. 금촉은 촉감의 세계에서 벗어나는 것을 말합니다. 지감은 욕심에서 벗어나는 것을 말하지만, 금촉은 촉감의 세계 다시 말해서 오감(五感)의 세계에서 벗어나는 것을 말합니다. 아무리 지감을 하고 조식을 열심히 해도 촉감을 극복하지 못하면 성통에 이르기는 어렵습니다."

"촉감에도 여섯 가지가 있죠. 아마."

"맞습니다. 성색취미음저(聲色臭味淫抵)입니다. 소리, 색깔, 냄새, 맛, 성욕, 피부접촉욕을 말합니다. 자칭 도인이라고 하는 사람이 특정한 음악에만 매료되어 이성을 잃는다든가, 또 어떤 색깔만 선호한다든가, 담배를 끊지 못한다든가, 맛을 유난히 밝힌다든가, 여색(女色)을 탐한다든가, 남의 살을 만지기를 좋아한다든가 하는 데 여념이 없다면 그 사람은 이미 도인일 수 없습니다. 구도자는 이러한 오감의 세계에 빠지지 말아야 합니다.

옛 선배 도인들은 하나 같이 생식(生食)을 했습니다. 생식을 한다는 것은 이미 맛의 세계를 떠난 것을 말합니다. 화담 선생은 접근해오는 황진이의 기를 취함으로써 여색의 세계를 초월했습니다. 곽재우 장군은 말년에 망우당에서 솔잎과 송홧가루만을 생식했습니다. 그래도 얼굴에는 언제나 화색이 떠나지 않았다고 『일성록(日省錄)』에는 기록되어 있습니다. 화담 선생은 장마가 져서 개울물이 불어나 교통이 두절되어 보름씩 단식을 했는데도 얼굴엔 오히려 화색이 돌았다고 합니다. 이처럼 선배 도인들은 전부 다 촉감의 세계를 떠난 분들이었습니다."

"선생님, 어떻게 음식을 먹어야 살게 되어있는 사람이 안 먹고도 살 수 있을까요?"

"수련이 깊어지면 천기(天氣)를 몸속에 끌어들여 얼마든지 운용할 수 있게 됩니다. 음식도 알고 보면 장부를 통해서 흡수 소화되어 일종의 가스 형태로 변하여 우리 몸의 생체활동을 영위하는 에너지가 되는 것입니다. 지기(地氣)만이 우리 생체를 가동시키는 에너지라고 생각해서는 안 됩니다. 천기(天氣)만으로도 얼마든지 생체활동은 가능합니다. 아니 천기는 지기보다 더 순화된 고급 에너지라고 할 수 있습니다.

천기는 우리의 영체를 더욱더 많이 진화시킨다는 것을 알아야 합니다. 그렇다고 해서 아무나 천기를 운용할 수 있는 것은 결코 아닙니다. 어떤 사람들은 수련도 별로 깊지 않았는데도 천기만으로 살겠다고 무리하게 절식을 한다든가 단식을 하는 경우가 있는데, 이것은 아주 위험한 일입니다. 주제 파악을 잘못하면 이런 일이 일어납니다.

대주천을 지나 삼합진공에 이르기 전에는 불가능한 일입니다. 요컨대 지감, 조식, 금촉 속에 선도수련의 요체는 다 들어 있다고 보면 됩니다. 이 세 가지를 제대로 하는 사람은 누구나 성통을 할 수 있다고 장담해도 됩니다. 무슨 복잡한 개론서가 따로 필요하겠습니까? 시중에는 너무나도 많은 선도와 단학에 관한 책들이 나와 있습니다만 지감, 조식, 금촉을 제대로 해설해 놓은 책들이 거의 없는 실정입니다. 무엇이 선도의 핵심인지를 모르기 때문입니다.

거듭 말하지만 반드시 지감하고 나서 조식을 해야만 수련에 큰 진전이 있게 됩니다. 지감 조식에 성공을 했으면 반드시 금촉을 해야 합니다. 이것을 하나하나의 단계로 생각할 것이 아니라 이 셋을 거의 동시에 실천해야만이 소기의 성과를 거둘 수 있다는 것을 알아야 합니다.

한국인으로 태어난 사람이 선도를 하려면 꼭 다음 사항을 준수해야 합니다.

첫째, 삼황천제를 마음의 큰 스승으로 삼고,

둘째, 『천부경』, 『삼일신고』, 『참전계경』의 삼대경전을 지표로 삼고

셋째, 지감 조식 금촉을 반드시 실천하면 됩니다."

"선생님 그럼 외국인으로 태어난 사람으로서 선도를 하려면 어떻게 하면 되겠습니까?"

"자기네 문화 풍토에 알맞는 스승과 지표로 삼을 만한 무엇인가가 반드시 있을 것입니다. 그것을 수단으로 삼아 수련을 하되 지감 조식 금촉은 반드시 해야 됩니다. 그러나 그 외국인에게 스승도 지표도 삼을 만한 것도 없다면 삼황천제를 스승으로 삼고 삼대경전을 지표로 삼아도 무방합니다. 우리의 국조님들은 원래 홍익인간 이화세계를 이상으로 삼았습니다. 이러한 이상은 인간이라면 누구나 저항감 없이 받아들일 수 있습니다.

삼대경전 역시 이것을 구체화한 것입니다. 그러나 이 자리에서 명확히 말씀드리고 싶은 것은 삼황천제나 삼대경전은 어디까지나 진리에 도달하고 큰 깨달음을 얻기 위한 수단이지 목적 그 자체가 될 수는 없다는 것입니다. 어디까지나 우리가 성통이라는 목적지에 도달하기 위한 방편이라는 점은 꼭 알아두어야 합니다. 다시 말해서 이용할 대상이지 숭배할 목적은 절대로 아니라는 것을 명심해야 합니다."

"그럼 선생님 우리가 과연 숭배할 수 있는 대상은 무엇일까요?"

"그것은 우주 전체를 지배하고 관장하는 생명의 주체인 진리 즉 하느님이라고 할 수 있습니다. 우리가 수련을 통하여 진아(眞我)의 경지에 도달하면 바로 이 진리와 합일(合一)이 되는 겁니다."

"그렇다면 결국은 성통한 자기 자신이 숭배의 대상이 되겠네요?"

"그렇습니다. 진아는 진리와 하나가 되는 것이니까요."

"선생님 오늘 좋은 말씀 고맙습니다. 삼황천제, 삼대경전, 지감·조식·금촉으로 요약되는 수련 지침을 확실히 알게 되어 감사합니다."

인문(人門)과 도문(道門)

1991년 12월 31일 화요일 −4~3℃ 가끔 흐림

오후 2시 『선도체험기』 6권의 인쇄 교정을 보기 시작했다. 저녁 6시 경 주경훈 씨가 오래간만에 오리알과 오렌지 주스를 한아름 안고 왔다. 그는 빈손으로 오는 법이 없다. 올 때마다 그럴 필요가 없다고 해도 그는 막무가내다. 나를 생각하는 그의 성의가 가상하여 나는 어떻게 하든지 그의 수련을 도우려고 애를 쓰지 않을 수 없다.

그것이 인지상정이란 말인가? 역시 오는 정이 있어야 가는 정이 있다는 말인가? 그런 의미에서 주경훈 씨는 인간이 더불어 살아가는 도리에 달통한 것 같다. 인간의 도리에 달통한 사람이 수련도 잘되는 것을 나는 많은 수련생들을 접하면서 알게 되었다. 사람이 이 세상을 잘 살아가는 방법은 남들과 어떻게 잘 어울리는가에 성패가 달려 있다. 인간과 인간이 원만하게 어울려 돌아갈 때 이 세상은 밝아지고 희망이 있다.

그렇다면 인간과 인간이 원만하게 어울려 살아가는 근본 도리는 무엇일까? 그것은 자기 이익보다는 남의 이익을 먼저 생각하는 자세다. 다시 말해서 삶의 축(軸)을 자기중심에 두느냐 전체 중심에 두느냐에 따라 지옥도 되고 천국도 될 수 있다는 말이다. 생활의 축을 전체 중심에 둘 때 인간은 상부상조하는 기풍이 저절로 조성된다. 이렇게 되면 홍익인간 이화세계는 저절로 이룩된다. 상부상조하는 대조화의 세계가 바로 오감을 초월한 실상(實相)의 세계다.

우리집을 찾아오는 수많은 수련생들을 일일이 대하면서 나는 어느덧 큰 깨달음을 얻었다. 하도 많은 사람을 대하다 보니 이제는 첫인상과 언행 하나만 보고도 그 사람의 중심을 꿰뚫어 볼 수 있게 되었다. 그 판단의 기준은 그 사람의 삶의 축이 이기(利己)에 있느냐 이타(利他)에 있느냐가 한눈에 들어온다. 그런데 자기중심에서 벗어난 사람일수록 성실하고 진지하다. 이런 사람은 비록 수련의 속도가 느리긴 해도 꾸준하게 상향 곡선을 긋고 있음을 볼 수 있다. 그들은 사람 사는 도리가 무엇인가를 본능적으로 알고 있고 남과의 관계에서 거침이 없다.

전후좌우 상하가 툭 틔어 있다. 줄 것 주고 받을 것 받을 줄 아는 사람이다. 가족을 위시하여 사람이 모여 사는 어느 집단에서든지 이처럼 자기중심 즉 이기심에서 벗어난 사람은 대환영을 받게 마련이다. 그러나 자기 잇속만 차릴 줄 알고 남에게 내어줄 줄은 모르는 사람은 어느 인간집단에서도 환영은커녕 따돌림을 당하기 일쑤다. 소외당하면 외로움을 타게 된다. 따지고 보면 외로움은 욕심에서 나오는 것이다. 인문(人門)이 툭 트인 사람은 절대로 외로움을 느낄 여유가 없다. 그와 접하는 모든 사람들이 그를 존중하고 아끼기 때문이다.

선도수련을 하는 사람은 우선 인문이 트인 사람이어야 한다. 인문이 막힌 사람으로서 간혹 도문이 열린 사람이 있다. 이런 사람이야말로 경계해야 한다. 이런 사람이 조식(調息)만을 계속할 경우 가공할 만한 현상이 일어나게 된다. 단학 보급을 빙자하여 사기를 쳐서 돈을 거두어들이고 옥문(玉門)수련을 한답시고 순진한 처녀들의 정조를 유린하고 자기가 아니면 아무도 성통할 수 없다고 사기를 치는 행위는 바로 인문(人門)이 막힌 채 도문(道門)만 약간 열린 자가 수련을 계속했을 때 일어나는 무서운 부작용이다.

그래서 선도수련을 하려는 사람은 마땅히 자기 자신을 냉정히 돌아볼 줄 알아야 한다. 생활의 축이 자기중심이 아닌가를 항상 예리하게 반성해 볼 줄 알아야 한다. 이기심, 개아(個我), 그리고 소아(小我)의 껍질에서 벗어나지 못한 사람은 함부로 선도에 깊이 정진할 생각을 하지 말아야 한다. 그것은 자신은 물론이고 많은 사람들에게 불행을 가져오기 때문이다.

주고받는 것이 없으면 무릇 모든 인간관계는 유지될 수 없다는 것은 진리다. 부모 자식 사이라도 그렇다. 부모가 자녀를 낳아 키워주고 교육시키고 결혼까지 시키는 것은 의무적으로 해야 한다. 그러고 나서 분가해 나간 자식이 1년이 가도 10년이 가도 부모를 찾아보지 않는다면 부모 자식 사이는 명목만 있을 뿐 알맹이는 쏙 빠진 것이나 같다.

또 뻔질나게 찾아온다고 해도 빈손으로만 온다면 그런 자식을 좋아할 부모가 어디 있을 것인가? 부모 자식 사이라고 해도 일단 결혼을 하여 집을 떠났으면 오래간만에 찾아올 때는 예의를 지킬 줄 알아야 한다. 제법 그럴듯하게 차리고 살면서도 가져오는 건 없이 가져만 가려고 하는 자식이 있다면 아무리 돈 많은 부모라도 좋아할 리는 없다. 좋아하기는커녕 속으로는 괘씸하게 여길 것이다.

이것이 인지상정이다. 인정은 물 흐르듯 해야 한다. 그러나 일방적으로 한쪽에서 다른 쪽으로 흐르기만 하는 것이 아니라 양쪽에서 상대방을 향해서 서로 흘러야 한다. 이것을 인정의 교류라고 한다. 부모 자식 간에도 서로 주고받는 것이 있어야 돈독한 의리가 지속되는데 하물며 남남끼리야 더 말해 무엇하랴.

한쪽이 아낌없이 상대방에게 주면 받는 사람도 아낌없이 주고 싶게 마련이다. 이것이 가장 자연스러운 인정의 흐름이다. 인간관계는 어떻게 보면 배구 시합을 하는 것과 같은 것임을 알아야 한다. 인정은 공처럼 서로 상대방을 향해 왔다 갔다 하는 동안에 두 사람의 관계는 더욱 깊어지고 돈독해진다. 스승과 제자 사이도 마찬가지다. 스승이 제자에게 지식이나 깨우침이나 능력을 전수했는데도 제자가 스승에게 아무런 보상을 하지 않는다면 조만간에 그 관계는 끊어지게 된다.

한쪽에서 공이 넘어갔는데도 공이 되넘어 오지 않으면 게임은 중단되고 만다. 그러나 스승은 장사꾼은 아니므로 제자에게 야박하게 즉각적인 대가를 요구하지는 않는다. 그렇다고 해서 언제까지나 아무런 보상을 해줄 줄 모른다면 사제지간의 의리는 자연스럽게 끊어지게 된다. 모든 인간관계는 부모 자식 관계나 스승과 제자 사이를 포함해서 엄격한 거래로 성립된다는 것을 알아야 한다. 그것은 공을 끊임없이 주고받는 사이에 기량이 향상되는 것과 같은 이치다.

이러한 거래를 무시하면 낙오자가 될 수밖에 없다. 도를 닦는다고 산속에 들어가 동굴 속에 앉아서 명상이나 한다고 되는 것이 아니라 이러한 인간관계의 진리부터 터득해야 한다. 이것이 기초가 되어야 한다. 인간적인 됨됨이가 든든하지 못한 사람은 무엇을 해도 실패한다.

인간적인 됨됨이가 덜된 사람이 도를 닦으면 사이비 교주, 사기꾼, 사교집단의 우두머리가 되어 수많은 사람에게 피해를 주는 이치가 바로 여기에 있다. 주고받는 인간의 도리를 깨우치지 못한 사람은 욕심과 이기심에 사로잡혀 있다. 상부상조하는 대조화의 원리를 터득하지 못한 것이다.

이러한 원리를 체득하고 실천할 줄 모르는 사람은 그다음 단계로 뛰어오를 수 없다. 사람과 사람끼리 어울려 살아갈 줄도 모르는 주제에 도를 닦겠다는 것은 번데기의 껍질을 벗지도 못한 누에가 하늘을 날겠다는 것만큼이나 어리석은 일이다. 우선 사람과 사람이 더불어 살아가는 도리를 터득한 뒤에 도를 추구해야 한다. 이 세상에 사이비 교주들이 날뛰는 것은 인간이 인간과 더불어 살아가는 도리도 모르면서도 감히 목사나 선사나 승려가 되어 중생을 가르치겠다고 나서기 때문이다.

나는 이런 폐단을 너무나 잘 알고 있어서 찾아오는 사람을 유심히 관찰한다. 행여 내가 도움을 주는 사람 중에 인간이 살아가는 도리도 모르는 채 다시 말해서 인문(人門)도 열리지 않은 채 도문(道門)을 열겠다는 사람이 없는가 해서다. 그러나 유감스러운 일이지만 나를 찾는 대부분의 사람들은 인문이 닫힌 채 도문만을 열려고 한다. 욕심을 가진 채 기술만 배우려고 하는 것과 같다. 인격 수양은 제쳐 놓고 초능력만 얻으려고 하는 것이다.

하도 많은 방문객을 대하다 보니 내 눈은 단번에 이런 사람을 꿰뚫어 본다. 이런 사람들과는 기운이 교류가 되지 않는다. 마음이 가야 기운도 따라가게 마련인데 마음이 가지 않으니 기운이 따라갈 리가 없다. 그래서 그럴까? 유난히 수련이 잘되는 경우는 사람과 사람이 더불어 살아가는 도리를 피차가 터득했을 때이다.

주경훈 씨가 바로 그런 사람들 중의 하나다. 바위처럼 든든하고 쇠힘줄처럼 끈질긴 데가 있는 대기만성형이다. 양은 냄비형이 아니고 무쇠솥 형이어서 천천히 달아오르고 오래도록 끓을 것이다. 수련이 일정한 궤도에 접어들면서부터 요즘은 가속도가 붙는 것 같다. 지난번 왔을 때보다 기운도 한결 맑아졌다. 이렇게 기운만을 보고도 상대방의 수련이 향상되고 있음을 확인할 때 나는 정말 흐뭇한 보람을 느낀다. 벌써 2년 동안이나 한 달에 한두 번씩 거르지 않고 나를 찾는 그는 아직 삼십을 갓 넘긴 젊은 나이인데도 도(道)의 진수를 체득하고 있었다.

나는 수련을 도움받으려 찾아오는 사람들에게 일체 수련비나 회비를 받지 않는다. 그러나 자연스런 인정의 교류야 어찌 인위적으로 막을 수 있겠는가. 파란 많은 금년(단기 4324년, 서기 1991년)을 넘기는 마지막 날에 이러한 제자가 찾아왔다는 것은 나에게 시사하는 바가 컸다. 내가 하는 일이 결코 헛된 일이 아니라는 흐뭇한 느낌을 갖게 한다.

참스승이 있는 곳

1992년 1월 6일 월요일 0~3℃ 흐리고 비 눈

오후 2시 인천의 K씨가 장진수라는 사람을 데리고 왔다. 하단전은 약한데 신기(神氣)는 강해서 헛것을 많이 보는 것 같았다.

"혹시 『선도체험기』라는 책을 읽어본 일이 있습니까?" 하고 내가 묻자,

"그렇지 않아도 K형이 추천을 하기에 사다가 첫 권을 읽으려고 하니까 갑자기 책장이 새빨개지면서 글자가 전연 보이지 않아서 못 읽었습니다."

"그럼 『선도체험기』도 안 읽고 뭣 때문에 오셨습니까?"

"하도 다급해서 무슨 방법이 없을까 하고 찾아왔습니다."

"지금 내 눈에는 장진수 씨한테는 수많은 잡령들이 빙의되어 있는 게 보입니다. 『선도체험기』를 읽으면 그러한 잡귀신들이 다 도망치게 되어 있습니다. 그런데 책을 안 읽고 왔기 때문에 잡귀들이 그대로 붙어 있습니다. 그냥 돌아가셔서 어떻게 하든지 지금까지 발간된 『선도체험기』를 모조리 다 읽고 오십시오."

"그런데 책만 읽으려고 하며 책장이 새빨개지는 것은 왜 그럴까요?"

"그게 바로 시련입니다. 잡귀들이 떠나기 싫으니까 눈을 가려서 못 읽게 방해를 놓는 겁니다. 그렇다고 해서 잡귀들에게 지지 말고 끝까지 읽어내야죠. 굳건한 의지력이 필요합니다."

"네, 선생님 무슨 말씀인지 알겠습니다."

오후 3시. 수련생 N씨가 사과를 한 광주리 들고 왔다. 마주 앉아서 운기를 해보니 중단이 꽉 막혀 있었다.

"누구와 대판 싸운 것 같은데. 왜 그랬습니까?"

"부하 직원이 하도 말을 안 들어서 어제 좀 화를 냈더니 중단이 꽉 막히면서 임독이 유통이 되지 않는 것 같습니다."

"아무리 선도수련을 한다고 해도 인간인 이상 남과 어울려 생활을 해 나가다 보면 화가 날 때가 없을 수는 없는 법입니다. 그러나 선도를 안 하는 사람하고는 뭔가 달라도 다른 데가 있어야 할 게 아닙니까?"

"죄송합니다."

"내가 죄송하다는 말을 들으려고 이런 말을 하는 것은 아닙니다. 보통 사람들이 화를 내는 것과 선도하는 사람이 화를 내는 것은 반드시 다른 데가 있어야 합니다. 선도를 하는 사람은 화를 내도 자기 몸이 상하지 않도록 해야 합니다. 다시 말해서 분노에 먹혀버리지 말아야 합니다. 분노에 사로잡히는 대신에 일단 일어난 분노를 다스릴 수 있어야 합니다. 한번 속에서 치민 분노에 이성을 잃는가, 아니면 이를 다스릴 수 있는가 하는 것이 바로 일반인과 선도인의 차이를 판가름하는 분수령입니다. 그래서 지감(止感)한 다음에 조식(調息)을 하라고 하지 않았습니까. 수련이 어느 정도 진행이 되다가 갑자기 치민 분노를 다스리지 못하면 수련을 안 할 때와는 비교도 안 되게 가슴을 상하게 된다는 것을 알아야 합니다."

"선생님, 그건 왜 그렇죠?"

"그동안 N씨는 백회도 열리고 수련이 상당히 진척이 되었으니까 그만큼 운기가 활발해졌습니다. 보통 사람보다 활발한 운기가 그런 때는 오히려 몸을 해치는 겁니다. 날카로운 칼날이 무딘 칼날보다 더 몸을 상하게 하는 것과 같습니다. 그래서 검도의 고수들은 함부로 칼을 빼지 않습니다. 권투 선수들도 함부로 주먹을 휘두르지 않습니다. 차라리 억울한 매를 맞을지언정 함부로 주먹을 휘두르지 않는 이유는 자신의 주먹의 세기를 잘 알고 있기 때문입니다.

외공(外功)을 하는 사람들도 이럴진대, 특히 내공(內功) 수련을 하는 선도인(仙道人)들은 더 말해 무엇 하겠습니까? 그래서 임독이 열리고 백회가 열려 대주천이 되는 선도인은 좀처럼 화를 내지 않습니다. 한번 화를 냈다 하면 상대방도 자기 자신도 동시에 크게 상하기 때문입니다.

백회가 열린 선도인은 화를 낼 줄 몰라서 안 내는 것이 아니라 한번 화를 냈다 하면 자기 자신이 말할 수 없는 고통을 당하기 때문에 겁이 나서 화를 못 내는 겁니다. N씨는 『선도체험기』를 열심히 읽는다고 하기에 그만한 상식쯤은 알고 있는 줄 알았는데 이제 보니 그렇지도 않은 것 같습니다."

"왜요? 알고는 있었습니다만 화를 내는 순간에 깜빡 했죠. 정말 죄송하게 됐습니다."

N씨가 이렇게 말하면서부터 그의 막혔던 중단은 서서히 풀려 내리고 있었다. 그의 중단이 열리면서 내 중단이 막혀 왔다. 사기(邪氣)가 나에게까지 옮겨온 것이다.

"조심해야 합니다. 자기 자신의 수련 정도를 잊고 함부로 화를 내다가

까딱하면 내장이 크게 손상을 입는 수도 있고 심하면 기절하는 수도 있습니다. 이렇게 될 바에는 차라리 수련을 안 하는 것만 못합니다."

"네, 앞으로 각별히 조심하겠습니다. 이제야 선도의 고수들이 함부로 화를 안 내는 진정한 이유를 알 것 같습니다."

그가 떠난 뒤 두 시간쯤 지나서야 N씨 때문에 막혔던 내 중단도 서서히 풀려 내리기 시작했다.

1992년 1월 8일 수요일 −1∼4℃ 가끔 흐림

인천에 사는 정진화 씨가 두 명의 수련자를 데리고 2시에 왔다가 3시 반쯤 떠날 임시에 말했다.

"선생님 이 세상에는 참으로 기묘한 일이 다 있습니다. 무슨 일인지 아시겠습니까?"

"무슨 일인데요?"

"바로 이곳 선생님 앞에서 그 기묘한 일이 벌어지고 있습니다. 저는 고려 말의 충신인 정몽주 선생의 20대 후손이고, 제 왼쪽에 앉아 있는 이 사람은 정도전 선생의 21대 후손인 정윤수 씨이고, 그 옆에 앉은 사람은 이성계의 20대 후손인 이순재 씨입니다. 따지고 보면 세 분 조상님들은 전부가 은수(恩讐) 관계에 있던 분들인데 그 후손인 우리들은 공교롭게도 오늘 선생님을 찾아 사이좋게 수련을 도움받고 돌아가게 되었으니 인연이란 얼마나 기구한 것입니까?"

"그렇다면 참으로 축하할 일입니다. 육안으로는 보이지 않는 조상님들의 기운줄이 언제나 후손에게도 연결이 되어 있다는 것을 알 수 있는 일이 아닙니까? 국가뿐만이 아니고 인간관계도 어제의 원수가 오늘의 친구로 변할 수 있는 겁니다. 이러한 역전과 변화가 없다면 인간관계는 얼마나 삭막하고 답답하겠습니까?"

"선생님께서 이런 좋은 자리를 마련해 주신 것을 정말 우리들은 충심으로 고맙게 생각합니다."

오후 4시부터 5시 사이에 또 두 사람이 찾아왔다. 한 사람은 청주에서 온 김은성 씨. 또 한 사람은 대구에서 온 서진영 씨.

요즘은 찾아온 사람들을 3미터 앞에 앉혀 놓고 운기를 해 보면 어느 경혈이 열릴 준비가 되어 있는지 알 수 있다. 중요한 것은 상대가 경혈을 열 만한 마음의 준비가 되어 있는가 하는 것을 판단하는 일이다. 지감 수련이 덜된 사람, 다시 말해서 욕심과 집착에서 벗어나지 못한 사람, 개아(個我)와 이기(利己)의 껍질 속에서 벗어나지 못한 사람은 백회가 열려도 오히려 위험한 수가 있다. 하늘의 기운을 받을 준비가 덜된 사람에게 많은 기운이 주어지면 철없는 어린애에게 칼을 쥐어주는 격으로 홍익인간 하는 데 이용할 줄 모르고 사욕을 채우기 쉽다.

큰 기운을 받았으면 그것을 자신의 인간 완성을 위해서 수련을 더욱 정진시키든가 남을 위해서 이용할 줄 모르고 겨우 돈벌이에 이용하는 일이 있다면 아예 처음부터 기운을 받지 않는 것만 못하다. 사욕에서 벗어나지 못한 사람이 큰 기운을 받으면 영락없이 사이비 교주나 무당이나 초능력자나 점쟁이로 전락되어 버리기 때문이다. 이것은 사회악을 조장하는 것밖에는 안 된다. 옥석을 구분할 수 있는 안목이 중요한 이유가 여기에 있다.

호기심을 만족시키거나 초능력을 얻기 위해서 나를 찾지 말아주기를 이 자리를 빌어서 방문객들에게 간절히 바란다. 피차 정력과 시간 낭비 밖에는 되지 않기 때문이다. 진정으로 지감하고 조식을 했다면 절대로 이런 일은 일어나지 않을 것이다. 지감은 이기심을 극복하는 수련이다. 이기심을 극복하지 못한 사람은 수련이 크게 향상되지 않고 항상 제자리걸음을 하게 된다. 그것은 차라리 다행이다. 그것은 우주의 섭리기 때문이다. 이기심을 극복 못한 사람이 수련이 급진전되었다면 영계의 사기꾼 같은 저급령에 빙의될 것이므로 그것이야말로 크게 경계해야 할 일이다. 사이비 교주가 또 한 사람 생겨날 것이기 때문이다.

지감하고 조식을 했다고 해도 금촉을 못하면 허사다. 금촉은 촉감에서 자기 자신을 해방시키는 수련이다. 성색취미음저 중에서도 대표적인 것이 취미음(臭味淫)이다. 즉, 냄새, 맛, 성욕이다. 흡연과 식도락과 섹스를 초월하지 못하면 수련은 또 다시 답보를 면치 못하게 될 것이다. 따라서 지감 조식 금촉은 삼위일체가 되어 나란히 진행되어야 한다. 두 사람은 아직 준비가 안 되어 있었다.

이기심이 떠나면 겁도 떠난다

1992년 1월 9일 목요일 −2∼4℃ 흐린 후 맑음

오후 3시 수운회관에 가서 펜클럽 회장 선거에 투표하고 전철로 돌아오면서 내내 두 번째로 검찰에 고소당한 일을 생각했다. 결말이 어떻게 날까 하고 불안해하고 초조해 한다고 사태가 달라지는 것은 아니다. 진인사대천명(盡人事待天命)이라고 내가 할 수 있는 모든 일을 다한 이상 모든 것을 하늘에 맡기자는 심정이 되었다. 문제는 내 마음을 내가 어떻게 다스리느냐에 달려 있다. 마음먹기 여하에 따라 천국도 되고 지옥도 되는 것이다.

어떤 역경을 당했을 때 그것을 어떻게 보느냐에 따라 사태는 180도 달라질 수 있다. 그 불행에 압도되어 허둥지둥 어쩔 줄 모르고 당황하고 절망하고 고민하느냐 아니면 이미 벌어진 사태를 조용히 관조하면서 하나하나 해결책을 차분하게 강구해 나가느냐에 따라 전화위복(轉禍爲福)이 될 수도 있다. 나는 이번 사태를 수련의 기회로 본다. 이 시련을 제대로 극복해 나간다면 다음 단계로 수련은 비약할 수 있다.

나 역시 생전 처음 당해보는 이번 사태에 불안과 걱정과 괴로움이 전연 없을 수는 없었다. 어떻게 하면 이에 사로잡히지 않고 타고넘을 수 있을까. 불안, 초조, 걱정, 괴로움은 인간의 실상이 아니다. 그런 것은 이기심과 사욕 때문에 생기는 것이다. 이 사실을 알고 나면 불안과 초조, 걱정 근심 괴로움은 한번 지나가면 그만이다. 일과성(一過性) 파동과 같은 것이다. 이기심이나 집착에서만 벗어난 사람이라면 파동처럼 스쳐 지나가도록 내버려두기만 하면 된다.

불안, 초조, 걱정은 우리가 잡지만 않는다면 그냥 지나가 버리는 환영에 지나지 않는다. 환영은 어디까지나 실상은 아니다. 마음의 파동에 지나지 않기 때문에 한번 지나가면 그만인 것이다. 잡거나 피하려 애쓰지 말고 지나가도록 내버려두라. 왜 이런 일이 생기는지 관조하라. 그리고 자신이 할 수 있는 일을 빼고는 모든 것을 섭리에 맡기라. 단 양심에 거리끼는 일이 없으면 된다. 부당하고 억울한 고통을 당할까 봐서 겁을 내는가? 그것도 따지고 보면 다 이기심에서 나온 것이다. 이기심을 떠나면 겁 같은 것은 날 리가 없다. 다 하늘에 맡기면 알아서 처리할 것이다. 사명을 맡긴 하늘이 모른 척할 리가 있겠는가? 단지 앞으로 되어 나갈 일을 조용히 관조하라.

집에 돌아온 나는 조용히 자리에 앉았다. 가부좌하고 명상하라. 활발하게 운기 조식하라. 마음은 고요히 가라앉고 평온해질 것이다. 하늘 기운이 백회로 들어와 자신감을 북돋우어 줄 것이다. 나는 배우다. 무대에서 배역을 맡고 있다. 각본은 이미 하늘이 써 놓은 것이다. 나는 각본대로 움직일 뿐이다. 무슨 두려움이 있을 수 있단 말인가?

오후 5시 이후에는 너무나도 강한 기운이 폭포처럼 백회와 인당을 비롯한 머리 전체로 내리 꽂혔다. 하늘 기운과 하나가 되면 불안, 초조, 걱정, 근심 따위는 설 자리를 잃게 된다. 개아(個我)와 진아(眞我)의 분수령을 넘어 결정적으로 진아 쪽으로 기울어질수록 마음은 평온

하고 즐겁다. 불안, 초조, 근심, 걱정은 욕심을 청산 못한 개아(個我)의 집착으로 일어나는 것이다. 진아에 접근할수록 가아(假我)의 그림자는 햇볕 속에서처럼 설 자리를 잃게 된다.

결론적으로 말해서 이번 피소 사건은 내 수련을 한 단계 높여 놓았다. 진아의 정체를 손에 잡힐 듯이 깨달았기 때문이다. 진아야말로 하느님이고 진리이고 대생명력이고 도(道)이다. 가아(假我)를 누르고 진아를 끌어내는 방법을 알아냈다. 지감하고 조식하고 금촉하는 방법을 새로 발견한 것이다.

1992년 1월 12일 일요일 0~4℃ 가끔 흐림

등산 도중 땀을 많이 흘렸다. 집에 돌아와서는 목욕 끝내고 두 시간쯤 누워 있었다. 지난 해 12월 19일 검찰에 불려간 이후 어제까지 지속된 마음고생이 드디어 끝이 났다는 신호가 왔다. 꼭 21일만이다. 어떠한 변화든지 심신 속에 정착하려면 최소한 21일의 시일은 걸린다는 말이 맞는 것 같다.

1992년 1월 13일 월요일 −1~2℃ 흐리고 눈 비

작년 12월 19일 검찰에 불려간 사건 이후 겪어온 심적인 부담을 오히려 좋은 수련의 기회로 이용하는 데 성공한 일은 내가 생각해도 대견한 일이 아닐 수 없었다. 아무리 힘겨운 역경이라도 그것을 대하는 마음의 자세 여하에 따라 우리는 얼마든지 좋게 변화시킬 수 있다는 것을 알게 되었다. 역경을 당하여 좌절하는 대신 이를 수련의 기회로 전환시킬 수만 있다면 우리는 한 단계 높은 수련의 경지로 도약할 수 있다.

이기심을 가진 '나'에서 벗어나 하느님과 나, 남과 나, 우주와 내가 바로 하나라는 진리를 마음의 중심에서 자각하고 이를 일상생활에서 실천만 할 수 있다면 어떠한 역경 속에서도 마음고생이 일어날 리가 없다는 것도 알게 되었다. 이기심이 있는 '나'를 벗어나면 모두가 일체이므로 갈등과 고민 같은 것도 있을 수가 없는 것이다. 이제야 나는 사랑하는 아내의 죽음을 앞에 놓고서도 비파를 뜯으며 노래를 부를 수 있었던 장자의 심정을 제대로 이해할 수 있을 것 같았다.

인간의 실상은 어떻게 보면 시작도 끝도 없이 영원히 빛나는 구슬과 같다. 이 구슬을 시간과 공간의 제한을 받는 물질과 오관이 감싸고 있다. 이 구슬은 원래 하느님과 같은 대생명체의 분신이었다. 죄도 질병도 고난도 인연도 욕망도 원한도 없는 바로 하느님 자신이었다. 우리가 물질과 오감의 두꺼운 벽에 둘러쌓이게 된 것은 우리 자신의 마음이 일으킨 망상 때문이었다.

그 망상은 어디서 생겨난 것일까? 부질없는 호기심과 욕심 때문에 생겨난 것이다. 이러한 실상을 깨닫고 그대로 실천하면 생명의 구슬을 감싸고 있는 물질과 오관의 세계는 서서히 녹아 없어지고 구슬 본래의 빛, 영생의 빛을 발하게 된다. 어떤 사람은 영계(靈界)와 신명계(神明界) 또는 선계(仙界)에 강한 호기심을 갖고 있다. 그러나 이것 또한 현상계에 지나지 않는다는 것을 알아야 한다. 일체의 현상계(現象界)는 실상(實相)의 세계는 아니다. 따라서 우리는 일체의 현상계에 연연하지 말고 실상의 세계, 생명 자체의 실상을 깨달아야 한다.

　일체의 현상계는 비록 질의 차이는 있을망정 생명의 구슬을 감싸고 있는 막에 지나지 않는다. 따라서 이 막을 완전히 거두어버리고 구슬 속으로 뛰어들면 인연도 죄도 질병도 죽음도 모두 다 초월하게 된다. 생명의 실상은 빛이고 영생이고 사랑이고 능력이고 지혜다. 원래는 밝고 영원한 하느님과 같은 생명체였는데 어쩌다가 미망의 늪에 빠져 어둠의 막을 둘러쓰고 있으니 이것을 거두어버리고 진정한 본래의 나 자신으로 돌아가야 되겠다는 자각이 바로 진아를 회복하려는 구도심이다.

　인간은 어떠한 역경과도 조화를 이룰 수 있다. 인간만큼 뛰어난 적응력을 과시한 생명체는 달리 찾아보기 어렵다. 시베리아의 혹한 속의 강제 수용소에서도 절망하지 않은 인간은 살아남을 수 있다. 공기가 없는 달이나 화성 같은 천체 속에서도 인간은 기필코 살아남을 수 있을 것이다. 그러나 혼자서는 어렵다. 삼라만상과 함께 상부상조하는 대조화의 세계 속에서만 가능한 일이다. 인간은 이러한 조화의 환경 속에서라면 평온을 찾을 수 있다.

　하느님의 분신인 인간에게는 본래 육체도 병도 욕망도 없었다. 삼라만상 일체와 화해하면 가슴속에 걸려 있는 온갖 집착이 사라지고 질병까지도 사라진다. 만성병이 낫지 않는 것은 항상 그 병을 마음속에 그리고, 놓지 않으려는 상념이 구상화되어 있기 때문이다. 아픈 곳이 있는 사람은 아프지 않은 곳에 감사하라. 그래도 낫지 않으면 아픈 곳에 감사하라. 아프다는 것은 낫겠다는 자연치유력이 발동하고 있음을 말해 준다. 그 자연치유력에 감사하라. 감사하는 마음은 살리는 마음이

다. 욕망의 화신인 가아(假我)에 집착하는 한 인간은 영원히 괴로움에서 벗어날 수 없다.

기방(奇方)과 사방(私方), 영술(靈術), 증상, 통계, 국부, 병명으로 병을 치료하려는 것은 인과율을 무시한 폭력이나 마약과 같아서 근본 치료가 되지 않는다. 일시적으로 나았다가도 금방 또 도지게 된다. 자연에 순응하여 막힌 경혈을 터주고 진아(眞我)의 실상을 깨닫게 하면 그러한 마음의 변화가 투영(投影)되어 질병의 뿌리는 뽑혀 나가게 된다.

인간은 사랑을 느낄 때 창조가 이루어진다. 사랑의 대상은 일거리도 될 수 있고 사람도 될 수 있다. 사랑은 사랑을 받는 일거리나 사람뿐만 아니라 사랑을 일으킨 사람까지도 살려준다. 긴 안목으로 보면 질병과 고민은 결국 이기주의적 욕망 때문에 생긴다. 이기주의적 욕망이 집착을 낳고 그것이 다시 병과 고민을 만든다. 따라서 모든 집착을 버리고 오직 사랑, 지혜, 생명, 능력을 이웃과 나라와 인류 전체를 위해 바칠 때 병도 사라지고 진정한 기쁨은 찾아온다.

인간은 원래가 하느님의 분신이므로 영생과 풍부한 재산이 주어져 있어서 어떠한 경우에도 손해를 보는 일이 없다는 자각이 일 때 비로소 차분해지고 침착해진다. 이와는 반대로 손해를 본다거나 가진 것이 줄어든다는 느낌이 들 때는 안절부절못하게 된다.

〈12권〉

길을 묻는 사람들

1992년 1월 28일 화요일 -1~5℃ 비 조금

수원의 강석훈, 경남 함안의 유부근 씨가 우연히 같이 와서 수련을 했다. 이제 나이 27세의 건장한 청년인 강석훈 씨가 말했다.

"선생님 댁에 찾아오면 언제나 기운이 좋습니다. 저는 두 번째 찾아 왔습니다만 지난번에 왔을 때보다 오늘은 기운이 더 강해진 것 같습니다."

"언제 왔었죠?"

"작년 12월 11일에 왔었습니다. 그때 선생님께서 제 백회를 때가 되었다면서 열어주셨습니다. 그때부터 어떻게 운기가 강하게 되는지 저는 완전히 새로운 인간으로 다시 태어난 느낌입니다. 그때 한번 다녀간 뒤에 도장에서 몇 달 수련한 것보다 더 많은 기운을 받은 것 같습니다."

"혹시 몸살 같은 것은 앓은 일 없어요?"

"백회 연 다음에 며칠 동안은 명현반응이 하도 심해서 사흘쯤 몸살 비슷한 것을 앓기는 했지만 자리에 눕지는 않았습니다. 그런데 말입니다. 선생님, 전 『선도체험기』를 최근에 1권서부터 6권까지 다시 정독을 했습니다만 단계적으로 강한 기운이 들어오는 것을 느꼈습니다. 특

87

히 6권 마지막 부근에서는 가장 많은 기운을 받았습니다. 선생님 그것은 왜 그렇죠?"

"도공이 도자기를 만들 때 온 정력을 기울여 무아지경 속에서 자신의 기량을 작품에 주입하면 명품이 생겨나게 마련입니다. 그와 마찬가지로 나 역시 작품을 쓸 때, 특히 『선도체험기』를 쓸 때는 내 온 정력이 글 속에 녹아들어 갑니다. 화가가 그림을 그릴 때, 서예가가 붓글씨를 쓸 때도 사정은 마찬가집니다. 예술가가 자기 작품에 열중할 때 나타나는 영감이 구사된 작품이 명작입니다. 이러한 작품은 아무리 감상을 해도 싫증이 나지 않을 뿐더러 보면 볼수록 신비한 감회에 사로잡히는가 하면 뭐라고 말할 수 없는 기묘한 신기(神氣)나 향기 같은 것을 느끼게 되는 것입니다. 선도수련으로 기 감각이 발달된 사람은 물론 기운까지도 느낄 수 있습니다. 내 작품에서 그러한 기운을 느꼈다면 그 글 속에 다소라도 진실이 담겨 있기 때문일 것입니다."

"과연 그렇겠습니다. 그래서 『선도체험기』만 읽고도 진동을 일으키고 대맥이 열리고 임독이 터지고 백회가 뚫려서 대주천이 되는 사람도 있고 중풍에 걸려 꼼짝 못하던 사람도 병상에서 일어나는 기적과 같은 일이 생기는 모양이죠."

"기적이 아니고 자연의 원리죠. 물이 높은 데서 낮은 데로 흐르는 것과 똑같은 자연의 이치에 지나지 않습니다. 문제는 도문(道門)이 열려서 저자와의 교감(交感)이 이루어지느냐에 열쇠가 달려 있다고 봅니다."

"그런데 선생님의 저서를 읽고 공감을 일으키기도 하고 아무런 감흥도 일으키지 않기도 하는 차이가 나는 것은 왜 그럴까요?"

"인연이 아닌가 생각합니다. 사실 내 작품에 심취할 수 있는 사람은 나와 뇌파의 파장이 비슷한 사람입니다. 그래서 내 피붙이일망정 내 작품에 별 관심이 없는가 하면 생면부지의 독자들이 지방과 해외에서까지 호응해 오는 것을 보면 나와의 여러 생에 걸친 인연이 아니고는 이렇게 파장이 맞을 수가 없습니다."

"그 파장이 맞는다는 것이 인연이라는 말씀이군요."

"파장이 맞는다는 것은 친화력이 있다는 말인데, 그러한 친화력이 생기려면 여러 번의 생에 걸쳐서 깊은 관계를 맺어보지 않는 한 불가능한 일입니다."

"과연 그렇겠는데요."

1992년 2월 4일 화요일 설날 -9~-2℃ 갬

설날이다. 오전 9시 차례를 지냈다. 차례상 앞에서는 지난 추석과 같은 축제 분위기와는 달리 엄숙한 기운이 감돌고 있는 것이 영안에 비친다. 환웅 할아버님께서 나의 직계 조상 할아버님들을 모아 놓고 일장 훈시를 하시는 것 같다.

아내와 현준이는 할아버님들의 분위기와 파장이 맞지 않아서 차례상 차린 방밖으로 잠시 내보낼 수밖에 없었다. 그 새를 못 참고 모자간에 무슨 의견이 맞지 않는지 언성이 높았다. 나가서 조용히 하라고 타일렀다. 조상 신명님들이 신중하게 무슨 의논들을 하는 것으로 보아 심상찮은 일이 있을 것 같은 예감이 들었다.

씨앗에서 싹이 돋아나려면 껍질이 깨어져야 한다. 껍질이 깨어지려면 내부에서 활발한 생명 활동이 일어나야 한다. 인간의 신성이 깨어나려면 자아(自我)의 껍질을 깨어야 한다. 이기심의 한계를 극복해야 된다는 말이다. 이기심을 극복하지 못하면 진아(眞我)가 싹틀 수가 없다.

1992년 2월 5일 수요일 −9∼−2℃ 갬

오전 10시 한창환 씨가 사과를 한 상자 들고 설날 인사차 왔다. 그는 우리집에 출입하는 수련생들 중에서 가장 크게 영안이 뜨이고 타심통과 숙명통까지도 열린 사람이다.

"일전에 제가 선생님께 초상집이나 병원에 찾아갈 때 사기를 물리치려면 어떻게 하면 좋겠느냐고 물어 본 일이 있었죠?"

"그런 일이 있었죠."

"그때 선생님께서는 말씀하시기를 '한'을 부르든가 '한기운, 한마음, 한누리'를 속으로 외우든가 좀 마음의 여유가 있으면 『천부경』을 외우라고 하셨죠."

"그렇게 하면 정기(正氣)가 발생하여 사기(邪氣)를 물리칠 수 있으니까요."

"그런데, 선생님, 며칠 전에 진짜 초상집에 갈 일이 생겼습니다. 동료 직원의 어머니가 병사하셨는데, 과연 상가엔 사기가 꽉 끼어 있는 것이 제 눈에도 보이더라구요. 그래서 선생님이 말씀하신 대로 '한, 한기운, 한마음, 한누리'를 속으로 외우고 나서 『천부경』을 암송하니까 제 몸의 백회, 인당, 전중, 관원을 비롯한 각 경혈을 통해서 빛과 같은 기운이 뻗어나가면서 사기를 물리치는 것이 보였습니다. 그것 참 신통하던데요."

"그건 빛을 보면 어둠이 사라지는 것과 같은 이치입니다. 사기는 일종의 어둠이죠. 사기는 응집이 되면 병균이 될 수도 있습니다. 그것이 몸속에 침입하면 병이 됩니다. 앓던 사람이 사망하면 몸속에 있던 병균은 가스와 같은 사기로 변하여 시체를 떠나게 됩니다. 생체활동이 정지된 주검은 에너지를 공급받을 수 없기 때문이죠. 이때 건강에 이상이 있는 사람은 사기의 침입을 받을 수도 있습니다. 그러나 심신이 건강하고 수련을 통하여 운기가 활발한 사람에게는 정기가 빛처럼 내비치니까 어둠과 같은 사기가 감히 접근을 할 수 없는 겁니다."

"이젠 어디 가서나 사기 따위는 겁내지 않게 됐습니다. 간단하게 물리치는 방법을 알고 있으니까요. 다 선생님 덕분입니다."

"덕분은 무슨 덕분입니까? 누구나 수련을 하다가 보면 자연히 깨닫게 되는 건데."

"그래도 선생님께서 먼저 깨달으시고 우리 같은 후배에게 알려주셨으니 우리는 얼마나 편리합니까. 그렇지 않았으면 굉장히 오랫동안 헤맸을 거 아닙니까? 그건 그렇고 선생님 몸속에 침입한 사기를 물리치는 방법은 어떤 것이 있습니까?"

"사기가 침입했다고 생각되는 신체 부위에서 가장 가까운 중요 경혈을 이용해서 의념(意念)으로 사기를 밖으로 몰아내면 됩니다."

"좀 더 구체적으로 말씀해 주십시오."

"가령 머릿속에 사기가 들어 왔다고 판단이 되면 백회를 통해서 내보냅니다. 또 상체에 사기가 들어 왔다고 생각되면 양 노궁을 통해서 내보냅니다."

"노궁은 장심을 말하는가요?"

"맞습니다."

"또 허리 이하 부위라면 장강이나 용천을 통해서 쫓아내도 됩니다."

"그래도 안 될 때는 어떻게 하죠?"

"인연이 있는 영체(靈體)가 정처 없이 떠돌다가 구도심(求道心)이 싹 터서 도움을 바라고 일시적으로 의탁을 하는 수도 있습니다. 그것은 업장을 해소하는 것이니까 참는 수밖에 더 있겠습니까? 짧게는 한두 시간 길게는 며칠씩 안 떠나고 머물 때도 있습니다."

"그럴 때는 어떻게 합니까?"

"전생의 어느 땐가 인연이 있던 빚쟁이라고 생각하고 잘 구슬러서 빨리 떠나도록 해야 합니다. 영체 역시 길을 잃었지만 일종의 생명체임에는 틀림이 없습니다. 배고파 찾아온 사람 적선하는 셈 치고 잘 설득해서 영계의 자기 자리로 찾아가도록 도와주어야 합니다. 수련이 진척되어 운기가 활발해지면서 깨달음이 오고 영격이 높아지면 일종의 자력(磁力)을 띤 구심력이 생기게 됩니다. 방황하는 영체도 모여들고 구도자들도 모여들게 마련입니다. 그만한 능력이 생겼으니까 그런 손님들이 찾아오는 게 아니겠습니까? 잘 대접해서 수련에 도움을 주도록 해야죠."

"사람은 그렇다 치고 그럼 방황하는 영체도 도와주어야 된다는 말입니까?"

"그럼 과거 생의 인연 따라 모여드는 영체들을 어떻게 할 겁니까. 내가 아는 어떤 출판사 사장은 영적인 세계에 대한 책을 출판하여 크게 성공을 한 사람인데 선도수련을 하지도 않는 분인데도 구도심을 품은 영체들이 새까맣게 붙어 있는 게 영안으로 보입니다."

"그렇게 영체들이 모여드는 이유는 무엇일까요?"

"자동차가 고속도로를 달리다가 기름이 떨어지면 어디로 갑니까?"

"주유소로 가죠."

"구도자가 혼자 수련을 하다가 힘이 달리면 누구를 찾아갑니까?"

"자기보다 수련이 앞선 스승이나 고수를 찾아가겠죠."

"무엇 때문에 찾아간다고 생각하십니까?"

"도움을 받고 기운도 받고 꺼진 등불에 불도 붙이려고 찾아가겠죠."

"한창환 씨는 무엇 때문에 나를 찾아오십니까? 더구나 사과를 한 박스씩 사 들고."

"도움도 기운도 받고 가능하면 한소식 들으려고 왔다고 솔직히 고백해야겠습니다."

"좋습니다. 그렇게 다 털어놓고 말을 하니 얼마나 좋습니까? 하나도 가식이나 형식이 없으니 얼마나 마음들이 편합니까? 영체들도 인간과 마찬가지입니다. 먼 길을 가다가 기운이 떨어져서 그것을 보충하려고 찾아오는 것입니다. 인간은 육체만 가지고 있는 것이 아니고 영체도 가지고 있으니까요. 약한 쪽이 강한 쪽의, 무능력자가 능력자의 도움을 바라는 것은 자연의 이치입니다. 그래서 나는 오는 사람 막지 않고 가는 사람 잡지 않는 대원칙을 언제나 준수하고 있습니다. 인간은 누구나 영적인 존재인 동시에 신적(神的)인 존재입니다. 신이 바로 하느님이죠. 하느님의 나타남이 바로 인간입니다. 그런데 대부분의 인간은 시공과 물질이라는 안개에 최면을 당하여 그 한계를 못 벗어나고 있습니다.

중요한 것은 이 최면에서 벗어나는 일입니다. 그러기 위해서 우리는 지감 조식 금촉 수련을 하루도 쉬지 말아야 합니다. 중심 자각에 의해 깊고 큰 깨달음에 의해 이 시공과 물질의 한계를 벗어난 인간은 다시 신(神)으로, 본래의 하느님의 자리로 돌아갈 수 있습니다. 하느님과 나, 남과 나, 우주와 내가 바로 한몸이라는 크나큰 자각에 도달한 사람은 하느님의 큰 사랑, 큰 지혜, 큰 능력을 발휘할 수 있다는 확신을 갖고 이를 일상생활에서 실천해야 합니다.

그렇게 하면 조만간 신명계에서 사명이 떨어지게 됩니다. 사명을 받은 사람은 그 사명을 완수하기 위해서라도 하느님의 사랑과 지혜와 능력의 극히 일부분이라도 구사할 수 있게 됩니다. 그의 깨달음의 정도에 따라 그렇게 된다는 말입니다. 단 이때 조심해야 할 것은 그 능력과 지혜를 절대로 자기 개인의 이익을 위해 사용하면 안 된다는 겁니다.

사욕을 위해 하늘이 내려준 능력과 지혜를 이용한다는 것은 하늘의 뜻을 배반한 것이 됩니다. 다시 물질에 얽매이게 된다는 말이 됩니다. 바로 이 물질적인 욕망 때문에 사명을 받고도 사이비 교주로 타락하는 사람이 부지기수라는 것을 알아야 합니다. 10년 20년 30년 공든 탑이 하루아침에 물거품이 되는 비극이 연출됩니다. 이때 자기 잘못을 재빨리 깨닫는 사람은 살길이 열리겠지만 그렇지 못한 사람은 자기 잘못을 숨기려고 점점 더 깊은 거짓말의 늪 속에 빠져 사기 수법만 늘어납니다.

진정한 구도자는 적어도 이런 사이비만은 구별할 줄 아는 안목이 있어야 합니다. 얘기가 너무 빗나갔습니다. 결론은 남보다 조금이라도 더 깨닫고 조금이라도 더 수련이 되어 영적으로 진화된 사람에게 도심을 품은 영체도 후배들도 모여들게 마련입니다.

한창환 씨도 미구에 꼭 그렇게 됩니다. 그때 가서는 지금 내가 한 말을 깊이 명심해야 됩니다. 오는 사람 막지 말고 가는 사람 잡지 말고, 물질적인 욕망에 사로잡히지 말고 홍익인간 하는 길이 바로 하느님과 하나가 되는 길입니다."

"한번 방향을 정했으면 중도에 항로를 바꾸지 말아야 된다는 말씀이군요."

"궤도 수정은 있을지언정 성통공완이라는 큰 목적은 바뀔 수 없는 겁니다. 깨달음이 깊어져 큰 빛을 밝히면 구도령이 감히 깃들지 못하고 스쳐가기만 해도 에너지를 보충받게 됩니다."

1992년 2월 12일 수요일 −2~2℃ 한때 눈

오후 2시. 순천서 박남현이라는 중년의 사내가 찾아 왔다.

"어떻게 오셨습니까?"

"선생님, 전 선생님께서 쓰신『선도체험기』를 6권까지 읽고 나서 선생님만 믿고 무작정 순천에서 올라왔습니다."

"아니, 그런 법이 어디 있습니까?"

"그렇다고 선생님에게 폐는 끼치지 않겠습니다. 단지 도움말만 좀 해주시면 됩니다."

"무슨 도움말을 원하십니까?"

"선생님 전 결혼한 지 10년이 되었고 그동안 여러 가지 사업에 손을 대 보았습니다만 결혼생활에도 사업에도 완전히 실패했습니다. 하도 하는 일마다 실패만을 거듭하다 보니까 이상한 생각이 들어서 순천 지방에서는 이름난 무당도 만나보고 용하다는 스님도 인생철학 한다는 역술가도 만나보았습니다만 그분들 말이 이구동성으로 저는 산속에 들어가 도를 닦아야 할 팔자라는 겁니다. 선생님께서 보시기에는 어떻습니까?"

박남현 씨는 날보고 팔자에 없는 운명점을 쳐 달라는 것이 아닌가. 잠시 망설이지 않을 수 없었다. 그렇다고 해서 먼 길을 마다 않고 찾아온 독자를 매정하게 그냥 돌려보낼 수도 없는 일. 생각 끝에 한마디 물어 보았다.

"부인과의 사이에는 아직 소생이 없습니까?"

"네, 행인지 불행인지 아직 자식이 없습니다. 집사람 하고는 결혼한 지 10년이 되었습니다만 아직 부부다운 정은 고사하고 날이 갈수록 점점 더 둘 사이의 관계는 멀어지기만 합니다. 그래서 아내는 원대로 어디 산속에 들어가 도나 닦으라고 합니다. 그리고 언제든지 제가 원한다면 깨끗이 이혼장에 도장을 찍어주겠다고 합니다. 하긴 뭐 아직 결혼신고조차 한 일이 없으니 이혼장이고 뭐고 할 것도 없습니다만."

나는 그의 얼굴을 찬찬히 뜯어보았다. 이목구비에 이렇다 할 특징은 없지만 전체적으로 풍겨오는 인상은 세속적으로 성공을 할 상 같지는 않았다. 두 개의 칼처럼 생긴 기다란 뿔 같은 장식을 좌우에 단 투구에

찬란한 색채의 갑옷 차림을 한 삼국시대의 장군 복장을 한 아주 신령스러운 보호령이 박남현 씨의 모습과 겹쳐 보였다. 아무리 보아도 수도(修道)를 해야만 할 운명인 것 같은 인상이 강하게 풍겨왔다.

"박남현 씨의 의견은 어떻습니까?"

"저도 산속 깊은 암자나 동굴 같은 데서 혼자 도를 닦았으면 원이 없겠습니다."

"그렇다면 그렇게 하십시오. 누가 말리겠습니까?"

"말릴 사람은 아무도 없습니다. 부모님은 일찍 돌아가셨고 부양해야 할 피붙이도 없습니다."

"그럼 천상 도를 닦으라는 팔자가 아닙니까?"

"네, 저도 그런 것 같습니다."

"이렇게 해 보시는 게 어떻겠습니까? 지금은 옛날처럼 깊은 산속 암자나 동굴 같은 데서 외롭게 혼자 도를 닦던 시대는 아닙니다. 현실 생활 속에서 공공의 이익을 위해서 무슨 일에 전념하면서 사이사이에 도를 닦는 것이 더 보람이 있지 않을까 합니다."

"선생님의 제안에 따르겠습니다."

"내가 잘 아는 도장을 하나 소개해 줄 테니 우선 그곳에 가서 수련을 해보십시오. 도장 일도 돕고 월급도 받으면서 침식을 해결할 수도 있고 수련도 계속할 수 있을 겁니다."

그는 내가 추천해주는 도장을 찾아갔다.

오후 4시. 손영환 청년이 돌아가자 임선희 배학균 부부가 왔다.

"선생님, 일전에 처음으로 선생님을 찾아 뵌 뒤에 운기가 말할 수 없이 활발해지고 항상 포근한 기운에 감싸여 있는 듯한 느낌을 받았습니다. 선생님 그건 그렇구요. 저희들 부부는 어쩐지 선도와는 밀접한 관계가 있는 것 같은 느낌을 항상 받고 있거든요."

"왜 그런 느낌을 받았습니까?"

"제 남편이 제가 선도수련하는 것을 조금도 방해하지 않을 뿐만 아니고 요즘은 아주 적극적으로 저와 함께 수련까지 하면서 호응을 해주고 있습니다. 이건 순전히 제 직감입니다만 우리는 전생에서부터 선도와는 깊은 인연이 있었던 것 같은 느낌이 듭니다."

이렇게 말하는 임선희 씨의 얘기를 들으면서 나도 모르게 눈을 스르르 반쯤 감고 두 남녀를 응시했다. 이 세상이 아닌 분명히 선계(仙界)의 광경이 펼쳐지는 가운데 한 쌍의 남녀의 모습이 보인다. 임선희 씨의 지금의 얼굴을 그대로 빼어 닮은 선녀(仙女), 배학균 씨의 얼굴 모습 그대로인 선남(仙男)이었다. 선계의 한 쌍의 남녀가 무슨 일로 세상에 태어나게 되었는지 그런 사연까지 굳이 알고 싶지도 않았다. 돈을 받고 찾아오는 사람들의 전생을 보아주는 사람도 있다는 말은 들었지만 나는 그런 일을 하고 싶지는 않았다. 그러니까 자연 그 이상의 관심이 가지 않았다. 그런 일은 내가 할 일이 아니다.

나는 단지 일정한 수준에 도달한 구도자들의 수련을 도와줄 뿐이다. 내가 만약에 남의 전생을 보아주는 쪽으로 기울어진다면 그쪽으로 빗나가게 될 것이고 점쟁이나 예언자 비슷하게 변해버릴 공산도 크다. 나는 결코 그렇게 되고 싶지는 않았다. 그것은 진리를 구하고 진리와 하나가 되는 일과는 거리가 멀기 때문이다.

"내가 보기에는 두 분은 선계에서도 아주 가까운 연인 사이였던 것 같습니다. 어떻게 돼서 이 세상에 태어나게 되었는지는 모르겠지만 이왕에 이렇게 되었으니 부디 상부상조해서 도를 이루도록 하십시오. 그것이 아마 두 분이 이 세상에 태어난 사명이라고 생각됩니다."

"선생님 이왕에 보아주시는 거 무슨 이유로 이렇게 되었는지 알아내 주실 수 없을까요?"

"스스로 수련 수준이 높아지시면 알게 될 겁니다. 그렇게 해야 수련을 하는 보람도 있을 것입니다. 그런 걸 미리 남의 입을 통해서 알게 되면 선입관념이 자리 잡게 되어 나중에 수련이 높아져서 스스로 자기 전생을 알아내게 될 때도 오히려 방해가 되는 수가 있습니다."

듣기 좋게 사양을 하는 수밖에 없었다. 그건 그렇고 이처럼 대화가 오가는 사이에 임선희 씨의 백회, 인당, 중단이 어느 사이에 다 열려버리고 말았다. 임독을 터주고 벽사문을 달아주는 등 정리만 하면 되었다. 이 일을 하는 동안 여선관(女仙官) 차림의 그녀의 보호령이 나에게 큰절을 했다.

"두 분은 역시 나를 찾아와야 하도록 계획이 짜여져 있었던 것 같습니다. 임선희 씨의 보호령께서 고맙다고 큰절을 다 하시는군요."

"선생님, 집사람만 백회가 열리고 저는 언제쯤 그렇게 되겠습니까?"

배학균 씨가 옆에서 항의하듯 말했다.

"오래 기다리지 않아도 될 것 같습니다. 문제는 수련을 얼마나 열심히 정성들여 하느냐에 달려 있습니다. 수련에서는 임선희 씨가 선배가 되셨으니까 잘 인도해 주셔야겠습니다."

"명심하겠습니다. 애 아빠는 열심히 잘하니까! 문제없을 겁니다. 그럼 저희들은 그만 돌아가겠습니다."

그녀는 떠날 때 큰절을 했다.

"왜 갑자기 안 하시던 큰절을 하십니까?"

"제 보호령께서도 선생님에게 큰절을 하셨는데, 제가 안 할 수 있나요?"

수련을 시키는 사람과 수련을 받는 사람 사이에는 적어도 이 정도의 믿음과 신뢰는 있어야 원만한 전수가 이루어질 것이다. 그러나 이때 수련시키는 사람이 사욕에 사로잡힌다면 어떠한 사기를 쳐도 순순히 먹혀들어갈 것이 아닌가 하는 생각이 일었다.

그들 부부가 떠난 뒤에 나는 깊은 사색에 잠겼다. 수련이 깊어지면 깊어질수록 도의 길을 느닷없이 차단하는 유혹의 손길도 더욱 거세어진다는 게 엄연한 사실이다. 그러나 어떠한 유혹도 효과적으로 물리칠 수 있는 방법이 있다는 것 역시 엄연한 사실이다. 그것은 수시로 일어나는 사욕을 제때에 제압하는 일이다. 과연 나는 사욕을 제대로 다스릴 수 있었던가? 비록 누가 나를 보고 부당하게 저주를 하고 욕설을 퍼부어도 태연자약할 수 있도록 지감 수련이 되어 있어야 하는데 나는 어떠했던가? 내가 제대로 수련이 되었더라면 기분이 언짢은 일도 없어야 한다. 불쾌감 역시 사욕에서 나오는 것이기 때문이다.

불쾌감, 분노, 미움, 저주, 인색, 고집, 완고, 난폭, 편협, 무례, 탐욕, 이기심, 공짜 좋아하기, 얌체 근성, 기쁨, 슬픔, 질투, 시샘 등 이 모든 욕구와 감정들은 모두가 사욕에서 나오는 것이다. 그러나 공정, 관대, 친절, 사랑, 용서, 지혜, 봉사는 분명 사욕에서 나오는 것은 아니고 이

타심에서 솟아나오는 것으로서 그 파장이 진리와 일치된다. 죄와 미망도 이기심에서 나오는 것이다. 이기심은 실상이 아니다. 실재가 아니라는 뜻이다. 실재(實在)가 아닌 것은 다 잘못된 것이다. 따라서 이기심에서 유래되는 온갖 관념도 감정도 실재일 수가 없다. 모두가 잘못된 것이다. 잘못을 깨닫고 바로 잡으면 그 잘못은 사라지고 만다. 이기심도, 사욕도 미망도 죄악도 진리를 가리는 장막이라는 것을 깨닫고 보면 그 순간에 그것들은 다 사라지게 되어 있다. 왜냐하면 그것들은 실상이 아닌 가상(假想)이기 때문이다.

가상은 모두가 잘못에서 기인된 것이다. 욕심도 이기심도 잘못에서 생겨난 것이다. 3 곱하기 3은 9인데도 착각을 하여 6이라고 생각했었다면 어떻게 해야 할 것인가. 잘못을 저지르고 있다는 것을 빨리 깨달으면 깨달을수록 그만큼 손해를 덜 보게 될 것이다. 그리고 그 잘못을 깨닫는 즉시 그 잘못은 사라지고 3 곱하기 3은 6이 아니고 9라는 진리를 깨닫게 된다. 이처럼 잘못은 깨닫는 순간에 사라지게 된다. 진리를 가리는 장막이 사욕이라는 것을 깨달았으면 그 사람은 벌써 진리를 발견한 것이다.

저주와 욕설은 아무리 좋게 보려고 해도 진리는 아니다. 그러면 무엇이란 말인가? 그것은 사욕과 미망과 죄악에서 나온 것이다. 이런 것들은 진리를 가리는 장막이다. 진리를 가리는 장막은 잘못과 착각이다. 저주와 욕설 대신에 덕망과 사랑과 친절과 관대와 용서와 겸허와 공정은 진리에서 나오는 것임은 의심의 여지가 없다. 저주와 욕설은 어떠한 경우에도 부메랑처럼 자기 자신에게 되돌아오게 되어 있다. 저주와 욕설은 맹독(猛毒)과 같아서 저주와 욕설의 대상을 상하기 전에 당사자를 먼저 상하게 한다. 어떤 사람이 누구를 저주하고 욕설을 퍼부었다면 그는 이미 구도자가 아니다. 저주와 욕설은 누구에게도 이익을 가져오지 않는다는 것을 알아야 한다.

초능력과 유혹

1992년 2월 13일 목요일 −4~3℃ 구름 조금

오후 2시부터 4시 사이에 남자 셋, 여자 한 명, 모두 네 사람이 와서 수련을 했다. 수련을 한다고 해서 그럴 만한 장소도 없지만 도장에서처럼 도인체조를 하거나 행공을 하는 것은 아니다. 그저 나와 대좌(對坐)한 채 대화를 나누든가 명상을 하는 것을 말한다. 그렇게 앉아만 있어도 도장에 나가는 것보다는 훨씬 수련이 더 잘된다고들 한다.

한 수련생이 물어 왔다.

"선생님, 하나 물어 봐도 되겠습니까?"

하고 그는 벼르고 별렀던 일이라는 듯 어렵게 입을 열었다.

"어서 말씀하십시오."

"선생님께서는 언제나 수련 중에 초능력이 생기더라도 그것을 함부로 구사하지 말라고 하시는데 그 이유를 알고 싶습니다."

"수련이 어느 수준에 도달하면 상·중·하 단전이 열리고 나서 하나로 합치면서 초능력이 발휘되는 수가 왕왕 있습니다. 의통이 열려서 장심으로 기를 보내기만 해도 환자의 병이 낫는가 하면 마음으로 기운을 아프다는 곳에 보내기만 해도 병이 낫습니다. 또 그냥 환자를 쳐다보기만 해도 병이 낫는 수가 있습니다. 그런가 하면 앞에 앉아 있는 사람을 영안(靈眼)으로 보면 그의 보호령도 보이고 전생의 여러 장면들

103

이 마치 컬러텔레비전 화면에서처럼 생생하게 보이기도 합니다. 어찌 그뿐이겠습니까? 상대방이 지금 어떠한 심리 상태에 있는가 하는 것도 정신만 집중하면 금방 알 수 있습니다. 또 선계에 가서 여러 장면을 둘러보고 오는 수도 있습니다. 멀리 떨어져 있는 사람의 근황을 볼 수도 있습니다. 또 하늘의 소리가 들리는 수도 있습니다. 또 바람처럼 이동을 하는 사람도 있습니다. 이런 것을 모두 통틀어 육신통이 열렸다고 합니다."

"선생님 그 육신통은 무엇을 말합니까?"

"천안통(天眼通)이 있는데 이것은 투시능력을 말하는 것이고, 천이통(天耳通)은 하늘의 소리를 듣는 능력을 말하고, 숙명통(宿命通)은 전생이나 미래를 내다보는 능력을 말하고, 신족통(神足通)은 신속하게 몸을 이동하는 능력을 말합니다. 또 타심통(他心通)이라는 것이 있는데 이것은 상대방의 심리의 움직임을 알아내는 능력을 말합니다. 그 밖에도 의통(醫通)이 있습니다. 일종의 원격치료 능력을 말합니다.

운사합법은 바로 의통 능력에 포함된다고 할 수 있습니다. 수련을 위하여 막혔던 경혈을 열어주는 능력을 말합니다. 이러한 초능력들을 하나 또는 둘 아니면 그 이상을 한꺼번에 구사하는 사람도 있습니다. 그러나 수련 도중에 이런 능력이 우연히 발휘된다고 해도 함부로 사용해서는 절대로 안 됩니다."

"왜 그렇죠?"

"하늘로부터 특별한 사명이 내리지 않은 사람이 이런 능력을 함부로 사용하면 반드시 재앙이 옵니다. 왜냐하면 그것은 순전히 수련 도중에 일어나는 일시적인 현상이기 때문입니다. 그것은 수행자에게는 일종의 유혹이기도 하고 시련이기도 합니다. 이것도 모르고 함부로 기치료를 한다든가 투시 능력을 이용하여 돈벌이를 하면 반드시 큰 병을 얻게 되어 있습니다. 『선도체험기』 시리즈를 죽 다 읽어본 사람들은 이러한 실례를 무수히 접했을 것입니다. 수련을 하다가 갑자기 의통이 열린 수도자나 스님의 얘기는 실제로 있었던 실화입니다. 그래서 비록 치부 행위를 하지 않는다고 해도 사명을 받지 않은 이상 그러한 초능력은 함부로 구사하지 말아야 합니다."

"선생님, 공공의 이익 중 홍익인간을 위해서라면 그러한 능력을 쓸 수도 있는 것이 아닐까요?"

"그것은 마치 신학교를 졸업하고 목사 안수를 받지도 않은 재학중의 신학생이 목회를 하겠다는 것과 같습니다. 또 미성년이 억지로 어른 몫의 일을 하겠다고 우기는 짓과도 같습니다. 비록 육신통이 전부 열렸다고 해도 마지막 하나 누진통(漏盡通)이 열리지 않은 사람은 육신통을 구사해서는 안 됩니다."

"누진통은 무엇을 말합니까?"

"모든 번뇌와 욕망이 사라져 견성하고 해탈이 된 것을 말하는데, 선도에서는 이것을 성통공완(性通功完)이라고 합니다."

"그렇다면 누진통이 열려야 비로소 모든 초능력을 발휘할 수 있다는 말씀인가요?"

"그렇습니다."

"그렇다면 성통이 되기 전에라도 하늘의 사명을 받으면 그 초능력을 구사할 수 있다는 말씀인가요?"

"꼭 그럴 만한 이유가 있을 때 그런 사명이 내릴 수도 있습니다. 그러나 사명자가 그 능력을 사욕을 채우는 데 이용하면 역시 재앙이 내립니다."

"그렇다면 성통공완하기 전에는 홍익인간을 위해서라도 사명을 받기 전에는 초능력을 사용하지 말아야겠군요."

"그렇습니다."

"비록 미숙한 상태이기는 하지만 공공의 이익을 위해서라면 얼마든지 그 능력을 이용하는 것이 제 생각에는 좋을 것 같은데 저는 아무래도 그 점이 이해가 되지 않습니다."

"미숙한 상태로는 큰 힘을 발휘할 수가 없습니다. 미숙한 개별적인 힘은 전체의 힘과는 비교가 될 수 없습니다. 바위에 부서진 파도에서 튀어나온 바닷물 방울은 까딱하면 증발이 되어 없어질 수도 있습니다. 그러나 그 바닷물 방울이 대양과 합쳐졌을 때는 막강한 위력을 발휘할 수 있습니다. 섬 전체를 통째로 삼킬 수도 있고 해안 도시를 해일로 휩쓸어 버릴 수도 있습니다. 개별적 힘은 전체와 합쳐졌을 때 비로소 무한한 힘을 발휘할 수 있습니다. 개별적인 보잘것없는 힘이 전체와 합쳐지는 것이 바로 성통이고 성불이고 해탈이고 영원한 생명을 얻는 것입니다."

"그렇다면 선생님 성통한 사람은 다시 타락할 수 없습니까?"

"성통한 사람은 이미 마음의 파장이 하느님과 같아진 사람입니다. 환인, 환웅, 단군 할아버지나 석가, 공자, 예수 같은 사람이 타락을 할 수 있을까요? 잘 상상이 되지 않을 겁니다. 그러나 이론적으로 불가능한 일은 아닙니다. 인간도 원래는 하느님이었다가 망상과 사욕 때문에 시간과 공간 그리고 물질의 벽 속에 갇혀버렸으니까요.

그러나 위에 말씀드린 성인들은 특별한 사명을 띠고 인간을 구제하기 위해서 인간의 탈을 쓰고 이 세상에 오신 분들입니다. 『천부경』에 보면 용변부동본(用變不動本)이라는 구절이 있습니다. 본바탕은 변하지 않지만 쓰임은 얼마든지 변할 수 있다는 뜻입니다. 그분들은 하느님의 뜻을 실현시키려고 인간의 탈을 쓰고 나타난 하느님 자신이라고 보는 것이 타당할 것입니다.

그러니까 결론적으로 말해서 천안통, 천이통, 숙명통, 타심통, 의통, 신족통의 육신통이 다 열렸다고 해도 누진통이 열리지 않으면 완성된 능력을 발휘할 수 없습니다. 다시 말해서 성통도 안 된 사람이 초능력을 구사한다는 것은 날이 서지도 않은 미완성된 칼로 요리를 하겠다는 것과 같습니다.

우리가 남을 위해서 봉사할 수 있는 길은 그러한 초능력이 아니라도 얼마든지 있습니다. 이미 천부적 재능이나 교육을 통해서 습득된 기술이나 전문 지식을 가지고도 얼마든지 일을 할 수 있는데 구태여 미완성된 초능력 구사에 연연하는 것은 공명심 때문일 것입니다. 공명심 역시 이기심의 한 변형에 지나지 않는다는 것을 아셔야 합니다. 자꾸만 그런 질문을 하는 걸 보니 무슨 초능력이 있는 것 같은데 뭡니까?"

"의통이 약간 열린 것 같습니다."

"그래요. 그럼 그 초능력으로 환자를 치료해 보았습니까?"

"네, 암환자 세 사람, 당뇨병 환자 두 사람을 치료해 보았습니다."

"언제부터 그런 능력을 발휘하기 시작했습니까?"

"작년 가을께부터입니다."

"환자 치료해 주고 돈은 받지 않았습니까?"

"그렇지 않아도 『선도체험기』를 읽어보니 절대로 돈을 받아서는 안 된다는 말이 있어서 지금껏 돈을 요구한 일은 한 번도 없습니다. 그러나 억지로 떠맡기는 경우엔 할 수 없이 받았습니다."

"조심해야 됩니다. 황금은 흑사심(黑邪心)이라고 했습니다. 혹시 그런 능력이 발휘되기 전후에 수련 중이든가 아니면 비몽사몽간에 인상에 남는 무슨 특이한 현상을 겪은 일은 없습니까?"

"그런 일은 전연 없습니다."

"만약에 사명을 받았다면 반드시 인상에 깊이 남는 어떤 현상이 있었을 겁니다. 그러나 그런 일이 없었다는 것을 보니 사명을 받은 것 같지 않으니 아직은 과일이 여물 때까지 기다리는 것이 좋겠습니다. 사명을 받든가 성통할 때까지 기다려야 합니다. 지금은 큰 유혹을 받고 있습니다. 비록 억지로 맡기는 돈이라고 해도 그런 일이 자꾸만 되풀이되면 결국은 돈의 유혹에 빠져버리게 됩니다. 혹시 기치료를 해주고 나서 피로를 느끼는 일은 없습니까?"

"기치료를 하고 나면 기운이 좀 빠지곤 합니다."

"만약에 사명을 받았다면 기치료를 해 주었다고 해서 기운이 빠지는 일은 없습니다. 비록 일시적으로 기운이 빠지는 일이 있어도 금방 보충이 됩니다. 스스로 잘 알아서 처리해야 합니다."

"선생님 저는 아직 사명을 받지 않은 것은 분명합니다."

"그렇다면 더 열심히 수련에 매진하셔야죠. 무엇을 망설이십니까?"

"이젠 망설이지 않겠습니다. 역시 유혹이었습니다."

천지화랑과 화랑

1992년 2월 14일 금요일 −6∼5℃ 맑은 후 흐림

오후 2시. 경향 각지에서 네 명의 남자와 두 명의 여자 수련생들이 몰려왔다. 모두가 중년의 봉급생활자가 아니면 사업을 하는 사람들이었다. 그중에는 일선에서 대대장으로 근무한다는 곽태훈 중령도 있었다.

"우리집에 많은 사람이 찾아왔지만, 현역에 복무하는 영관급 장교가 찾아오기는 처음입니다. 어떻게 저를 알고 이렇게 오셨습니까?"

"전 선생님께서 『다물』이라는 소설을 펴내셨을 때부터 선생님의 애독자였습니다. 선생님의 『다물』과 『소설 한단고기』는 우리 부대에서는 정훈 교육 시에 부교재로 이용하고 있습니다. 저는 부하들이나 상관에게 선물을 할 일이 있으면 꼭 이 책들을 사서 보내곤 했습니다. 우리 부대의 장교와 하사관 중에는 이 책을 가지고 있지 않는 사람이 없습니다.

처음엔 선생님의 민족정기와 상고사에 매력을 느꼈다가 『선도체험기』를 읽고는 저 나름으로 수련을 하고 있습니다. 오행생식이 좋다는 글을 읽고는 이번 휴가 나온 김에 생식원에 가서 한 달분을 구입했습니다. 선생님을 처음 찾아뵙는 데 빈손으로 올 수 없어서 무엇을 선물을 할까 생각하다가 생식원에 비치되어 있는 선생님의 신상 카드를 찾아서 선생님의 체질에 맞는 생식을 한 달분 가지고 왔습니다."

"어이구, 그거 비쌀 텐데 너무 과분한 선물이군요."

"뭐 괜찮습니다. 그런데 선생님, 노파심에서 말씀드리는데요. 절대로 제 이름이 앞으로 선생님께서 쓰시는 글에 오르지 않게 해 주십시오."

"그런 염려는 하시지 않아도 됩니다. 글 쓰는 것이 제 직업입니다. 어떠한 경우에도 내 글로 인해서 선의의 피해자가 생겨나지 않게 하는 것이 글쟁이의 소임입니다. 그런 일은 없을 테니 걱정 안 하셔도 됩니다. 그건 그렇구요 오행생식을 야외 훈련 때 부대 장병들에게 한번 이용해 보시는 게 어떨까요?"

"그렇지 않아도 그럴 작정으로 있습니다. 만약 이것이 군에서 보편화되면 야외에서 취사를 하는 번거로움도 없어질 것이고 전투력 향상에도 막대한 기여를 하게 될 것입니다."

"저도 13년이나 군대생활을 한 경험이 있어서 하는 얘기인데 산악전투시 특히 정찰 임무 수행시는 생식이 가장 알맞는 식량이 될 겁니다."

이런 저런 얘기들이 오가는 사이에 곽 중령의 백회가 열려버렸다.

"백회로 시원한 기운이 들어오는 것을 느낍니까?"

"네, 선생님, 그 기운으로 제 온몸이 활활 달아오르고 있습니다. 마음은 평화로운데도 기분은 황홀합니다."

"백회로 기운을 받아들여 임독을 트고 24정경과 기경팔맥에 골고루 운기를 하면 이미 대주천의 경지에 들어간 겁니다."

"대주천이라면 굉장히 높은 단계인줄 알고 있는데, 제가 벌써 그런 경지에 올랐단 말입니까?"

"오늘 곽 중령님이 저를 찾아오신 목적은 바로 천기(天氣)를 운용할 수 있는 능력을 갖기 위해서였습니다. 그 목적은 달성되었습니다."

"선생님의 은혜 백골난망입니다. 선생님 그런데 그 기운은 어디서 오는 겁니까?"

기운은 어느 특정한 곳에서 오는 것이 아니라 우주 속 어디에나 편만해 있습니다. 무소부재(無所不在) 없는 곳이 없습니다. 공기 속에도 진공 속에도 없는 데가 없습니다."

"그런데 어떻게 돼서 거의 대부분의 사람들이 그것을 모르고 살아가는 겁니까?"

"기운은 바로 하느님 자신의 한 쓰임(用途)입니다. 하느님은 언제나 우리 곁에 와 계십니다만 우리 인간이 문을 꼭 닫아걸고 받아들이지 않을 뿐이지, 사람에게서 멀리 떨어져 있는 것은 결코 아닙니다. 과학만능 사상에 사로잡혀 있는 사람들은 육안으로 보이지 않고 만져볼 수 없고 냄새도 맡을 수 없고 귀로 들을 수도 없고 맛도 볼 수 없다고 해서 기의 존재를 부인하고 있습니다. 오감(五感)으로 감지할 수 없다고 해서 없는 것은 결코 아닙니다.

왜냐하면 곽 중령님은 지금 기운을 느낄 뿐 아니라 그 기운을 백회로 받아들여 온몸에 골고루 운행시키고 있습니다. 또 그것을 온몸으로 느끼고 있습니다. 왜 그럴까요? 그것은 오감 이외의 육감(六感)이 깨어나 있기 때문입니다. 기운을 느끼는 수련자는 분명 기운을 느끼지 못하는 사람에게는 없는 육감이 열려 있습니다. 그 때문에 기운을 느끼고 운용할 수 있습니다.

이것은 수련을 통해서 심신이 변화하여 육감이 열렸기 때문입니다.

다시 말해서 심신이 하늘의 기운을 받아들일 수 있는 상태가 되어 있다는 말입니다. 그렇게 되기 전에는 음식을 통해서 지기(地氣)만 흡수하면 된다고 생각해 왔습니다. 그래서 영양가와 칼로리만 따져 왔습니다.

영양가 높은 고급 음식, 희귀한 보약 같은 데 사람들은 많은 투자를 했습니다만 결과는 비만증이나 고혈압 같은 난치병만 얻었을 뿐입니다. 왜 그럴까요? 지기(地氣)만 알았지 천기(天氣)를 몰랐기 때문입니다. 인간은 지기도 흡수해야 하지만 천기도 흡입을 해야 합니다. 천기를 모르는 인간은 코나 피부로 흡입되는 공기 속의 기운으로 만족해야 했습니다. 그러나 그것은 생명 활동을 유지하는 데 필요한 최저한도의 양에 지나지 않습니다.

그러나 백회가 열림으로써 우리는 비로소 본격적으로 천기를 대량으로 흡입하여 영체를 발달시킬 수 있습니다. 지기는 인간의 물질적인 육체를 유지하는 데 필요한 것이지만 육안으로 보이지 않는 인간의 영체는 천기를 흡수함으로써 진화될 수 있습니다. 수련이 점점 더 진행되어 이 천기의 흡입량이 많아질수록 비례적으로 지기의 흡수량은 줄어들게 되어 있습니다. 따라서 수련이 높아질수록 식량은 줄어든다는 얘기입니다.

동서고금을 막론하고 수많은 구도자들이 단식을 하는 것은 바로 이 천기를 지기 대신에 더 많이 흡수하기 위한 훈련을 하기 위해서입니다. 석가도 장기간의 단식을 했고 예수도 광야에서 40일간의 단식을 했습니다. 범족과 곰족에게 쑥 한 다발과 마늘 스무개를 주고 백 일 동안 동굴 속에서 극기 수련을 하게 한 거발한 환웅천황의 의도는 바로 단식을 통하여 천기만으로 살아갈 수 있는 능력을 그들에게 키워주자는 것이었습니다. 역사상 숱한 선배 선인들도 이를 실천했습니다.

서화담 선생은 장마로 교통이 두절되어 보름씩이나 곡기를 끊었는데도 얼굴에 전연 주린 기색이 없었고, 곽재우 장군은 말년에 망우당에서 송홧가루와 솔잎으로만 살았는데도 얼굴에는 주린 기색은커녕 화색이 돌았다고 『일성록(日省錄)』에는 기록되어 있습니다.

이처럼 천기를 자기 몸에 직접 운용하여 무한한 진리와 하나가 된 사람들은 하늘의 기운만으로도 살아갈 수가 있습니다. 옛날 신선들은 이슬만 먹고도 살았다는 말은 허황된 전설이 아니라 수련 정도에 따라서는 얼마든지 있을 수 있는 일입니다. 테레사 수녀 같은 분은 기도 생활을 통하여 수련이 되었으므로 천기를 자신도 모르게 운용하게 되었습니다. 그래서 하루에 성찬 때 쓰는 종잇장만큼 얇은 비스켓만한 빵한 조각으로도 충분히 살아간다고 합니다.

우리는 천기를 통하여 하느님과 하나로 연결됩니다. 하늘을 향해 심신이 열리는 정도에 따라 우리는 더 많은 천기를 받아들일 수 있습니다. 원래 우리는 하느님과 하나였던 전력이 있습니다. 하느님과 나누어지게 된 것은 순전히 우리 자신이 하느님을 거부하고 마음의 문을 닫았기 때문입니다. 하느님과 하나로 통했던 문을 닫은 것이 바로 '나'입니다. '나'만을 위하는 이기심입니다. 이기심이 온갖 망상을 낳았던 것입니다. 온갖 관념과 개념, 신조(信條), 신앙, 이미지를 낳았습니다. 그럴수록 우리는 점점 더 진리와는 동떨어져 왔습니다.

진리 즉 하느님은 빛이고 광명인데 이것과 점점 멀어지게 되니까 빛

대신에 암흑이 자리 잡게 된 겁니다. 지옥, 악마, 질병, 죄악, 부조리, 노쇠, 공포, 슬픔, 분노, 탐욕, 증오, 질투, 시기, 죽음은 모두 다 암흑의 산물입니다. 그런데 암흑은 제아무리 짙다고 해도 빛을 쏘이면 사라지고 맙니다. 왜냐? 암흑은 본래 실체가 없는 망상의 산물이기 때문입니다. 제아무리 칠흑 같은 그믐밤도 손가락만한 촛불 하나를 당해내지 못하고 물러나는 것은 그것이 실상이 아니고 허상이기 때문입니다. 진리가 아니고 오류이기 때문입니다. 암흑은 하나의 현상일 뿐 실재가 아닙니다.

이제 곽 중령님이 백회가 열려 천기를 받아들이기 시작한 것은 그동안 꾸준한 수련으로 심신이 변화하여 천기를 받아들일 수 있을 만큼 준비가 되어 있었다는 것을 말합니다. 백회에 가운데 손가락 굵기만큼 기적(氣的)인 구멍이 뚫려서 그리로 천기가 들어오기 시작한 것은 이제 비로소 선도수련이 본격적인 단계에 접어들었다는 것을 말해 주는 것입니다."

임독에 기가 흐르는 길을 터주고 백회에 벽사문을 달아주는 절차를 끝내주었다.

"선생님 정말 고맙습니다. 어떻게 이 은혜를 갚아드려야 할지 모르겠습니다."

"더욱더 열심히 수련을 하셔서 성통을 하시는 것이 바로 은혜를 갚는 길입니다. 물론 그런 일은 없겠지만 혹시 수련을 중단하게 되면 기껏 열어준 백회도 도루 닫혀버리는 수가 있습니다. 재작년(90년) 8월 이후 지금까지 215명의 백회를 열어주었건만 벌써 수련을 게을리해서

도루 닫혀 버린 사람도 있습니다. 곽 중령님은 절대로 그럴 분이 아니라고 생각됩니다. 부대로 돌아가서도 선도의 불씨가 되어 주변을 환하게 밝혀주게 될 겁니다. 우리 군은 화랑의 전통을 이어 받았으니 화랑의 후예니 하지만 말뿐이지 실제로 화랑의 정기를 심신으로 이어받지는 못하고 있습니다. 화랑정신의 핵심은 바로 선도수련입니다. 고운 최치원 선생이 말한 풍류지도(風流之道) 즉 현묘지도(玄妙之道)는 선도의 다른 이름입니다.

어떤 사람들은 선도는 화랑에서 유래했다고 말하지만 천만에 말씀입니다. 그것은 선도의 뿌리를 모르는 무식한 소리에 지나지 않습니다. 신라의 화랑제도는 신라 24대 진흥왕 때 생겼으니까 지금부터 고작 1459년 전 일이지만 국자랑(國子郞) 또는 천지화랑(天指花郞)이란 청소년 수련기관이 국가적으로 장려된 것은 단군조선 13대 흘달(屹達) 임금 때 일입니다. 흘달 임금이 등극한 것이 서기 전 1782년이니까 지금부터 무려 4115년 전 일입니다. 흘달 임금 20년 조에 보면 이런 기록이 나와 있습니다.

'소도(蘇途)를 많이 설치하여 천지화(天指花)를 심고 아직 결혼 안한 자제들에게 독서와 활쏘기를 익히게 하였다. 이것을 국자랑(國子郞)이라 하였다. 국자랑이 나와 다닐 때는 머리에 천지화를 꽂았기 때문에 그때 사람들은 천지화랑(天指花郞)이라 불렀다.'

단군조선 시대의 생활 규범의 원전은 삼대경전임은 더 말할 필요도 없습니다. 소도는 선도수련 기관을 말합니다. 또 여기서 말하는 천지화는 무궁화를 말하는 것이고 이 무궁화를 머리에 꽂고 다닌다고 해서 천지화랑이라고 했습니다. 바로 이 천지화랑에서 신라의 화랑이라는 말도 유래된 것입니다. 삼국 시대 이전의 단군조선 시대의 역사를 모르는 무식한 사람들은 지금도 선도가 신라의 화랑에서 나온 것이라고 말하고 있습니다. 무궁화를 머리에 꽂는 풍습은 조선 시대에까지도 전해져 왔습니다. 장원급제한 사람이 어사화(御賜花)라고 하여 머리에 길게 뻗은 무궁화 가지를 꽂고 다닌 것은 바로 여기에서 나온 관습입니다.

우리는 흔히 우리의 문물제도의 유래를 고작 삼국 시대에서 찾으려는 사대모화사관이나 일제의 식민사관에서 하루바삐 탈피해야 합니다. 그런 관습에 빠져있는 한 우리는 반만년 역사 민족이 아니라 고작 2천 년 역사 민족밖에 안 된다는 것을 알아야 합니다. 스스로 자청해서 앉은뱅이가 되었던 시대는 지나가 버렸습니다.

이제 우리는 고작 2천 년의 역사 시대에서 과감하게 탈피하여 반만년 아니 1만 년의 역사 시대 즉 유라시아와 동양 전체가 우리의 활동 무대였던 온전한 제 모습을 갖춘 역사를 찾아야 합니다. 우리에게는 단군조선 시대의 천지화랑, 고구려 시대의 조의선인, 신라 때의 화랑과 같은 선도수련을 중심으로 한 강력한 인재양성 제도가 있었으므로 수시로 개미떼처럼 물밀듯이 쳐들어오는 외부의 적들을 언제나 일당백(一當百)의 전투 기량으로 물리칠 수 있었습니다.

그러나 오늘날 화랑의 후예를 자부하는 국군은 바로 이 화랑의 핵심을 빠뜨리고 있습니다. 화랑의 핵심은 무엇입니까? 그것이 바로 선도수련입니다. 선도수련을 하는 국군 장병은 거의 없는 형편입니다. 물론 곽 중령님만은 빼놓고 하는 말입니다. 한국군은 말로만 화랑의 후예라고 할 것이 아니라 그 핵심 정신을 이어받아야 합니다. 그렇게 한다면 전투력은 지금의 10배 아니 100배 이상 늘어날 것입니다. 우리가 언제나 10배 또는 100배의 압도적인 다수의 군세로 쳐들어오는 외부의 적을 물리칠 수 있었던 것은 바로 이 선도수련이 몸에 배어 있었기 때문이었습니다. 우리가 나라를 송두리째 왜적에게 빼앗겼던 것은 바로 이 천지화랑 정신의 쇠퇴 때문이었다는 것을 알아야 합니다.

　곽 중령님과 같은 분들이 앞으로 해야 할 일이 얼마나 거창한 것인가 하는 것을 새삼 깨달아주었으면 하는 충정에서 이런 말을 했습니다."

　"선생님의 말씀은 정말 저도 모르게 뼈에 사무쳐 옵니다."

　"다물 정신, 천지화랑 정신이 빠진 북방 정책은 허황된 구두선(口頭禪)에 지나지 않습니다. 민족이 갈 길은 우리의 상고사가 극명하게 밝혀주고 있는데도 지금 대통령 후보들 중에 아무도 이것을 깨닫고 있는 사람은 없으니 안타까운 일이 아닐 수 없습니다. 이들 대통령 후보들의 참모들 중에 아무도 우리의 상고사에 눈 뜬 사람이 없는 것 같습니다.『다물』이 무엇인지『천지화랑』이 무엇인지 아는 사람은 단 한 사람도 없는 실정입니다. 그러니까 민족의 원대한 비전을 제시하지도 못하고 눈앞의 이익인 당리당략 추구에만 급급하고 있는 실정입니다. 이제 이것을 깨달은 곽 중령님과 같은 분들에게 거는 기대가 이래서 클 수밖에 없습니다."

　"좋은 깨우침을 주셔서 뭐라고 감사해야 할지 모르겠습니다. 앞으로도 서울 나올 때마다 선생님을 찾아 뵐 수 있는 영광을 허락해 주시기 바랍니다."

"좋습니다. 언제든지 환영입니다. 사전에 전화 연락만 주십시오."

"그럼 오늘은 귀대 시간이 임박해서 이만 물러나겠습니다."

"안녕히 가십시오."

"네, 그럼 선생님 내내 건강하시고 다시 뵐 때까지 안녕히 계십시오."

"에머슨의 시에 이런 구절이 있습니다. '유한자(有限者)는 괴로워하나, 무한자(無限者)는 미소와 평화 속에 잠기어 느긋이 사지를 뻗고 잔다.' 이제 곽 중령님은 정수리로부터 우주의 무한한 천기(天氣)를 받아들임으로써 무한자가 되었습니다. 앞으로 무한한 발전이 있기를 바랍니다."

"고맙습니다. 오늘의 감격을 평생 잊지 않겠습니다."

그는 기약 없이 떠났다. 내가 곽 중령에게 유난히 애착이 가는 것은 나 자신이 10년간의 포병 장교생활 끝에 겨우 중위로 예편을 하지 않을 수 없었던 불운했던 장교생활에 대한 미련 때문이었는지도 모른다. 예편 당시 육군 중위 때는 내가 상사로 모셔야 했던, 중령급 장교가 찾아 왔고 그에게 충분한 도움을 줄 수 있었다는데 뿌듯한 보람을 느꼈기 때문이었는지도 모른다.

1992년 2월 17일 월요일 −6∼5℃ 맑은 후 흐림

오전 중에는 집필에 여념이 없었고 오후에는 내방객도 없어서 내내 명상에 잠길 수 있었다. 명상 중에 일어나는 신성(神性)의 속삭임을 글로 적어본다.

☆ 남을 위하는 것이 결국은 자기 자신을 위하는 것이다. 남의 집에 손님으로 갈 때 어떻게 하면 손님 대접을 제대로 받을 수 있을까? 선물 살 돈이 아까워 빈손으로 간 사람은 그 집 주부의 눈총을 받게 되지만 돈 아끼지 않고 듬뿍 선물을 사 들고 간 사람은 그만큼 융숭한 손님 대접을 받게 마련이다. 선물을 받은 사람은 반드시 그만한 대가를 해 주려고 온갖 호의를 베풀려고 할 것이다. 아니 반드시 선물의 대가만큼만 반례를 하려고 하지 않고 반드시 그 이상의 호의를 베풀려고 할 것이다. 이것이 인지상정이다. 남의 잔치 집에 가서 제대로 손님 대접을 받으려면 부조금이 남보다도 두둑해야 한다.

☆ 보일러가 고장이 날 때마다 아내는 이웃 보일러 가게 주인을 부른다. 우리집 보일러를 설치해 주었으니까 물론 사후 봉사를 해 줄 책임이 있다. 그러나 아내는 한번 부를 때마다 보일러 가게 주인의 아내를 찾아가 무엇이든지 사례하는 것을 잊지 않는다. 바깥주인이 좋아하는 담배를 한 보로씩 사다 준다든가 그 부인이 쓸 로션 따위를 반드시 사다 줌으로써 사례를 한다. 그래서 아내가 보일러 일로 부를 때마다 어김없이 제때에 와서 수리를 해준다. 남을 생각해주는 것만큼 반드시 대가를 받는 것이다. 결국 남을 위해 주는 것이 자신을 위해 주는 것이 되는 것이다.

☆ 자기 욕심만을 추구하는 사람은 기필코 망하고, 남의 이익을 위해

자신을 희생하는 사람은 틀림없이 생명을 진화시킨다. 비록 육체 생명은 없어진다고 해도 진리와 하나가 된 영원한 생명은 광명을 더하게 된다.

☆ 죄나 질병은 실상이 아니다. 나무에 곰팡이가 피었다고 해도 그것이 나무의 일부가 아닌 것처럼 죄나 질병은 실상이 아니다. 그것은 잘못된 사고(思考)의 결과로 육체에 기생하게 된 누적된 군살과 같은 것이다. 이 실상을 깨달으면 죄와 질병은 사라진다. 생명의 불꽃이 어둠을 몰아내는 것과 같다. 나는 그것을 분명 깨달았는데도 왜 죄와 질병에서 해방되지 못하는가 하고 항의하는 사람도 있을 것이다. 그럴 때는 냉정히 생각해 보라. 그 깨달음이라는 것이 한갓 관념이나 생각에 그친 것이 아닌지. 생각만 한다고 일이 되는 것은 아니다.

깨달았으면 실천을 해야 한다. 마음과 몸이 다 함께 중심에서 자각을 해야 한다. 이 심신의 중심 자각을 통하여 몸과 마음이 다 함께 달아올라야 한다. 천기(天氣)가 유통되어 소우주와 대우주가 하나로 합쳐져야 한다. 이 하늘 기운이 온몸에 골고루 유통될 정도가 되면 하늘의 이치, 하늘의 뜻이 무엇인지 저절로 알게 된다. 이것이 대주천의 경지다. 바로 이 하늘의 기운이 온몸 구석구석에 골고루 돌게 되면 병균 따위가 몸속에 남아 있을 수 없게 되는 것이다.

☆ 현재 우리나라 종교계를 휩쓰는 사대 종교, 즉 기독교, 불교, 천주교, 원불교의 고위 성직자들이 신병으로 입원을 하여 수액병을 거꾸로

매달고 주사를 맞고 있는 광경은 틀림없이 무엇인가 잘못되어도 단단히 잘못된 현상이 아닐 수 없다. 또 어떤 고위 성직자는 피둥피둥 살이 쪄서 제대로 걸음도 못 걷는 경우가 있다. 이것 역시 무언가 단단히 잘못되어 있는 것이다. 심신수련이 제대로 된 사람이라면 우선 몸부터 건강해야 한다. 몸에 병이 났다는 것은 천기를 제대로 자신의 몸속에 운용하지 못하고 있다는 것을 말해 준다. 이런 사람이 어떻게 고위 성직자가 되어 뭇 신도나 중생들을 관리할 수 있다는 말인가?

신앙생활이나 선도수련이나 어떻게 보면 과정만 다를 뿐 목적은 마찬가지다. 이 과정이 제대로 되어 있다면 최소한 몸에 병이 있어서는 안 된다. 잘못된 과정을 밟고 있지 않다면 몸에 병이 있을 수 없다.

왜 그럴까? 신앙생활이든 선도수련이든 소우주와 대우주가 하나로 합쳐지는 과정임에는 틀림이 없다. 다시 말해서 인간과 하느님이 하나가 되어 영원한 생명을 얻고 해탈을 하고 성불을 하고 성통을 하는 과정에 제대로 들어섰다면 소우주인 인간과 대우주인 하느님 사이에는 이미 활발한 기운의 교류가 이루어져 있어야 하는 것이다. 이것을 선도에서는 기운을 느낀다고 한다.

바로 기운을 느끼기 시작하면서부터 몸속에 있던 온갖 병균의 뿌리는 하나씩 하나씩 뽑혀나가기 시작하는 것이다. 느끼기 시작한 기운이 인간의 육체의 2대 간선도로인 임맥과 독맥을 유통하는 것을 소주천(小周天)이라고 한다. 이 단계에만 이르러도 이미 건강 하나만은 완전히 확보해 놓았다고 보아야 한다. 그뿐 아니라 초능력을 발휘하는 수도 왕왕 있다. 십년생 소나무를 단번에 뽑아낸다든가, 눈 속에 누워 자

고 나도 얼어 죽기는커녕 큰 대자 모양으로 누웠던 자리의 눈을 녹여
버리기도 한다. 기운을 보내어 남의 병을 치료하는 수도 있다.

여기서 한발 더 나아가 정수리에 있는 백회가 열리면 하늘의 기운을
본격적으로 받아들여 임독은 말할 것도 없고 24정경과 기경팔맥까지
도 유통을 시키게 된다. 대주천이 되는 사람은 병이 날래야 날수가 없
다. 그 사람은 이미 기운으로 하늘과 하나로 연결되어 있기 때문이다.
이쯤 되면 선도에 정식으로 입문을 했다고 할 수 있다. 이런 사람은 이
미 질병과는 인연이 없다.

『삼일신고』 신훈(神訓)편에 보면 "하느님은 그 위에 더 없는 으뜸 자
리에 앉으사 큰 덕과 큰 지혜와 큰 능력을 가지사" 하는 구절이 있다.
쉽게 말해서 하느님은 무한한 사랑, 무한한 지혜, 무한한 능력을 지니
고 계시다는 뜻이다. 이러한 하느님과 기운줄로 연결이 되면 우리 몸
에도 하느님의 생명력이 발동되기 시작한다. 기운을 느끼고 운용하는
사람에게서 병이 달아나는 것은 바로 이 때문이다.

끊임없는 유혹

1992년 2월 18일 화요일 −2~3℃ 눈 비 후 갬

오후 3시. 평택에서 황승철이라는 29세의 몸집이 오동통한 청년이 찾아왔다. 전에도 몇 번인가 찾아 온 일이 있는 그는 어느 정도 의통이 열려 있다. 올 때마다 중단이 심하게 막혀 있다. 많은 환자를 다루다가 보니 자연히 사기와 탁기를 받는데 그것을 제때에 제거하지 못하면 나를 찾아오곤 하는 것이다.

"가슴이 답답하고 운기가 안 되다가도 여기만 오면 가슴이 시원하게 뚫리고 운기가 잘됩니다" 하고 그는 올 때마다 말하곤 했었다. 오늘도 바로 그런 이유 때문에 찾아온 것이다. 그런데 다른 때와는 달리 가슴만 막혀 있는 것이 아니었다. 갑옷투구 차림의 그의 보호령이 끊임없이 날아오는 화살을 한 손으로 낚아채면서 다른 한 손으로는 화살 날아오는 쪽을 향해 창을 던지고 있었다.

"황승철 씨, 혹시 어떤 사람과 불화를 빚고 있는 거 아닙니까?"

"맞습니다. 선생님. 모 도장의 지원장이 절보고 자기네 도장에 나와서 같이 일을 하면서 환자들 기치료를 좀 해 달라고 하는 것을 여러 번 거절했더니 저한테 자꾸만 사기를 보내고 있습니다."

"바로 그 때문에 황승철 씨는 끊임없이 스트레스를 받아서 전중이 막히고 운기도 제대로 안 되고 있는 겁니다."

"도움을 받을 만한 데는 선생님밖에 안 계시니까 어쩔 수 없이 또 찾아왔습니다. 여기만 찾아오면 마음이 편안해지고 막혔던 경혈들이 전부 열리곤 합니다. 그런데 선생님, 선생님 뒷머리 쪽을 하위급 신장이 몽둥이 같은 것으로 자꾸만 때리고 있는데, 성벽 같은 방어막이 쳐져서 보호되고 있는 것이 보입니다."

"황승철 씨는 영안이 어느 정도 열려서 그런 것이 보이는 모양이구만. 나도 알고 있어요. 누가 그 따위 사기를 보내고 있는지. 그러나 제아무리 사기를 보내도 그 방어막을 뚫지는 못할 겁니다. 황승철 씨도 바로 그런 방어막이 있어야 하는데 지금은 보호령이 혼자서 일일이 날아오는 화살을 막고 있으니 힘이 부치니까 중단도 막히고 임독의 유통도 제대로 안 되고 있습니다. 그런데다가 황승철 씨는 또 기치료를 한다고 기운을 소비하고 있으니 이중으로 손기(損氣)가 되고 있습니다. 지금은 기운을 그런데 쓸 것이 아니라 내실을 다져야 합니다. 내기가 한층 더 강화되면 나처럼 견고한 보호막이 형성됩니다. 그러기도 전에 자꾸만 엉뚱한 데다가 기를 쓰니까 지금과 같은 현상이 벌어지는 거예요. 아아, 이젠 상단전의 막혔던 경혈들이 다 열렸군. 중단전도 거의 다 열리고. 어때요 느낌이 없어요?"

"가슴이 시원해지면서 10년 묵은 체증이 뚫린 기분입니다. 머리도 지난번에 왔을 때처럼 벌집 뚫어놓은 것처럼 기운이 상쾌하게 유통되고 있습니다."

드디어 10분 동안 대화하는 동안에 그의 상단전과 중단전의 모든 경혈들이 전부 다 열리면서 힘차게 가동하고 있었다.

"선생님, 이젠 정말 살 것 같습니다. 그런데 사실 기를 쓰지 않는다 않는다 하면서도 막상 일을 당하면 안 쓸 수도 없고 정말 어떻게 해야 좋을지 모르겠습니다. 사람이 당장 죽어간다는데 모른 척할 수도 없고 말입니다."

"무슨 일이 있었어요?"

"네, 며칠 전에 제 절친한 친구가 말입니다. 자기 어머니가 혼수상태에 있는데, 절보고 꼭 좀 와 보아달라고 간청을 하는 바람에 어쩔 수 없이 가지 않을 수 없었습니다. 물론 입원 중인데도 병원 의사들은 속수무책이라는 겁니다."

"무슨 병인데요."

"뇌졸중으로 쓰러졌다고 합니다. 친구가 하도 간절하게 사정을 하는 바람에 어쩔 수 없이 김천으로 고속버스를 타고 내려가면서 평소에도 몇 번 만나 본 일이 있는 그 친구 어머니를 떠 올렸습니다. 병원에 침대에 누워 있는 장면이 보이더라고요. 그래서 저는 그분의 영을 불러서 대화를 했습니다. 그런데 친구 어머니 영은 이제는 더이상 살고 싶은 생각도 없다고 하면서 이왕에 자기를 위해서 길을 떠났으니 오면 환영은 하겠다고 하는 겁니다. 그때가 바로 오후 3시였는데 꼭 한 시간 동안 기운을 보냈습니다. 저녁에 병원에 도착해 보니 친구 어머니는 멀쩡하게 깨어나 앉아 계시는 겁니다. 병원에서는 도저히 있을 수 없는 기적이 일어났다고 신기해하더랍니다. 그래서 혼수상태에서 깨어난 시간을 알아보았더니 그날 오후 3시와 4시 사이였다고 합니다. 제가 기운을 보낸 시간과 정확히 일치하더라고요. 그것뿐이 아닙니다.

10년 동안 앓아온 당뇨병 환자를 순전히 기치료로 한 달 만에 고쳐준 일도 있습니다."

"언제요?"

"그것도 얼마 전 일입니다. 거래처 사장의 어머니인데 모른 척할 수 있어야죠."

"그런 일들이 있었으니까 손기가 되어 기운줄이 막힌 겁니다. 내가 보기엔 황승철 씨는 수련에 써야 할 기운을 엉뚱한 곳에 다 쓰고 있습니다. 그래서 그렇게 치료를 해 주고 치료비는 받지 않았습니까?"

"원칙적으로 돈은 안 받기로 하고 있습니다."

"원칙적으로 안 받기로 했다면 예외적으로는 받았다는 말입니까?"

"당뇨병 환자의 아들 되는 거래처 사장이 좋은 일에 쓰라면서 3백만 원을 억지로 떠맡기는 바람에 도장을 하나 내는 데 쓸까 하고 예치해 두었습니다."

"황승철 씨는 분명 아무런 사명도 받지 않고 말하자면 불법적으로 기치료를 하고 있는 겁니다. 만약에 황승철 씨가 사명을 받고 기치료를 시작했다면 지금처럼 기운줄이 막힐 이유가 없습니다. 또 손기 현상도 절대로 일어나지 않습니다. 무슨 말인지 알겠습니까?"

"네. 이젠 가슴이 답답해 오고 백회가 막혔던 이유를 분명히 깨달았습니다. 선생님 말씀대로 내실을 다지도록 하겠습니다."

"앞으로도 그런 유혹은 얼마든지 있을 겁니다. 그때마다 슬기롭게 대처해야 합니다."

"잘 알겠습니다. 선생님. 앞으로는 절대로 그런 짓 안 하겠습니다."

"만약에 그 유혹을 이기지 못하면 황승철 씨는 한 개의 기치료사 정도로 만족할 수밖에 없을 겁니다. 그 이상의 진전은 기대할 수 없을 것입니다. 선도수련을 하는 목적이 겨우 기치료사가 되는 정도라면 굳이 말리지 않겠습니다. 이렇게까지 내가 말했는데도 그것을 지키지 못하고 똑같은 실수를 저지르고, 또 다시 찾아오는 일은 없도록 해야겠어요."

"네, 깊이 명심하겠습니다."

1992년 2월 19일 수요일 −6∼2℃ 구름 조금

오후 3시부터 계속 좌선만 했다. 책을 읽어도 머릿속에 들어오지 않는다. 뇌 속에 얼음이 계속 파고 들어오는 것 같다.

1992년 2월 20일 목요일 −7∼2℃ 구름 조금

오후 3시부터 다섯 명의 수련생이 다녀갔다. 그중에 강명준이라는 사람은 나이가 30밖에 안 된 고시 공부하는 사람인데 표정도 목소리도 전과는 사뭇 달랐다.

"선생님. 저는 이미 성통을 했습니다. 성통을 하고 보니 도(道)라는 게 아무것도 아니더군요."

그의 눈동자를 유심히 살펴보았다. 뿌우연 것이 짙은 안개가 끼어 있는 것 같았다.

"그래요? 성통을 하니 안 했을 때와 비교해서 어떻게 다릅니까?"

"이 세상 사람 사는 이치가 한 손에 꽉 잡히는 것 같고 내가 무엇 때문에 지금까지 도를 닦는다고 헛고생을 했나 하고 과거가 한심하게 생각되고 후회가 됩니다. 선생님 생각해 보십시오. 제가 성통을 안 했으면 어떻게 20년생 소나무를 단 한 번에 뿌리째 뽑아낼 수 있었겠습니까?"

"그럼 강명준 씨가 성통을 한 것이 언제 어느 곳에서였습니까?"

나는 강명준 씨의 대답을 유도해 내면서 계속 그의 눈동자를 응시했다. 드디어 한 현상이 나타난다. 치우립 쓰고 활옷 차려 입은 박수(남자 무당)가 훨훨 춤을 추고 있었다.

"바로 일주일 전에 월출산 암자에서 수련 중이었습니다."

"그때 무슨 일이 일어났습니까?"

"마을 공동묘지가 있더라고요. 밤에 담력을 시험한다고 그 묘지 한가운데서 수련을 하고 있었습니다. 그러다가..."

강명준 씨가 여기까지 말하자 갑자기 치우립 쓰고 활옷 입고 춤추던 박수가 사라지고 그 대신 선관 차림을 한 선녀가 서 있었다. 빙의되었던 박수가 사라지고 원래의 보호령이 제 자리를 찾아 온 것을 알 수 있었다. 선녀가 남자의 보호령으로 있는 것은 특이한 예였다.

"선생님, 제가 지금 무슨 소리를 했죠?"

강명준 씨는 갑자기 본래의 목소리로 물었다. 눈빛도 맑아졌다.

"무슨 소리를 하긴. 성통했다고 큰소리치지 않았소."

"제가 언제 그런 소리를 했습니까?"

"20년생 소나무를 뿌리째 뽑았다면서."

"그건 사실입니다. 암자에 있던 사람들이며 그 암자의 주지도 다 보았으니까요."

"지금도 20년생 소나무를 뽑을 수 있겠소?"

"아뇨. 그땐 정말 힘이 불끈불끈 치솟는 게 집채 같은 바위라도 움직일 수 있을 것 같았는데. 지금은 아닙니다."

"왜 그랬었는지 알겠어요?"

"아무래도 제가 뭐에 씌었던 것 같습니다."

"그걸 알았으니 다행이군."

"그렇지 않으면 그렇게 갑자기 힘이 뻗칠 수가 있었겠습니까? 저는 평생 그렇게 괴력을 발휘해 보기는 정말 처음입니다."

"지금도 성통했다고 큰소리칠 수 있겠어요?"

"아뇨. 성통은 아무나 되는 건가요. 아직 멀었죠."

두 얼굴의 사나이가 한참 난폭한 짓을 하다가 본래의 얌전한 자기로 되돌아온 것같이 그는 갑자기 온순해졌다.

"사실 아까 선생님께서 느닷없이 전화를 거셔서 절보고 잠깐 다녀가라고 하셨을 때 반가워서 당장 달려오려고 하는데도 한편으로는 못 가게 하는 힘이 강력하게 제동을 거는 거였습니다. 가자느니 가지 말라느니 한참 실랑이를 하다가 드디어 무엇에 이끌리듯 선생님 댁까지 오기는 왔습니다만 지금까지도 뭐가 어떻게 됐는지 어리둥절합니다."

"접신에서 방금 풀려난 거예요."

"그렇습니까. 밤에 월출산 암자에서 수련한다고 마을 공동묘지에 갔을 때 그렇게 된 것 같습니다. 선생님 도대체 왜 그런 일이 일어나죠?"

"수련을 게을리했거나 욕심 때문입니다."

사람은 본래 신(神)이었다

1992년 2월 28일 금요일 7~15℃ 흐리고 밤에 비

오후 2시. 한 독자에게서 전화가 걸려 왔다.

"선생님, 정말 사람은 신이 될 수 있습니까?"

"왜 그런 질문을 하시게 됐습니까?"

"선생님의 저서를 읽어보니 사람은 하느님의 분신이라고 나와 있는 걸 보고 전화를 하는 겁니다."

"사람은 본래 신이었습니다. 신은 영원하고 무한하고 사랑과 지혜와 능력이 충만합니다. 사람도 역시 그랬습니다. 그래서 지금은 비록 시간과 공간과 물질의 속박 속에 갇혀있어도 무한과 영원을 동경하는 것입니다. 그리고 무한한 능력과 지혜와 사랑도 갈구하는 겁니다."

"그런데 왜 인간은 지금처럼 시공과 물질의 한계 속에 속박을 당하게 되었나요?"

"그것은 헛된 욕심으로 망상을 일으켜 자기 자신을 천국에서 소외시키고, 스스로 마권(魔圈)을 형성해놓았기 때문이죠. 마권은 바로 유한한 시간과 공간 그리고 닳거나 썩어서 없어질 수밖에 없는 물질의 한계입니다. 이렇게 스스로 마권을 만들어 놓고는 그것이 실재(實在)라고 착각을 하고 있는 것입니다."

"그렇다면 물질세계는 착각으로 이루어졌다는 말씀인가요?"

131

"그렇습니다."

"시간과 공간도 그렇습니까?"

"맞습니다."

"선생님, 그렇다면 과거와 미래는 존재합니까?"

"과거와 미래는 오직 현재 속에 존재한다고 보면 됩니다. 『천부경』에 보면 하나는 세 끝으로 나뉘고 다시 하나로 돌아온다고 되어 있습니다. 일석삼극(一析三極) 회삼귀일(會三歸一)입니다. 과거 현재 미래역시 하나에서 나온 것이고 결국은 하나로 돌아갈 수밖에 없는 겁니다. 영원한 실재인 본바탕은 역시 하나입니다. 과거 현재 미래로 나누어 생각하는 것은 인간의 관념일 뿐 그 본바탕은 현재 속에 다 포함되어 있습니다.

완전한 과거는 과거에 완성할 수 없었던 것을 현재까지 연장한 것이아니고 현재를 의식적으로 완전케 함으로써 과거는 완성됩니다. 마찬가지로 완전한 미래란 현재에 완성할 수 없는 것을 장래에 완성할 때까지 연장한 것이 아니라, 현재를 의식적으로 완전케 함으로써 실현되는 것입니다. 설명이 좀 까다로워진 것 같은데 요약해서 말하면 과거와 미래는 실존하는 것이 아니고 현재 속에 영원히 존재한다고 보면됩니다. 현재를 충실하게 사는 것이 과거와 미래를 충실하게 사는 것이라는 뜻입니다."

"그러니까 선생님 말씀은 있는 것은 오직 영원한 현재뿐이라는 말씀인가요?"

"바로 맞혔습니다."

오늘도 세 사람의 수련생이 다녀갔다. 그중에는 나와 공명현상을 일
으키는 사람도 있었다. 꾸준히 나를 찾아오는 사람들 중에 공명현상을
일으키는 수련자가 있다. 공명현상이란 원래 물리학 용어이다.

'파장이 같은 두 개의 물체가 공명(共鳴)을 일으키면 에너지의 발생
량이 두 배로 증폭된다'는 원리를 말한다. 도문이 열리고 천기를 운용
할 수 있는 구도자들 중에 파장이 비슷한 사람들의 기운이 교류되면
바로 이러한 공명현상이 일어나게 되는 것이다.

그것이 만약에 남녀 사이에 이루어지면 황홀한 무아의 경지에까지
이르게 된다. 서화담 선생이 황진이의 "기를 취했다"는 뜻은 바로 이것
을 말한 것이다. 그들은 육체상의 피부접촉을 통하지 않고도 순전히
기운의 교류로 공명현상을 일으킨 것이다. 이 경지에 들어가면 구태여
피부접촉이 필요 없게 된다. 그들은 이미 도인의 경지에 이르렀으므로
피부접촉이나 성감(性感)에 연연하는 중생들이 형편없는 저질이나 속
물로밖에는 보이지 않았을 것이다.

이러한 공명현상을 계기로 새로운 기운이 상단전과 중단전을 통해
도도히 흐르는 대하처럼 들어왔다. 수련이 한 단계 높아진 것을 알 수
있었다. 이것이 바로 시공을 초월한 기의 흐름이고 생명의 본류이다.
영원과 무한을 흐르는 생명의 대하 옆에 인간은 잘못된 상상력을 구사
하여 뛰어넘기 어려운 견고한 둑을 쌓았다. 물질세계에 태어난 인간은
바로 이 둑을 허물라는 사명을 누구나 갖고 있다. 잘못된 상상력으로
쌓아놓은 둑은 악몽과도 같다. 잘못된 상상력, 착각이 빚어놓은 미망
이 구축해 놓은 이 악몽에서 인간은 깨어나야 한다. 이 악몽이 사람을

시공과 물질과 오감의 세계 속에 가두어 놓고 있다. 비록 갇혀있다 해도 인간의 무한한 욕망만은 유한한 물질로는 채워지지 않는다. 영원을 희구하는 인간은 한정된 시간을 사는 육체엔 결코 만족할 수 없다. 무한과 영원은 원래 인간의 본성이기 때문이다. 무한과 영원은 또한 신의 본성이기도 하다. 인간은 본래 신이기 때문에 이러한 등식이 성립되는 것이다.

인간은 영적 존재이고 소우주라는 말은 이래서 생겨났다. 사람의 내부에 신은 존재하는 것이다. 그러니까 외부에 있는 신을 숭배하는 것은 우상숭배일 수밖에 없지 않겠는가. 사교집단의 교주를 자기의 생명처럼 숭배하는 것은 외부의 신에게 굴복함으로써 자기 자신을 모독하는 것이다. 몸안에 없는 하느님이 어떻게 있을 수 있단 말인가? 이 몸안에 있는 하느님을 발견하는 것이 대각(大覺)이고 성통이고 해탈이고 영원한 생명을 구원받는 것이다.

〈13권〉

구걸형과 거래형

단기 4325(1992)년 3월 17일 화요일 1~8℃ 흐림

오후 2시. 충남 예산에서 권홍이라는 중년 사내가 과일을 한 바구니 들고 찾아왔다. 기골이 장대하고 불의를 보면 참지 못하고 물리적인 제재를 가해야 직성이 풀리는 그런 불같은 성질을 가진 의리의 사나이라고나 할까? 운기를 해보니 수련도 상당한 수준에 올라 있었다.

나는 처음 그가 내 앞에 대좌하고부터 그와 운기를 해본 결과를 마무리하고 있었다. 임꺽정, 장길산, 홍길동, 항우, 장비 같은 의리와 용기의 사나이를 두루 합쳐놓은 것 같은 권홍이라는 사나이는 선천적으로 대단한 정기(精氣)를 타고난 것 같았다. 뜨거운 기운이 온몸에 폭풍처럼 소용돌이치고 있었다. 그런데, 그의 오른쪽 견갑골과 경추가 막혀 있는 것이 감지되었다. 그 막힌 경맥이 나와 열정적인 대화를 나누는 사이에 서서히 풀리고 있었다. 아닌 게 아니라 그는 갑자기 오른쪽 어깨를 팔을 들어 빙빙 돌려대는가 하면 목뼈를 전후좌우로 굽히기도 하고 도리도리 하기도 하다가 입을 열었다.

"선생님 이거 어떻게 된 겁니까. 젊었을 때 한가락 할 때 어깨뼈와

135

목뼈를 다친 이후로 내내 그곳이 뻑뻑하고 갑갑하고 했었는데, 지금 시원하게 풀려나가는 것 같습니다. 아이고 정말 이거 살 것 같습니다."

"어깨 아래와 중앙을 통과하는 소장경과 삼초경과 독맥의 경추 부분이 막혀 있었는데, 지금 풀려나가고 있군요."

"선생님 그럼 이거 어떻게 되는 겁니까. 선생님 덕분에 오늘 고질병이 낫는 거 아닙니까?"

"권홍 씨가 그래도 그동안 꾸준히 수련을 해 온 덕분에 조금씩 운기가 되어 왔는데 오늘 이 자리에 오면서 그것이 더욱 활발해지니까 부분적으로 막혔던 경맥이 뚫린 겁니다."

"그렇다면 가만히 있을게 아니라 선생님한테 절을 올려야겠습니다."

그는 벌떡 일어나서 세 번이나 큰절을 했다.

"선생님 정말 고맙습니다. 몇십 년 앓아온 고질병이 오늘 선생님 앞에서 나았습니다."

"때가 되어서 그렇게 되었을 뿐입니다."

"오늘 저는 정말 뜻하지 않은 큰 은혜를 입었습니다. 선생님."

"이제 막혔던 경맥 길이 열렸으니 수련은 급진전될 겁니다. 어쨌든 찾아오길 잘하셨습니다."

"선생님 은혜에 보답하기 위해서라도 더욱 열심히 수련하겠습니다. 그런데 선생님 한 가지 물어봐도 괜찮겠습니까?"

"물어보십시오."

"저도 많은 사람을 다루는 일을 해 본 일이 있습니다만 선생님과는 약간 각도가 다릅니다. 전부 다 돈을 주고 부리는 일이니까요. 그런데 선생님의 『선도체험기』를 통해서 알기로는 면접료라든가 회비 같은 것은 일체 받지 않으시고 찾아오는 독자들의 수련을 도와주시기도 하고 좋은 말씀을 들려주시기도 하시는 것 같은데, 어떻습니까. 제가 알기로는 어떤 상담업자는 불과 5분 내지 10분 동안 면접을 하고 3만 원 이상의 면접료를 받는다고 하는데 선생님은 전연 돈을 안 받으시고 방문객을 맞으시다가 보면 좀 색다른 사실을 발견할 수도 있을 것 같은데 어떻습니까?"

"어떻게 그런 문제에 착안을 하시게 됐습니까?"

"아이고 선생님 저도 내일 모레 허리 부러진 백 살이 됩니다. 선생님 앞에서 이런 소리하는 것이 죄송스럽기 짝이 없습니다만 이 나이를 살아오면서 어지간히 인생 경험을 많이 한 폭입니다. 그래서 대인관계에 대해서 제 나름대로의 철학이라고 할까, 좌우명이라고 할까 처세술이라고 할까 하는 것을 가지고 있습니다. 매일같이 수많은 사람들을 아무 대가도 받지 않고 귀중한 시간을 할애하면서 만나보시는 선생님의 입장은 어떤지 알고 싶은 생각이 일었습니다. 극장엘 들어가려고 해도 요즘은 개봉관일 경우 1만 원 이상은 입장료를 내야 하는 세상인데 선생님은 아무런 부담 없이 찾아오는 사람들은 어떤 부류들인지 또 그 사람들에 대한 선생님의 견해는 어떤지 알아보고 싶은 생각이 갑자기 일어나서 그럽니다."

"나를 찾아오는 사람들은 내 독자라고는 하지만 사실 온갖 개성과 색깔을 다 가지고 있습니다. 그 많은 사람들 중에 오늘은 권홍 씨 같은 특이한 분은 또 처음입니다. 게다가 아주 이상한 질문을 다 하시고. 참으로 사람은 가지가지 백인백색 천차만별입니다. 지난 3년 동안 나를 찾아오는 사람들을 맞으면서 내가 느낀 소감은 이렇습니다."

"선생님 제가 듣고 싶은 것은 바로 그겁니다."

"말씀드리죠. 사람들은 백인백색 천차만별이지만 이 많은 사람들은 대체로 두 가지 부류로 나눌 수 있다고 봅니다. 나는 영업 허가를 낸 상담업자나 학원업자도 아니니까 면접료니 수련비니 하는 것을 받을 수도 없고 또 그런 것은 애당초 받을 생각도 하지 않았기 때문에 오히려 순수하게 사람을 있는 그대로 볼 수 있는 위치에 서게 됩니다.

무슨 말인고 하니 내가 만약에 도장을 개설했다면 수련생들에게 일정한 회비를 받아야 하니까 사람들의 개성을 특별히 파악하기가 어려웠을 겁니다. 그러나 내 경우는 그런 것이 일절 없으니까 오히려 찾아오는 사람들의 적나라한 성격이 그대로 노출이 된다 그겁니다. 나는 가만히 앉아만 있어도 찾아오는 사람들의 있는 그대로의 순수한 인간성이며 처세술 같은 것이 한 눈에 들어옵니다. 그러한 내 눈에 비치는 사람들을 두 가지 유형으로 나누어 볼 수 있다는 얘깁니다."

"두 가지라고요?"

"네, 그렇습니다."

"그게 뭡니까 선생님."

"구걸형(求乞型)과 거래형(去來型)입니다."

"네에, 그렇군요. 역시 선생님은 저와 호흡이 맞습니다."

"그렇다면 다행이군요. 그렇습니다. 사람은 누구를 막론하고 대인 관계에서 이 두 가지로 나눌 수 있습니다. 사람은 어차피 혼자서는 살 수 없게 되어 있습니다. 인간이 이 세상에 태어난 것 자체가 한 남자와 한 여자가 어울려서 협력한 결과입니다. 따라서 인간은 숙명적으로 남과 어울려 살지 않을 수 없게 되어 있습니다. 처세란 바로 이 대인관계를 어떻게 하느냐에 그 성패가 달려 있는 겁니다. 대인관계가 원만한 사람은 처세에도 대체로 성공합니다. 그런데 선도수련을 하려는 구도자들은 이상한 선입관념들을 가지고 있는 것 같은 느낌을 받습니다.

뭔고 하니 대인관계는 아무래도 좋고 수련만 열심히 하면 누구나 성통을 할 수 있다고 생각하는 것 같은데 나는 이게 근본적으로 잘못되어 있다고 봅니다. 대인관계에 실패한 사람은 바로 인생에 실패한 사람이라고 할 수 있는데, 이런 사람은 구도(求道)에도 틀림없이 실패한다고 보니까요.

결혼에 실패한 여자, 애인에게 배반당한 남자가 머리 깎고 중이 되든가 아니면 산속 깊은 암자나 동굴 속에 숨어들어가 도를 닦는다는 보편적인 관념은 반드시 시정되어야 합니다. 도는 그런 인생의 실패자가 닦는 것이 절대로 아닙니다. 인생의 실패자가 아니라 인생에 무상을 느낀 사람만이 도를 닦을 수 있는 자격이 있습니다. 인생의 실패자와 인생에 무상을 느낀 사람과는 근본적으로 다릅니다.

인생의 실패자는 욕심을 가졌고 대인관계에서 자신을 잃은 사람이지만 인생에 무상을 느낀 사람은 인생을 초월한 사람입니다. 인생을 초월했다는 것은 이 세상 사람들이 바라는 최고의 경지까지 다 겪어본 사람을 말합니다. 극단적으로 말하면 사람이면 누구나 한번 되고 싶어하는 왕이나 대통령 같은 것도 전생에 다 겪어본 사람을 말합니다. 다시 말해서 인생의 최고의 영화를 다 누려 본 사람이야말로 인생의 무상을 느낄 수 있는 것입니다. 이러한 사람들이 구도자가 될 진정한 자격이 있다고 보는 겁니다.

그런데 구걸형은 백발백중 인생의 실패자일 수밖에 없습니다. 구걸형은 선천적으로 이기주의자이기 때문입니다. 흔히들 자기밖에 모르는 자가 인생의 성공자가 된다고 보는 사람도 있습니다만 그것은 인생을 긴 안목으로 보지 않고 어느 한 과정만을 본 속단에 지나지 않습니다.

이기주의자가 힘이 없을 때는 구걸을 합니다. 그러나 꾀가 있고 학식이 약간 있으면 사기꾼이나 협잡꾼이 되고 모리간상배가 되거나 깡패나 건달이나 도둑이 되기도 합니다. 그러나 힘이 생기면 강도가 됩니다. 이것이 국가의 단위로 커지면 제국주의적 침략국가의 우두머리가 됩니다. 구걸이란 무엇입니까?

"남에게 비럭질하는 거 아닙니까?"

"맞습니다. 이것을 좀 유식하게 학술적으로 표현하면 어떤 사람이 자기가 원하는 것을 남한테 가서 대가 없이 취득하는 것이라고 할 수 있겠죠. 인간에게는 아까도 말했지만 구걸형과 거래형 두 가지가 있다고 했는데, 그렇다면 구걸형과는 대조가 되는 거래형은 어떤가요? 거래는 무엇이라고 생각하십니까?"

"자기가 가지고 있는 것으로 상대방이 가지고 있는 것 중에서 자기가 필요한 것과 맞바꾸는 거 아닙니까?"

"맞습니다. 다시 말해서 구걸은 공짜로 남의 것을 얻는 것입니다. 공짜 근성, 거지 근성, 얌체 근성을 가진 사람을 통틀어 구걸형이라고 한다면 거래형은 이와는 정반대입니다. 거래란 어떤 사람이 자기가 원하는 것을 대가를 주고 취득하는 것을 말합니다. 따라서 구걸형과 거래형이 근본적으로 다른 점은 분명해집니다. 구걸자의 맘속에는 상대는 생각지도 않고 자기 욕심만 채우겠다는 이기주의가 도사리고 있다면 거래자는 최소한 줄 것은 주고 받을 것은 받는다는 상부상조형이라고 할 수 있습니다. 이타주의자란 흔히 생각하듯이 자기의 이익은 생각지 않고 남의 이익만 생각한다고 여길지 모르지만 절대로 그렇지 않습니다. 아무것도 없는 사람은 남에게 베풀 수도 없습니다. 그러니까 이타주의자란 엄격히 말해서 상부상조주의자입니다.

내가 강조하고 싶은 것은 바로 이겁니다. 구도자는 최소한 구걸형에서 벗어나야 한다 그겁니다. 구도란 이기주의 틀 속에 갇힌 자기 자신에게서 벗어나면서 도를 향해 첫걸음을 내딛는 것인데, 사람들은 흔히 이것을 모르고 있습니다. 참으로 한심한 일이 아닐 수 없습니다. 그래서 티베트의 성자들은 선물의 정도를 보고 찾아오는 제자를 선택한다고 합니다.”

“아니 선생님, 그렇다면 가난한 사람은 도도 닦을 수 없다는 말입니까?”

“선물이란 이 경우 반드시 물질만을 말하는 것이 아니겠죠.”

“그렇다면 노력 봉사 같은 것도 포함된다는 말입니까?”

“물론입니다. 그래서 옛날에 도인들은 제자에게 나무해 오기 1년, 물 긷기 1년, 밥짓기 1년, 합해서 3년 공적을 쌓아야 비로소 제자로서의 대우를 해주었다고 하지 않습니까? 인간과 인간의 관계는 엄격한 거래로 성립되어 있습니다. 남과의 관계에서는 말할 것도 없고 심지어 부부와 자식 사이에서도 이 거래 관계는 엄격히 적용되는 것이 진실입니다.

부모가 자식을 낳아서 기르고 교육시켜서 일단 분가를 시키면 그때부터는 거래 관계가 성립됩니다. 가져오는 것은 없이 계속 부모의 재산을 축만 내는 자식을 좋다고 할 부모는 없습니다. 불효를 좋아할 부모가 어디 있겠습니까? 오고 가는 것이 없으면 부모와 자식 사이도 멀어질 수밖에 없습니다.

일심동체(一心同體)라고 하는 부부 사이도 마찬가지입니다. 남편은 밖에 나가 돈을 벌어오고 아내는 집에서 아이 낳고 살림하는 것이 재래식 부부였습니다. 그런데 남편이 돈도 못 벌어오면서 집에서 죽치고 누워만 있다면, 당분간이라면 몰라도, 그게 몇 달 몇 년씩 계속되면 좋다고 할 아내가 어디 있겠습니까.

아무리 사랑이 깊은 부부간이라도 언제까지나 그런 상태가 계속될 수는 없을 것입니다. 할 수 없이 아내가 밖에 나가 취직을 하든가 장사를 하여 생계를 이을 수밖에 없습니다. 그런데도 남편은 계속 집에서 빈들빈들 놀면서 몇 해의 세월을 허송세월 했다고 합시다. 일 안하고 노는데 이골이 난 남편은 힘들여 일하지 않아도 아내가 벌어들이는 돈으로 편안한 생활을 할 수 있습니다.

이러한 부부관계가 한없이 지속될 수 있겠습니까? 비록 백년해로를 약속한 부부 사이라고 해도 오고 가는 것이 없으면 계속될 수는 없는 겁니다. 남편이 돈 벌어들이기를 기다리다 못해 지쳐 버린 아내는 자식들과 자신의 생존을 위해 마침내 이혼을 결심하게 됩니다. 이처럼 부부 사이라고 해도 인간관계에는 엄격한 거래가 성립될 수밖에 없는 것이 현실입니다.

부모 자식, 부부 사이도 이러한대 남남끼리야 더 말해 무엇 하겠습니까? 그런데도 구걸형 인간은 이 세상에 아직도 득시글득시글합니다. 공짜 좋아하고, 얌체질, 비럭질 좋아하는 이기주의자들이 있는 한 이 세상은 한시도 조용할 날이 없습니다. 인생의 온갖 비극은 바로 이 이기주의의 산물입니다. 개인 이기주의, 가족 이기주의, 지역 이기주의, 집단 이기주의, 직업 이기주의, 국가 이기주의, 민족 이기주의 같은 온갖 이기주의 때문에 인간은 물론이고 지구 환경까지도 파국으로 치닫고 있는 것입니다. 공산주의도 따지고 보면 바로 이기주의적 발상에 지나지 않습니다.

마르크스 · 엥겔스 · 레닌 같은 다분히 건달기 있는 지식인들의 망상(妄想)에서 시작된 것입니다. 그들의 심리의 근본을 파고 들어가 보면 무서운 이기주의가 도사리고 있습니다. 어떻게 하면 공짜로 남의 물건을 빼앗아볼까. 공산주의란 어떻게 하면 피땀 흘리지 않고도 남들이 축척해 놓은 부를 나누어 가질 수 있을까를 연구한 끝에 만들어낸 허황된 이념에 불과합니다. 거래 관계가 배제된 강제된 노역은 결국 경제 침체라는 최대의 화를 불러왔고 결국은 지구상에서 자멸하고 말았습니다.”

“선생님 말씀을 가만히 듣고 보니 결국은 구걸은 파멸의 시작이고 거래는 상부상조와 번영의 시작이라는 말과 같다는 느낌이 듭니다. 구걸은 결국 이기주의고 거래는 이타주의라는 말이 아닙니까?”

“옳은 말씀입니다. 인생에서도 그렇고 구도에서도 그렇고 바로 이 이기주의에서 벗어나지 못하면 일시적으로 세속적인 성공은 거둘 수 있을지 몰라도 진정한 성공은 절대로 불가능합니다. 이기주의는 쉽게 말해서 욕심입니다. 이 욕심으로 뭉쳐진 개아(個我)의 껍질을 벗지 못하면 구도는 말할 여지도 없고 인생에서도 성공을 거둘 수는 없다고 단언할 수 있습니다. 남과 더불어 상부상조할 줄 모르는 사람은 무슨 일을 해도 실패밖에 기다리는 것이 없다는 것을 뼈아프게 깨달아야 합니다.

우리 민족의 삼대경전 중의 하나인 『참전계경』을 떠받들고 있는 근본 사상 중의 하나는 바로 이 상부상조 정신입니다. 다시 말해서 엄격한 거래 정신이라는 말입니다. 대인관계에서의 거래는 말할 것도 없고 하느님과의 관계에서도 엄격한 거래를 강조하고 있습니다."

"그렇습니까? 그건 첨 듣는 얘긴데요."

"그래요? 지성이면 감천이라는 말 못 들어 보았습니까?"

"그거야 늘 집안 어른들에게서 철들면서부터 들어온 격언이 아닙니까?"

"그렇습니다. 지성이면 감천이라는 말이 실은 하느님과 인간과의 거래를 강조한 것에 지나지 않습니다. 다시 말해서 지극한 정성을 바치면 하느님도 감동을 하시고 청을 들어주신다는 말입니다. 하느님에게도 가는 것이 있어야 오는 것이 있다는 평범한 진리를 말한 것에 지나지 않습니다."

"선생님, 그렇다면 사람이 하느님에게 지극한 정성을 다한다는 것은 구체적으로 무엇을 말하는 겁니까?"

"좋은 질문을 하셨습니다. 하느님에게 지극한 정성을 바친다고 해서 흔히 사람들은 하느님에게 정성껏 제물을 차려놓거나 새벽에 정화수를 떠놓고 복을 비는 것을 말한다고 생각하는 경향이 있는데 반드시 그것만을 뜻하는 것은 아닙니다. 제물 이외에 더 중요한 것이 있습니다. 성경에 보면 하나님 앞에 기도드리기 전에 우선 이웃과 화해하라는 구절이 있습니다. 또 이웃을 내 몸같이 사랑하라는 말이 있습니다. 이웃과 불화와 알력이 있으면 그것부터 해결해 놓고 와서 하느님에게 제를 올리든가 기도를 하라는 뜻입니다. 이웃과 불화를 빚는 것은 십중팔구는 욕심에 그 원인이 있습니다.

다시 말해서 이기주의에 근본 이유가 있다는 말입니다. 지극한 정성이란 바로 이웃과 상부상조하라는 뜻입니다. 대인관계에서 거래를 확실히 하여 화해하라는 말입니다. 그렇게 되면 불화가 있을 수가 없습니다. 그런 다음에 와서 기도를 하라는 겁니다. 지성(至誠)은 바로 이기주의와 욕심에서 떠나 이웃과 상부상조하라는 뜻입니다."

"오늘 제가 선생님을 조금 도와드리려고 왔다가 오히려 지병까지 고치고 마음에 크나큰 깨우침까지 얻었습니다. 그 은혜는 정말 백골난망입니다. 그런데, 선생님, 선생님께서는 지난 3년 동안 선생님을 찾아오는 방문객들을 대하면서 구걸형과 거래형을 보았다고 말씀하시는 것으로 이해가 되는데 그렇게 보아도 괜찮겠습니까?"

"그야말로 정곡을 찌른 질문입니다. 권홍 씨께서는 보기보다는 예리한 데가 있습니다."

"뭘요. 하긴 저도 많은 사람들을 대해오다가 보니 눈치 하나는 기막히게 발달해 있습니다. 선생님의 깊은 속뜻이 어디에 있다는 것 정도는 금방 파악이 됩니다."

"권홍 씨께서 무엇을 알고자 하는지 알겠습니다. 그렇습니다. 우리 집을 찾는 사람들은 거의가 다 내 독자입니다. 그분들은 『선도체험기』를 읽고는 수련에 도움을 받고자 하는 사람들이 대부분입니다. 그분들이 나를 필요로 하니까 나를 찾는 것이지 내가 그분들을 필요로 하는 것은 아닙니다. 방문객들은 책만으로는 만족을 할 수 없어서 나를 찾는 것입니다. 사실 나는 글을 쓸 때는 거기에 온 정력을 쏟아 넣기 때문에 웬만한 사람은 책만 읽고도 소기의 성과를 거둘 수 있게 되어 있습니다만 굳이 교통비용 들여가면서 나를 찾는 사람들은 나에게서 무엇인가 얻어갈 것이 있다고 생각했기 때문이 아니겠습니까?"

"그야 물론입니다."

"그런데 막상 찾아오는 생면부지인 그 사람들을 보면 아까 말씀드린 대로 내 눈에는 두 가지 유형으로 딱 구분이 되어 비친다는 겁니다."

"구걸형과 거래형 말입니까?"

"맞습니다. 아쉬운 것을 얻으려고 벼르고 별러서 왔을 텐데도 내가 돈을 받지 않는다고 해서 늘 오가는 친구 집에 들르듯 빈손으로 덜렁덜렁 오는 사람과 비록 조그마한 선물이라도 정성껏 싸들고 오는 사람을 맞을 때 무슨 생각이 들겠습니까? 나는 집도 한 채 쓰고 있고 생활에 궁핍을 느낄 정도로 가난한 사람은 아닙니다. 방문객이 선물을 들고 와도 안 들고 와도 내 생활에는 하등의 영향도 끼칠 수 없습니다. 물론 빈손으로 오는 사람은 구걸형이고 비록 과일을 몇 개 사 들고 오더라도 빈손으로 안 오는 사람은 내 눈에는 거래형으로 보일 수밖에 없습니다. 과일 몇 개 오징어 몇 마리를 들고 오더라도 그 사람의 마음을 나는 보는 겁니다. 그렇게 빈손으로 안 오는 사람은 최소한 자기가 찾아볼 사람을 조금이라도 배려했다는 것을 알 수 있습니다. 선물의 내용의 우열은 고하간에 그 사람은 적어도 구걸형 인간은 아닙니다. 아니 떳떳한 거래형 인간입니다. 남도 생각하고 나도 생각할 줄 아는 사람입니다. 자아 권홍 씨가 나라면 어떤 사람에게 호감이 가겠습니까."

"그야 더 말해 무엇 하겠습니까? 불경에도 빈자(貧者)의 일등(一燈)이라는 말이 있지 않습니까? 빈손으로 오기보다는 막소주라도 한 병 사 들고 오는 사람이 훨씬 더 돋보일 수밖에 없지 않겠습니까?"

"물론입니다. 내가 이렇게 말하면 너무나 물질을 밝힌다고 속으로 언짢게 생각할 사람이 있을지 모르지만 사실이 그런 것을 어떻게 합니까? 적어도 선도에 관심을 가진 사람이라면 끼니를 걱정해야 할 만큼 찢어지게 가난한 사람은 아닙니다. 당장 하루하루 벌어먹는 것이 급한 사람이라면 도(道)를 생각하고 진리를 생각할 마음의 여유가 어디 있겠습니까? 그러니까 선도에 관심을 갖는다는 것 자체가 이미 의식주에는 별 어려움이 없기 때문입니다. 대체로 중산층 이상이라고 보는 것이 옳습니다. 그런데도 빈손으로 오는 사람이 있습니다. 이런 구걸형 중에는 버젓한 직장을 가지고 있는 사람, 어느 정도의 재산을 축적한 사람이나 기업인들도 있습니다."

"아니 선생님 정말 그런 사람들이 있습니까?"

"있으니까 이런 말을 하지 내가 무엇이 안타까워서 있지도 않는 말을 하겠습니까?"

"제 생각으로는 도저히 이해할 수 없는 일이군요. 어떻게 남의 집에 아쉬운 일이 있어서 더구나 김 선생님 같은 고명한 작가를 찾아오면서 빈손으로 올 수 있다는 말입니까? 그건 가정교육이 근본적으로 안 된 사람들이 아니겠습니까? 늘 왕래하는 가까운 사이라면 몰라도 적어도 생전 처음 찾아가는 은사의 집에 빈손으로 간다는 것은 우선 예의에 어긋나는 것이 아닙니까? 그것도 개업 중인 사무실에 찾아간다면 모를까, 남의 가정집을 방문하면서 그럴 수는 없는 일이죠."

"그런데도 그런 일을 아무렇지도 않게 자행하는 사람들이 있습니다. 이처럼 마음이 꽉 닫혀 있는 사람에게 무엇을 전할 수 있겠습니까? 마음이 꽉 닫힌 사람에게는 하늘의 기운도 들어갈 수 없습니다. 이러한 사람에게 기운을 주고 도법을 전수한다는 것은 마치 철없는 어린 아이에게 날 선 칼을 쥐어주는 것만큼이나 위험천만한 일이 아닐 수 없습니다.

도는 깨달으려고 하지 않고 도술에만 탐닉하다 보면 영락없는 사이비 교주가 될 수밖에는 없습니다. 내가 제일 경계하는 것이 바로 이겁니다. 나를 찾는 사람들이 들고 오는 선물이 탐나서가 아니라 바로 이런 사이비가 생겨나지 않을까 제일 걱정입니다.

우리집 마누라는 주위 사람들이 알아주는 구두쇠입니다. 일상생활에서는 더없이 검소하면서도 무슨 일로 남의 집에 찾아갈 때는 듬뿍 선물을 장만해 가지고 갑니다. 그러한 아내의 눈에 자기가 필요해서 나를 찾는 사람들이 빈손으로 오니 어떻게 보였겠습니까? 아내는 심지어 그런 무례한 사람은 집안에 들이지도 말라고까지 했습니다. 그러나 나는 아내를 설득시켰습니다. 하늘이 단비를 내릴 때는 독초나 약초를 가려서 비를 내리는 건 아니지 않느냐? 어떻게 먼 길을 찾아오는 사람들을 그렇게 야박하게 대할 수 있겠느냐면서.

그러나 이런 일을 자꾸만 겪으면서 나는 생각을 달리하게 되었습니다. 하늘이 독초와 약초에 골고루 단비를 내리는 것은 그 두 가지를 다 필요로 하기 때문이라는 것을 알게 되었습니다. 독초는 인간의 처지에서 볼 때 나쁜 것이지 하늘이 볼 때는 결코 그렇지도 않습니다. 독초도 어디엔가 꼭 필요한 데가 있는 것입니다. 단지 인간이 아직 그 쓰임새를 모르고 있을 뿐이지. 그러나 이제 와서 내 입장은 정리되었습니다. 철이 든 사람에게는 칼을 쥐어줄망정 철이 덜 든 사람에게는 절대로 칼을 쥐어줄 수 없다는 겁니다.”

“선생님 잘 알겠습니다. 정말 그렇군요. 어떻습니까? 선생님 구걸형과 거래형의 두 가지로 사람을 구분하셨는데 시혜형(施惠型)도 있는 것 아닙니까? 석가모니, 예수 그리스도, 공자, 소크라테스 같은 옛 성인들이라든가, 지금 우리나라에서는 불교의 대행스님이라든가, 기독교의 조용기 목사나 이름난 자선가 같은 사람은 시혜형이 아닐까요?”

“진리를 전파하고 하느님의 말씀을 널리 알리는 데는 물론 거래가 성립될 수 없다고 여길 수도 있을 겁니다. 그러나 그분들도 주기만 하고 받는 것이 없다면 아무리 성자라고 해도 그것이 언제까지나 지속될 수는 없을 겁니다.

서양 속담에도 기브 엔드 테이크(Give and Take.)라는 말이 있습니다. 이 말은 역시 원만한 거래를 성사시키기 위한 처세술을 말한 것에 지나지 않습니다. 아무리 성인이라고 해도 반응이 없는 설교를 언제까지나 진행시킬 수는 없을 겁니다. 군중에게 설교를 한다는 것도 어느 한도까지를 말한 것이지 반응 없는 일방통행이 언제까지 지속될 수는 없습니다. 자선가도 마찬가집니다.

그러니까 영속적이고 일방적인 시혜는 있을 수 없습니다. 상부상조할 수 있는 거래만이 영속적인 상호이익을 가져올 수 있습니다. 하느님도 마음이 닫혀 있는 사람에게는 은혜를 내려줄 방법이 없는데 인간의 탈을 쓴 성인이 어떻게 무한한 시혜만을 베풀 수 있겠습니까? 원칙적으로 불가능한 얘기죠. 결국은 마음이 가는 곳에 기(氣)도 가고 기가 가는 곳에 신(神)이 가고 신이 가는 곳에 혈(血)이 가고 혈이 가는 곳에 정(精)이 가고 정이 가는 곳에 물(物)도 가게 되어 있습니다. 심기신혈정물(心氣身血精物)은 결국 끝에 가서는 하나입니다.

그래서 조용기 목사가 한번 여의도 광장에서 대중 설교 집회를 열면 신도들이 내는 헌금이 수십 가마니씩 된다고 합니다. 한꺼번에 수억 원씩의 돈이 걷히는 겁니다. 이것이야말로 왼손이 하는 일을 오른손이 모르게 하는 기부행위라고 할 수 있지만 따지고 보면 설교를 듣고 감동을 받고 하느님의 은혜를 받은 대가인 겁니다.”

“은혜를 받고 낸 헌금이니까 이것 역시 일종의 거래가 되겠군요.”

“맞습니다. 그런데 법문(法問)이나 설교를 해서 모아들인 돈에 대행스님이나 조용기 목사는 직접 손을 대지 않고 경리 담당자들이 따로 관리하는 것은 정말 잘하는 일이라고 봅니다. 만약에 법문이나 설교하는 당사자가 직접 돈을 제멋대로 챙기고 사유화했다면 그 일은 벌써 끝장이 났을 겁니다.”

"무슨 뜻인지 알겠습니다. 선생님 오늘 저한테 너무 많은 시간을 할애해 주셔서 정말 감사합니다. 앞으로 서울 올라올 때마다 종종 찾아 뵈어도 되겠습니까?"

"그러십시오."

"선생님 전 아직 백회를 열 때가 되지 않았습니까?"

"아까부터 주욱 지켜보고 있었는데 좀 더 수련이 깊어져야 되겠습니다. 정성으로 열심히 수련을 하시면 다음 기회에는 열릴 것 같습니다."

"선생님 감사합니다. 오늘은 그럼 이만 물러가겠습니다."

수련 이유기(離乳期)

3월 19일 목요일 1~10℃ 맑은 후 흐림

오후 2시. 2주일 만에 정숙희 씨가 왔다. 중단이 터지려고 심한 진통을 느끼고 있었다. 수련이 쾌속으로 진행되어 그녀의 주위에는 일종의 기운의 장이 형성되어 가고 있었다. 아닌 게 아니라 직장에서도 그녀의 주변에는 구도자들이 몰려든다고 했다. 중단뿐만 아니라 상단도 터질 준비를 하고 있는 것이 감지되었다.

그녀는 지금 우리집에 출입하는 사람들 중에서 수련이 가장 높은 경지에 올라있다. 이제 도인으로서의 기초적인 조건이 거의 다 갖추어져 가고 있었다. 우선 마음이 안정되어 있어서 어떤 돌발적인 사태에도 거의 흔들림이 없었다.

찡하고 감겨 들어오는 그녀의 기운은 A씨의 그것보다도 월등했다. A씨의 기운은 기복이 심하고 때로는 탁기와 사기가 섞여 있지만 정숙희 씨의 기운은 순수하고 안정되어 있었다.정숙희 씨 이외에도 다섯 명의 수련생이 다녀갔다.

1992년 3월 27일 금요일 5~16℃ 맑은 후 흐림

오후 2시가 되면서부터 10여 명의 수련생들이 잇달아 몰려 왔다. 요즘 우리집을 찾는 수련자들은 대부분 생식을 하고 있다. 하루 세끼 생식을 하는 사람이 있는가 하면 어떤 사람은 아침과 점심을 아예 거르고 저녁 한끼만 생식을 두 숟갈씩 드는 사람도 있다. 단식을 한 뒤 복식을 할 때 이렇게 정해 버렸단다. 세끼 하던 식사를 한끼로 줄여버리니까 간편해서 좋다고 한다.

요즘 내 서재에는 오후만 되면 항상 5, 6명씩의 수련생이 진을 치고 있다. 어떤 사람은 3시에 와서 6시가 넘어도 돌아갈 생각을 않고 앉아 있는 수가 있다. 그럴 때는 내가 외출을 할 일이 생겼다면서 일어날 수밖에 없었다.

이들 수련자들 가운데서 발군(拔群)의 진도를 보이는 수련생이 있는데 바로 임선희 씨였다. 그녀의 머리 위에는 배달 시대의 제5대 태우의 환웅천황의 딸이었던 여와의 신명이 떠 있으면서 수련을 지도하고 있었다. 여와 신명은 여자들의 수련을 맡고 있는 분이다. 석유난로 청소할 때 타들어가는 심지에서 나는 고약한 냄새와 비슷한 악취가 그녀에게서 났다. 그 탁기로 나는 눈을 제대로 뜰 수 없을 때도 있었다. 눈만 그런 것이 아니고 혀끝까지도 따끔따끔했다. 한 방에 5, 6명씩의 사람들이 앉아 있는데도 이 냄새를 맡는 사람은 나뿐이었다.

지도신명 이외에 그녀의 보호령의 모습도 보였다. 그런가 하면 그녀와 똑같은 얼굴을 한 선녀가 선계를 거니는 모습도 보였다. 그녀와 나와는 전생의 한때 부녀 관계였던 때도 있었던 장면이 보였다. 그녀뿐만이 아니라 나를 찾는 대부분의 여자들은 전부가 전생에 나와는 각별한 관계에 있었다. 모자, 부부, 부녀 관계를 여러 번 겪은 경우도 있었다. 사람들은 역시 인연 따라 모여드는 모양이었다.

　지금 같이 살고 있는 내 아내도 전생에 여러 번 아내였던 때가 있었다. 그럼 남자 수련생들은 어떤가? 전부가 전생에 나오는 부자, 형제, 사제지간이었던 사람들이다. 이처럼 여러 번의 전생에 걸쳐서 밀접한 관련을 맺은 전력이 있었기 때문에 이들과 나와는 친화력이 강하다. 이 친화력 때문에 그들과 나와는 도문만 열리면 금방 기운의 교류가 이루어지는 것이다.

　찾아오는 수련자들을 성별로 보면 물론 남성이 여성보다는 훨씬 더 많다. 그러나 수련 진도를 보면 남성보다도 여성이 훨씬 빠르다. 임선희 씨를 포함하여 네 명의 여자는 이미 상당한 경지에 올라 있다. 그들은 원거리에서도 기운의 교류가 가능할 뿐 아니고 천안통과 숙명통까지도 이미 열려 있다. 그런데 남자 수련생 중에는 아직 뚜렷한 진전을 보이고 있는 사람이 한 사람밖에는 없다. 곤도수(坤度數)가 지배하는 후천 세계가 시작되어 이런 현상이 일어나는 것일까?

　탁명환 소장이 전화로 알려 왔다.

　"요즘은 선도 단체들이 아닌 기독교 계통인데도 기를 이용하여 사람들을 현혹시키는 사교집단이 판을 치고 있습니다."

　기독교계통의 종교에는 원래 기에 대한 관념이 없다. 그런데 한국에 이식된 후에 그런 현상이 일어나는 모양이다. 기독교가 선도의 영향을 받아 토착화되는 과정일까? 그런데 건전하게 토착화되지 않고 사교 집단화되어 가고 있다는데 문제의 심각성이 도사리고 있는 것이다.

대전에서 온 박용식 씨가 말했다.

"선생님 저는 1년 7개월 동안 꾸준히 수련을 하면서 많은 축기가 되었었는데, 친구의 꼬임에 넘어가 도박을 하게 되었습니다. 단 보름 만에 1년 7개월 동안 애써 축기한 기운이 바닥이 나 버렸습니다.

저는 담배도 피우고 술도 먹어 보았지만, 기운을 제일 많이 소모하는 것이 도박이라는 것을 알았습니다. 한창 수련이 잘될 때 담배를 한 대 피우고 나면 굉장히 많은 기운이 들어오는 것을 느낄 수 있었습니다. 나중에야 알았지만 그것은 담배 한 대 피우는 동안 그만큼 많은 기운이 소모되었으므로 그것이 보충되느라고 그렇다는 것을 알았습니다. 술을 마시고 난 뒤에도 같은 현상이 일어났습니다. 그런데 도박으로 빠져 나간 기운은 보충이 되지 않습니다. 선생님 왜 그럴까요?"

"담배와 술은 그래도 복원력(復原力)이 가동될 수 있었지만 도박은 그것마저도 없어진 거죠. 내가 보기엔 주연색잡기(酒煙色雜技) 중에서 색과 도박이 수련에는 가장 치명적인 타격을 주는 것 같습니다."

"주색잡기(酒色雜技)가 아니고 주연색잡깁니까?"

"주색잡기 중에는 담배가 끼어 있지 않거든요. 실은 담배도 수련에 큰 방해가 되니까 하나 더 추가한 것입니다. 우리집에 어쩌다가 찾아오는 수련생 중에는 담배를 피우는 사람이 간혹 끼어있는 수가 있습니다. 도문이 닫혀 있는 사람이라면 아무리 담배를 많이 피우는 골초라고 해도 담배 냄새나 심하게 날 뿐 니코틴 탁기가 기운에 섞여 내 몸속에 직접 스며들지는 않습니다. 그러나 도문이 일단 열린 사람은 사정이 다릅니다."

"선생님, 도문이 열린 사람은 무엇을 말합니까?"

"선도수련을 시작하여 기운을 느끼고 운기를 할 수 있는 사람을 말합니다."

"그런데 왜 도문(道門)이 열린 사람에게는 그렇게 지독한 니코틴 탁기가 선생님에게 스며들까요?"

"도문이 열린 사람은 내 앞에 일단 앉으면 내가 기피하는 사람이 아닌 이상 자연스럽게 기운의 교류가 이루어집니다. 물이 높은 데서 낮은 데로 흐르듯 기운도 강한 데서 약한 데로 흐르게 되어 있습니다. 바로 이 기운의 교류 시에 상대방이 담배를 피우는 사람이라면 니코틴 탁기가 스며들어오게 되어 있습니다.

주연색잡기는 쉽게 말해서 술, 담배, 엽색, 도박 네 가지를 말합니다. 내가 보기에는 이 네 가지 중에서 수련에 가장 큰 타격을 주는 것은 방금 말한 바와 같이 엽색과 도박인데, 이 둘 중에서도 도박이 엽색보다는 훨씬 더 무섭습니다. 엽색 행위는 어느 정도 복원력이 있지만 도박은 한번 빠졌다 하면 완전히 패가망신하기 전에는 거기서 빠져나올 수 없습니다. 도박에서 구제받은 사람이 혹 있다면 그것은 정말 보기 드문 예외일 것입니다. 가령 엽색 행위는 한꺼번에 사정을 많이 하면 며칠 동안씩 운기가 중단되었다가도 자연히 회복이 되는 수가 있지만 도박에 열중하면 방금 박용식 씨가 말한 대로 1년 7개월 동안 열심히 수련해서 축기한 것도 단 보름 동안에 탕진해버리고 맙니다. 도박과 완전히 인연을 끊어버리고 지감, 조식, 금촉하고 그야말로 심기일전(心機一轉)하여 일의화행반망즉진(一意化行返妄卽眞)하지 않는 이상 단힌 도문이 다시 열리기는 어렵습니다."

"선생님 그렇다면 수련에 제일 무서운 적이 도박이고 그다음이 엽색 즉 오입질이고 그다음이 담배, 그리고 술이군요."

"주연색잡기 네 가지 중에서도 순서가 그렇게 된다고 할 수 있죠. 그러나 술은 반드시 수련이나 건강에 해롭기만 한 것은 아닙니다. 특히 금형 체질을 가진 사람은 화극금(火克金)을 하기 위해서 술이 당길 때가 있습니다. 술을 일종의 음식으로 보고 과음만 하지 않는다면 수련에 방해될 것도 없다고 봅니다. 그래 박용식 씨는 지금은 도박에서 완전히 손을 씻었습니까?"

"1년 7개월 동안의 축기가 단 보름 만에 완전히 빠져나가는 것을 보고 깜짝 놀라서 도박이 수련에 얼마나 무서운 해독을 끼치는가 하는 것을 직접 체험하고는 큰 깨우침을 받았습니다. 선생님 말씀마따나 도박은 정말이지 술 담배 엽색하고는 비교도 안되게 무섭다는 것을 깨달았습니다.

그래도 제가 선도를 한 덕분에 그 해독을 뼈저리게 깨달은 것 같습니다. 지독한 도박꾼들 중에는 마누라 팔아먹고 오른손을 자르고도 왼손으로 다시 화투장을 잡고 왼손을 자르고도 도박을 못 잊고 발가락으로 화투를 했다는 말이 정말 실감이 났습니다. 선도를 안 덕분에 저는 그 지경까지는 이르기 전에 손을 씻었습니다."

"마누라 팔아먹고 오른손, 왼손 다 잘라먹고도 정신을 못 차리고 완전히 패가망신하고 정신병자가 되어 버린 사람도 있는데 그렇게 되기 전에 손을 씻었다니 정말 다행입니다. 그래 지금은 어떻습니까? 단전에 다시 기운을 느낍니까?"

"그것이 영 되지를 않아서 선생님을 찾아뵙게 되었습니다. 혹시 다시 기운을 느낄 수 있을까 해서 말입니다."

"그래요. 그럼 내 이 자리에서 여러 사람이 듣는 가운데 말하겠는데, 지금부터 10분 안에 박용식 씨의 단전은 다시 달아오를 겁니다. 그러나 도박의 도짜만이라도 다시 생각하는 순간 그 기운은 사라져버릴 겁니다."

내가 이렇게 말하자 박용식 씨는 반사적으로 손목시계를 보았다.

"속으로 『천부경』을 열 번 외우세요."

내가 이렇게 말하자 그는 명상 자세로 『천부경』을 암송하기 시작했다. 내가 보내는 기운과 함께 그 주변에 있던 기운이 그의 단전으로 빨려 들어가기 시작했다. 어느덧 10분이 지나자 그는 외쳤다.

"선생님, 정말 제 단전이 다시 달아오르기 시작했습니다. 정말 고맙습니다. 선생님, 정말 고맙습니다. 이 은혜는 죽어서 백골이 되어도 잊지 않겠습니다. 정말이지 옛사람 말마따나 머리칼로 짚신을 삼아 드려도 은혜의 만분의 일도 보답해 드릴 수 없을 것입니다. 정말 감사합니다.

선생님. 저는 도박판에서 축기한 것이 싹 다 빠져 나간 뒤에 벌써 석 달 동안이나 다시 기운이 되돌아오기를 바라고 지극정성으로 수련에 임했었지만 아무런 효과도 없었는데, 오늘 이 자리에서 선생님을 만난 뒤에야 제 소원이 성취되었습니다. 정말 고맙고 감사합니다. 너무너무 고마워서 제가 선생님께 백배를 드리겠습니다."

이렇게 말한 박용식 씨는 벌떡 일어나서 절을 하기 시작했다.

"나는 절을 백 번씩이나 받을 만큼 한가하지도 않고 그런 것을 원하지도 않습니다. 세 번쯤 했으면 됐습니다. 옛날부터 스승에게서 큰 은혜를 입었을 때는 삼배를 하는 것은 우리의 전통이니까 그 정도로 합시다."

이렇게 해서 그의 절을 세 번으로 중단시켜버리고 말았다. 절하기를 중단한 박용식 씨는

"선생님 지금의 제 심정 같아서는 백배가 아니라 3천배를 해도 오히려 모자랄 것 같습니다."

"그만 했으면 됐어요. 앞으로 다시는 도박에 손을 대지 않는 것이 더 중요하지 나한테 절하는 것이 중요한 것이 아닙니다. 사내대장부가 좀 진득하고 신중한 데도 있어야 하는데, 너무 경박한 것이 단점입니다. 이 자리에서 다시금 강조해 두겠는데, 박용식 씨가 앞으로 다시금 화투장을 잡는 즉시 기운과는 영원히 작별을 고하게 됩니다. 그때는 아무리 뉘우치고 다시금 나를 찾아와도 소용이 없습니다. 지금과 같은 일은 다시는 벌어지지 않을 겁니다. 단단히 명심해 두시기 바랍니다."

"네 선생님, 정말 그 말씀 제 뼈에 새겨두겠습니다."

1992년 3월 31일 화요일 7~19℃ 맑은 후 흐림

오후 3시경 네 명의 수련생이 명상을 하고 있는데 한 독자에게서 다음과 같은 전화가 걸려 왔다.

"선생님, 저는 선생님의 애독자 중의 한 사람입니다. 선생님의 『선도

체험기』시리즈를 죽 읽고 나서 생각나는 점이 있어서 전화를 걸었는데, 말씀드릴 시간이 있겠는지요?"

"좋습니다. 어서 말씀하십시오."

"저는 지금 나이가 45센데요. 한 20년 동안 선도수련을 해 왔습니다. 주로 불교의 『혜명경』과 중국 선도를 통하여 수행을 해 왔습니다만 선생님께서 쓰신 『선도체험기』를 읽고는 깊은 감명을 받았습니다. 과거의 선도에는 복잡한 용어와 수많은 단계와 까다롭고 어렵고 미묘한 수련법이 부지기수인데 『선도체험기』를 읽어보니 선생님의 수련법은 너무나도 간단한 데 놀랐습니다."

"그렇게 알아주시니 고맙습니다."

"선생님께서 고마워하실 게 아니고 제가 오히려 선생님에게 감사해야 될 일입니다. 복잡하고 까다롭고 수 없이 많은 수행단계를 거쳐야 하는 재래식 수행법으로는 과연 현대인의 취향을 충족시킬 수 없다고 봅니다. 그런데 선생님은 그 복잡다단한 수행법을 지감, 조식, 금촉으로 아주 간단명료하게 밝혀놓으셨습니다."

"그거야 당연한 일이 아니겠습니까? 지감, 조식, 금촉은 제가 밝혀놓았다기보다는 벌써 거의 1만 년 전부터 우리 민족의 생성과 더불어 시행되어 온 관행이었습니다. 847년 동안 외래 문화의 홍수 속에 매몰되어 있다가 근년 들어 다시 각광을 받기 시작한 데 불과하죠. 어떤 사람은 소주천, 대주천, 소약, 대약, 시해(尸解), 사리, 도태(道胎) 형성, 양신, 출신, 9년 면벽, 허공 분쇄하고 복잡한 단계를 설명합니다만 저는 지감, 조식, 금촉이 제대로 시행되고 있나 하는 것만 살펴보면 그 사람의 수련의 정도를 간단히 알아볼 수 있습니다.

어떤 사람은 자칭 견성을 했다고 하는데, 아직도 담배를 끊지 못하고 있을 뿐 아니고 끼니때는 아무거나 먹지 않고 맛을 찾아 이리저리 맛 사냥을 다니는 것을 보았습니다. 더구나 별것 아닌 일에도 벌컥벌컥 화를 내는 것이었습니다. 이런 사람이 어떻게 견성을 했다고 떠들어대는지 모르겠습니다. 견성이란 전매특허와 같이 코에 걸고 다닐 수 있는 것이 아닙니다. 인격 완성을 향해서 마음과 몸이 다 함께 변하여 누가 보기에도 그 인품이 돋보이는 데가 있어야 합니다. 그 높은 인격 때문에 누구든지 저절로 머리가 숙여질 수 있는 분위기와 눈에 보이지 않는 기운과 빛이 은은히 우주에 발산되는 것이 웬만큼 수련이 된 사람에게는 금방 포착이 되어야 합니다.

인품이라는 것은 아무리 감추려고 해도 감출 수가 없는 법입니다. 그것은 마치 귀금속과 하찮은 돌멩이가 한눈에 구별이 되듯 금방 분간이 될 수 있어야 합니다. 우선 직감으로 그러한 인격이 느껴져야 합니다. 본인이 나는 견성한 사람이오 하거나, 아니면 그를 아는 어떤 사람이 그 사람은 유체이탈을 할 수 있고 천안통이 열렸고 도태가 형성되어 견성을 한 사람이라고 보증을 하기 전에 누가 보아도 알아볼 수 있도록 얼굴에서 은연중에 빛이 나고 향기가 나야 합니다. 이런 사람이 견성한 사람이지 어떤 까다로운 표준을 정해놓고 시험지 채점하듯 무엇을 통과했으니까 이 사람은 성통한 사람이고 제삼자가 보증했다고 해서 정말 성통한 사람이라고는 할 수 없다고 봅니다.

생명현상은 어떤 까다롭고 미묘한 법칙이나 규정으로 얽어맬 수 있는 것이 아닙니다. 문법을 몰라도 말을 얼마든지 유창하게 잘하는 사람이 있습니다. 반드시 동사, 형용사, 명사, 관형사, 수사, 움직씨, 이름씨, 매김씨, 셈씨를 구분할 줄 아는 사람이라야 훌륭한 웅변가가 될 수 있는 것도 아닙니다. 법칙과 예법에 짓눌려버리면 오히려 신선하고 발랄한 생명력이 위축될 수 있습니다. 과거의 수행법은 바로 이러한 폐단이 있어서 뜻있는 수행자들을 실망시켜 왔다고 봅니다.

그러나 이제 시대와 환경은 바뀌었습니다. 복잡미묘한 수행법과 절차와 예식보다는 그저 누구나 뜻있는 사람은 접근할 수 있는 간단명료한 수행법이 바로 지감, 조식, 금촉입니다. 이 세 마디 말 속에는 선도수련의 알파와 오메가가 다 들어 있습니다. "지감, 조식, 금촉하여 일의 화행 반망즉진 발대신기 하나니 성통공완이 바로 이것이니라." 이것만 알면 됩니다. 법이 간단명료할수록 그 사회는 활력이 넘치고 복잡다단할수록 그 사회는 무기력하고 문란하고 부패되어 있기 마련입니다. 활력과 생기에 넘치는 새 시대는 마땅히 간단명료한 수행법을 필요로 하게 되어 있는 것이 정상이 아니겠습니까?"

"전화로나마 이렇게 좋은 말씀을 들으니 제 수련이 한 단계 높아진 것 같습니다. 선생님 정말 감사합니다."

1992년 4월 2일 금요일 7~20℃ 맑은 후 흐림

임선희 씨의 수련이 경이적으로 빠르게 향상되어 이제는 걸음마를 할 수 있게 되었다. 3월 3일 이후 오늘까지 거의 매일같이 이곳에 와서 하루에 한 두 시간씩 열심히 수련한 덕분이었다.

"한 달 동안에 이렇게 빨리 수련이 된 예를 처음 봅니다. 임선희 씨는 이제부터 선도를 안 하겠다고 마음을 확실히 바꾸지 않는 한 수련은 꾸준히 향상될 겁니다. 앞으로는 매일 오실 필요가 없고 일주일에 한번 아니면 한 달에 한두 번씩 오셔도 됩니다. 의념(意念)만으로 나와 기운을 교류할 수 있고 공명현상까지 일으킬 수 있게 되었으니 앞으로는 직접 천기를 받아 운용하십시오. 이제는 그럴 만한 능력이 생겼습니다. 지금까지 해 온 대로 앞으로도 계속 지극정성으로 수련을 하시면 점점 더 진척이 있고 심신에 변화가 일어나게 됩니다. 그 변화가 무엇을 말하는지 스스로도 알게 됩니다. 혼자서는 도저히 풀리지 않는 의문에 부딪치거든 그때는 물어보십시오."

"선생님 고맙습니다. 말씀대로 앞으로도 열심히 수련하겠습니다. 그동안 애 많이 쓰셨습니다. 그런데 내일부터 막상 혼자서 수련을 할 생각을 하니 어떻게 해야 할지 막막합니다."

"어차피 수련자는 누구나 겪어야 할 과정입니다. 이유기에 접어든 아이에게는 인정사정 두지 말고 젖을 떼어야 합니다. 차일피일 정 때문에 미루다가는 결국 아이에게 피해가 옵니다. 심기일전해서 새로운 출발을 하시기 바랍니다. 어려울 게 뭐 있나요? 나 역시 초기에는 1년 반이나 혼자서 수련을 했었고 도장을 그만둔 뒤에는 벌써 일 년 이상이나 혼자서 수련을 해 오고 있는데. 나는 지금 무슨 일이 생겨도 누구한테 자문을 구할 만한 상대도 없습니다. 스스로 알아내어 처리할 수밖에 없습니다. 그런데 임선희 씨는 그래도 문의해 볼 만한 상대라도 있지 않습니까?"

"그런 면에서는 참으로 다행입니다. 그럼 선생님, 애기 아빠는 아직 멀었으니까 선생님께서 계속 좀 도와주십시오."

"잘하면 임선희 씨 혼자서도 애기 아빠는 수련을 시킬 수 있습니다. 혼자서 벅찰 때는 언제든지 찾아오십시오."

"네, 그럼 선생님 안녕히 계십시오."

어느 독자의 편지

1992년 4월 10일 금요일 10~15℃ 한두 차례 비

많은 독자들에게서 편지를 받지만 일일이 답장을 못한 것이 늘 마음에 걸린다. 하루에 30매씩 집필을 하고 나면 더이상 글을 쓸 수 있는 여력도 시간도 없다. 답장을 쓰는 대신 『선도체험기』를 쓰는 중에 편지로 물어온 대답을 끼워 넣어 왔지만, 오늘은 특이한 편지 한 통을 받았기에 옮겨 본다.

존경하는 김태영 선생님께

만물이 소생하는 봄이 되었습니다. 몸 건강하시고 안녕하신지요?

저는 한순간의 잘못으로 인간으로서는 차마 하지 말아야 할 죄악을 저지르고 7년이라는 실형을 선고받고, 지금 ○○교도소에서 수감생활을 하고 있는 35세의 K라고 합니다.

선생님! 제가 선생님의 책을 접하게 된 것은 어떻게 보면 저에게는 행운인지도 모르겠습니다. 『소설 환단고기』와 『선도체험기』 여섯 권을 통해서 많은 것을 배우게 되었습니다. 비록, 많이 배우지 못한 불학무식(不學無識)한 놈이지만 선생님께서 글을 통해 저에게 많은 것을 가르쳐 주신 데 대한 고마움의 표시로 이렇게 감사의 편지를 띄우게 되었습니다.

선생님 진심으로 감사합니다. 선생님, 저도 단전호흡을 열심히 하고 는 있지만 아직도 기를 느끼지 못하고 있는 실정입니다. 하지만 실망하지 않고 열심히 할 것입니다. 며칠 전에 『선도체험기』 5권을 읽으면서 제가 느낀 것은 이곳에서 기독교 신앙생활을 하기 때문에 단전호흡이 잘되지 않는 것 같았습니다. 그래서 이제는 기독교 집회와 기독교에서 맺어준 자매의 모임에도 가지 않기로 작정을 했답니다.

김 선생님! 혹시 제가 죄인이라서 단전호흡에 진전이 없는 것은 아닌지요? 평생 동안 해야 할 호흡이라 조급해하지 않기로 했습니다만 이 『선도체험기』만으로 수련을 하는 많은 분들이 기운을 느끼고 운기를 하고 백회가 열리는 등 많은 진전이 있는 것을 알고는 기쁘기도 했지만 다른 한편으로는 무척 부럽기도 했답니다.

단전호흡을 하는 사람은 화를 내는 것이 금물이라는 것을 잘 알았습니다. 저는 이제부터는 누구보다도 착하게 살겠다고 항상 마음에 다짐을 한답니다. 그리고 우리 단군 할아버님의 홍익인간 이념에 깊이 매료되었습니다. 제가 이곳에서 수형생활을 하고 있는 것도 남에게 해꼬지를 해서 벌을 받고 있는 것입니다.

저는 이러한 모든 상황에 절망만 하지 않고 열심히 살려고 노력합니다. 김 선생님께서 바위를 타시다가 다리를 다치셨지만, 전화위복으로 수련에 많은 진전이 있으셨던 것처럼, 저도 비록 수형생활을 할망정 수련에 많은 진전이 있기를 바랍니다. 저도 사회생활을 할 때는 술과 담배를 무척 많이 했었는데, 우선 그 두 가지만이라도 하지 않게 되었으니 얼마나 다행인지 모릅니다.

저도 이번 기회를 전화위복의 계기로 삼으려고 합니다. 그러려면 각고의 노력이 필요하겠지요? 아직도 4년이라는 수형 기간이 남았으니 그 안에 축기를 완성하고 욕심 같아서는 소주천까지만이라도 했으면 합니다. 어찌되었든 김 선생님께서는 제 마음속의 스승이십니다. 앞으로도 계속 많은 지도 편달 바랍니다.

그리고 계속 좋은 글 써 주십시오. 비록 옥중에서나마 선생님의 좋은 글을 통해 많은 가르침을 받고, 개과천선하여 참된 인간이 되겠습니다. 많이 배우지를 못해서 두서도 없고 글씨도 엉망입니다. 이해해 주십시오. 그리고 다시 한번 진심으로 감사를 드립니다. 선생님께서도 수련에 일취월장하시기를 기원하면서 오늘은 이만 줄이겠습니다.

단기 4325(서기 1992)년 3월 25일 K 올림

【필자의 답장】

K씨에게

보내주신 편지 잘 읽었습니다. 우선 역경을 수련의 계기로 삼으려는 의지에 전폭적인 지지를 보냅니다. 내 친구 중에 한 사람은 말했습니다.

"이 세상에서 수련하기 가장 좋은 장소는 뭐니뭐니해도 교도소밖에 없더라구. 먹을 거 입을 거 걱정을 할 필요가 있나 가부좌 틀고 앉아 명상만 하면 되니까 주변 사람들에게 방해를 끼치는 일도 없고 교도소

당국에 위배되는 일도 없고 가족들의 잔소리 같은 것도 들을 수가 없으니 수련하기에 교도소 이상 알맞는 곳이 따로 없어요.

나는 교도소 생활 3년에 사회에서 10년, 20년 수행을 했어도 이룩할 수 없었을 엄청난 수련 성과를 거둘 수 있었습니다. 체조 시간이나 노동 시간은 도인체조로 간주하면 되고, 선도는 자기 몸 하나만 있으면 된다구. 내 마음과 몸속에 모든 것이 다 갖추어져 있으니까말야. 내 심신 자체가 하나의 소우주이기 때문이지. 그 이외에는 아무것도 필요한 것이 없어요. 몸공부를 실컷 하다가 보면 어느덧 수련의 경지는 자기도 모르게 한 계단 한 계단 높아지게 마련이거든.”

K씨도 부디 수형(受刑) 기간을 금쪽같이 아끼어 계속 수련에 매진하시기 바랍니다. 인간은 어떠한 열악한 환경 속에서도 적응할 수 있게 되어 있습니다. 마음먹기에 따라서 지옥도 천국으로 바꿀 수 있다는 것을 알아야 합니다.

기독교 신앙생활 때문에 선도수련이 지장을 받는 일은 결코 없으니 그 점은 안심하시기 바랍니다. 지구상의 어떤 고등 종교와도 선도는 상충되지 않습니다. 선도수련이 잘되는 사람은 오히려 신앙생활도 잘 됩니다.

단지 극히 일부분의 기독교 종파 중에 국조에게 경의를 표하는 것을 우상숭배라고 과잉 반응을 보이는 수가 있어서 문제가 되고 있을 뿐입니다. 기독교 성경을 보면 분명 부모를 공경하라고 십계명에 나와 있습니다. 이 말은 자기를 직접 낳아준 부모만을 공경하고 부모를 낳아준 할아버지나 할머니는 공경하지 말라는 뜻은 결코 아닙니다. 국조는 우리와는 핏줄이 닿는 우리의 조상이기도 합니다.

조상이 없었다면 우리 자신도 존재할 수 없었을 것입니다. 일부 기독교 종파는 바로 이것을 혼동하고 있을 뿐입니다. 조상은 조상이고 기독교는 기독교일 뿐이지 이 두 가지가 상충되는 것은 아닙니다. 미국에는 기독교도가 절대 다수를 차지하고 있지만 국조인 조지 워싱턴에게 경의를 표하지 않는 시민은 없습니다. 우리도 환인, 환웅, 단군할아버지를 국조로서 존경을 표할 뿐이지 우상으로 숭배하자는 것은 아닙니다. 국조는 국조이고 신앙은 신앙일 뿐입니다. 이 두 가지는 어디까지나 서로 공존하면서 상부상조할 수 있습니다.

죄인이라서 호흡 수련이 안 되는 일은 절대로 있을 수 없습니다. 하늘은 공평무사하다는 것을 알아야 합니다. 그래서 하늘은 비를 내릴 때 독초와 약초, 잡초와 농작물을 구분하지 않습니다. 문제는 어떠한 식물이든지 간에 하늘이 내려주는 비를 얼마나 잘 받아들일 만한 조건을 갖추고 있느냐에 달려 있습니다.

아무리 약초라고 해도 자갈밭에 돋아났다면 비의 혜택을 충분히 받을 수 없을 것입니다. 사람도 마찬가지입니다. 하늘의 기운을 받아들일 수 있도록 얼마나 마음이 크게 열려 있느냐에 따라 수용하는 기운의 질과 양이 달라질 수밖에 없습니다.

K씨는 지금 기운을 느끼지 못하는 것을 안타까워하고 있는 모양인데, 사람은 백인백색입니다. 어떤 사람은 빨리 어떤 사람은 늦게 기운을 느끼곤 합니다. 그러나 열심히 그리고 꾸준히 지극정성으로 『선도체험기』에 씌어 있는 수련법대로 수행을 하면 조만간 누구나 기운을

느낄 때가 반드시 오게 되어 있습니다. 천릿길도 한걸음부터 시작됩니다. 벽돌 한 장 한 장을 쌓아 큰 건물을 올린다는 각오로 수행을 해 나가다 보면 언젠가는 꼭 좋은 소식이 오리라고 확신합니다.

기독교도들 중에도 선도수련을 잘해 나가고 있는 사람들이 얼마든지 있다는 것을 알려 드립니다. 부디 영어의 생활을 선도수련에 다시 없는 천재일우의 호기로 삼아 계속 정진해 주시기 바랍니다. 『선도체험기』시리즈는 읽으면서 자연히 수련이 되도록 꾸며져 있는 책입니다. 가능하면 여러 번 되풀이해서 읽어주시면 그때마다 새로운 기운을 받게 될 것입니다. 그리고 시간이 있으면 내가 쓴 다른 저서들도 구해 읽으시기 바랍니다.

이 편지와 함께 기운을 실어 보냅니다. 부디 수련에 큰 진전이 있기 바랍니다.

단기 4325(서기 1992)년 4월 10일 김 태 영 드림

싸움질하는 예비도인

1992년 4월 28일 화요일 10~19℃ 가끔 흐림

4월 16일부터 시작된 명현반응이 거의 끝나가고 있다. 12일 만이다. 그전과는 천양지차로 기운이 많이 들어온다. 나 자신이 기운의 한 중심체로 변한 느낌이다.

임선희 씨가 오래간만에 전화로 알려 왔다.

"선생님, 안녕하세요?"

"네, 그동안 무슨 일이 있었어요?"

"어머 선생님, 저에게 무슨 일이 있었던 거 어떻게 아셨어요?"

"사고였군요."

"네, 선생님, 사고라면 사고라고 할 수 있어요."

"무슨 일인데요."

"동네에서 못되기로 소문난 여자와 한바탕 붙었어요."

"아니 그럼 머리끄댕이를 잡아당기고 몸싸움을 벌였단 말입니까?"

"네, 죄송해서 어떡허죠?"

"나한테 죄송할 게 뭐가 있습니까?"

"그래두요. 선생님께서 저에게 수련을 시켜주신 것은 동네 여편네와 싸움이나 하라는 건 아니었는데, 정말 죄송해요."

"가만히 말소리를 들어보니 싸움에서 이긴 것 같군요."

"선생님한테는 거짓말도 못하겠네요. 운기가 활발해지면서 기운도 세어졌나 봐요. 상대편 여자는 힘으로는 도저히 나를 못 당하겠으니까 물고 할퀴고 하는 바람에 부상을 좀 당하고 파출소까지 불려갔다가 왔습니다. 힘으로는 제가 이겼지만 부상을 많이 당하는 통에 2주 진단이 나왔어요. 경찰에서는 절보고 고소를 하겠느냐고 해서 그만두겠다고 했습니다."

"그건 잘했군요."

"선생님, 제가 잘한 거죠? 그렇지 않았으면 제가 무슨 면목으로 선생님에게 전화를 걸었겠습니까?"

"상대편 여자는 어떻게 나왔습니까?"

"제가 마땅히 고소를 할 줄 알았는데 무조건 고소를 취하한다고 하니까 눈이 휘둥그래진 거 있죠. 제가 고소한다고 하면 상해죄에 걸릴 것이고 합의가 된다고 해도 위로금과 치료비를 듬뿍 뜯어낼 것이라고 생각했었는데 의외에도 무조건 취하한다고 하니까 아무래도 제가 보통이 아니라고 생각한 거죠. 그건 분명 수련 덕분이라고 생각합니다. 그래서 선생님께 부끄러움을 무릅쓰고 전화를 걸었습니다."

"앞으로는 임선희 씨의 인격을 한 단계 높여서 그런 경우에 싸움을 하지 않고도 상대방을 감복시킬 수 있어야 합니다. 그래야 도인 소리를 들을 수 있습니다. 그러나 그렇게라도 수습이 된 것은 다행입니다."

"선생님 고맙습니다."

"고맙긴 뭐가 고마워요?"

"전 선생님께서 무조건 야단을 치실 줄 알았거든요."

"아니, 내가 뭐라구 남의 유부녀에게 야단을 친다는 말입니까? 내가 뭔데 그런 월권행위를 합니까?"

"선생님은 제 스승이시니까요."

"임선희 씨가 나에게 전화를 걸 때 이미 자기 자신을 충분히 반성했으니까 야단칠 꼬투리도 없었어요. 반성하지 않았으면 나한테 이런 전화도 하지 않았을 거 아닙니까? 전화를 하지 않았으면 그런 일이 있었는지 나는 모르고 지냈을 거구요."

"선생님 정말 감사합니다."

"나한테 감사하지 말고 자기 자신의 신성에게 감사하세요. 그런 일이 있은 지 얼마나 됐습니까?"

"한 2주일 됐습니다."

"그럼 부상당한 것도 어지간히 아물었겠군요."

"네, 이젠 밖에 나가도 남 보기에 흉하진 않을 정도예요."

"할퀸 여자는 그 후 어떻게 됐어요?"

"정식으로 찾아와서 사과하고 치료비조로 위로금까지 내놓는 것을 받지 않았습니다."

"잘하셨습니다."

"그렇죠? 그런 거 받으면 얼마나 이웃간에 치사해요. 그랬더니 그 여자가 이제는 자기집에서 별식이라도 만들면 꼭 들고 찾아옵니다."

"좋은 이웃 하나 생겼군요."

"결국은 그렇게 됐습니다."

"그게 바로 홍익인간 하는 길입니다."

"역시 제가 선생님께 전화하길 잘했죠?"

우물 안 개구리

1992년 5월 1일 금요일 7~19℃ 가끔 흐림

오후 5시경 주경훈 씨가 손인상이라는 젊은이를 데리고 왔다. 지금껏 『선도체험기』를 보고 나를 찾은 사람들은 거의 다 나에게서 도움을 받으려는 수련생이었다. 그런데 오늘 주경훈 씨가 데려온 손인상이라는 사람은 그게 아니고 나를 일대일의 토론 대상으로 삼고 있다는 느낌을 받았다. 주경훈 씨에게 물어 보았다.

"손인상 씨는 나한테서 도움을 받으려는 것이 아니고 다른 뜻이 있어서 온 모양인데 어떻게 된 겁니까?"

"네, 저어, 손인상 씨는 양신(養神)을 마음대로 출신(出神)시킬 수 있다고 합니다. 얼마 전부터 선생님을 꼭 한번 만나 뵙고 싶다고 하길래 이렇게 실례를 무릅쓰고 데리고 왔습니다."

"그래요. 내가 왜 이런 질문을 하는고 하니 나한테 수련을 받으려는 사람은 전부 다 담배를 끊고 오는 것이 관례가 되어 있는데 저분은 내가 보기에는 아주 심한 골초예요. 일단 도문(道門)은 열렸으므로 나에게 스며들어오는 니코틴 탁기로 지금 내 온몸이 따끔따끔할 정도입니다. 소주천 대주천을 마치고 도태(道胎)가 이루어져 출신(出神)을 할 수 있으면 뭘 합니까? 우선 기본이 안 되어 있습니다. 선도의 기본은 무엇인지 아십니까?"

"선도의 기본이 뭔데요?"

손인상 씨가 곱지 않게 눈을 뜨고 반문했다.

"손인상 씨는 선도의 기본이 무엇인지도 모릅니까? 그럼 나를 만나려고 오시면서도 『선도체험기』도 안 읽고 오셨다는 말씀입니까?"

"그렇지 않아도 주경훈 씨가 선생님을 만나 뵈려면 『선도체험기』를 읽고 가야 한다고 해서 1권을 사서 읽다가 중간에 덮어두고 왔습니다."

"왜 읽다가 두고 왔습니까?"

"책을 읽기 전에 만나 뵈어야 할 분이라고 생각되었기 때문입니다."

"난 그렇게 생각지 않는데요. 내가 만약에 손인상 씨라면 절대로 그런 식으로 나오지는 않았을 겁니다. 우리가 가령 영국에 관광 여행을 떠나려 한다면 적어도 예정된 관광지에 대한 사전 지식쯤은 미리 얻어 가지고 떠나는 것이 상례가 아닙니까?

그와 마찬가지로 어떤 사람을 마음먹고 찾아갈 때는 그 사람에 대한 최소한의 사전 지식을 갖고 가야 하는 것이 기본 예의가 아닐까요? 그렇게 해야 공동의 관심사가 무엇인가를 알 수 있을 게 아닙니까? 그런데 손인상 씨는 굳이 그런 절차를 무시하고 불쑥 찾아온 것은 아무래도 실례인 것 같습니다.

『선도체험기』를 읽었다면 한국 선도의 기본이 뭐라는 것쯤은 알고 있었을 텐데요. 어찌되었든 찾아온 손님에게 이런 듣기 거북한 말을 해서 미안하기는 하지만 적어도 손인상 씨는 나와 사전에 하등의 약속도 없이 찾아오신 겁니다. 주경훈 씨에게도 책임이 있습니다만, 어쨌든 지금은 그런 거 따져봤자 별로 이득될 것도 없고 하여 손인상 씨가 묻는 질문에 대답해 드리겠습니다. 선도의 기본이 뭔가 하고 물으셨죠?"

"네,"

"선도의 기본은 지감, 조식, 금촉입니다."

"그게 뭔데요?"

손인상 씨가 눈이 휘둥그레지며 되물어 왔다.

"그걸 지금 설명하려면 상당한 시간이 걸릴 테니까 나중에『선도체 험기』를 읽으시면 자세한 것을 알 수 있습니다. 그렇다면 손인상 씨는 지금껏 무엇을 토대로 수련을 해왔습니까?"

"『혜명경(慧命經)』을 가지고 해 왔습니다."

"청나라 때 유화양이 썼다는『혜명경』은 주로『팔만대장경』의 하나 인『능엄경』에 근거를 두고 있는데,『능엄경』은 불교에서 나온 것이니 까 불교와 지나의 도교적인 요소가 종합된 것이라고 할 수 있습니다.

손인상 씨는 분명 인도인도 중국인도 아닙니다. 분명 한국인입니다. 선도수련을 하시면서 어떻게 돼서 외국에서 온『혜명경』만을 보고 한 국의 삼대경전은 보시지 않았습니까? 비록『혜명경』의 수련법을 따라 도태(道胎)가 이루어지고 출신(出神)을 한다고 해도 내가 보기에는 기 본이 갖추어지지 않았다고 보는 겁니다."

"무엇을 기준으로 그런 말씀을 하십니까?"

손인상 씨가 항의조로 말했다.

"한국 선도의 기본인 지감, 조식, 금촉을 기준으로 그렇게 말합니다. 지감은 희구애노탐염(喜懼愛怒貪厭)의 여섯 가지 감정을 말하고, 조식 은 단전호흡을 말하고 금촉은 성색취미음저(聲色臭味淫抵)를 말합니다.

소리, 색깔, 냄새, 맛, 색탐, 피부접촉욕 이 여섯가지 중에서, 지금 다른 것은 몰라도 손인상 씨는 냄새의 경지를 다스리지 못하고 있습니다."

"그게 무슨 뜻입니까?"

"니코틴 중독에서 헤어나지 못하고 있다는 말입니다. 수도인에게 담배가 얼마나 지독한 해독을 끼치는가 하는 것은 삼척동자도 다 아는 일인데 그것 하나도 극복 못하시면서 양신을 하고 출신을 하면 무엇 하겠습니까? 내가 보기에는 지감(止感), 즉 기쁨, 두려움, 슬픔, 노여움, 탐욕, 혐오감을 다스릴 수 있고 금촉, 즉 소리, 색깔, 냄새, 맛, 여색, 피부접촉욕을 극복하지 못한 사람은 호흡 수련이 분명 어느 단계까지는 이를 수 있겠지만 최후의 목표에는 도달하기 어렵다고 보는 겁니다.

그것은 지감과 금촉을 터득하지 못한 자기 자신이 수련이 더이상 진전을 못하게 발목을 꽉 잡고 있기 때문입니다. 손인상 씨는 나를 일 대 일로 만나서 맞대결을 해보겠다는 비장한 각오를 하고 나를 찾은 모양인데, 이제 내가 말한 기본적인 조건을 갖춘 다음에 오십시오. 그러면 얼마든지 그 요구에 응해 드리겠습니다. 그러나 지금은 도저히 상대가 되지 않습니다. 담배를 피우면서 선도를 하겠다는 것은 아편을 피우면서 도를 닦겠다는 것과 다를 게 없습니다. 『혜명경』에도 여러 번 강조되고 있지 않습디까. 성명쌍수(性命雙修)가 제대로 되어야 한다고 말입니다. 마음과 몸이 동시에 수련이 되어야 한다는 말입니다. 그런데 손인상 씨는 지금 니코틴 탁기로 몸이 엉망으로 상해있습니다.

담배가 얼마나 몸에 해독을 끼치는가 하는 데 대해서는 더이상 설명을 하지 않겠습니다. 그 때문에 미국을 비롯한 선진국들에게서는 금연

운동이 점차 확산되고 있고 공공장소에서는 법으로까지 담배를 못 피우게 하고 있지 않습니까? 그런데 수도를 한다는 사람이 그렇게 몸을 상하게 하는 담배를 피운다는 것은 말이 안 됩니다. 손인상 씨는 도대체 무엇 때문에 선도수련을 하나요?"

"물론 성통을 하고 해탈을 하기 위해서입니다."

"그런데 미안하지만 담배는 진리와 도(道)의 참모습을 그 뿌우연 연기로 가리고 있다는 것을 아십니까. 심신이 다 함께 건전해야 수련이 착실히 진척된다는 것은 삼척동자도 다 아는 일이 아닙니까? 그런데 담배로 몸이 상해가지고 어떻게 성통을 하고 해탈을 하겠다는 겁니까?"

"선생님 저는 아무리 담배를 많이 피워도 단 일분이면 제 온몸에서 담배 탁기를 백 프로 완전히 빼낼 수 있습니다."

"그래요. 정말 그런 신통력이 있으면 무엇 때문에 지금 이 방안을 손인상 씨는 담배 탁기로 꽉 채우고 있습니까? 정말 그만한 초능력이 있다면 지금 당장 실천해 보십시오. 이 방안에 있는 니코틴 탁기까지도 완전히 빼어내 보십시오."

"그러죠. 그럼 지금부터 꼭 1분 안에 그것을 증명해 보이겠습니다."

이렇게 말하면서 그는 결과부좌를 하고는 깊은 명상 속에 빠져 들어갔다. 드디어 1분이 지났다. 그는 눈을 번쩍 뜨고는

"선생님 어떻습니까? 지금도 담배 탁기가 납니까?"

하고 의기양양한 얼굴로 물어 왔다.

"담배 탁기가 약간 줄어들기는 했지만 오십보백보군요."

나는 그의 자존심을 생각해서 이렇게 말했지만 실은 1분전과 전연

달라진 게 아무것도 없었다.

"그럴 리가 없는데요. 지금 제 몸에는 니코틴 탁기가 하나도 안 남아 있거든요."

"술 취한 사람이 아무리 자기는 술에 취하지 않았다고 항변을 해도 남이 인정을 해주지 않는 한 무슨 소용이 있겠습니까? 등에 붉은 페인트가 칠해진 것이 보이는데도 자기는 등이 깨끗하다고 아무리 주장해 보았자 무슨 소용이 있겠습니까? 다른 사람의 눈에는 그의 등에 여전히 붉은 페인트가 보이는데 말입니다.

우물 안 개구리가 아무리 우물 안이 넓다고 선전을 해도 우물 바깥에 사는 개구리 눈에는 여전히 비좁고 답답한 우물 내부일 뿐인데 어떻게 하겠습니까? 분명히 말씀드리는데 미안하지만 손인상 씨 몸에서는 지금도 여전히 니코틴 탁기가 짙게 풍겨오고 있습니다."

"아니 그건 말이 안 됩니다. 그럴 리가 없습니다. 지금 제 몸에는 담배 냄새가 하나도 없이 싹 다 빠져 나갔습니다."

"그걸 보고 이불 속에서 활개짓한다고 합니다. 사람이 사람을 보고 사람이라고 해야 사람이죠. 남이 인정해 주지 않는데 자기 혼자서만 아무리 주장해 보았자 자기기만에 지나지 않습니다."

"그렇다면 이것을 어떻게 하면 입증해 보일 수 있겠습니까?"

"지금부터 한 달 동안 담배를 완전히 끊어보십시오. 과거의 내 경험으로 봐서 그렇게만 하면 담배 탁기는 몸에서 95프로까지는 빠지게 될 것입니다. 그때 가서 다시 찾아오세요. 그때 내 입에서 무슨 말이 나오나 들어보세요."

"선생님, 정말 담배를 꼭 끊어야만 됩니까? 기독교에서도 요즘은 담배 피우는 목사들이 있지 않습니까? 담배 피우는 승려들도 가끔 보이고요. 꼭 그렇게까지 금연을 해야만이 선도를 할 수 있다는 원칙이 어디에 있습니까? 저는 아무리 생각해 보아도 담배와 수련과는 아무런 관계도 없다고 봅니다."

"애연가들의 주장은 그만 두세요. 그 사람들의 주장을 들어보면 담배야말로 이 살기 어려운 세상을 헤쳐나가는 데 도저히 없어서는 안 될 필수불가결한 기호품입니다. 그 사람들은 밥은 한끼 굶어도 담배는 안 피울 수 없다고 합니다. 담배는 스트레스를 해소시키는 인생의 윤활유 역할을 한다고 그들은 주장합니다. 그것뿐입니까? 그들은 심지어 담배는 수명을 연장시킨다고까지 말합니다. 더구나 담배 없는 인생은 오아시스 없는 사막과 같이 삭막하다고까지 말합니다.

애연가들이 제아무리 담배를 예찬한다고 해도 담배 연기에 몸이 쩔어 있는 한 진리는 결코 보이지 않을 것입니다. 그래서 일찍이 환인·환웅·단군 할아버님들이 전해 주신 삼대경전의 하나인 『삼일신고』에는 분명히 '지감조식금촉하여 일의화행 반망즉진 발대신기하나니 성통공완이시니라' 하고 씌어 있습니다. 이것은 만고에 변할 수 없는 선도 수련의 지침입니다. 손인상 씨는 지금 아무리 자기는 담배쯤은 피워도 괜찮지 않느냐고 속으로 생각하실지 모르지만 그런 생각을 가지고 있는 한 큰 발전은 기대할 수 없을 것입니다.

냄새의 경지 다시 말해서 흡연의 경지뿐만 아니고 소리, 색깔, 맛, 여색, 피부접촉욕까지 극복하지 않는 한 진리는 볼 수 없을 것임을 나는 이 자리에서 확실히 단언할 수 있습니다. 기초가 튼튼해야 큰 건물을 지을 수 있습니다. 지감 조식 금촉은 건물로 말하면 기초 공사에 해당됩니다.

아무리 좋은 설계도를 가지고 있다고 해도 이 기초 공사가 완벽하지 못하면 모든 것이 다 헛수고가 되고 맙니다. 손인상 씨가 비록 양신(養神)을 하고 출신을 했다고 해도 내가 보기에는 어디까지나 우물 안 개구리의 경지를 벗어나지 못했다고 보는 겁니다. 지금이라도 그 우물 안 개구리의 세계에서 완전히 벗어나십시오. 그래야만이 도(道)의 참모습이 다가올 것입니다."

"선생님 어떻게 해야 우물 안 개구리 신세를 면할 수 있겠습니까?"

"지금까지 무엇을 듣고 있었습니까? 지감, 조식, 금촉을 착실히 하라고 하지 않았습니까. 기초 공사를 든든히 하라는 뜻입니다. 지금이라도 늦지 않았습니다. 기초 공사가 잘못되어 있으니까 보강 공사를 해서라도 기초를 완전히 다진 후에 양신과 출신을 하시도록 하십시오.

우리가 수련을 하는 목적은 도와 하나가 되기 위해서입니다. 진리와 한몸이 된 사람은 우주생명인 하느님과 나, 남과 나, 우주와 내가 하나임을 깨닫게 됩니다. 성통공완의 경지가 바로 이것인데, 담배 따위에 오염된 몸으로 언제 그 경지까지 갈 수 있겠습니까?"

"신인(神人), 우아(宇我), 자타(自他)가 일체라는 말씀에는 전적으로 동감입니다만 담배가 문제가 된다는 것은 아무래도 좀 이해가 잘 안 가는데요."

"불당이나 교회에 들어갈 때 담배를 피우십니까?"

"그럴 수는 없는 일이죠."

"선도인에게는 우리 몸이 바로 불당이고 성당이고 교회이고 수련장 그 자체입니다. 불당이나 교회당에서는 담배를 피우면 안 되고 우리 자신의 도장인 우리의 몸은 니코틴 탁기로 가득 채워도 좋다는 논리가 어떻게 성립될 수 있습니까?"

"그렇게까지 말씀하시는 데는 더 할 말이 없습니다."

손인상 씨는 말은 이렇게 했지만 금연을 하겠다는 결심은 끝내 하지 못하고 자리를 떴다. 사람으로 이 세상에 태어난 것을 수도인은 정말 하느님께 감사할 줄 알아야 한다. 인간의 육체야말로 영격을 향상시킬 수 있는 수련장이기 때문이다. 니코틴으로 오염된 수련장을 깨끗이 할 줄도 모르는 주제에 어떻게 성통을 하겠다는 것인지 모르겠다. 그것은 마치 때 묻은 겨울 누더기를 입은 채 마라톤 경기에 참여하겠다는 것만큼이나 어리석은 짓이다.

세속적인 욕망에서 떠나야 한다

1992년 5월 22일 금요일 14~24℃ 맑은 후 흐림

지금으로부터 7년 전(1986) 정월부터 선도수련을 본격적으로 시작한 이래 나는 명상 중이거나 일상생활 중에 신명계에서 전해져 오는 두 가지 사명을 천리전음(千里傳音, 텔레파시)이나 계시로 받아 왔다.

첫 번째 사명이 글쟁이로서의 내 능력을 최대한으로 발휘하여 선도를 내외에 널리 알리라는 것이었다.

고려 인종 23년, 서기 1145년에 김부식의 『삼국사기』가 간행됨으로써 이 땅에 모화 사대주의적 사상체계가 본격적으로 뿌리내리면서 표면에서 사라지지 않을 수 없게 된 것이 선도였다. 환단 시대 이래 우리 민족에게 면면이 이어져 내려온 현묘지도(玄妙之道)가 장장 847년 만의 기나긴 동면 끝에 다시 부활하게 되었건만 선도를 표방한 사기꾼이 먼저 날뛰기 시작하였다. 이 때문에 선도는 일반에게 사이비 종교나 미신처럼 오해받을 위기에 처해 있다. 이처럼 일그러진 현묘지도를 올바른 궤도에 올려놓는 것이 바로 내가 할 일이라는 것이었다.

두 번째 사명은 내 뒤를 따라오는 후배들의 수련에 도움을 주라는 것이었다.

선도뿐만 아니라 어떠한 분야에서든지 선배가 후배를 이끌어주는 것은 당연한 일이다. 내가 비록 석가나 예수처럼 도를 완성한 인간은 못 되지만 적어도 내가 걸어왔고 체험한 수련 과정만은 후배들에게 자신 있게 전수할 수 있었다. 이리하여 내 책을 읽고 나를 찾아오는 후배 수련생들을 나는 지금까지 내 능력껏 지도하여 왔다.

나는 어렸을 때부터 글재주가 있다는 말을 주위에서 들으면서 자라났다. 초등학교 때에도 작문 시간에는 단연 두각을 나타냈다. 중학교 고등학교 대학을 나오는 동안 나는 소설가가 되기로 작정을 했다. 그만큼 나는 글 쓰는 데는 자신이 있었던 것이다. 당연히 신문사의 신춘문예에 응모했다. 그러나 예상과는 달리 번번이 떨어지기만 했다. 한 3년쯤 계속 떨어지기만 하니 회의가 일었다. 내 글재주도 별게 아니라는 생각이 일면서 글 쓰는 일은 그만 두기로 작정을 했다. 그러나 그게 그렇게 맘대로 되는 일이 아니었다.

글을 안 쓰면 마음이 허전하고 인생을 살아가는 의미가 없어지는 것 같았다. 그러나 신춘문예에는 정이 떨어져 다시 응모할 기분이 나지 않았다. 어떻게 하는 것이 좋을까? 궁리에 궁리를 거듭했다. 대학 때 은사를 찾아가서 의논을 했다. 은사는 마침 소설가로서 문단의 대선배를 한 분 잘 알고 있는데 그분에게 소개장을 써 줄 테니 찾아가 보라는 것이었다. 다시 말해서 개인지도를 받아 보라는 것이었다. 물론 나는 그 문단의 대선배를 책으로는 잘 알고 있었다. 그리고 문학적인 면에서 존경하는 분이기도 했다.

그분은 신춘문예 선발위원에다가 문예지의 추천인으로도 유명한 분이었다. 이러한 귀한 분을 만날 수 있는 소개장을 받았으니 미상불 흥분이 되지 않을 수 없었다. 나는 마침내 그 문단의 대선배인 황순원 선

생이 만나주겠다는 약속을 전화로 얻어냈다. 내가 장차 소설가가 되고
안 되는 것이 마치 황순원 선생에게 달려 있기라도 한 듯 그분을 만날
날을 손꼽아 기다렸다.

밤잠을 설치면서 온갖 궁리를 다 했다. 황 선생에게 도움을 받으러
가는 이상 나는 그분의 환심과 호감을 살 수 있어야 한다. 그래야 올바
른 지도를 받을 수 있는 것이다. 어떻게 해야 황 선생의 호감을 살 수
있을까? 청렴결백하기로 이름난 그분이 돈 따위를 받을 리가 없다.

그렇다고 빈손으로 소개장만 달랑 들고 갈수는 더더욱 있을 수 없는
일이었다. 그분의 관심을 끌만한 선물을 가지고 가는 것이 무난한데
무엇이 적합하냐가 문제였다. 나는 평소에 읽었던 황순원 선생의 글을
상기하면서 그분의 기호품이 무엇인가를 알아내려고 애썼다. 드디어
나는 그것을 알아냈다.

선물에는 정성이 담겨 있어야 한다. 값비싼 선물을 사 가지고 갔으
면서도 별로 환영을 못 받는 이유는 선물 받을 사람의 기호를 모르고
무조건 고가품만을 골랐기 때문이다. 그러나 비록 비싸지는 않지만 받
을 분이 진정으로 좋아할 물건을 알아내어 장만해 간다면 틀림없이 환
영도 받고 호감도 살 수 있다.

내 정성이 통했던지 나는 황 선생의 호감을 샀고 문장이며 소설 기
법을 착실히 전수받아 뒤늦게나마 문단에 얼굴을 내밀 수 있게 되었
다. 그분의 직접적인 추천을 받은 게 아니고, 다른 문단 원로인 김동리
선생의 추천을 받아 당당히 『한국문학』이라는 문예지의 신인상에 당
선되었으므로 오히려 황순원 선생에게는 더 낯이 섰다.

당선 통지를 받았을 때 제일 먼저 머리에 떠오르는 얼굴이 바로 황순원 선생이었다. 황 선생과 나와의 관계가 원만했기 때문에 나는 문단에 등단을 할 수 있었다. 내가 처음 황 선생을 소개장만을 달랑 들고 찾아갔더라면 어떻게 되었을까? 그것은 상상도 할 수 없는 일이었다.

세상에서 인정받는 한갓 글쟁이가 되는 데도 이만한 정성이 필요했다. 그런데 선도수련을 해보니 이것은 글쟁이가 되는 것과는 차원이 다른 것을 알 수 있다. 소설가가 되는 것은 글 쓰는 재주를 개발하는 것에 지나지 않지만 선도수련은 한 사람의 생명력 전체를 향상시키는 것이다. 전자와 후자는 도저히 비교의 대상이 되지 않는다. 내가 이 세상을 떠날 때 소설가로서의 명성 같은 것은 그대로 두고 떠나지만 수련을 통하여 향상된 생명력 다시 말해서 격상된 영격(靈格)만은 그대로 가지고 간다.

선도의 선배나 스승이나 고수(高手)에게 도움을 청하러 갈 때 어떠한 자세를 취해야 하는가 하는 것은 자명해진다. 당국의 허가를 받고 운영하는 도장의 원장이나 법사나 사범들을 대하는 것과 글이나 쓰는 나 같은 사람을 대하는 것을 혼동하면 안 된다. 도장에서 수련을 받을 때는 정해진 수련비를 낸다. 나는 도장 같은 것은 운영하지 않으니 수련비 같은 것은 받을 생각도 하지 않는다. 그렇다면 어떻게 해야 될까? 그건 찾아오는 사람이 스스로 알아서 할 일이다. 지혜란 이런 때 쓰라고 있는 것이다.

그 지혜란 별게 아니다. 이 세상을 남과 더불어 살아가는 도리를 알고 실천하는 것이다. 이 도리를 모르고 도를 닦겠다는 것 자체가 지극히 어리석은 짓이다. 이것을 모르는 사람을 보고 흔히 덜 떨어진 인간이라고 한다.

부모는 자식을 낳아 키울 의무가 있지만 자식은 효도로 부모에게 자식 된 도리를 다한다. 이와 마찬가지로 형제자매, 친척, 처자식, 친구, 직장의 상사와 부하, 동료, 스승과 제자, 선배와 후배 사이에도 지켜야할 일정한 도리가 있다. 이러한 기초적인 도리도 모르는 주제에 도를 닦겠다는 것 자체가 얼마나 어리석은가.

1992년 5월 28일 목요일 12~24℃ 구름 조금

오후 3시. 수련중인 강승복에게 말했다.

"자넨 기를 느낀 후 삼 년 동안이나 척추에 심한 고통을 받으면서도 모 도장의 산속에 있는 수도원에 가서 특별 수련도 하고, 단식도 네 번이나 했다고 했지?"

"네, 선생님."

"그뿐 아니고 스승이라는 사람한테서 시술을 받기도 했지만 전연 효험을 보지 못했다고 자네 입으로 말했어. 그 도장을 그만두고 자네가 금년 3월 5일에 나를 찾아왔을 때는 정말 비참했었다구."

"네, 사실 그랬습니다. 선생님 댁에 오면서부터 백회도 열리고 상단·중단·하단의 중요한 경혈들도 거의 다 뚫렸습니다. 척추의 고통도 그전보다는 많이 나았습니다. 정말 지금은 살 것 같고 기운도 엄청나게 들어옵니다."

"3월 5일부터 한 달 동안 거의 매일 이곳에 와서 한두 시간씩 수련을 받고는 이제는 어느 정도 독립해서 제 발로 설 수 있겠다 싶었을 때 내가 앞으로는 올 필요가 없다고 했지."

"네 그렇습니다."

"왜 그러냐 하면 그때 이미 내가 할 몫은 다했기 때문이야. 자넨 전생에 창으로 사냥을 하면서 숱한 짐승의 등을 찍었어. 짐승뿐만이 아니고 전쟁 때는 적군의 등을 꼭 명중시켰어. 그 업장 때문에 지금도 척추가 그렇게 아픈 거라구. 자네는 그 업장에서 스스로 벗어나야 해. 전생에 자네와 맺었던 인연 때문에 나는 자네에게 기를 주고 경혈을 열수 있게 도와주어, 이젠 스스로 제 발로 설 수 있게 해 주었어.

그러니 앞으로는 자꾸만 찾아오지 말고 독립해서 스스로 뚫고 나가라구. 나는 당국에 허가를 받고 도장을 개설한 것도 아니지 않아. 그만큼 도와주었으니 이젠 자신감을 가지고 스스로 독립해서 정진해 보라구. 처음 날 찾아왔을 때와 같은 막다른 골목에 봉착하지 않는 한 다시 찾아올 필요가 없어요. 어쩌면 선도 보급을 위해 앞으로 협조할 일이 있을 수도 있을 거야. 그때 부를 테니까 그동안에 혼자서 내가 가르쳐준 방식대로 열심히 수련을 하라구. 업장을 뚫을 수 있는 능력을 키워주는 일은 이미 끝났으니까. 내가 자네의 업장까지 대신 맡아줄 수는 없는 일이 아닌가?"

"네, 선생님. 무슨 뜻인지 잘 알겠습니다."

"알았으면 됐어. 가 봐요."

젖을 뗄 때가 되면 매정하게 떼어야 한다. 미적미적하다가는 양쪽이 다 피해를 입는다. 선도의 선배나 스승이 후배나 제자에게 해 줄 수 있는 일은 무엇인가? 어디까지나 후배나 제자의 자립심을 키워주어 혼자서도 능히 난관을 뚫고 나갈 수 있는 능력을 키워주는 일이다. 자기 능력만으로는 어쩔 수 없는 막다른 골목에 맞닥뜨린 구도자에게 길을 터주고 마지막 장애를 제거해 주는 일이다. 흐르던 물이 돌이나 지푸라기로 일시적으로 막힌 것을 터주는 역할을 할 뿐이다. 알에서 나올 때가 다 된 병아리가 바깥세상을 볼 수 있도록 껍질을 깨어주는 역할을 할 뿐이다.

서양 속담에 "제자 될 준비가 되니 대사님을 만나게 된다"는 말이 있다. 또 "뜻이 있는 곳에 길이 있다"든가 "두드리면 열릴 것이니라"는 말이 있다. 모두가 다 스스로 정성을 다한 사람은 자연히 앞길이 열리게 된다는 말이다. 이것이 바로 하늘의 섭리다.

스승을 만나지 못하면 절대로 성통을 할 수 없다는 말은 그래서 있을 수 없다. 스승은 때가 된 사람에게 하늘이 보내주게 되어 있다. 스승이 제자를 부르는 것이 아니라 준비가 된 제자에게 스승은 나타나게 되어 있는 것이다. 왜냐하면 스승은 성통공완이라고 하는 머나먼 길을 가는 데 때때로 만나게 되는 인도자이고 교통수단이기 때문이다. 스승은 방편이다. 삼황천제도 공자도 노자도 석가도 예수도 방편이다. 그 방편에 매이면 수련은 정체되고 만다. 방편은 이용하라는 것이지 섬기라는 것이 아니기 때문이다.

1992년 6월 2일 화요일 17~30℃ 대체로 맑음

어제에 이어 오늘도 실로 오래간만에 방문객이 없는 한가한 오후를 보내면서 나는 지금까지 잊고 지냈던 나 자신을 살펴보기 시작했다. 지금까지 내 체격은 내가 보기에도 좀 이상했다. 하체가 상체보다 크고 특히 넙적다리가 비정상적으로 옆으로 퍼져 있었다. 왜 그랬을까? 신체의 어느 특정한 부위에 살이 찐다는 것은 그곳이 다른 곳 보다 냉해서 보호할 필요가 있기 때문이다.

그렇다면 나는 상체보다 하체가 냉하다는 것을 알 수 있다. 그런데 그러한 내 체격이 요즘 들어 눈에 띄게 변해가고 있다. 생식과 수련의 효과가 서서히 나타나고 있는 것이다. 상하체가 전체적으로 균형이 잡히면서 인영맥이 줄어들고 촌구맥이 커지고 있어서 대체적으로 균형이 잡혀가고 있다. 인영이 크다는 것은 머리나 상체 쪽으로 기혈이 많이 가고 있고 하체엔 그만큼 덜 가고 있다는 것을 말해 준다.

그런데 이러한 불균형이 시정되면서 음양허실과 상하체의 균형이 잡혀 가고 있는 것이다.내가 생각해도 신기하기 짝이 없다. 이처럼 맥이 바뀌는 지각 변동이 일어나면서 약간의 반작용이 일고 있다. 명현현상이다. 하루 종일 피로하고 졸리다. 그렇다고 해서 눕기는 싫다. 낮에 누워 버릇하면 밤에 숙면을 취할 수 없다는 것을 잘 알고 있기 때문이다.

1992년 6월 8일 월요일 12~23℃ 가끔 비

오후 2시. 요즘 정태윤 씨는 거의 매일 오후 2시면 우리집에 왔다가 4시쯤 돌아간다. 수련이 급진전되고 있다. 양손 열결과 후계와 중충, 관충, 중저에 압봉 붙이고 30분쯤 지나자 지금까지 부분적으로 막혀 있던 임독이 확 트이면서 공명현상이 일어나기 시작했다.

"선생님 오늘은 제가 느끼기에도 수련이 아주 잘되는 것 같습니다."

정태윤 씨가 말했다.

"남보다는 확실히 반응이 늦은 것은 사실이지만 지난 두 달 동안 그래도 지극정성으로 열심히 수련을 한 덕분에 이제는 임독이 확 열렸습니다."

"더구나 어제는 김 선생님하고 인천 송도까지 갔다 오고 등산도 같이하고 하루 종일 거의 같이 지내다시피 하면서 기운을 많이 받아서 그런지 오늘은 완전히 다릅니다."

"기운이라는 것은 받을 준비가 되어 있는 사람만이 받을 수 있습니다. 그 준비는 각자가 해야 합니다. 나와 매일 생활을 같이 하는 내 가족들은 불행히도 내 기운을 받을 준비가 되어 있지 않아서 아무것도 받아들이지 못하고 있습니다. 발전소를 옆에 두고도 호롱불을 켜고 사는 격입니다. 그러나 정태윤 씨는 그동안 애 쓴 보람이 있어서 이제는 기운을 받아들일 수 있게 되었습니다. 조금만 더 수련이 진전이 되면 하늘의 기운을 직접 받아들일 수 있게 될 것입니다."

"고맙습니다. 선생님, 모두 다 선생님 덕분입니다."

"강을 건네준 뱃사공에게 승객이 사의를 표하는 것과 같은 뜻으로 받아들이겠습니다. 두드리는 사람에게 문이 열리게 되어 있지, 두드리지도 않는 사람에게도 문이 열리는 건 아니지 않습니까? 나는 정 사장님의 지금과 같은 수련에 대한 열의가 얼마나 지속될지 지켜볼 것입니다."

"아니 왜 그런 말씀을 하십니까? 혹시 무슨 일이 있었습니까? 수련생들 중에서 선생님의 심기를 불편하게 해 드린 사람이 있는 것은 아닌 지요?"

"정 사장님도 눈치 하나는 빠르시군요?"

"어감과 표정에서 그것을 읽었습니다."

"생명이 왔다 갔다 하는 중대 문제기 때문에 내가 늘 강조하는 것이 있는데 그게 뭔지 아십니까?"

"아아 수련 중에 일어나는 명현현상 때문이군요."

"맞아요."

"그러고 보니 임선희 씨가 요즘 통 보이지 않는데, 무슨 일이 있었던 게 아닙니까?"

"추리력이 대단하십니다."

"뭘요. 제가 올 때마다 거의 언제나 맞닥뜨리던 분이 요즘 갑자기 보이지 않기에 이상하다 생각했었습니다."

"그렇지 않아도 그렇게 열성적으로 찾아오던 사람이 한 달 동안 소식도 없이 나타나지 않기에 알아보았더니 종합검진을 하려고 보름쯤 병원에 갔었다는 거예요."

"아니! 어떻게 그럴 수가? 선생님께서 그렇게도 입이 닳으시도록 강조하셨는데 어떻게 그럴 수가 있습니까?"

"그러니까 화가 날 수밖에요. 지난 일 개월 동안 거의 하루도 빠짐없이 와서 열심히 수련한 덕분에 내가 보기에는 상당히 높은 경지에까지 올라갔습니다. 우리집에 온 여자 수련생들 중에서는 제일 촉망받는 존재였는데, 명현현상을 견디지 못하고 나를 불신하고 병원엘 갔으니 마치 믿는 도끼에 발등 찍힌 꼴이 아니고 무엇이겠습니까? 그동안 쏟은 내 정성에 대한 대가가 겨우 이거였던가 하는 심한 회의에 빠지게 되는군요."

"과연 그렇겠는데요."

"임선희 씨는 내가 보기에는 대주천의 경지를 넘어서 연기화신(煉氣化神) 현상이 일어나고 있는 중이거든요."

"선생님 연기화신이 뭡니까?"

"대주천이 되면 명상 중이거나 눈을 뜨고 있을 때라도 흰빛, 노란빛 또는 붉은빛이 보입니다. 소용돌이치는 에너지의 백색 발광체가 힘차게 회전하는데 자기 자신이 그 안에 휩쓸려 들어가는 듯한 느낌이 일때도 있습니다. 이것을 대약(大藥)이라고도 하지요. 이 경지에 오르면 연기화신이 됩니다. 무슨 말인고 하니 기(氣)를 불리어 신(神)으로 만든다는 뜻입니다. 이쯤되면 선천(先天)의 기가 온몸을 흐르게 됩니다. 체질이 보통 사람하고는 완전히 달라지게 됩니다. 기(氣)가 신(神)으로 바뀌는 것을 연기화신이라고 합니다."

"대약 때는 세 가지 빛이 보인다고 하셨는데, 그럼 소약은 무엇을 말합니까?"

"소약은 소주천을 할 때 일어나는 현상입니다. 이 단계에서는 정(精)이 기(氣)로 바뀌게 됩니다. 이것은 연정화기(煉精化氣)라고 합니다. 정(精)을 연마하여 기(氣)로 바꾼다는 뜻입니다. 이때 임독에는 처음에는 수증기가 흐르는 것 같은 느낌이 들다가 그 뒤에는 따뜻한 물이 흐르는 느낌이 듭니다. 그다음에는 구슬 같은 것이 또로록 또로록 굴러

가는 느낌이 듭니다. 이것을 소약(小藥)이라고 하죠.

경락으로 흐르는 에너지의 변화 형태를 느낌으로 감지한 것을 말합니다. 그것이 구슬이 굴러가는 느낌이 들 때는 소약이라고 하고 빛으로 보일 때는 대약이라고 합니다. 소주천 단계에서 정을 기로 바꿀 수 있어야 하는데, 실상은 백회가 열리고 대주천을 하는 사람 중에도 아직 성합(性合)때 사정을 하는 사람이 있거든요. 이건 아직 소주천을 완전히 졸업하지 못한 것을 말합니다."

"선생님 시중에 나와 있는 선도에 관한 책을 보면 거의 전부가 기를 거꾸로 돌리라고 되어 있는데 그것은 어떻게 생각하십니까?"

"우리나라의 정통 선도인 현묘지도에서는 운기는 자연의 흐름에 맡기는 것이 가장 현명하다고 되어 있습니다. 실제로 수련을 해 보면 알 수 있습니다. 자연의 흐름에 역행을 하여 기를 거꾸로 돌리기 때문에 기가 체(滯)하는 사고가 일어나게 되는 겁니다. 우리가 식사를 할 때를 생각해 보십시오.

씹어서 목구멍을 넘긴 음식물의 소화 흡수는 오장육부에 일임해 버리지 일일이 소화 흡수하여 기화(氣化)하는 것까지 간섭을 하지는 않지 않습니까. 가만히 놔두어도 스스로 자율신경이 알아서 다 처리해 줍니다. 심장의 박동 역시 마찬가지입니다. 우리가 그 박동수를 일일이 조정을 하지는 않습니다. 이것 역시 자율신경에 맡겨 버리지 않습니까?

운기현상 역시 단전호흡으로 단전에 기를 끌어들이는 것까지는 인위적으로 한다고 해도 그 뒤의 일까지 일일이 간섭을 할 필요는 없는

194

겁니다. 말하자면 일단 단전까지 끌어들인 기운은 자연의 흐름에 맡겨 버리면 됩니다. 소주천 때는 정을 기로 바꾸는 단계인데 이때는 기운이 여느 때의 자연의 흐름과는 반대로 거꾸로 흐르게 되어 있습니다.

여기서 우리는 실로 오묘하기 짝이 없는 자연의 섭리를 느끼지 않을 수 없는 겁니다. 남자나 여자나 생식기는 임맥의 흐름과 같은 쪽으로 나 있습니다. 따라서 성합시에 연정화기(煉精化氣)를 터득하지 못한 수련자는 사정(射精)을 하기 쉽게 되어 있습니다. 그래서 이를 방지하기 위해서 소주천 기간만은 기운이 거꾸로 흐르게 되어 있는 것입니다. 소주천 기간에는 될수록 이성 접촉을 삼가야 되는 이유가 바로 여기에 있습니다.

정을 기로 바꾸는 연정화기의 소주천 단계 수련이 다 끝난 사람은 백회가 열리고 대주천으로 들어가게 되는데, 이때는 자연은 스스로 알아서 운기가 자연의 흐름대로 환원됩니다. 이렇게 자연의 섭리가 다 알아서 처리해 주는데도 『혜명경』에서는 기를 거꾸로 돌리라고만 하니까 온갖 부작용이 다 일어납니다."

"이젠 좀 알 것 같습니다. 그건 그렇구요. 임선희 씨는 그 후 어떻게 됐습니까? 선생님께서 입이 닳으시도록 선도 수련자는 병원에 가면 안 된다고 한 말을 무시하고 병원에 가서 종합 진단을 받았다고 하셨는데."

"맞아요. 그 말을 하다가 정 사장님이 연기화신이 뭐냐, 소약이 뭐냐고 자꾸만 질문을 하는 바람에 이야기가 빗나갔어요. 선도하는 사람은 적어도 내과 질환으로는 병원에 가면 안 됩니다. 체질 자체가 보통 사람과는 다르니까요. 더구나 임선희 씨처럼 대주천에다가 연기화신의 경지까지 간 사람이 병원에 간다는 것은 자살 행위와 같습니다. 교통사고라도 다해서 팔다리가 부러지고 머리가 깨어지는 불상사를 당했다면 어쩔 수 없겠지만 그 정도로 수련이 된 사람이 의사에게 간다는 것은 마치 대학원생이 초등학교 생도에게 숙제해 달라고 조르는 격이고 황새가 뱁새에게 살려달라고 도움을 청하는 것과 같습니다. 왜 그런지 아십니까?"

"어렴풋이 감은 잡히는데 확실히 설명할 자신은 없는데요."

"양의사들은 오감으로 확인할 수 없는 것은 비과학적이라고 하여 일체 인정을 하지 않습니다. 그래서 그들은 경락의 존재를, 해부학적으로 눈에 보이지 않는다고 해서 믿지를 않습니다. 그러나 우리 선도하는 사람들은 비록 눈에 보이지는 않는다고 해도 운기를 통하여 그것이 실재한다는 것을 알고 있습니다. 선도수련을 하지 않는 의사들은 이것을 모릅니다. 하긴 전자현미경이나 방사선 추적 장치로는 경락의 존재를 확인할 수 있다고 하지만 지금 양의사들은 그것을 인정하면 자기네의 기득권이 전부 다 무너져 버리게 되니까 어떻게 하든지 경락은 인정을 하지 않으려고 합니다.

그런 의사들한테 찾아가서 건강 문제를 의논하는 선도 수련자가 얼마나 어리석습니까? 더구나 대주천을 하고 있는 임선희 같은 사람이 그런 짓을 한다는 것은 이해가 되지 않습니다."

"아니 그럼 도대체 왜 병원엘 찾아갔다는 겁니까?"

"자기 말로는 심장이 하도 세게 뛰어 숨이 막힐 것 같아서 그랬다고 합니다. 그러나 이런 명현현상이 일어날 것이라는 것을 미리 알려주었는데도 내 말을 무시하고 병원에 간 겁니다. 30여 일 동안 쏟은 내 정성이 무색해지는군요. 다행히도 수술을 하지 않았기에 망정이지 수술이라도 했더라면 목숨을 잃을 뻔했습니다. 그것만이 천만다행이라고 생각하고는 앞으로도 계속 그런 식으로 내 말을 무시하려면 차라리 오지 말아달라고 했습니다. 세속적으로 남들처럼 그럭저럭 살다가 죽는 것이 낫지 선도수련 한다고 나대다가 수술이라도 하여 목숨을 잃게 된다면 수련 안 하는 것만도 못한 일이 아니겠습니까."

"그런 일이 있었군요."

"내가 보기에는 인간의 생명현상을 직접 지배하는 경락을 모르는 양의사는 색맹 환자와 같습니다. 이런 색맹들에게 자기 목숨을 내맡기다니 말이나 됩니까? 더구나 선도수련을 하여 대주천까지 하는 사람이 말입니다."

"선생님께서 화도 나시게 됐습니다."

여성 구도자들

1992년 6월 11일 목요일 12~15℃ 가끔 흐림

오후 3시 반, 모 백화점에 부장으로 있다는 여난옥이라는 중년 직업 여성이 찾아 왔다. 『선도체험기』를 비롯하여 내가 쓴 책은 모조리 나오는 족족 다 읽어오고 있다고 한다. 작년부터 전화통화는 여러 차례 했었다. 그때마다 기운을 느끼냐니까 아직 못 느낀다고 했다. 기운을 느끼기 시작하면 언제든지 도와주겠다고 했다. 어떻게 하면 기운을 느낄 수 있느냐기에 『선도체험기』에 나온 대로 호흡을 하면서 도인체조를 해 보라고 일러 주었었다. 그렇게 하겠다고 하고 전화를 끊었었다.

그러나 얼마 후에 또 전화를 걸어오곤 했다. 그동안 무슨 변화라도 있었느냐니까 아직 기를 느낄 수 없다고 했다. 어감으로 보아 수련에 대한 열의는 대단한데 몸이 잘 따라 주지 않는 것 같았다. 벌써 여러 번 이런 전화를 받았는데 한번 직접 찾아와서 자문을 받기를 원했다. 그 열의에 감동하여 면담을 허락했더니 오늘 찾아 온 것이다.

첫눈에 비치는 인상은 30대 중반의 맹렬 여성이었다. 그녀 자신은 기를 느끼지 못한다고 했는데도 그녀가 미처 모르고 있는 강력한 운기 현상을 나는 분명 감지했다. 네모진 얼굴에 광대뼈가 약간 불거진 것이 아무래도 순탄한 결혼생활을 할 팔자는 아닌 것 같았다.

"언제부터 그렇게 선도에 관심을 가지게 되었습니까?"

　장래가 촉망됐던 임선희 씨가 그렇게 어이없게 떨어져 나간 뒤끝이어서 다음 타자가 나타나기를 은근히 기대했기 때문인지, 대뜸 대어가 걸려든 느낌이 들었다. 선도에 대한 열의에 있어서는 임선희 씨를 몇 수 앞선 것 같았다.

　"우연히 선생님의 저서를 읽고 나서부터였습니다. 그러니까 그게 작년 초부터였던가요? 저와 결혼했다가 일 년도 못 살고 헤어진 사람이 불제자였기 때문에 불교에도 관심을 기울였고 기독교에도 심취해 봤지만 어쩐지 그게 아니라는 느낌이었습니다. 그런데 선생님의 저서들을 읽다가 보니 바로 이거다 하는 느낌이 들더라구요. 그래서 선생님이 쓰신 책은 모조리 다 구입해서 읽기 시작한 거죠."

　"그럼 지금 독신이십니까?"

　"여섯 살짜리 딸이 하나 있고 어머니와 함께 살고 있습니다."

　"무엇 때문에 애기 아빠하고는 일 년도 못 살고 헤어졌습니까?"

　"모든 면에서 서로 맞지를 않았어요. 상대방도 그것을 인정했고 그래서 서로 합의하에 그렇게 하기로 했습니다."

　"간섭하는 사람이 없으니 수련하기는 안성맞춤이겠군요."

　이렇게 말하면서 그녀의 보호령을 보니 고구려 고분 벽화에 그려져 있는 비천(飛天)하는 선녀의 모습이었다.

　"여난옥 씨는 내가 보기에는 천상 선도를 해야 할 팔자인 것 같습니다."

　"저도 그렇게 생각합니다. 그런데 선생님, 아직까지도 기를 전연 느끼지 못하니 안타깝기 짝이 없습니다. 선생님께서는 기를 느끼고 운용하는 사람만을 도와줄 수 있다고 책에도 쓰시지 않았습니까? 그래서 저는 그동안 어떻게 하든지 기를 느낀 다음에 선생님을 만나 뵈려고 하다가 이렇게 염치불구하고 찾아뵙게 되어 죄송스럽기 짝이 없습니다."

"그렇게까지 생각하실 필요는 없습니다. 조만간 기는 느끼게 되어 있으니까요."

"선생님 그게 정말입니까?"

"두고 보시면 알게 됩니다. 한눈팔지 않고 열심히 수련만 하신다면 기운을 느끼고 운용하는 것쯤은 시간문제에 지나지 않습니다. 내가 아는 어떤 사람은 도장에서 나하고 6년 전에 같이 수련을 시작했는데도 5년 동안이나 전연 기를 느끼지 못하다가 작년에야 비로소 기운을 느끼기 시작했습니다.

지극 정성으로 수련에 매진만 한다면 누구나 다 되게 되어 있습니다. 특히 여난옥 씨는 첫 눈에도 맹렬 여성이라는 인상을 받았지만 내부의 생명활동 역시 남보다 몇 배 더 강렬합니다. 거대한 휴화산(休火山) 같다고 할까요. 속에서 화산 활동은 아주 활발하게 전개되고 있는데 단지 겉으로 분출만 되지 않고 있을 뿐입니다. 그러나 조만간 때가되면 용암은 분출하게 되어 있습니다."

확실히 거물임엔 틀림없는데 단지 그녀 자신이 모르고 있을 뿐이라는 것이 나에게는 명확하게 감지되었다.

"그런 말씀을 듣고 보니 속이 다 울렁울렁합니다. 그런데 어떻게 하면 기를 빨리 느낄 수 있겠습니까?"

"『선도체험기』에 나와 있는 대로 도인체조하고 『천부경』, 『삼일신고』를 암송했는데도 그렇습니까?"

"네."

"너무 조급하게 서두르지는 마십시오. 수련의 전제 조건이 무엇인지 아십니까?"

"모르겠는데요."

"우선 생활의 축을 이기심에서 이타심으로 바꾸어야 합니다. 어떠한 형태로든 자기 전문 분야에서 남을 돕는 데 기쁨을 느껴야 합니다. 그리고 누가 잘못을 지적해 오든가 무슨 일에 항의를 하고 불평을 토로할 경우에 어떤 태도를 취하십니까?"

"잘잘못을 가려서 상대가 알아듣기 쉽게 해명을 하고 이해를 구합니다."

"그래도 시인하지 않으면 어떻게 합니까?"

"할 수 없죠. 마음대로 할 대로 하라고 할 수밖에요."

"그럴 때는 상대가 나에게 불편을 느끼고 있다는 것 자체에 대해서도 미안하게 생각할 수 있어야 합니다. 모든 것을 자신의 부덕의 소치로 돌릴 줄 아는 아량이 있어야 합니다. 부처님 가운데 토막도 아닌데 그런 태도로야 어떻게 이 생존경쟁이 격심한 이 각박한 세상을 살아나갈 수 있겠느냐고 의문을 제기하실지 모르지만 사실은 그런 것까지도 초월해야 합니다. 남이 나를 비록 터럭 끝만큼이라도 못마땅하게 생각하고 있다는 것 자체를 반성하는 자세가 필요합니다.

이것이 구도자의 기본 조건입니다. 그다음에 지감, 조식, 금촉 수련에 들어가야 합니다. 도인체조를 하고 『천부경』, 『삼일신고』를 암송하면서 명상을 하는 것은 바로 지감, 조식, 금촉을 실천하는 방법의 하나일 뿐입니다. 그런데도 뚜렷한 진전이 없다면 도장을 하나 소개해 드리겠습니다."

"그렇게라도 해 주셨으면 좋겠습니다."

그러나 막상 서울 시내에는 그녀에게 소개해 줄 만한 마땅한 도장이 아직 없었다. 사이비 종교적 색채를 띠지 않는 도장은 거의 다 건강 차원에 머물러 있을 뿐이었다. 극히 소수의 일부 도장들을 빼놓고는 도인체조에만 중점을 두고 있었다. 심지어 어떤 도장에서는 기운을 느끼고 운기를 하는 것 자체를 싫어하는 경우도 있었다. 원장이나 사범이라는 사람들 자체가 기를 느끼는 수준 높은 수련생들을 지도할 능력이 없기 때문이었다. 건강 차원에 머물러 있기는 하지만 사이비 종교적 색채가 제일 없다고 판단되는 한 도장을 소개해 줄 수밖에 없었다. 그래도 기초 수련만은 익힐 수 있을 것이라고 생각되었기 때문이었다.

여난옥 씨의 후계와 열결 그리고 중충, 관충, 중저에 압봉을 붙였더니 금방 탁기가 쏟아져 나와 퀴퀴한 단내가 금방 방안을 가득 채웠다. 이처럼 탁기를 뿜어내는 사람은 수련이 앞으로 급진전될 가능성이 있다.

"선생님 한 가지만 질문을 드려도 괜찮겠습니까?"

그녀가 물었다.

"좋습니다."

"『선도체험기』를 읽어보면 전생 얘기가 나오지 않습니까? 그렇다면 선생님께서는 불교의 윤회설을 인정하시는 게 아니예요?"

"맞습니다. 인간은 대생명과 하나로 합쳐질 때까지 끊임없이 윤회를 되풀이할 수밖에 없다고 봅니다."

"그렇다면 만약에 어떤 사람의 세상 떠난 아버지의 영혼이 이 세상에 재생을 했다면 그분의 아들이 기일마다 제사를 드리는 것은 아무 의미도 없는 것이 아닐까요?"

"물론 이 세상에 사는 우리 인간의 관념으로는 그렇게밖에 생각이 되지 않겠죠. 그러나 영계나 신명계는 우리들의 머리로는 도저히 이해할 수 없는 이차원(異次元) 또는 고차원(高次元)의 세계라는 것을 아셔야 합니다. 혹시 『홍길동전』 읽어보신 일이 있습니까?"

"있죠. 홍길동을 모르는 한국인이 어디 있겠습니까?"

"홍길동이가 관군의 추격을 받을 때 같은 시간에 서에도 번쩍 동에도 번쩍, 남에도 북에도 번쩍 나타났다는 말이 있죠. 인간의 상식으로는 도저히 상상도 할 수 없는 기적이죠. 이것을 분신술(分身術)을 썼다고 합니다. 그런데 우리보다 고차원의 영계나 신명계에서는 이런 일은 다반사로 일어난다고 보면 됩니다."

"그럼 선생님 어떻게 됩니까? 자손의 제사를 받는 분은 영계에 계시고 같은 영이 이 세상에 재생도 할 수 있다는 말이 되는가요?"

"그렇게 볼 수 있습니다. 수련의 수준이 높을수록 분령(分靈)은 둘로만 되는 것이 아니라 열도 되고 백도 되고 천도 될 수 있다고 봅니다."

"선생님 말씀을 듣다 보니 어느 스님의 말씀이 생각납니다. 제가 그 스님에게 똑같은 질문을 해 보았거든요."

"그래요? 그러니까 뭐라고 하던가요?"

"이런 얘기를 해주더라구요. 하루는 모기와 하루살이가 다정하게 먼 길을 여행하게 되었답니다. 사이좋게 날아가면서 모기가 재미있는 얘기를 하루살이에게 하고 있었답니다. 그런데 어느덧 해가 서산에 지고

날이 저물었습니다. 그러자 모기가 오늘은 그만하고 이 근처에서 하루
밤 푹 쉬고 내일 또 만나자고 하니까 하루살이가 내일이 뭐예요? 하더
랍니다."

"아주 적절한 비유를 썼군요. 하루살이가 내일을 알 수가 없을 테니
까요."

"사람의 지식도 그런 한계가 있는 모양이죠. 그러나 선생님 얘기를 듣
고 보니 그 스님의 비유보다는 한발 더 진실에 접근한 것 같은 느낌이
듭니다. 그럼 선생님 전 오늘은 이만 물러가겠습니다. 선생님께서 추천
해 주신 도장에 나가서 수련을 해 보고 나중에 다시 찾아뵙겠습니다."

호사다마(好事多魔)

1992년 6월 22일 월요일 18~24℃ 한 두 차례 비

수련자들 중에는 명현현상으로 고전을 하는 사람이 많다. 대부분이 묵묵하게 참아낸다. 그러나 개중에는 이것을 참아내지 못하고 나에게 까지 찾아와 고통을 호소한다. 나는 그런 사람에게 이 같은 신체상의 반작용을 극복할 수 있는 방법을 가르쳐 준다. 그러나 그것만으로 만족하지 않고 어떻게 하든지 쉽게 그 고비를 넘기려고 한다. 심지어 나에게 그 고통의 일부를 떠맡기려고까지 하는 사람이 있다.

이것은 진정한 구도자의 자세가 아니다. 선배는 후배에게 길을 가르쳐주고 깨달음을 일깨워주고 수련의 마지막 장애를 제거해 줄 뿐이지. 그 나머지는 그가 감내해야 할 고행(苦行)이다. 전생과 이생에 쌓은 업장(業障)이 깨어져 나가면서 아상(我相)이 부서져 나가고 진아(眞我)가 탄생하는 진통이다. 자기 몫의 일을 치루어낼 뿐인 것이다. 이것을 남에게 전가시키려 하면 더욱더 깊은 업장의 수렁 속으로 빠져들게 된다는 것을 알아야 한다. 이것은 바로 이기주의의 발로이기 때문이다. 아상(我相)에서 깨어나야 비로소 진아(眞我)를 볼 수 있고 업장과 윤회의 고통에서 벗어날 수 있다는 것을 알아야 한다.

어떤 수련생이 나를 찾아와 한 시간쯤 대좌하는 동안 백회가 열려 버렸다 치자. 나는 그가 천기를 받아 운용할 수 있도록 모든 뒤처리를 다해 주었다. 그의 수련에 큰 진전을 이루게 된 것은 두말할 나위가 없다. 누에가 알에서 깨어나오는 것만큼이나 큰 발전이 아닐 수 없다. 그러나 알에서 깨어난 유충은 싱그러운 공기를 마음껏 들이쉬면서 큰 기지개를 켤 수 있고 앞으로 번데기로 변하고 그다음에는 나비로까지 진화할 수 있는 기틀을 잡게 되는 대신에 해충의 괴로움도 받게 된다.

꼭 닫혀 있던 방문을 활짝 열어놓으니까 신선한 공기를 쐬는 것은 좋은데 파리와 온갖 해충들이 날아 들어오는 것과 같다. 이와 마찬가지로 백회가 열린 사람은 천기를 직접 받아 24정경과 기경팔맥에 골고루 운용하여 수련에 일대 전기를 잡은 것은 틀림없는데, 그 대신 방해꾼들이 몰려들어오게 된다. 문 열어놓자 파리가 꼬여드는 것과 같다.

사람은 누구나 부자 되기를 갈망한다. 먹을 것 입을 것을 아끼고 저축하여 간난신고 끝에 드디어 부자 소리를 듣게 되었다 치자. 부자가 되어 이웃에서 아쉬운 소리 안 하고 부러운 시선을 받으면서 사는 것은 좋은 일이지만 그대신 귀찮은 사람들이 몰려들게 마련이다. 세금장이를 비롯하여 부자되었다는 소문을 듣고 돈 좀 꿔야겠다고 몰려드는 멀고 가까운 친인척들, 옛 친구들, 이웃돕기 헌금 받으러 오는 사람들, 거지들, 심지어 깡패들까지 몰려와 적선을 요구한다.

이것을 보고 호사다마(好事多魔)라고 한다. 부자쯤 되었으면 넓은 아량을 갖고 이런 귀찮은 사람들을 능수능란하게 다룰 줄도 알아야 한다. 이와 마찬가지로 백회가 열리게 되면 그와 인연이 있던 온갖 잡귀들이며 잡령(雜靈)들이 다 몰려들게 마련이다. 큰 기운을 받아서 영적으로 부자가 된 사람에게서 기운을 얻어가기 위해서이다. 대주천 정도

하게 된 사람은 이러한 잡령과 잡귀들을 능수능란하게 다룰 줄도 알아
야 한다.

『천부경』, 『삼일신고』, 한, 한기운·한마음·한누리, 대각경을 항상
암송하라는 이유는 늘 자신의 심신을 정기(正氣)로 충만케 함으로써
사기(邪氣)가 접근하지 못하게 하기 위해서이다. 그러나 백회가 열린
지 얼마 안 되는 사람은 대주천이 정착할 때까지의 과도기에 온갖 사
기들의 침입을 받기 쉽다.

어수선한 과도기에 아직 자리가 덜 잡혀 있는 동안에 한몫 잡으려고
몰려들기 때문이다. 이때 어떤 잡귀는 인당과 전중에 아예 둥우리를
틀고 살 궁리를 한다. 이렇게 되면 수련자는 갑자기 가슴이 콱 막히는
것 같고 인당에는 반창고를 붙인 것같이 답답함을 느끼게 된다. 심지
어 등줄기까지 꽉 조이는 것이 무엇이 올라타고 앉아 있는 느낌을 줄
때가 있다. 신령에게 빙의된 것이다. 이런 때는 당황하지 말고 들어온
영(靈)들을 잘 타일러서 영계의 자기 자리로 돌아가도록 해야 한다. 인
연 따라 달려든 구도령(求道靈)일 경우도 있다.

백회에는 벽사문(辟邪門)이라는 필터 장치가 되어있으므로 그리로는
못 들어오고 인당이나 중단으로 들어와 둥우리를 틀려고 한다. 만약에
이런 사태를 해결하지 못하고 당황하거나 백회가 열린 것을 원망만 한
다면 그 수련자는 대주천 경지에 들어갈 자격이 없다고 보아야 한다.
응당 자기가 감당해야 할 일을 가지고 수련을 도와준 사람에게 자꾸만
전화를 걸든가 찾아와서 고통을 호소한다는 것은 경솔한 짓이다.

자기 몫은 어디까지나 자기가 묵묵히 감당해야 한다. 이것을 감당할

만한 결심이 서 있지 않다면 차라리 처음부터 수련을 하지 말았어야 한다. 수련은 자기와의 싸움인 동시에 업장을 깨어버리기 위한 끊임없는 도전의 연속인 것이다. 안일한 자세로 편안만 바치려는 사람은 처음부터 수련을 시작하지 않는 것이 오히려 낫다는 것을 명심해 주기 바란다.

수련의 일관된 과정 전체는 진아(眞我)를 찾기 위한 도전의 연속이다. 진아를 가리는 죄업은 어둠이다. 무명(無明) 속에는 업장과 윤회가 기다리고 있다. 진아(眞我)를 찾으면 무명은 사라진다. 어두운 동굴 속에는 그 나름대로의 세계가 있듯 아상(我相)의 세계 속에는 업장과 윤회가 손님을 기다리고 있다. 진아(眞我)를 찾으면 무명은 사라진다. 빛이 들어오면 어둠은 물러나기 때문이다. 무명 속에서는 한치 앞이 안보이지만 광명 속에서는 전후좌우가 다 환히 보인다.

1992년 6월 23일 화요일 17~27℃ 한때 비

이기주의와 사리사욕은 어둠이다. 어둠 속에 있으면 한치 앞을 볼수 없는데 과거와 미래가 보일 리가 만무하다. 자기 자신의 좌표도 위치도 잘 알 수 없다. 어둠 속에서는 당황하면 할수록 불리하다. 어둠은 어둠을 불러 더욱더 깊은 암흑 속에 빠져들게 마련이다. 이것이 업장이다. 업장은 업장을 불러 끊임없는 인연의 사슬로 이중삼중으로 묶어 버리고 한없는 윤회를 거듭하게 한다.

그러나 자기 자신이 어둠 속에 파묻혀 있다는 사실을 깨닫고 창문을 활짝 열고 빛을 받아들인다면 어둠은 그 순식간에 사라져버린다. 빛의 창문은 언제나 우리 앞에 예비되어 있고 열어줄 손길을 기다리고 있다. 맘만 먹으면 누구나 열 수 있다. 비록 그 문을 여는 데 고통과 시련이 따를지라도 열겠다는 투철한 의지와 결의, 그리고 실천력만 있으면 누구나 열 수 있다.

창문이 열리고 빛이 들어오면 어둠은 즉각 물러나므로, 그때까지 어둠으로 인해서 생겼던 업장도 윤회도 무산되고 만다. 이것이 바로 깨달음이요, 성통공완이요, 해탈이요, 인간완성이다. 어둠은 사욕이고 이기주의다. 사욕을 벗어나는 길이 광명을 찾는 길이다.

1992년 7월 15일 수요일 20~29℃ 소나기

선도단학수련원 진주 지원 개원식에 초청을 받고도 참가하지 못한 것이 두고두고 마음에 걸린다. 가까운 데 같으면 모르겠는데 거리도 멀 뿐 아니라 집필 때문에 부득이한 일이었다. 선도 수련가이기 이전에 나는 한 사람의 작가이다. 글 쓰는 일을 최우선 순위에 둘 수밖에 없다. 그리고 서울서 진주까지 적지 않은 교통비를 감당할 자신이 없었다. 멀리서나마 진주 지원의 번영을 기원해 마지않는다.

오후 2시. 대운(大雲)이라는 40대 초반의 불제자 한 사람이 찾아왔다. 그는 1978년에 출가를 했으니까 올해로 구도승이 된 지도 14년째라고 했다.

"책으로만 뵙다가 직접 만나 뵈니 참으로 좋습니다."

"좋다니요. 어떻게 좋다는 말입니까?"

"제가 출가하고 나서 10년간 모시고 있던 청운사의 백운 대사님 앞에 앉아 있을 때처럼 마음이 편안하고 온화해지는군요. 그리고 선생님 몸 가까이 있기만 해도 찌릿찌릿 전기가 옵니다."

"호흡 수련도 많이 하신 모양이죠?"

"제가 그렇게 보입니까?"

"기 감각이 예민한 걸 보니 그런 것 같습니다."

"참선을 하다가 보니 자연히 단전호흡도 하게 되었습니다."

"지금은 어느 절에 소속되어 계시는가요?"

"4년 전에 절을 뛰쳐나와 지금은 막노동을 하면서 정처 없이 동가식 서가숙(東家食西家宿)하고 있습니다. 그렇다고 이제 와서 과거에 인연을 맺은 스승을 찾아가서 절에서 수도할 생각을 하니 가슴이 답답하고 막막합니다."

"때가 되면 방황도 끝나겠죠. 그때는 도의 경지가 분명 몇 단계 높아질 겁니다. 혹시 지선(智詵) 스님이라고 아십니까?"

나는 내 보호령 중의 한 분의 이름을 물어보았다.

"신라 때의 지선 대사 말씀입니까? 그분은 신라 말엽(49대 헌강왕 때 서기 879년)에 경북 문경의 봉암사를 창건하신 분입니다. (서기 883년), 59세에 입적하셨는데, 지금 봉암사엔 송광 스님이 주지로 계십니다. 태안사 하고는 대대로 쌍벽을 이루어 왔습니다. 이 두 절에는 진짜 도승들이 모여서 언제나 용맹정진을 한다고 합니다."

"숙제 하나가 풀렸습니다. 그렇게 소상하게 알려주어서 정말 고맙습니다."

"뭘요. 지선 대사와는 무슨 인연이 있는 모양이죠."

"네"

대운 스님은 내가 보기에는 아직 본격적으로 운기가 되지 않고 있었다. 참선과 선도수련이 잘 조화를 이루면 대각(大覺)을 이루는 데 큰 도움이 될 것 같다.

"4년 동안이나 멋대로 방황을 하다가 이제 새삼스레 옛 스승을 찾아가자니 볼 낯이 없고 하여 이러지도 저러지도 못하고 있습니다."

"구도(求道)를 위해서라면 체면 같은 거 따질 필요가 있겠습니까? 그분이 진정한 스승이라면 돌아온 탕아를 대하듯 반갑게 맞이해 주실 것입니다. 스승은 제자와 인연을 맺을 때 자신이 가르침을 받기에 부족하다고 생각되면 언제나 떠나도 좋다고 확언할 수 있어야 한다고 봅니다.

일단 자기 곁을 떠나 다른 스승을 찾아 방황하다가도 다시 찾아오면 언제나 반갑게 맞이해줄 수 있는 분이야말로 진정한 스승이라고 봅니다. 가는 제자 잡지 않고 오는 제자 막지 않는 스승이야말로 진정한 스승이 아니겠습니까? 마음만 내킨다면 체면 따위는 따질 것 없으니 찾아가십시오. 떠날 때는 언제고 이제 무슨 낯으로 또 찾아왔느냐고 호통을 치고 끝끝내 받아주지 않는 스승이라면 일찍이 단념하는 것이 좋겠죠. 단 조심해야 할 것이 하나 있습니다."

"그게 무엇입니까?"

"내가 아니면 아무도 성통할 수 없다고 큰소리치는 사람은 진정한 스승일 수는 없습니다. 그거야말로 가짜입니다."

"명심하겠습니다."

"모처럼 찾아오셨으니 수련에 도움을 드렸으면 좋겠는데 아직 때가 되지 않은 것 같습니다. 좀 더 단전호흡 수련을 하시기 바랍니다. 기운을 느끼기만 하시지 말고 운기도 할 수 있을 정도가 되어야 도와드릴 수 있습니다."

"그럼 기(氣) 수련이 더 된 뒤에 찾아뵙도록 하겠습니다."

1992년 7월 22일 수요일 24~28℃ 한 두 차례 비

밤새도록 끙끙 앓았다. 1950년 12월 한 겨울과 그 이듬해 거제도 포로수용소에서와 그 훨씬 이전 유년 시절에 가끔 앓던 배알이와 꼭 같은 증세였다. 창자가 다 녹아버리는 것 같은 심한 복통이었다. 게다가 소변을 볼 때도 심한 통증으로 고생을 했다. 소변은 불그죽죽한 빛깔인데 심한 악취가 났다. 내 몸속에 잠재해 있던 병의 뿌리가 빠져나가는 것 같다. 벌써 일주일째 이런 증세로 고전을 겪고 있다.

그런데 아침 나절부터 점차 정상을 회복해 가면서 강한 기운이 들어오기 시작했다. 행주좌와어묵동정(行住坐臥語默動靜), 어느 때를 막론하고 기운은 점점 더 강하게 들어오고 있다. 내 예감이긴 하지만 앞으로는 더이상 명현현상으로 고생하는 일은 없을 것 같다.

광주에서 박혜옥 씨가 올라왔다. 동생의 임신으로 흥분되었던 감정은 가라앉은 듯 그녀는 차분하게 다음과 같은 질문을 했다.

"선생님, 이건 수련 이외의 문제인데요. 선생님께 여쭈어보아도 되겠습니까?"

"인생문제 상담입니까? 내 전문은 아니지만 도대체 뭔지 들어나 봅시다. 혹시 좋은 혼처라도 나타난 거 아닌가요?"

"에이 선생님도 그런 건 아니고요. 저는 평생 선도수련이나 하면서 독신으로 지낼 겁니다. 그런 문제가 아니구요. 저어, 제가 다니는 학교에서 전임강사 임용이 곧 있을 모양인데 어떻게 대처하는 것이 좋을까 해서 그럽니다."

"어떻게 대처하다니요?"

"사실 전 여느 사람들처럼 누구를 찾아다니면서 청을 넣는다든가 하는 일이 질색이거든요. 선생님께서는 어떻게 생각하십니까?"

"성인도 세속을 따르라는 말이 있지 않습니까? 남이 하는 대로 하십시오. 나도 젊을 때는 자기 실력만 믿고 편집국장이 바뀌었는데도 그의 집에 찾아가 인사를 닦지 않았습니다. 물론 편집국장이라는 사람이 세속을 초월한 청렴결백한 사람이라면 몰라도 세속에 쩔어버린 속물이라면 부하가 자기집에 따로 선물을 들고 찾아와 인사를 닦지 않는 것을 괘씸하게 생각할 것입니다.

찾아가지 않으면 무슨 일을 당할지 모릅니다. 속물근성이 강한 사람일수록 실력보다는 자기한테 아첨 잘하는 사람을 제일로 치거든요. 감원이 있을 때는 영락없이 걸리게 됩니다. 실권자가 어떤 성향의 사람인가를 잘 가릴 줄 알아야죠. 나는 젊을 때 그런 짓을 잘 못해서 멀쩡하게 다니던 직장에서 쫓겨나기까지 한 일이 있었습니다.

새로 들어온 편집국장이 편집국에서 잔뼈가 굵은 사람이 아니고 다른 곳에서 낙하산을 타고 끼어들어왔다는 사실을 모르고 그전 편집국장처럼 대하다가 감원을 당한 일이 있었어요. 흐르는 물처럼 유연하게 대처하면 됩니다. 기성관념에 사로잡혀서 고집 피우지 말고 찾아가야 할 만한 데는 꼭 찾아가서 인사를 닦도록 하세요.

혼자 잘났다고 으스대 봐야 별 수 없습니다. 그렇다고 공무원에게 뇌물을 바치라는 뜻은 아니니까 알아서 슬기롭게 처신하세요. 인사를 차리고 예절을 지키는 것하고 공무원에게 뇌물을 바치는 것하고는 근본적으로 다릅니다. 뇌물은 아주 사악한 이기주의의 발로입니다. 뇌물 받는 사람, 뇌물 주는 사람뿐만 아니라, 나라 전체의 기강이 썩어 버리는 짓은 절대로 하지 말아야죠. 그러나 인사는 차리는 게 좋습니다. 알아듣겠습니까?"

"네, 무슨 뜻인지 잘 알겠습니다."

1992년 8월 10일 월요일 20~30℃ 가끔 구름

수련이 한 단계씩 높아질 때마다 운기를 방해하던 얇은 껍질이 한 꺼풀씩 벗겨져 나간다. 우주생명을 향해 닫혔던 마음이 한 갈피씩 열리면서 그동안 막혔던가 덜 열려 있던 경혈도 하나씩 하나씩 뚫려나간다.

1992년 8월 11일 화요일 22~29℃ 가끔 흐림

수련은 지하수를 펌프질로 퍼 올리는 것과 같다. 처음에는 마중물 즉 유도수(誘導水)를 집어넣어 힘겹게 펌프질을 해야 하지만 일단 통수(通水)가 되어 일정한 단계에 이르면 관성이 붙어서 펌프질을 조금씩만 해도 물은 콸콸 흘러나오게 된다. 수련이 일정한 궤도에 진입한 것을 말한다.

1992년 8월 12일 수요일 21~25℃ 흐리고 비

특이한 전화가 걸려 왔다.

"선생님 저는 중국 요령성에서 온 강재영이라고 합니다."

"네에, 그럼 한국 사람입니까?"

"네에 중국에서는 우리를 보고 조선족이라고 하죠."

"어떻게 나한테 전화를 다 걸었습니까?"

"선생님 참 반갑습니다. 저는 선생님 독자입니다. 캐나다의 토론토 대학에 유학 중인데요. 선생님께서 쓰신 『선도체험기』를 3권까지 읽었습니다. 서울에 온 김에 선생님과 통화라도 좀 해 보려구 F선원에다 전화를 걸었더니 자기네와는 인연을 끊었다고 하더군요. 이상하다는 생각이 들어서 책방에 가보니 『선도체험기』 시리즈가 8권까지 이미 나와 있었습니다. 그걸 다 읽고 나서 선생님의 전화번호를 알아 갖고 전화 드리는 겁니다."

"그럼 기공에 대해서도 관심이 많으시겠네요?"

"좀 알고 있습니다."

"어떻습니까. 내가 알기에는 그 사람들은 초능력, 그쪽 용어로는 특이공능(特異功能)에 많은 관심들을 기울이고 있는 것 같은데."

"선생님 말씀이 맞습니다. 『선도체험기』를 읽어보면 수련의 목적을 어디까지나 자아 완성, 인격 완성, 깨달음에 두고 있는데 중국 쪽에서는 분명 특이공능을 너무 중요시하는 것 같습니다."

"그건 아무래도 그쪽 사람들의 체질과 관련이 있는 것이 아닐까요? 전통적인 지나인의 실용주의적 경향이라고 할까요."

"맞습니다. 그런 책들만 읽어오다가 선생님의 저서를 읽어보니 새로운 충격을 많이 받았습니다. 선생님, 전화로 죄송하지만 한 가지 질문 드려도 되겠습니까. 실은 선생님을 찾아뵈어야 예의인데 하도 일정이 바빠 놔서 이거 죄송스럽기 짝이 없습니다."

"아니 괜찮습니다. 무엇이든지 물어보십시오."

"다른 게 아니라 임독이 흐르는 방향이 저쪽과는 정반대로 되어 있어서 그게 의문입니다."

"모든 경맥은 음경이냐 양경이냐에 따라 흐르는 방향이 정반대입니다. 음맥은 땅의 기운을 받아서 위로 올려 보내고, 양맥은 하늘의 기운을 받아 아래로 내려 보냅니다. 따라서 임맥은 음경이니까 아래서 위로 흐르고, 독맥은 양경이니까 위에서 아래로 흐릅니다."

"그런데 왜 중국에서 나온 모든 선도에 관한 책들에는 선생님 말씀과는 반대로 되어 있을까요?"

"그것은 채보술과 방중술 때문입니다. 상대의 기운을 빨아들이려면 임독을 거꾸로 돌려야 하니까요. 어디까지나 일종의 도술(道術)에 지나지 않습니다. 이것을 잘못 알고 늘 임독을 거꾸로 돌리면 기체(氣滯) 현상이 자주 일어나게 됩니다. 자연의 흐름을 역행하기 때문이죠. 단지 여기서 유의할 것은 소주천을 할 때는 임독이 자연적으로 거꾸로 흐르게 되어 있다는 겁니다. 소주천은 연정화기(煉精化氣)의 단계입니다. 다시 말해서 정을 기로 바꾸는 능력이 배양되는 단계입니다.

이 기간에는 자연적으로 임독이 거꾸로 흐르게 되어 있습니다. 이것 역시 하늘의 섭리입니다. 그것은 마치 우리가 음식을 입에 넣으면 오장육부가 자동적으로 알아서 소화 흡수하는 것과 같은 이치입니다. 우리가 심장의 박동을 일분에 몇 번씩 뛰라고 의식적으로 조정을 하지 않아도 저절로 조정되어 뛰고 있는 것과 같은 이치입니다. 심장뿐만 아니고 육장육부가 다 그렇게 자율적으로 움직이고 있습니다. 임독이 일정 기간 거꾸로 흐르는 것도 이러한 자연의 이치에 따른 것이라고 생각하면 됩니다."

"선생님, 그렇다면 소주천이 끝나면 어떻게 됩니까?"

"소주천이 끝나고 연정화기 다시 말해서 정을 기로 바꿀 수 있는 능력이 정착된 뒤에 더욱 수련이 향상되어 대주천의 경지에 들어가 백회가 열리면 그때까지 거꾸로 흐르던 임독의 기의 흐름이 정상화되어 옛날로 환원됩니다. 그래서 한국의 정통적인 선도인 현묘지도에서는 임독을 어떻게 돌리라는 말은 일체 하지 않습니다. 만약에 임독을 거꾸로 돌리라고 하는 데가 있다면 그것은 인도의 요가나 지나의 기공의 영향을 받았다고 할 수밖에 없습니다."

"그렇다면 임독을 어떻게 돌린다는 생각은 일체 하지 않고 수련만 하면 된다는 말씀입니까?"

"그렇습니다. 살아있는 사람의 몸은 소우주라고 하지 않습니까? 우리가 지감·조식·금촉 수련만 열심히 하게 되면 기운의 향방 같은 것은 소우주가 다 알아서 적절히 처리한다고 보면 됩니다."

"네에, 선생님 감사합니다. 다음에 기회가 있으면 꼭 한번 선생님을 만나 뵐 수 있게 해 주십시오."

"좋습니다."

⟨14권⟩

이기심 극복이 구도다

1992년 9월 3일 목요일 23~29℃ 가끔 흐림

선도에서 말하는 하느님이란 무엇인가? 하느님이란 그 앞에 엎드려 절이나 하면 복을 내려주는 그러한 존재는 결코 아니다. 그러한 하느님은 존재하지도 않는다. 인간들이 어리석어서 그런 우상을 맘속으로 만들어 놓고 복을 빌 뿐이다.

그럼 하느님은 무엇인가? 우주생명을 말한다. 이 우주의 삼라만상을 움직이는 기운 또는 원리다. '나'라고 하는 이기심 때문에 원래 하나였던 하느님에게서 인간은 분리되어 나왔으므로 이 '나'를 청산해 버리면 우리는 언제든지 하느님과 한몸이 될 수 있다. 그러나 아직도 우리 인간에게 이기심이 남아 있는 한 우리는 하느님과 원만한 관계를 유지해야 한다. 언제든지 통일을 이루어야 할 대상이기 때문이다.

그런데 하느님은 보통 사람의 눈에는 보이지도 않는다. 냄새도 맡을 수 없고 귀로 들을 수도 없고 맛을 볼 수도 만져 볼 수도 없다. 다시 말해서 오감으로는 감지가 되지 않는다. 그러나 수련을 통하여 이 오감을 뛰어넘으면 하느님의 존재를 보고 느낄 수 있다. 그러면 이 오감을 뛰어 넘기 전에는 어떻게 해야 할까? 우선 똑같은 처지에 있는 인간들끼리 사이좋게 지낼 줄 알아야 한다. 수련의 첫 단계는 사람들끼리 사이좋게 지내는 것이다. 어떻게 하면 사람들끼리 사이좋게 지낼 수 있을까?

그것은 지극히 간단하다. '나' 자신보다는 '남'을 먼저 생각해주면 누구나 서로 사이좋게 지낼 수 있다. 누구나 자기를 위해 주는 사람을 싫어하는 일은 없을 것이기 때문이다. 겉으로만 위해 주는 것이 아니라 속마음으로 진정으로 자기를 위해 주는 사람을 누가 싫어할 것인가?

남을 위해 주는 첫걸음은 남과 일 대 일의 거래를 트는 일이다. 다시 말해서 서로 도와주는 일이다. 그래야 인간관계는 지속성을 띨 수가 있다. 인간과 인간 사이가 원만해지면 비로소 하느님을 볼 수 있을 것이다. 상부상조하는 사람들은 하느님과 가까워져 있기 때문이다.

사람과 사람과의 관계가 원만해지면 하느님과 인간과의 관계도 원만해질 수밖에 없다. 상부상조하는 사람들은 하느님을 제일 많이 닮아 있기 때문이다. 그러한 사람들은 바로 하느님의 한 표현이다. 하느님은 '한'이다. 불교에서 말하는 공(空)이다. 그리고 진리이다.

내가 어떤 사람으로부터 도움을 받고 싶을 때 나는 어떻게 해야 될까? 그 어떤 사람은 분명 내가 가지고 있지 않는 인격과 능력을 가지고 있을 때는 어떻게 해서든지 그의 호감을 사고 그와 친해져야 한다. 그래야 그에게서 도움을 받을 수 있다. 열쇠는 그에게서 어떻게 하든지 호감을 사고 나를 도와주겠다는 마음을 일으키게 해야만 한다. 최소한 그러한 노력도 없이 도움만을 바라는 것은 미끼도 안 달고 빈 낚시로 고기를 낚겠다는 것만큼이나 어리석은 짓이 아닐 수 없다.

상대의 호감을 사서 그에게서 원하는 것을 얻을 생각은 않고 무조건 도움만 바라는 것은 상점에 가서 물건값도 내지 않고 원하는 상품을 그냥 슬쩍 하겠다는 것과 다를 것이 없다. 빈 깡통만을 가지고 가서 밥이나 비럭질하겠다는 것과 똑같다. 공짜를 바라는 사람이 날이 갈수록 늘어난다는 것은 이 사회가 물질만능주의와 이기주의로 가득 차 있음을 보여 주는 것이다. 특히 젊은 층일수록 그런 사람이 많아진다는 것은 부모들이 자녀들에게 그러한 이기주의밖에 물려주지 않았다는 것을 말해준다. 가정교육을 시킬 만큼 부모들의 머리가 깨어 있지 못했다는 것을 입증해 준다.

공익보다는 사욕을 앞세우는 자는 어떠한 경우에도 이 사회에는 백해무익한 존재이다. 우리가 수련을 하는 목적은 우주생명인 대우주와 소우주인 우리 인간이 하나가 되자는 것인데, 이처럼 이기심이 많은 사람이 어떻게 대우주와 하나가 될 수 있단 말인가. 이웃과 사이좋게 지내는 사람이 우주생명과도 가까워질 수 있다는 진리야말로 만고불변이다. 구걸형(求乞型) 인간이 되지 말고 당당한 거래형(去來型) 인간이 되는 것이 이웃과 친해지는 첫 걸음이다.

1992년 9월 8일 화요일 20~26℃ 가끔 흐림

마음이 열린 사람은 열린 만큼 기운이 들어온다.

마음이 넓어진 사람은 넓어진 만큼 넓은 기운이 들어온다.

마음이 커진 사람은 커진 만큼 큰 기운이 들어온다.

1992년 9월 9일 수요일 19~26℃ 가끔 흐림

『천부경』, 『삼일신고』, 『참전계경』을 늘 염송하면 몸속에 정기(正氣)가 충만해져서 사기(邪氣)를 몰아낸다. 나 자신을 잊고 일에 열중할 때 누구나 신기(神機)가 발동된다. 그래서 자기를 잊고 일하는 사람은 스트레스를 받지 않는다. 일하는 것 자체가 에너지의 충전(充電)이기 때문이다. 자기를 잊고 일에 열중하면서도 피곤을 모르고 오히려 활기에 넘치는 사람들을 우리는 우리 주위에서 흔히 발견한다. 대기업의 창업주들을 보라. 인류를 위해 뚜렷한 업적을 남긴 발명가나 위대한 선각자들을 보라.

나를 잊으면 우리는 하늘과 자연스럽게 하나가 되어 하늘을 호흡할 수 있다. 밭에 떨어진 씨앗은 껍질이 썩어야 싹이 나올 수 있고 싹이 나오면 대기를 호흡할 수 있는 것과 같다. 껍질을 벗지 않는 한 씨앗은 언제까지나 씨앗일 뿐이다.

원시인들이 살던 동굴 속에서 몇만 년 만에 발견된 씨앗이 싹을 틔운 일이 신문에 보도되었었다. 껍질이 썩지 않는 한 씨앗은 언제까지나 씨앗일 뿐이다. 그 씨앗의 껍질이 바로 '나'다. 이 나를 벗어 던지고 지감·조식·금촉 수련을 제대로 한 사람은 우주와 자연과의 친화력을 최고도로 발휘할 수 있어서 어떠한 환경 속에서도 생존할 수 있는 능력을 갖게 된다.

화담(花潭) 선생처럼 시해(尸解)를 하여 죽음을 초월할 수도 있고, 예수처럼 우화등선(羽化登仙)하여 죽은 자 가운데서 살아날 수도 있다. 소우주가 대우주와 합쳐지면 우주생명 자체가 되기 때문에 이런

221

일이 가능한 것이다. 우주생명이 바로 하느님이다. 하느님은 무한한 생명, 무한한 지혜, 무한한 능력이기 때문에 불가능이 있을 수 없다.

1992년 9월 25일 금요일 17~23℃ 상오 비온 후 갬

지난 8월 27일부터 거의 매일 오다시피 열심히 수련을 해 온 양지훈·우현주 부부가 이제는 어느 정도 대주천의 운기가 안정이 되고 수련에 가속이 붙기 시작했다. 『선도체험기』만 읽고도 정관 복원수술까지 할 정도로 열의를 발휘한 덕분인지 그들의 수련은 나날이 비약적으로 향상되고 있다.

"이제 두 분은 매일 오시지 않아도 될 정도가 되었습니다. 일주일에 한 번씩만 오셔서 점검만 받아도 되겠습니다."

"선생님께서 저희들을 위해 정성을 쏟으신 덕분입니다."

"그것보다 두 분이 지극정성으로 수련을 하셨기 때문이죠. 이제 수련이 궤도에 올랐습니다. 그대로 꾸준히 밀고만 나가시면 됩니다. 얼마가 걸릴지는 모르지만 반드시 다음 변화가 오게 될 겁니다. 그때 가서 그 얘기를 해주시면 됩니다. 그렇다고 꼭 어떤 변화가 오지 않나 하고 초조하게 기다리는 심정으로 수련을 할 필요는 조금도 없습니다. 사람에 따라 수련의 양상과 수준은 천차만별이니까요.

어떤 사람은 다음 단계가 빨리 올 수도 있고 어떤 사람은 늦게 올 수도 있습니다. 며칠이 걸릴 수도 있는가 하면 몇 달이 걸릴 수도 있고, 몇 해가 걸릴 수가 있는가 하면 몇십 년이 걸릴 수도 있습니다. 느긋하게 마음을 먹고 꾸준히 밀고 나가면 조만간 어떤 획기적인 변화가 반드시 오게 될 것입니다. 그때는 시기를 놓치지 마시고 나한테 얘기를 하십시오. 나는 내가 걸어온 길이 있으니까 내가 경험한 경지까지는 후배들에게 도움을 줄 수가 있습니다."

"선생님 여러 가지로 저희들은 분에 넘치는 혜택을 받고 있는 것 같습니다. 사실 처음으로 선생님을 찾아뵙고 싶어서 전화를 걸었을 때만 해도 지금과 같은 행운을 얻게 되리라고는 상상도 못했었는데, 그때는 사실 김태영 선생님 하면 감히 쳐다볼 수도 없는 고귀하고 엄격한 분으로만 상상이 되었었는데 이렇게 직접 수련까지 도움받고 일정한 궤도에 올랐다는 인정까지 받고 보니 정말 뭐라고 감사의 말씀을 드려야 할지 모르겠습니다. 그런데 선생님 제가 평소에 품고 있던 의문이 한 가지 있는데요. 말씀드려도 될까 해서 망설여집니다."

"뭘 그러십니까? 주저 마시고 말씀하세요."

"다른 게 아니고요. 우리 내외가 선생님한테 와서 한 달 동안 정말 수련에 너무나 큰 혜택을 받았는데요. 정말이지 선생님의 도력이 아니면 이렇게 단시일 안에 지금과 같은 수련 성과는 올리지 못했을 겁니다.

그런데 한 가지 의심은 말입니다. 말씀 듣자니까 일전에 사모님께서 돈으로 따질 수 없는 아주 귀중한 서류를 분실하셨다는 말을 들었는데요. 어떻습니까? 제 어리석은 소견으로는 선생님의 도력이라면 능히 그것을 회수할 수 있지 않을까 생각되는데요. 선생님께서는 그런 데는 전연 관심을 기울이시지 않는 것 같습니다."

"마누라가 실수를 해서 귀중한 서류를 분실한 것하고 도를 닦는 것하고 무슨 관계가 있습니까?"

"아니 그래도 선생님께서는 찾겠다고 결심만 하신다면 못하실 것도 없지 않겠습니까?"

"수련으로 얻은 능력을 고작 그런 세속적인 영리에 쓴다면 도 닦는 일은 곧 수렁에 빠져버리고 맙니다. 개인의 이익을 초월하는 데서부터 도는 시작된다고 내가 누누이 강조해 온 이유가 여기에 있는 것입니다. 물론 내가 지금이라도 그 물건을 찾기 위해서 온 정신을 집중하면 혹시 어떤 단서를 잡을 수도 있을지 모릅니다. 그러나 나는 절대로 그런 짓은 하지 않습니다.

내 마누라가 귀중한 서류를 분실한 것은 순전히 실수 때문입니다. 그것은 또 그녀의 업보일 수도 있는 일입니다. 그런 일에 수도(修道)를 연결시킬 수도 없는 일이지만 만약에 그런 일에 수도자가 관심을 기울이기 시작한다면 그것은 이미 수도자가 아니고 단지 하나의 초능력자로 전락되어 버리는 계기가 될 뿐입니다. 점쟁이나 무당이 되어버리라는 말과 똑같습니다. 행여 양지훈 씨도 지금까지 애써 수련해 온 것을 그런 개인적인 이익을 위해 쓸 생각은 마십시오. 그럴 생각이라면 아예 처음부터 길을 잘못들은 것입니다. 종교가 기복신앙(祈福信仰) 쪽으로 타락하는 것도 안타까운 일인데, 이제 와서 선도까지도 그렇게 된다면 비극입니다."

"선생님, 제가 생각을 한참 잘못했습니다. 안 들으신 걸로 해 주십시오. 선생님, 그렇다면 중국에서 기공을 실생활을 향상시키는 데 이용하는 풍조가 일고 있는 것도 잘못된 것이겠죠."

"물론입니다. 인간의 일상생활의 편리를 위해서라면 과학이 다 해결해 주고 있지 않습니까? 기공은 그런데 이용하는 것이 아니고 인간의 영능력을 개발하고 구경각(究竟覺)을 얻는 데 이용해야 합니다. 먼 곳에 있는 물건을 가져 온다든가, 밀폐된 병 속에 있는 정제 비타민을 감쪽같이 꺼낸다든가, 양손으로 전기 곤로의 음극과 양극 전선을 잡고 전기를 발생케 하여 달걀을 삶아먹는다든가 하는 것은 관객의 호기심을 자극하는 것 이외에는 별 효용성이 없습니다. 수련으로 닦은 능력을 겨우 그런 일에 이용한다는 발상 자체가 잘못된 것입니다. 겨우 이런 일에 관심이 쏠려 있는 한 수련은 담보 상태를 면하지 못할 것이고 오히려 후퇴를 맛보게 될 것입니다."

"선생님, 잘 알겠습니다."

1992년 9월 30일 수요일 12~22℃ 대체로 맑음

오후 2시 반. 중학교 미술 교사인 윤미순 씨가 여섯 번째로 찾아 왔다. 단전호흡을 열심히 하면서 『선도체험기』를 읽고 생식을 해서 그런지 맥이 그동안에 많이 좋아졌다. 전에는 인영이 6·7성이었었는데 오늘 보니 거의 균형이 잡혀 가고 있었다. 운기도 처음에 왔을 때와는 비교도 안 되게 활발해졌다. 그런데도 본인은 이것을 느끼지 못하고 있었다.

"선생님, 며칠 전에는 네 명의 선녀가 나타나서 제 단전에 손을 대고 기운을 넣어주는 꿈을 꾸었습니다. 그런 꿈을 꾼 뒤에는 몸도 한결 가벼워지고 기분도 좋아졌어요."

윤미순 씨가 말했다.

"기운을 넣어줄 때 기분이 어땠습니까?"

"뭐라고 말할 수 없이 황홀했습니다."

"신명계에서 윤미순 씨를 특별히 잘 보살펴 주는 것 같습니다."

"그럴까요? 제가 뭐 그런 특혜를 받을 만한 재목인가요?"

"그건 아무도 모르는 일입니다. 오직 하늘만이 아는 일이죠. 그리고 윤미순 씨 자신의 노력 여하에 달려 있는 거고요. 마음공부와 몸공부를 얼마나 열심히 하느냐에 달려 있는 겁니다."

"선생님 전 여기만 오면 마음이 환하게 밝아오면서 병이 낫는 것 같습니다. 왜 그럴까요?"

"유유상종이라서 그렇습니다. 내가 보기에는 윤미순 씨는 병원에만 가지 않는다면 병은 스스로 낫습니다. 두고 보세요. 내 말이 거짓말인가."

"명심하겠습니다."

1992년 10월 9일 금요일 10~21℃ 구름 조금

오후부터 갑자기 힘이 치솟기 시작했다. 나 자신의 맥을 짚어보았다. 종래까지도 오른쪽 인영에 감지되던 석맥이 자취를 감추어버렸다. 부상당한 지 2년 7개월 만에 드디어 맥이 정상으로 돌아온 것이다. 오른쪽 촌구에서는 가늘고 길고 미끄럽고 긴장감이 있는 현맥이 그리고 왼쪽 인영에서는 연하고 말랑말랑하고 콕콕 찌르는 구맥이 감지되었다. 이렇게 되면 내 본래의 체질대로 맥이 나온 것이다. 나는 원래가 금형 체질이니까 폐대장은 강하고 간담과 심소장은 약하다. 따라서 현맥과 구맥이 나와야 정상인 것이다.

그런데 지난 2년 7개월 동안 발 부상 때문에 오른쪽 인영에 석맥이 나왔었는데, 그것이 치료된 것이다. 갑자기 힘이 솟아오르는 원인은 바로 이 석맥이 치료되었기 때문인 것이다. 이쯤 되면 나는 이제부터 나 자신의 건강을 내 능력으로 능히 통제하고 관리할 수 있게 된 것이다. 그뿐만 아니고 가족과 친지들의 건강까지도 돌보아줄 수 있게 되었다.

1992년 10월 11일 일요일 11~19℃ 가끔 흐림

오른쪽 인영에서 석맥이 사라지면서 눈에 띄게 건강이 향상되었다. 이제 2년 7개월 전에 입은 오른 발 뒤축의 골절상은 95프로는 회복이 된 것 같다. 과연 맥이 변하니까 컨디션이 획기적으로 개선되었다.

이제는 밤 열두 시까지 앉아 있어도 그전처럼 못 견딜 정도로 졸리거나 피곤하지 않다. 숙면하는 시간이 3 내지 5시간대로 줄어들었다. 그전처럼 낮에 피로하거나 졸려서 잠깐씩 눕는 일이 아예 없어졌다. 비록 졸리고 피로하더라도 앉은 채로 잠시 졸고 나면 금방 피로가 회복된다. 기운이 훨씬 많이 들어온다. 온몸에 생기가 돌고 팔다리에 자꾸만 힘이 뻗친다.

1992년 10월 13일 화요일 10~20℃ 맑은 후 흐림

아침 식전이었다. 아내가 그전처럼 갑자기 구역질을 해대고 토사곽란 직전의 상태였다.

"어제 저녁에 무얼 잘못 먹은 게로구만."

"사과가 하도 맛이 있어서 한 개를 다 먹었더니 그게 탈이었나 봐요."

아내는 알고 보니 전에 생각했던 것과는 달리 금형 체질이 아니고 목형이었다. 그래서 신 것만 먹으면 소화를 못 시킨다. 그전 같으면 사리돈에다가 박카스 같은 것을 먹어야 겨우 진정이 되었다. 사관과 관충과 중충에 압봉을 붙이고 나서 10분쯤 지나자 고통이 사라졌다. 약 사러 다니느라고 소란을 피우지 않아서 좋고 약값이 절약되니 좋고 약보다 병이 더 신속하게 나으니 좋다.

이렇게 손쉽게 병을 고칠 수 있는 방법이 있는데도 약방과 병원만 찾는 풍토가 한심하다는 생각이 자꾸만 든다. 어떻게 하면 사람들이 자기 병은 자기가 고칠 수 있다는 확신을 심어주고 이를 실천할 수 있게 할 것인가 하는 것이 내가 이 사회에 이바지해야 할 하나의 과제이다.

내 오른쪽 인영에서 석맥이 사라진 것은 방광경이 정상화되었다는 징후다. 나는 아직은 인영이 약간 크므로 석맥이 나오면 틀림없이 방광경에 이상이 있는 것이다. 정말 방광경에 이상이 없는가를 확인해 보기 위해서 어제부터 한 가지 실험을 해보았다. 지금까지 서너 시간에 한 번씩 보던 소변을 여섯 시간에 한번으로 줄였다. 이틀을 실천해 보니 의도대로 되었다. 하루가 24시간이니까 종일 네 번만 소변을 보면 되었다. 밤에는 여섯 시간 동안 숙면을 취할 수 있다.

오후 5시경부터 아주 강한 기운이 들어 왔다. 머리 위에 직경 10센티나 되는 굴뚝이 박혀 있고, 그 속으로 시원하고 상쾌한 기운이 폭포처럼 쏟아져 들어왔다.

1992년 10월 15일 목요일 10~21℃ 맑은 후 흐림

수련 도중에 어쩐지 나도 모르게 우현주 씨를 불러야겠다는 생각이 일었다. 그녀는 『선도체험기』만 읽고 정관 복원수술을 한 양지훈 씨의 아내다. 와달라는 전갈을 받자 그녀는 창백한 얼굴을 하고 금방 달려와서 말했다.

"선생님 그렇지 않아도 선생님을 찾아뵈려고 하던 차에 마침 전화가 걸려 와서 금방 달려왔습니다."

"왜요. 무슨 일이 있었습니까?"

"가슴이 꽉 막히고 인영이 갑자기 커지고 촌구가 크게 줄어들었습니다."

"무슨 일이 분명 있었군요."

"아이들이 하도 말을 듣지 않아서 저도 모르게 화를 팩 냈더니 갑자기 이렇게 됐습니다."

"아이들이 어떻게 했기에 그렇게 화를 냈습니까?"

"아침에 깨어날 때가 되었는데도 깨지 않고 꾸물거리기에 저도 모르게 갑자기 화가 치미는 바람에 신경질을 좀 부렸더니 그렇게 됐습니다."

"도인은 그렇게 함부로 화를 내는 것이 아닙니다."

"선생님도 제가 뭐 도인이라고 할 수 있나요?"

"구도자는 다 도인입니다. 도 닦는 사람이 도인이지 뭐 별다른 신통력이 있는 사람만이 도인은 아닙니다. 도인은 왜 화를 내면 안 되는가 하면 바로 우현주 씨와 같은 경우를 당하기 때문입니다. 수련하시기 전에는 화를 내도 그때뿐이지 그렇게 육체적인 고통을 받는 일은 없었을 겁니다. 물론 그것이 쌓이고 쌓이면 병이 되긴 하지만 당장 그렇게

229

고통을 당하는 일은 없었을 겁니다.

그러나 선도수련이 시작되어 운기가 활발해진 사람은 한번 화를 냈다 하면 그 왕성한 기운 때문에 도리어 자기 몸을 상하게 됩니다. 지금 우현주 씨는 중단이 꽉 막히고 음양의 균형이 깨어졌습니다. 아마 속으로는 말할 수 없는 고통을 느끼고 계실 겁니다. 바로 이 때문에 함부로 화를 내서는 안 됩니다. 화를 내면 도덕적으로 나쁘기 때문이 아니고 당장 육체적인 고통을 당하게 되니까 어쩔 수 없이 화나는 것을 자제할 수밖에 없다 그겁니다. 이제 우현주 씨는 양자택일을 할 수밖에 없는 시점에 도달해 있습니다. 어떻게 할 것입니까?"

"뭘 말씀이세요?"

"그런 고통을 받으면서도 계속 수련을 할 것인지 아니면 당장 편한 것을 택하여 수련을 중단할 것인지 양단간에 결정을 해야 합니다. 어떻게 하시겠습니까?"

"이왕에 시작한 거 이제 와서 후퇴는 할 수 없는 거 아니겠어요?"

"그렇게 자문하지 마시고 똑바로 자신의 결심을 밝히세요. 수련은 앞으로 나아갈수록 첩첩산중이고 가도 가도 끝없는 가시밭길입니다. 그러나 인간완성을 향한 말할 수 없는 희열이 수반됩니다. 고통을 당하는 만큼 영적인 생명력은 꾸준히 향상되니까요. 그러나 편한 것만을 원하신다면 수련을 당장 중단하시는 것이 좋습니다. 세속적으로 생각하면 구태여 고생을 사서 할 필요가 무엇이냐 그겁니다. 빨리 양단간에 똑 부러지게 결정을 내리십시오."

"수련을 계속해 나가야죠. 그래도 수련 시작한 뒤로 제 건강은 말할 수 없이 좋아졌거든요."

"건강이 좋아지는 정도의 효과 때문이라면 굳이 선도를 택할 필요가 있겠습니까? 생로병사를 이겨보겠다는 각오가 서지 않으면 선도를 하겠다고 나설 필요가 없습니다. 완전한 인간은 생로병사를 극복한 사람입니다. 그런 사람을 보고 성통한 사람이라고 합니다. 그건 그렇고, 어떻습니까. 그래도 끝까지 선도를 해 보시겠습니까?"

"네, 끝까지 한번 밀고 나가보겠습니다."

"그렇다면 앞으로는 화나는 일이 있더라도 성을 내지 마십시오. 도인이 화를 내면 남보다는 자기 자신이 우선 상하니까 하는 말입니다."

"네, 잘 알겠습니다."

나는 그녀의 사관, 후계, 열결, 관충, 중충에 압봉을 붙여주었다. 5분도 안되어 정상을 되찾아 창백하던 얼굴에 화기가 돌았다.

"선생님 그런데, 어떻게 이런 일이 있을 줄 아시고 저를 보고 오라고 하셨어요?"

"글쎄요. 그건 나도 모르겠습니다. 그냥 부르고 싶어서 불렀을 뿐입니다. 불러놓고 보니 그런 일이 있었군요."

역지사지(易地思之)

1992년 11월 14일 토요일 3∼14℃ 맑은 후 흐림

강승복이 두 달 만에 찾아왔다. 중단이 꽉 막혀 있었다. 40대의 중년들보다도 20대 후반인 그가 수련은 더 지지부진이다.

"선생님 전 왜 이렇게 수련이 지지부진인지 모르겠습니다."

"내가 보기엔 마음의 벽을 허물지 못하고 있어서 그런 것 같아."

"그래서 선생님 전 요즘 20일 단식을 한 달쯤 전에 끝내고 지금은 30일 단식을 다시 시작하려고 합니다."

"아니 무슨 단식을 그렇게 자주 하는가?"

"그래도 전 단식 중에 많은 것을 깨달았습니다."

"뭘 깨달았는지 모르지만 강승복이는 단식보다 더 중요한 것을 잊고 있는 것 같아."

"그게 뭔데요. 선생님."

"그건 사람이 사람과 더불어 살아가는 도리야. 어차피 인간은 사회적 동물이 아닌가 말야. 아무리 도를 닦는다고 해도 혼자서는 도저히 살아갈 수 없는 것이 인간이 태어나면서 갖고 나온 숙명이라구. 주위 사람들과 마음에 벽을 쌓지 않고 살아나가는 방법을 체질화하는 것이 지금의 강승복에게 있어서는 단식보다도 더 중요하다는 것을 알아야 된다구. 그게 뭔지 알겠나?"

232

"모르겠습니다 선생님."

"그게 바로 역지사지(易地思之) 정신이라구. 만사에 있어 나보다는 남을 먼저 생각해줄 줄 아는 정신이라구. 가장 간단한 것 같지만 가장 터득하기 어려운 것이 바로 이거라구. 단식을 하면 물론 기운은 맑아지고 몸은 정화되겠지만 역지사지 정신은 함양되지 않는다구. 이것은 상대적인 것이니까 말야. 단식은 자기 혼자서 하는 것이지만 역지사지 정신을 구현하려면 반드시 상대가 있어야 하니까 말일세. 남을 유익하게 해 주는 것이 바로 나를 유익하게 해 주는 것이라는 진리를 깨닫고 실천해야 한다구.

내가 강승복이 만한 나이였을 때였어. 그때 나는 육군 포병 중위였지. 그때 나는 진급에 필요한 무슨 증명서류를 현지 부대에 가서 떼어와야 할 일이 있어서 여수에 며칠 다녀와야 할 일이 생겼다구. 복잡한 서류가 되어 놔서 일주일쯤 걸린다는 거야. 내가 여수에 출장을 간다는 말을 듣고 나와 아주 친한 동기생이 자기집에 가서 며칠 쉬다가 오라는 거였어. 그 친구는 소개 편지를 써 주었어. 나는 그때 생각하기를 여관비 절약하게 되었으니까 다행이다 하는 생각이 우선 들더라구.

그래 나는 그 친구의 소개 편지를 들고 그의 친가를 찾았어. 그런데 지금 생각해 보면 그때 나는 일생일대에 걸쳐 가장 큰 실수를 저질렀다구. 그러나 그때는 미처 그것을 깨닫지 못했었지. 그것이 말하자면 비극이라면 비극이라고 할 수 있지. 그때 나는 처음 찾아가는 친구집에 빈손으로 갔다구. 여관비 아낄 생각만 했지 처음 찾아가는 친구집 식구들에 대한 배려는 전연 하지 않았단 말야.

단지 그때 기차간에서 먹으려고 샀던 탁구공만한 능금을 한 스무 개 정도 가지고 갔을 뿐이야. 물론 그 집에는 친구의 부모가 다 생존해 있었지만 살림은 형수가 맡아 하고 있었다구. 소개 편지를 내보이니까 겉으로는 반갑게 맞이하더라구. 방안에 안내를 받고 나서야 내가 뭔가 실수를 했다는 직감이 들었지만 그때도 아직 그것이 무엇인지를 깨닫지 못했다구. 단지 짐 정리를 하다가 그 탁구공만한 능금 스무 개를 내놓았다구. 조금 있자니까 친구의 형수가 그걸 깎아서 내왔더라구. 그때 친구의 형수는 나에게 중요한 신호를 보냈건만 나는 그것을 미처 눈치 채지 못했지. 친구집에서 하룻밤을 유했어. 밥을 두끼 얻어먹었지. 당연한 얘기지만 그 친구 형수의 태도가 냉랭하기 그지없더란 말야.

그때 나는 내 잘못은 생각지 않고 상대방이 나한테 쌀쌀한 것만이 섭섭해서 이튿날 오전에 짐을 싸가지고 나와 근처에 있는 여관에 들었어. 그랬더니 그렇게 심신이 편할 수가 없더라구. 괜히 처음부터 남의 집 신세를 진 것이 뭐라고 말할 수 없이 후회가 되더라구. 그날 저녁이었어. 친구의 형이 여관으로 날 찾아와서 왜 여관으로 옮겼느냐면서 다시 집으로 들어가자고 권하더라구.

그러나 나는 잠자리가 까다로워서 그러니 그냥 내버려 두어 달라고 사정을 해서 돌려 보내버리고 말았지. 그 집에 다시 들어간다는 것은 소가 푸주간 문지방을 넘기보다 더 싫었어요. 도대체 왜 이런 일이 벌어졌을까 하고 그때 나는 미처 생각해 보지도 못했어. 다만 상대방이 나한테 불친절한 것만을 원망했을 뿐이니까. 그러나 세월이 흐르면서 어쩐지 나도 모르게 그 일이 자꾸만 머릿속에 떠오르더라고. 마치 잘

못 맺어진 매듭처럼.

이 일은 그 뒤에 내내 머리에서 떠나지 않았어. 꼭 풀어야 할 숙제처럼 말이야. 그러다가 어느 날 문득 깨달았지. 그때의 잘못은 순전히 나한테 있었다는 것을. 그때 만약 내가 일주일분 여관비의 반에 반의 액수만이라도 선물을 사는 데 이용했더라면 그렇게 냉랭한 대접은 받지 않았으리라는 것을 깨닫게 되었단 말일세.

그뿐이 아니었어. 그 생각만 나면 지금도 내 얼굴이 확 붉어진다고. 그때 나는 내 이익만 생각했지, 내가 찾아가는 집 사람들에 대한 배려는 전연 하지 않았으니 얼마나 철면피했냐 말일세. 역지사지 정신이 전연 없었던 것이지. 그때 만약 내가 조금이라도 지혜가 열려 있었다면 내 입장을 그 집 주부의 입장과 바꾸어 생각해 보았을 거야. 그렇게만 되었더라면 그런 쑥스러운 일은 벌어지지 않았을 거 아닌가?

내가 아쉬워서 신세 지러 찾아가는 주제에 덜컥 빈손으로 갔으니 얼마나 뻔뻔스러운 짓이었는가 생각해 보라구. 그것은 바로 거지 근성, 공짜 근성의 발로 그것이었지. 남에게 거지 짓을 했으니 거지 취급을 당한 것은 당연한 일이 아닌가 말일세. 그러고도 그걸 그 당시에는 조금도 깨닫지 못하고 상대방의 냉정만 탓했으니까 나는 얼마나 어리석은 인간이었는가? 이 진실을 깨닫고부터 나는 무슨 일이 있어도 구걸형 인간은 절대로 되지 말아야겠다는 자각이 일어난 거야.

구걸형 인간은 어느 때 어느 사회에서도 남에게 짓밟히고 천대밖에 받을 수밖에 없다는 것을 깨달았단 말일세. 그 대신 거래형 인간은 어디 가도 누구에게나 환영받는다는 엄연한 사실을 알게 된거라구. 도 닦는 사람은 바로 이러한 각성이 출발점이 되어야 한다구. 이 각성을 토대로 해서 호흡도 하고 단식도 하고 소주천도 하고 대주천도 하고 피부호흡도 하고 마침내 견성도 해야 되는 것이지.

이것 없이는 백날 수련을 해 보았자 말짱 다 헛수고라는 것을 알아야 한다구. 우주생명과 하나로 합쳐지는 출발점이 바로 역지사지 정신의 구현이라는 것을 알아야 해요. 역지사지 정신 다음에는 공익 정신을 추구하는 것이라구. 그러나 이러한 심경의 변화는 개개인의 의식혁명이나 자각으로 성취되어야 해요. 이것은 외부의 영향이나 압력이나 충격에 의해서 이루어지는 것은 아니라는 것을 나는 잘 알고 있기 때문에 이런 말을 누구한테 하기가 정말 조심스럽기 짝이 없어요.

그러나 우리의 목표가 인간완성에 있는 이상 부단한 자극을 주지 않을 수 없어서 이런 말을 하는 거라고. 수련자 자신의 내부에서 어떤 계기를 맞아 절실한 깨달음이 있어야 한다는 것도 잘 알고 있어요. 그러나 목표를 알고 있고 그것을 달성하기 위해서 부단한 노력을 하면 그러한 계기도 의외로 빨리 올 수 있다고 보기 때문에 이런 말을 하는 거라구."

"네, 선생님 명심하겠습니다."

강승복이 이렇게 말했지만 그 목소리에는 박제된 동물의 표본처럼 생동감이 없었다. 내 말을 제대로 소화하고 실천하려면 아직도 많은 세월이 흘러야겠구나 하는 느낌이 왔을 뿐이다.

1992년 11월 15일 일요일 7~12℃ 한때 소나기

오후 3시, 등산을 마친 후 서재에서 쉬고 있는데 전화가 걸려왔다.

"선생님 저는 오석훈이라는 젊은 회사원입니다. 얼마 전에 선생님께 전화로 장시간 대화를 나눈 일이 있는 청년입니다."

"아아, 이제 생각이 나는군. 강원도의 어떤 승려가 기운으로 암환자를 치료하다가 돈을 받기 시작하자 그 초능력이 없어졌다는 얘기를 한 일이 있죠?"

"네, 맞습니다. 선생님, 평일에는 제가 시간이 없고 오늘은 마침 일요일이고 해서 제가 시간이 나서 그러는데, 선생님 좀 찾아가 뵈올 수 있겠습니까?"

"일요일엔 손님을 맞지 않고 쉬기로 하고 있지만 사정이 그렇다니 어떻게 하겠소. 찾아오세요."

"고맙습니다. 선생님."

한 시간쯤 뒤에 과연 오석훈이라는 청년이 찾아 왔다.

"선생님 전 전국에서 도인이라고 이름난 사람들은 모조리 다 찾아가 보았습니다. 그런데 90프로 이상은 전부 다 가짜였습니다."

이렇게 운두를 뗀 그는 그동안 전국방방곡곡을 돌아다니면서 만나본 도사들의 얘기를 장시간 늘어놓는 사이에 어느덧 한 시간이나 흘러갔다.

"도인들만 찾아 돌아다닌 것이 아니고 도에 관한 책은 모조리 다 사보았습니다. 그런데 선생님께서 쓰신 『선도체험기』를 읽을 때처럼 깊은 감명을 받은 일은 없습니다."

"깊은 감명을 받았다니 구체적으로 어떤 감명을 받았는지 말해 보세요."

"정말 읽을수록 가슴에 와 닿았고 진리가 바로 이 책 속에 있구나 하는 것을 절실히 느꼈습니다. 이 책을 읽고 누구나 다 그런 감동을 받는다면 굉장한 파동이 일겠는데요. 그렇지 않겠습니까? 선생님?"

"누구나 다 이 책을 읽고 오석훈 씨처럼 감명을 받는 것은 아니예요. 인연이 있거나 지혜의 문이 어느 정도 열린 사람이라야지. 그런 사람이 『선도체험기』를 읽으면 혼이 성장하고 영격이 높아지고 기운을 느끼고 운기도 하게 됩니다. 지감, 조식, 금촉이 저절로 이루어져서 임독이 열리고 소주천, 대주천을 하게 되는 사람도 간혹 있습니다.

오석훈 씨는 지금까지 만나본 도인들의 90프로 이상이 전부 다 가짜라고 했는데, 그렇다면 나머지 10프로는 가짜가 아니라는 얘기가 아닙니까. 그중에서 가장 인상적인 도인이 누구였는지 말해 보겠어요?"

"참선하시는 곽도선(가명) 선생님을 만났을 때였습니다. 그분은 진짜 존경할 만한 분이었다고 봅니다. 그런데 오늘 김 선생님을 직접 이렇게 만나 뵈오니 그분과는 전연 다른 분위기를 느낄 수 있습니다."

"뭐가 어떻게 다르단 말인가요?"

"선생님은 책 표지에서는 강렬한 인상을 받았는데 직접 대하고 보니 온화하고 편안한 느낌이 듭니다. 이렇게 마주 앉아서 벌써 한 시간쯤 얘기를 나누다 보니 제 몸에 변화가 오고 있습니다. 물론 제가 선생님보다 말은 훨씬 더 많이 했고 선생님께서는 거의 침묵을 지키다시피 하셨는데도 제 백회에서 시원하면서도 포근한 기운이 끊임없이 들어오고 단전도 달아오르고 있습니다. 다른 도인들한테서는 이런 일이 전연 없었거든요. 그런데 선생님 오늘 제가 선생님께 큰 실례를 범한 것 같습니다."

"무슨 실례를 범했다는 거죠?"

"선생님 같은 훌륭하신 분을 만나보러 오면서도 빈손으로 왔습니다."

"곽도선 씨를 만나러 갔을 때는 어떻게 했는데?"

"그때는 과일을 한 상자 들고 갔습니다. 아쉬운 일이 있어서 누구를 찾아갈 때는 절대로 빈손으로 가면 안 되는 데, 오늘 제가 큰 실수를 저질렀습니다. 선생님 용서하십시오."

"아니 용서고 뭐고 할 게 있나요. 이 자리에서 그런 것을 깨달았다는 것 자체가 나에게는 과일 한 상자보다 더 귀중한 선물이 되는데."

"누구를 찾아가든 상대방을 먼저 생각해야 되는 건 데, 오늘 저는 저 자신만 생각하고 선생님이 찾아오는 손님을 맞이하는 입장은 전연 생각지 못했습니다. 이것은 제가 이기주의에서 아직 탈피하지 못했다는 증거입니다."

"이기주의에서 탈피하는 것이 도의 첫 걸음입니다. 그렇다면 오석훈 씨는 오늘 이 자리에서 정말로 구도의 첫걸음을 내디딘 것이 되는구만. 축하할 일이군요."

"선생님 정말 감사합니다. 그럼 선생님 저서라도 몇 권 사 가겠습니다."

그는 『선도체험기』 9권과 10권 그리고 『소설 한단고기』 상하권을 사 가지고 갔다.

여교사의 죽음

1992년 11월 17일 화요일 0~12℃ 구름 조금

오후 2시. 중학교 미술 교사인 윤미순 씨의 남편인 이한용 씨가 찾아와서 느닷없이 "어멈(윤미순 씨)을 대신해서 큰절부터 올리겠습니다" 하면서 절을 했다. 이상한 생각이 들어 그의 얼굴을 찬찬히 살펴보았다. 부석부석하고 눈자위가 약간 부어 있었다.

"아니 그럼 윤미순 씨가 어떻게 됐다는 말입니까?"

"정말이지 선생님 뵈올 면목이 없습니다. 지금도 지난 10월 20일에 어멈하고 같이 왔을 때 선생님께서 병원에 가면 죽는다고 거듭 간곡하게 경고하시던 말씀이 제 귀에 쟁쟁합니다. 그런데 그 선생님의 말씀을 어기고 끝내 병원에 가는 바람에 어멈이 죽었습니다."

"저런, 아니 도대체 어떻게 된거요? 내가 그렇게도 병원에 가면 죽는다고 입이 닳도록 말을 했는데 끝내 병원엘 갔단 말요?"

"사실 저에게 입이 백 개 있어도 선생님께 할 말이 없습니다. 저희들이 어리석고 미거해서 이런 낭패를 저질렀습니다. 선생님에게 대한 믿음이 흔들려서 그렇게 됐습니다."

"아니 도대체 왜 병원엘 갔습니까?"

"하도 주위의 눈총이 따가워서 도저히 더이상 버티려고 해도 버틸 수가 없었습니다. 아니 그렇지도 않습니다. 솔직히 말씀드려서 제가 어리석었습니다. 만난을 무릅쓰고라도 끝까지 버텨야 하는데 제가 무지몽매해서 멀쩡한 어멈을 잃었습니다."

"도대체 언제 그런 일이 있었단 말요?"

"어멈이 숨진 것이 11월 10일이었으니까 꼭 일주일쨉니다. 장례 치르고 화장하고 대강 뒷마무리 끝내고 지금 오는 길입니다. 아직도 저는 꼭 꿈을 꾸고 있는 기분입니다. 도대체 어떻게 이런 일이 있을 수 있는지 저는 알 수가 없습니다."

"할 수 없지 어떻게 하겠소. 자녀는 몇이나 되오?"

"일곱 살 난 딸이 하나 있습니다."

"그 애가 불쌍하게 됐군. 시간이 흐르면 남편인 이한용 씨는 충격도 가라앉고 새 삶을 시작할 수 있겠지만 아이만은 어미 없는 설움 속에 평생을 살게 될 테니까. 죽음이란 생명의 형태만이 바뀐 것일 뿐 영혼은 그대로 영생을 하는 것이니까 너무 슬퍼만 하지 마세요. 그건 그렇고 도대체 어떻게 돼서 그런 일이 일어났는지 자세히 좀 얘기해 보시오."

"어멈이 낙태를 한 뒤에 벌써 몇 달 동안 병가를 얻어서 학교를 쉬면서 치료를 해 오지 않았습니까?"

"그랬죠. 난 첨부터 좀 이상하다 생각했어요. 더구나 윤미순 씨 친정 아버님 되시는 분이 은퇴한 양의사였다면서요. 그런 아버님을 가진 분이 어떻게 병원엘 안 가고 생식이나 선도수련으로 병을 고치려 하나 하고 이상하다고 생각했었다구요."

"신장병엔 병원에서도 별 수 없다는 것을 알고 있었기 때문이었죠. 벌써 석 달 이상이나 병원엘 다녀 보았지만 조금도 나아지지 않으니까 선도와 생식 쪽으로 관심을 갖게 된 것이죠."

"일단 그랬으면 끝까지 밀고 나갈 것이지 뭣 때문에 마음이 그렇게 왔다 갔다 흔들렸습니까?"

"바로 그겁니다. 그것만 생각하면 지금도 제 머리를 쥐어뜯고 싶도록 미치고 환장을 할 것 같습니다. 이것이 옳다고 일단 생각했으면 주위에서 누가 뭐라고 해도 끝까지 밀고 나갔어야 하는 건데. 그걸 못 하고 주위의 눈총과 압력에 그만 굴복한 것이 화근이 되었습니다."

"도대체 주위의 눈총과 압력이라니 뭘 말하는 건지 좀 자세히 알아듣게 말씀해 보세요."

"첫째는 장인 장모가 어떻게 심하게 눈총을 주는지 도저히 견딜 수가 없었습니다. 내일 모레면 학교에 복직이 되는데, 아직도 어멈 얼굴이 부석부석 부어 있었거든요. 그걸 문제삼은 겁니다."

"얼굴이 부석부석한 것은 명현반응 때문에 낫느라고 그런 겁니다. 얼굴이 붓는 것은 일시적인 현상이고 맥은 인영과 촌구가 거의 같아졌습니다. 음양이 거의 균형을 이룬 겁니다. 원래 인영이 6·7성이었는데, 거의 다 나은 것이나 다름이 없었어요. 조금만 더 기다리면 정상을 회복하는 건데. 참으로 애석하군요.

그래서 지난 10월 20일에 마지막으로 우리집에 왔을 때도 이런 일이 있을 것 같아서 병원에만 안 가면 살 수 있다고 여러 차례 말하지 않았어요. 병원 의사들은 선도가 무엇 하는 것인지도 모르고 경혈도 모릅니다. 기문이 열려서 선도수련을 하고 오행생식을 하는 사람은 일반 사람과는 생리현상이 판이하다는 것을 양의사들은 전연 모릅니다. 물론 이런 문제를 연구하려고 관심을 가지는 사람도 없구요. 이런 문제에 관심을 기울이려면 그들 스스로 선도수련을 해 보고 경혈학도 공부하고 오행생식도 해보아야 하는데 과학만능주의만 철석같이 신봉하는 그 사람들이 그런 일을 하겠습니까? 그러니까 병원에는 절대로 가면 안 된다고 그렇게 입이 닳도록 간청을 하고 당부를 했건만 끝내 듣지 않고 이런 비극을 초래했군요."

"선생님 정말 선생님 찾아뵈올 면목이 없습니다."

그는 얼굴이 땅에 닿게 머리를 조아렸다. 그러나 무슨 소용이 있으랴.

"그래 얘기를 계속하세요."

"장인 장모님은 자기 딸이 몇 달 동안이나 신장염으로 학교에서 병가까지 얻어가며 요양을 했는데도 복직을 앞두고 얼굴이 그 지경이니 더구나 양의사였던 장인의 입장에서는 병원에 안 간 것이 원망스럽기도 했을 겁니다. 지금이라도 늦지 않으니 빨리 병원에 가라고 얼마나 성화를 하고 눈총을 주는지 몰랐습니다. 심지어 절보고는 돈이 아까워서 자기네 딸을 병원에 안 데려 간다고까지 푸념을 늘어놓았습니다.

장인 장모에게서 하도 떼끼고 나니까 정말 우리가 하는 짓이 잘하는 일인지 못하는 일인지 어리벙벙하기까지 했습니다. 그러나 아직은 완전히 병원으로 가자는 쪽으로 우리 부부의 마음이 기울어진 것은 아니었습니다. 그런데 내일 모레 출근을 앞두고 인사차 우리 부부가 학교에 찾아갔을 때는 정말 더이상 참아내려 해도 참을 도리가 없었습니다."

"그렇다면 학교 당국자들도 병원 타령을 하던가요?"

"더 말해 무엇 하겠습니까? 그 사람들은 병원에만 가면 무조건 무슨

243

병이든지 다 낫는 걸로 알고 있습니다. 교감이니 교장이니 하는 사람들이 아내의 얼굴을 보고는 대뜸 남편인 저한테 화살을 쏘는 것이었습니다. 도대체 남편이라는 사람이 자기 아내를 죽이기로 작정을 한 것이 아니냐고 반문하는 투였습니다. 아니 저렇게 되도록 병원엘 안 데려간 이유가 무엇이냐는 겁니다. 그래서 신장염은 병원에 가 보았자 별 신통한 수가 없다고 말했지만 그 사람들은 제 말을 전연 믿으려 하지 않았습니다.

그 사람들은 마치 무슨 난치병이든지 병원에만 가면 다 고치는 줄 착각을 하고 있더라고요. 그래서 제가 아무리 설명을 해도 귀를 기울이려고 하지 않는 겁니다. 그리고 한다는 소리가 남편이라는 작자가 얼마나 구두쇠면 마누라를 저 지경이 될 때까지 병원엘 데리고 가지 않았느냐는 투로 병원 만병통치론을 또 장황하게 피력하는 것이었습니다.

사람의 심리란 참으로 묘한 데가 있습니다. 선생님 앞에 와서는 선생님 말씀이 백번 옳은 것 같다가도 장인 장모나 학교 당국자들 앞에 서면 그 사람들 말이 또 옳은 것 같은 느낌이 드는 것이었습니다. 장인 장모 앞에서는 그래도 반신반의하는 편이었는데 학교 교감과 교장이 쌍지팡이를 짚고 대드는 데는 도저히 어쩔 수가 없었습니다. 누구나 흰 것을 검다고 하면 믿지 않습니다. 그러나 만나는 사람마다 다 흰 것을 검다고 주장하면 처음엔 의아해하다가 자꾸만 그런 말을 들으면 혼란이 일어나 나중에는 흰 것을 검은 것이라고 믿게 된다고 히틀러 독일의 게벨스라는 선전상이 말했다는데 그 말이 과연 옳은 것 같았습니다.”

"아니 그걸 말이라구 하는 거예요. 백 명이 아니라 천 명이 아니 이 세상 사람이 다 미쳐버려도 나 하나만은 절대로 미치면 안 된다는 신념이 있으면 무엇 때문에 그렇게 마음이 흔들린다는 말입니까. 남의 물건을 훔치는 짓을 비록 만 사람이 다 옳다고 해도 나만은 옳지 않다고 생각한다는 신념이 확고하다면 무엇 때문에 마음이 흔들립니까?"

"선생님 말씀이 백번 옳습니다. 그때 저는 비록 돈이 아까워서 자기 마누라를 병원에 안 데려갔다는 누명을 쓰는 한이 있더라도 절대로 병원에는 데리고 가지 않는 건데, 선생님에 대한 제 믿음이 흔들린 것이 주원인이었습니다."

"그렇게 말하지 마세요. 어떤 사람에 대한 믿음이 중요한 것이 아니라 진실에 대한 믿음이 더 중요한 것입니다. 신장염은 현대의학에서는 난치병으로 분류해 놓고 있습니다. 겨우 투석이라는 대증(對症) 요법 정도밖에 못한다는 것은 세상이 다 아는 일인데 그런 줄을 뻔히 알면서도 병원을 택했다는 것은 기름통을 안고 불속으로 뛰어든 것과 무엇이 다릅니까?"

"결과적으로는 그렇게 되었습니다, 선생님. 저 자신뿐만이 아니고 어멈도 주위의 눈총이 하도 심해서 마음이 흔들린 것은 사실입니다."

"그럼 둘이서 의논 끝에 병원에 가기로 결정했다는 말입니까?"

"네, 사실 어멈도 하도 앓기도 지겨워서 친정 부모며 학교 당국자들이 하도 강하게 나오니까 어쩌면 병원에라도 가면 나을지도 모른다는 착각이 일어났던 것은 사실입니다. 그래서 하루는 어멈도 하도 성화를 부리니 그럼 이번에 마지막으로 한번 병원에 가볼까 하는 쪽으로 기울어졌죠."

"그런 때 나한테 전화라도 한번 걸 것이지."

"일을 당할려구 그랬는지 그땐 미처 그런 생각도 하지 못했습니다."

"그런 게 아니구 나한테 전화해 보았자 또 병원에 가면 죽는다고 펄펄 뛸 테니까 그냥 슬쩍 넘어가버린 거겠지 뭐."

"선생님 말씀이 맞습니다. 이제 와서 그런 거 숨겨 봤자 뭘 하겠습니까?"

"그래서 어떻게 됐어요."

"장인이 제일 신임하는 후배라는 사람에게 찾아갔죠. S대학 의과대학을 우수한 성적으로 졸업한 무슨 박사라는 사람입니다만. 그 박사는 장인한테 사전에 연락을 받았는지 제법 친절하게 대하는 것 같았지만 제 눈에는 꼭 악마와도 같았습니다."

"그래 병원에서는 어떤 조치를 취하던가요?"

"사실 그 의사는 전에도 쭈욱 상대해 오던 사람입니다. 우리가 찾아가니까 새로 진찰을 할 생각도 않고 그전에 만들어 놓았던 진찰 카드만 들여다 보더니 곧 수술을 하자고 하는 겁니다."

"수술이라니 무슨 수술을 했습니까?"

"그걸 투석(透析)이라고 하데요."

"아니 그럼 새로 진찰도 안 해 보고 무조건 수술부터 착수했단 말입니까?"

"네, 3개월 전엔가 왔었는데, 그때 작성된 카드를 보고는 곧 수술에 착수한 겁니다."

246

"아니 그렇다면 그 3개월 동안에 내가 보기에는 많은 변화가 있었는데, 그걸 전연 무시하고 수술부터 착수했다는 말인가요?"

"그게 저도 좀 불만이었습니다만 장인이 철석같이 믿는 후배라고 하는데야 뭐라고 항의를 할 수도 없더군요. 이제 보니 신장염에는 어느 정도 기간이 지나면 으레 투석이라는 수술을 하는 모양입니다."

"그건 어떻게 하는 수술인데요."

"여기"를 하고 그는 자신의 왼쪽 쇄골 부위를 가리켰다. "바로 여기를 째고는 동맥을 꺼내어 둘로 잘라내어 한 가닥은 투석기(透析器)를 통과하게 하여 신장의 피를 맑게 거르는 모양입니다. 그건 아주 공식화되어 있는 수술법인 것 같습니다."

"이제 생각나는데 전에 누구한테서 들으니까 그렇게 해 보았자 약해진 신장의 기능을 강화시키는 것은 아니고 그저 일시적으로 기계가 신장이 하는 일을 대신해 줄 뿐이니까 신장 기능이 완전히 정지하는 바람에 신장염이 낫는 일은 없다고 하던데. 그렇지 않겠나 생각해 보세요. 신장이 하는 일을 기계가 대행해 주는 거니까 말입니다. 그건 근본 치료가 아닙니다. 더구나 윤미순 씨는 내가 보기에는 이제 병은 한 고비 넘기고 거의 다 나을 단계에 접어든 것이 확실한데 공연한 일을 했군요.

더구나 세밀한 진찰도 해 보지 않고 3개월 전에 만들어 놓은 진찰 카드만 보고 수술부터 착수했다는 것은 아무래도 무책임한 짓을 저지른 것 같습니다. 그렇다고 해서 투석이라는 수술이 탁월한 효능이 있는 것도 아니고 그저 임시변통만 하는 정도인데, 투석기를 오래 달고 있으면 대개가 신장 기능은 정지되어 결국 신장 이식수술을 받아야만 합니다.

그럼 신장 이식수술을 받으면 또 완전한가 하면 그것도 장담할 수가 없는 것이 실정입니다. 성공률은 반반이라는 거예요. 도대체 그런 위험한 수술을 그렇게 태연히 자행한다는 것 자체가 말이 됩니까? 더구나 수술을 하여 동맥을 끌어냈다는 그 쇠골 부위에는 신경(腎經)에 속하는 유부라고 하는 중요한 경혈이 있거든요. 그 경혈이 파괴되면 무슨 사고를 당할지 모르는데 그렇게 함부로 몸에 칼을 들이대면 어떻게 하겠다는 말입니까?

하긴 양의사들은 경혈이니 경락이니 하는 인체를 흐르는 혈관보다 더 중요한 기의 통로 자체를 부인하고 있으니 더 말할 것은 없습니다만. 양의사들은 경락을 인정하지 않습니다. 그 이유는 육안으로 보이지 않기 때문이라는 겁니다. 그렇다면 눈에 보이지 않는 마음은 어떻게 인정을 하는지 모르겠습니다. 현대의학의 맹점이 바로 이런데 있어요.

전기가 눈에 보입니까? 보이지 않죠. 그러나 전기로 인한 여러 가지 현상은 눈에 보입니다. 공기가 눈에 보이지는 않지만 공기가 없으면 사람은 당장 숨 막혀 죽어버립니다. 기가 눈에 보이지는 않지만 전자현미경이나 방사선 추적 장치로는 얼마든지 보입니다.

또 비록 눈에는 보이지 않지만 기의 흐름이 막히거나 약하면 병에 걸리게 됩니다. 공기가 없으면 질식하는 것과 기가 약하면 병에 걸리는 것과 무엇이 다릅니까? 그런데도 양의사들은 기를 인정하지 않으니까 인체에 엄연히 존재하는 기의 통로인 경락을 무시하는 겁니다. 그러니까 수술을 하든가 주사를 맞다가 경맥이 끊어져 갑자기 환자가 사망하는 원인을 모릅니다. 내가 보기에는 쇄골 부위에 수술을 하여 동맥을 끌어낼 때 그 근처를 지나가는 신경맥을 크게 상한 것 같습니다."

"좌우간 어떻게 됐는지는 모르겠는데, 동맥을 꺼내어 잘라서 투석기에 연결하고 수혈을 시작하자 얼마 안 되어 심전도(心電圖)에 비치던 맥박이 뚝 그치는 겁니다. 그때 이미 숨은 멎어 있었습니다. 그래서 병원에서 할 수 있는 응급조치는 다 취하고 인공호흡까지 했는데도 끝내 소생하지 못하고 말았습니다. 처음에 쇼크를 일으키어 심전도의 그래프선이 뚝 떨어지자, 저도 모르게 어멈의 팔을 제가 만져주니까 반짝하고 그래프선이 다시 올라갔다간 손을 떼니까 뚝 떨어지더군요.

의사는 쇼크를 일으키기 직전의 어멈의 피를 유심히 보더니 고개를 자꾸만 갸웃거리면서 신장염 환자 쳐놓고는 피가 이렇게 맑을 수가 없다고 하면서 아무래도 이상하다고 하더군요."

"그럴 수밖에요. 맥으로 볼 때는 윤미순 씨의 신장염은 거의 다 나아가고 있었으니까. 그렇다면 왜 그렇게 윤미순 씨의 피가 맑은지 의사는 설명을 해 주던가요?"

"자기도 왜 그런지 모르겠다면서 자꾸만 고개만 갸웃거리다가 학회에 보고할 자료가 하나 생겼다고 좋아하더군요."

"아니 그럼 사람이 죽어가는 원인은 규명할 생각을 않고 학회에 보고할 거리가 생겼다고 좋아했다는 말이예요. 뭐예요?"

"기가 막혀서 말이 제대로 나오지 않습니다. 어멈이 숨을 거둘 때는 사실 얼굴이 몹시 부어 있었는데도 영안실에 갔다가 염할 때 보니 부기가 싸악 빠지고 꼭 건강할 때처럼 평화롭게 잠자는 모습 그대로였습니다. 그래서 영안실 관리인이 다 깜짝 놀라더군요."

"그건 윤미순 씨의 선도수련이 비록 병중이긴 하지만 상당한 경지에 올라 있었다는 걸 말해주는 겁니다. 수련이 높아질수록 운기가 활발해지고 그럴수록 수련자의 육체는 보통 사람과는 다른 양상을 나타냅니다. 내가 보기엔 윤미순 씨는 수련이 좀 더 진행되었더라면 시해(尸解)를 할 수 있었을 겁니다.

시해를 하는 사람들은 숨이 끊어진 뒤에도 최소한 3개월에서 몇 년까지 시신이 전연 부패하지 않는 수도 있습니다. 몇 해 전엔가 로스엔젤리스에서 운명한 인도의 유명한 요기인 요가난다는 사망 후 1개월이 지났는데 평화롭게 잠자는 모습 그대로였고 시신은 조금도 상하지 않았다고 합니다. 우리나라에도 고승이나 신선이나 선인들 중에 그런 사람이 얼마든지 있었습니다."

"어멈이 그렇게 간 뒤에 저도 더이상 살고 싶지 않아서 며칠 동안 아예 곡기를 끊었습니다. 어멈의 뒤를 따르려고 정말 결심을 단단히 했었습니다. 그런데 어머니가 하도 눈물을 흘리면서 애원을 하는 통에 단식을 그만두었습니다. 그런데, 어머니가 쑤어오신 죽을 먹다가 갑자기 체하는 바람에 장이 꼬여서 복통으로 죽을 고생을 했습니다. 식구들이 총동원되어 병원으로 데려가려고 했지만 병원엘 가면 저까지도 꼭 죽을 것만 같아서 끝까지 병원엔 가지 않고 버티었더니 저절로 낫더군요. 선생님 이건 참 이상한 일입니다.

꿈에라도 한번 어멈을 꼭 보았으면 좋겠는데 어쩌면 운명한지 일주일 되도록 꿈에조차 한 번도 나타나지 않는지 모르겠습니다. 전 어멈이 하도 불쌍해서 밤잠을 거의 못 이루고 있는데도 말입니다. 죽어서나 좋은 데로 가야 제 맘이 좀 안정이 되겠는데 말입니다."

장이 꼬였을 때 병원에 가면 즉각 수술을 했겠지만 자연치유력이 발동되어 무사했던 것이다. 그렇지 않아도 이한용 씨가 나를 찾아오겠다고 전화를 두 시간쯤 전에 했을 때부터 내 인당으로는 윤미순 씨의 영이 들어와 있었다. 이한용 씨가 이런 말을 하는 것을 듣고 영안으로 보니 윤미순 씨의 모습이 보였다. 그런데 평소에 우리집에 찾아 왔을 때의 옷차림이 아니었다. 꼭 불교 사찰의 탱화에 보이는 관음보살상 비슷한 옷차림이었다. 이한용 씨가 그녀가 불쌍하다는 말을 하는 순간 오히려 평화롭고 환한 얼굴로 남편이 오히려 측은하다는 표정을 짓고 있었다.

"걱정하지 마세요. 지금 윤미순 씨의 혼령이 나한테 들어와 있는데 이한용 씨를 오히려 불쌍하게 여기는 표정입니다. 그런 걱정은 하지 않는 게 좋겠습니다. 육체의 죽음은 생명의 존재 양상이 그 형태를 바꾼 것일 뿐 생명 자체가 없어지는 게 아니고 도리어 이를 계기로 그 지위가 향상될 수도 있습니다. 윤미순 씨는 물질적인 육체를 벗어난 것을 오히려 홀가분해 하는 그런 표정입니다.

내가 보기엔 이한용 씨가 그분을 그렇게 불쌍하게 여길 만한 위치에 있는 것은 아니니 안심하세요. 도리어 아내를 잃고 애통해하는 이한용 씨를 그분은 계속 측은한 눈으로 바라보고 있습니다."

이런 얘기를 나누는 동안 윤미순 씨의 혼령은 30분쯤 더 머물러 있다가 내 백회를 통하여 하늘로 높이 떠올라가고 있었다. 천도가 된 것이다. 다 된 음식에 코 빠뜨린다더니 이게 무슨 낭패란 말인가. 심혈을 기울여 애쓴 끝에 완성되어 가던 걸작품을 갑자기 도적맞은 기분이다. 하도 약이 올라서 밤잠이 오지를 않았다. 나 역시 윤미순 씨의 사망에 충격을 받은 모양이다. 제자의 죽음이 이처럼 심적인 고통을 몰고 올 줄은 미처 예상치 못했던 일이었다. 그러나 윤미순 씨 자신의 생명력은 이를 계기로 한층 향상되었음을 부인할 수 없었다. 이것은 나에겐 위안이었다.

선도 수행자와 병원 문제

1992년 11월 19일 목요일 7~11℃ 가끔 비

윤미순 씨의 사망 소식을 들은 지 벌써 이틀이 지났건만 그 충격에서 아직도 벗어나지 못하고 있었다. 선도수련을 하는 사람이 위험에 빠지는 것은 바로 병원 때문이다. 나는 과거에도 이 병원 문제 때문에 수련생들과 많은 갈등을 겪은 경험을 가지고 있다. 그중의 한 사람이 임선희 씨다.

그녀는 92년 1월 상순부터 2월 상순까지 근 한 달 동안 거의 매일 같이 우리집에 찾아와서 수련을 한 열성파다. 그동안에 수련도 많이 향상되어 장래가 촉망되는 재목으로 간주되고 있었다. 남편과 함께 수련을 했는데, 남편의 수련을 리드해 가고 있었다. 지금껏 우리집에 출입한 수많은 여자 수련생들 중에서 가장 빠른 향상을 보여 왔다. 그녀는 독학으로 대학을 졸업했고 여군 장교생활까지 한 경험이 있는가 하면 몇 개의 대기업체에 근무한 일까지 있는 드물게 보이는 유능하고 진취적인 여성이기도 했다.

그런데 바로 이 병원 문제로 나한테 꾸중을 듣고는 일체 발을 끊고 지내오고 있었다. 윤미순 씨가 그 지경이 된 지금 그녀에게 전화라도 해 보고 싶은 생각이 불연듯 치밀었다. 스승이 제자의 잘못을 좀 호되게 나무랄 수도 있는 일인데 그녀는 바로 이것을 고깝게 여겼던지 그

후 8개월의 세월이 흘렀건만 한번도 찾아오기는 고사하고 안부전화 한 번 걸어온 일도 없었다. 나 역시 좀 궁금하기는 했지만 그녀에게 전화 한번 걸어본 일이 없었다. 그러나 막상 전화를 하기가 좀 쑥스럽고 망설여졌다. 그녀는 문학적인 소질도 있어 글 솜씨도 제법 있었다. 언젠가 그녀가 나에게 써준 편지가 생각나 뒤져 보았다.

김태영 선생님.

제 수련이 이제 어느 정도 수준에 올랐다니, 다 선생님 덕분입니다.

선생님의 은혜에 조금이라도 보답해드리고 싶던 차에 일전에 등산복 차림으로 앉아 계시는 선생님 모습이 제 눈에 띄어 잘되었구나 싶었습니다. 편안한 바지를 하나 사 드리면 되겠구나 하고 생각되어 말씀드렸더니 한사코 마다하시니, 선생님이 싫으시다면 사모님이라도 신으시게 구두표 한 장을 장만했습니다. 부디 사양 마시고 받아 주시면 감사하겠습니다.

앞으로 연희 아빠의 수련도 도와 주셔야 하지 않겠습니까? 언제나 선생님의 수준에 이르게 될지 아득하게 느껴집니다.

선생님의 소탈한 성격이라든지, 선량하게 웃으시는 모습, 성품, 말투, 월남하시어 숱한 애환을 안고 살아오신 것 등등이 돌아가신 친정 아버님과 흡사해서 선생님을 대하면 아버님에 대한 가슴 아픈 추억이 자꾸만 되살아나곤 했어요.

뭐랄까, 왠지 모르겠지만, 선생님은 몇십 년 함께 살아온 아버님 같은 느낌이 들었습니다. 이것도 일종의 미망이겠지요. 이런 모든 느낌에서 벗어날 때, 큰 깨달음을 얻게 되겠지요.

그리고 선생님의 단편집 『살려놓고 봐야죠』를 읽으면서 작가로서의 선생님에 대한 눈 뜨임이 새로웠습니다. 김유정과 최일남을 섞어 놓은 스타일이라 할까요. 이렇게 순수문학을 하셨던 경험이 있으신 것을 알고 나니 존경스러움이 더해집니다. 특히 '산놀이'나 '거위와 더불어' 등은 교과서에 실린 고전적 작품인, 김동인이나 황순원 선생의 작품 못지않다는 생각이 들었습니다. '거위와 더불어'를 읽고는 이미 선생님은 어려서부터 신성이 있었다는 생각이 들었습니다. 아무튼 여러 가지로 부러웠습니다.

선생님 저도 언젠가는 선생님처럼 후배들을 위하여 선생님과 같은 입장에 서게 될 것이라고 생각됩니다. 그때 저는 제게 떨어진 사명을 완수하기 위해서라면 전심전력을 다할 결심입니다. 그것이 제게 길을 열어주신 선생님의 은혜에 보답하는 길이겠지요. 그러나 아직은 멀고도 요원한 일입니다. 앞으로도 종종 선생님의 가르침을 부탁드리는 바입니다. 그 은혜는 평생 잊지 않겠어요.

1992년 4월 6일 임선희 올림

그녀가 쓴 이 편지를 읽고 나니 그녀의 안부가 더욱더 궁금했다. 마침내 전화를 걸었다.

"여보세요."

낯익은 그녀의 목소리가 들려 왔다.

"안녕하십니까. 김태영입니다."

"네엣! 아니, 어떻게 선생님께서 전화를 다 주셨어요?"

"내가 전화를 하면 안 되나요?"

"그런 건 아니지만 하도 갑작스런 일이어서?"

나는 최근 윤미순 씨가 사망한 사연을 얘기하고 나서

"혹시 임선희 씨가 또 병원에나 가지 않았나 해서 걱정이 돼서 전화를 걸어 본 겁니다."

"그러셨어요? 그때 선생님한테 뜻밖의 꾸중을 들은 이후로는 병원엔 가지 않았습니다."

"명현반응으로 심장이 몹시 두근거려서 죽을까 봐 겁이 나서 병원에 가서 종합진단을 받았다고 했죠? 임선희 씨는 정말 하늘이 도와서 그때 수술을 하지 않은 겁니다. 그때 수술을 했더라면 윤미순 씨처럼 될 뻔했는데, 그게 지금 생각해도 정말 다행입니다. 그때 난 심장이 약하니까 쓴 음식을 많이 들라고 했었죠?"

"네."

"커피는 많이 들어도 괜찮다고 했는데 그때 한 가지 빼놓은 게 있었어요."

"그게 뭔데요?"

"심장이 약한 사람은 뜨거운 커피는 좋지 않은데 그 말을 미처 못 했었어요. 커피를 드시되 식혀서 드세요."

"네 잘 알겠습니다."

"그래 수련은 꾸준히 하고 계십니까?"

"네, 그저 하다가 말다가 그래요."

"그럼 되겠어요? 열심히 전력투구를 해야지. 누구한테 들은 얘긴데 그때 병원에 갔다고 내가 너무 심하게 전화로 나무라는 바람에 충격을 받았다면서요. 나는 그럴 줄은 모르고 또 병원에 가서 잘못될까 봐 걱정이 앞서서 그랬는데, 지금 생각하니 상대방 생각은 않고 일방적으로 너무 심하게 나온 것 같아서 미안합니다. 정식으로 사과할 테니 노여움은 푸세요."

"다 지난 얘긴걸요."

"애기 아빠는 어떠세요?"

"잘 지내고 있습니다."

"수련도 열심히 하시고?"

"네, 뭐 조금씩 제가 시키고 있습니다."

전화로 얘기하는 중에 금방 그녀와는 기운줄이 연결되었다. 운기를 해보니 그녀의 왼쪽 어깨 아래 소장경엔 아직도 통증이 남아 있었다. 지난 3월 달과 비교해서 달라진 데가 전연 없었다. 다시 말해서 그녀의 수련은 그 지점에서 정체 상태에 빠져 있는 것을 알 수 있었다. 그리고 그녀의 기운도 그때에 비교해서 조금도 맑아지지 않았다.

"『선도체험기』도 계속 구입해서 읽고 계십니까?"

"7권까지밖에는 읽지 못했습니다. 그 뒤로도 책이 나왔나요?"

"그러니까 수련은 그 시점에서 중단이 되었군요. 수련은 자기 이외의 누구를 위한 것이 아닙니다. 바로 자기 자신의 생명력을 향상시키는 것인데, 그만한 일에 수련을 중단하시다뇨. 임선희 씨는 바로 그 아집이 큰 장애가 되고 있다는 것을 아십니까?"

"네, 잘 알고 있습니다. 그런데도 그걸 극복하기가 힘이 듭니다. 죄송합니다."

"저에게 죄송해 할 것은 조금도 없고 자기 자신의 자성에게 죄송하게 생각하셔야죠. 제 도움이 필요할 때는 언제든지 전화하세요. 처음에 저를 찾았을 때와 같이 말입니다."

"네, 그러겠습니다."

수련이 발전하려면 늘 자신과의 싸움에서 이겨야 한다. 그녀에게는 바로 이 아상(我相)의 벽이 너무 높아서 아직도 상당한 시간과 노력이 기울여져야만 할 것 같다. 그 일은 자기 자신 이외에는 아무도 간여할 수 없는 힘겨운 싸움이다. 이 싸움에서 이기는 사람만이 큰 성과를 기대할 수 있을 것이다.

수련은 또한 기분에 좌우되어서도 안 된다. 초지일관 이 세상 마칠 때까지 아니 이승에서 못 다하면 내세에라도, 내세에서 못 끝내면 그 다음 생애에라도 성통공완할 때까지 잠시도 쉬지 않고 지속적으로 꾸준히 밀고 나가야 한다. 괴로우나 즐거우나 감정에 구애받지 않고 끝까지 관철하고야 말겠다는 굳건한 의지가 없이는 함부로 달려들어서는 안 된다. 그런데도 실제로 나를 찾는 사람들의 95프로는 일시적인 호기심이나 기분이나 감정에 좌우되어 얼마 동안은 문지방이 닳도록 열심히 다니다가 어떤 계기로 시들해지면 주저앉고 만다.

이런 식으로 수련을 하려면 아예 처음부터 시작하지를 말았어야 한다. 수련을 하다가 그만두는 사람들을 가만히 살펴보면 거의가 다 자기 한계를 뚫지 못하고 좌절하고 만다. 도 닦는 일은 처음부터 자기 한계를 한 겹 한 겹 뚫는 돌관 작업이라는 것을 알아야 한다. 어떤 때는 참으로 아까운 재목이 인내력의 부족으로 어이없이 중도 탈락하는 것을 보게 된다. 만약에 가르쳐주는 사람에게서 실력의 한계를 느끼고 물러난다면 나는 얼마든지 환영이다. 그렇다면 나에게서 떠난 뒤에라도 열심히 혼자서라도 수련을 해야 하는데 그렇지 못하고 그대로 주저앉아버리니 안타까운 일이 아닐 수 없다.

순수하게 배우는 사람의 입장에서는 스승이 비록 변덕을 부리고 횡포를 일삼는 한이 있더라도 꾹 눌러 참고 스승이 가지고 있는 모든 것을 물려받을 때까지 발길로 걷어채이는 한이 있더라도 물러나지 않는 끈질긴 데가 있어야 한다. 까딱하면 윤미순 씨처럼 병원에 가서 사망할 위험이 있어서 그것을 힘주어 경고한 것을 가지고 자존심에 충격을 받았다고 수련을 중단한다면 수련 자세가 처음부터 잘못된 것이 아니었는지 곰곰이 되새겨보아야 할 것이다.

진허(眞虛) 도인

1992년 11월 20일 금요일 0~7℃ 한두 차례 비

오후 2시. 내가 장기간 거래하고 있는 모 출판사 사장의 소개를 받은 매우 희귀한 손님이 찾아 왔다. 선호(仙號)를 진허(眞虛)라고 했으니 진허 도인이라고 해 두자. 52년생이라니까 41세, 중고등학교 교사 출신이고 지금은 초등학생들의 과외수업을 위한 학원을 운영하고 있다고 한다. 그가 나를 찾아온 목적은 나한테서 수련을 도움받자는 것이 아니고 도장을 하나 개설할 계획인데 내 협조를 구하자는 것이었다.

"도장을 차려 수련자들을 양성할 작정을 하신 모양인데, 그렇다면 상당한 수련을 쌓으셨겠네요."

"네, 이젠 입전수수(立廛垂手)할 때가 되어서 도장을 차리려고 합니다."

"입전수수라니 그렇다면 이젠 완전히 도를 이루셨다는 얘기가 아닙니까?"

"그렇습니다."

그는 이렇게 자신 있게 대답했다. 도에 관한 한 이렇게 당당하게 나오는 사람을 나는 아직 만나본 일이 없었다.

"그러세요. 그럼 수련을 많이 하셔서 깨달음을 얻으셨다는 얘기가 아닙니까?"

"아무렇게나 생각하셔도 좋습니다."

"그럼 실례지만 어떻게 수련을 하셨는지요? 어느 스승한테 배우셨는지 말씀해 주실 수 있겠습니까?"

"전 이 세상에 육신을 갖고 살아 있는 사람에게서 도법을 전수받지는 않았습니다."

"아니 그렇다면 신명계의 어느 스승한테 배우셨다는 말입니까?"

"맞습니다."

"그렇다면 어느 분에게서 무엇을 전수받으셨다는 말씀입니까?"

"삼허대사(三虛大師)한테서 현묘지도(玄妙之道)를 전수받았습니다."

"삼허대사라뇨? 그런 분이 우리 역사상에 등장한 일이 있습니까?"

"그렇지는 않습니다. 그것은 그분 스스로가 밝히신 것이고 실제로 역사상에선 누구를 가르키는지 확실치 않습니다."

"어느 시대 분인데요?"

"나말여초(羅末麗初)에 사시던 분입니다."

"나말여초에 이름난 승려에는 도선대사가 있지 않습니까?"

"혹시 그분이 아니신지 모르겠습니다."

"그렇다면 그게 불교지 어떻게 현묘지도가 될 수 있겠습니까?"

"그렇지 않습니다. 우리나라 불교 속에는 현묘지도의 맥이 흐르고 있습니다. 참선법을 집대성하신 신라 때의 천태지자대사(天台智者大師)도 실은 현묘지도 수련법을 책으로 정리해 놓으셨습니다."

"그래요. 처음 듣는 얘기군요. 그렇다면 진허 도인께서는 얼마나 수련을 하셨습니까?"

"20년간을 오직 신명계의 스승들의 도움을 받아 혼자서 온갖 고생을 다해 가면서 남한의 명산이라는 명산은 안 가본 데가 없이 다 다녀 보았습니다."

"20년이나 수련을 하셨다면 청년기 이후는 수련에만 전력투구했다는 얘기가 아닙니까?"

"그렇습니다."

"그렇다면 굉장히 높은 경지에 까지 오르셨겠네요. 거기다 대면 난 나이는 먹었지만 새까만 신병이네요. 이제 겨우 7년째 되었으니 말입니다."

"그렇다고 해도 수련의 질은 반드시 수련 기간에 의해서 결정되는 것은 아닙니다. 제가 이 자리에서 저 자신에 대해서 자신을 가지고 확실히 말씀드릴 수 있는 것은 천지인삼재(天地人三才)를 뚫고 삼매를 얻고 사공처(四空處)를 다 끝내 놓고 지금은 우화(羽化)만 남겨 놓고 있습니다."

"천지인삼재니 삼매니 사공처니 우화니 하는 전연 생소한 용어들이 등장하는데, 무슨 뜻인지 모르겠습니다. 워낙 도를 닦은 지 얼마 안 되어서 무식해서 그런 것 같습니다."

"선생님께서는 너무 겸손하십니다. 물은 낮은 곳에 처할수록 만물을 포용한다고 노자의 『도덕경』엔 나와 있는데, 선생님께선 하도 겸손하게 나오시니 제 속에 있는 말을 다 털어놓지 않을 수가 없습니다."

"별말씀을 다하십니다. 제 솔직한 심정을 말했을 뿐입니다. 단지 나는 모르는 것은 모른다고 말할 뿐입니다. 모르면서도 아는 척하면 끝내 모르고 넘어갈 것이 아니겠습니까? 나는 늘 많은 독자를 상대로 글을 쓰기 때문에 내가 모르는 것을 아는 것처럼 얼버무리다가는 유식한 독자에게 큰코를 다칠 수도 있으니까 항상 조심하지 않을 수 없습니다. 내가 모르는 것은 하나라도 더 알아내어 내 독자들에게 충실히 전달하는 것이 작가의 사명이라고 생각됩니다. 어서 좀 일반 사람들도 쉽게 알아들을 수 있게 어려운 용어도 풀어가면서 말씀해 주셨으면 좋겠습니다."

"이 자리에서 확실히 말할 수 있는 것은 저는 시해(尸解)는 할 수 있다는 겁니다."

"그렇다면 언제든지 필요할 때는 육체를 떠날 수 있다는 말씀입니까?"

"그렇습니다. 그런데 저는 그것으로 만족할 수는 없고 어떻게 하든지 우화등선을 하려고 합니다. 그러나 그것이 그렇게 쉬운 일이 아니죠. 때를 잘 만나야 하고 스승을 만나야 합니다. 생각해 보십시오. 자기 육체를 기체로 바꾸었다가 빛으로 변하게 할 수도 있고 또 다시 육체로 금방 둔갑을 할 수 있는 일이 그렇게 누구나 쉽게 이루어지겠습니까? 그뿐 아닙니다. 우화등선을 하게 되면 이 우주에 있는 어떤 형상으로든지 변할 수 있습니다. 바닷속의 모래도 될 수 있는가 하면 물고기나 새로 둔갑을 할 수도 있습니다."

"제가 듣기에는 꿈같은 얘기군요."

"꿈이 아니고 현묘지도 스승님들은 이미 그러한 경지에 오르신 분들입니다."

이렇게 말하는 진허 도인의 모습을 찬찬히 뜯어보았다. 말씨엔 충청도 억양이 섞여 있었고 몸집이나 생김새는 20년을 도를 닦아 입전수수,

263

다시 말해서 대각을 이루고 해탈을 한 사람 같은 모습은 조금도 눈에
띄지 않았다. 그저 거리에 나가면 흔히 눈에 띄는 그런 평범한 중년의
소시민 그대로였다. 한 가지 다른 데가 있다면 그의 얼굴 살갗이 그 나
이의 같은 또래들에 비해서는 싱싱한 젊음을 유지하고 있는 것 같고
그럴싸해서 그런지는 몰라도 눈빛이 맑고 광택이 있다는 것 정도라고
나 할까.

그런데 대단히 유감스럽게도 그에게서는 니코틴 냄새가 강하게 풍
겨왔다. 나는 내 독자들에게 기회 있을 때마다 담배의 해독을 강조해
오고 있는 판인데 그는 담배를 피우고 있는 것이 틀림없었다. 이건 내
비위에 거슬리는 일이 아닐 수 없었다. 그러나 때가 되면 거론하는 일
이 있다고 해도 일단은 못 본 척하기로 했다.

"현묘지도의 스승님들이라니 그럼 그분들은 전부 다 우화등선했다
는 얘긴가요?"

"그렇습니다."

"내가 알기로는 현묘지도는 신라 때의 고운 최치원 선생의 난랑비서
(鸞郎碑序)에서 언급한 대로 유불선(儒佛仙)을 다 포함한 우리나라 고
유의 심신수련 체계를 말한 것으로 알고 있는데 바로 그것을 뜻하는
겁니까?"

"정확합니다."

"현묘지도의 역사는 선사(仙史)에 다 나와 있다고만 했을 뿐 그 책이
전하지 않아서 지금껏 몇 명의 스승들이 있었는지도 모르고 있지 않습
니까? 고운 최치원 선생의 난랑비서에는 '우리나라에 현묘지도가 있는

데 그 이름은 풍류(風流)라고 한다. 그 교(敎)를 만든 근원은 선사(仙史)에 자세히 실려 있거니와 그 핵심은 유불선 삼교(三敎)를 포함하고 중생을 교화하는 것이다. 이를테면 집에 들어오면 부모에게 효도하고 벼슬하면 나라에 충성하는 것은 노사구(魯司寇, 공자를 말함)의 취지요, 무위(無爲)의 사(事)에 처하고 말 없는 가르침을 실천하는 것은 주주사(周柱史, 노자를 말함)의 가르침이요, 나쁜 일을 저지르지 않고 착한 일만을 수행하는 것은 축건태자(竺乾太子, 석가를 말함)의 교화(敎化)다'라고 나와 있습니다.

바로 이것이 현묘지도에 대한 『삼국사기』 신라본기 진흥왕 37년조의 기록인데, 이것이 전부이고 이 이상의 기록은 전해오지 않고 있습니다. 그런데도 진허 도인께서는 마치 눈으로 본 듯이 현묘지도 스승들의 얘기를 하시는데 도대체 현묘지도의 역대 스승님들은 몇 분이나 되십니까?"

"아까 말씀드린 삼허대사가 30대 스승님이십니다."

"그렇다면 현묘지도의 역사는 몇 년이나 된다고 보십니까?"

"약 1천 5백 년 정도 된다고 봅니다."

"도대체 진허 도인께서는 무엇을 근거로 그런 단언을 내릴 수 있습니까?"

"수련 도중에 가르쳐 주신 스승님들의 언행을 토대로 그렇게 추정할 수 있습니다."

"그렇다면 우리나라 선도의 역사가 겨우 그 정도밖에 안 된다는 말입니까?"

"그렇지는 않습니다. 현묘지도 이전에는 수두교가 있었죠."

"그렇다면 현묘지도는 수두교의 뒤를 이었다는 말씀이군요. 『환단고기』를 참고해 보면 우리나라 선도의 역사는 길게 잡으면 근 1만 년, 줄잡아도 6천 년은 된다고 봅니다. 그런데 현묘지도의 역사가 겨우 1천 5백 년밖에 안 된다면 어떻게 됩니까?

신라 역년을 1천 년으로 볼 때 그 이전 5백 년을 더 거슬러 올라가면 단군조선 후기가 되겠군요. 우리나라 전통 선도인 수두교가 변화된 시대에 맞추어 새롭게 변용되었다고 할 수 있겠네요. 단군조선이 멸망하고 고구려, 백제, 신라의 삼국 시대가 열리기까지는 대변혁기였으니까 바로 이러한 시대의 추이에 맞추어 새롭게 탄생한 것이 현묘지도라고 할 수 있겠군요."

"바로 그렇습니다. 그때 물밀듯이 밀어닥친 외래 종교인 유불선을 우리 고유의 수두교에 수용, 용해시켜 새롭게 탈바꿈한 것입니다."

"현묘지도의 역사는 그렇다 치고 진허 도인께서는 그럼 어떻게 나를 알고 찾아보고 싶은 생각이 일어나게 되었습니까?"

"아아 김 선생님이야 워낙 선도 작가로 유명하시지 않습니까? 우리나라 도(道)판에서 선생님을 모르는 사람이 어디 있습니까? 제가 비록 선생님의 저서는 아직 읽지 못했습니다만 선생님은 일찍부터 알아 모시고 있었습니다."

"아니 그럼 내가 쓴 책은 아직 한 권도 읽지 않고 순전히 소문만 듣고 나를 찾아오셨다는 말씀입니까?"

"워낙 바쁘게 돌아가다 보니 선생님 저서를 아직 읽지 못했습니다.

이제부터라도 읽어야죠. 그렇지 않아도 저를 김 선생님께 소개해 주신 출판사 사장님이 지금까지 나온 『선도체험기』 시리즈를 다 읽고 가야 된다고 해서 선생님 댁에 오기 전에 영등포의 제일 큰 책방에 가서 체험기 10권을 다 사 갖고 제목만 대충 훑어보고 오는 길입니다."

"그럼 지금도 늦지 않으니 다 읽고 다시 오시는 것이 좋겠습니다. 진허 도인께서는 내 협조를 얻으려 하시면서 내가 도대체 무슨 생각을 갖고 있는지 정확히 파악을 하셔야죠. 그래야 무슨 도움을 받을 수 있을지 없을지도 알게 될 것이 아니겠습니까?"

"옳은 말씀입니다."

그가 나를 찾아온 목적이 수련을 도움받자는 것이 아니고 다른 데 목적이 있었으므로 처음부터 운기를 할 수 있는 3미터 간격을 두지 않고 내 책상 앞에 바싹 붙어 앉는 것을 그대로 내버려 두었었는데, 전에 없던 일이라 그것이 나에겐 갑갑하기 짝이 없었다. 더구나 그에게서는 니코틴 탁기가 심하게 풍겨왔다.

"저어 진허 도인께서는 나와의 앉은 거리를 한 3미터쯤 떼었으면 좋겠습니다."

하고 내가 무심코 말하자

"아니 왜요?"

하고 그는 대뜸 경계의 눈초리를 번뜩이고 얼굴을 긴장시켰다.

"운기가 되지 않아서 답답해서 그럽니다."

내 말에 그는 심히 불쾌한 표정을 짓고는 억지로 마지못해 3미터쯤 간격을 두고 앉으면서도 나를 쏘아보면서 입을 열었다.

"나한테 기를 쏘아 사술(邪術)을 부리려고 서투른 짓을 하면 안 됩니다."

그의 입에서 느닷없이 튀어나온 소리였다. 그건 꼭 선전포고와도 같았다. 어안이 벙벙했다. 상대는 큰 오해를 하고 있었다.

"기를 쏘아 사술을 부리다니 그게 무슨 소리요?"

"그렇지 않으면 무엇 때문에 3미터나 떨어져 앉으라는 겁니까?"

"아니 20년이나 도를 닦았다는 분이 운기라는 말도 모릅니까?"

"운기라는 말을 모르는 게 아닙니다. 그럼 나한테 기를 쏘려고 그런 것이 아니라는 말입니까?"

"기를 쏜다는 게 도대체 무슨 말이요?"

"그럼 기를 쏘아서 나를 시험해 보려고 하지 않았다는 말입니까?"

"당신 도를 닦아도 헛 닦았구만. 그럼 내가 겨우 그 정도의 사술이나 부리는 사람으로밖에는 보이지 않았단 말요?"

"그럼 정말 나한테 기를 쏘려고 그런 것이 아니라는 말입니까?"

"내 눈을 좀 똑바로 보시오. 내가 겨우 사술이나 부릴 사람으로밖에는 보이지 않는단 말요?"

이 말에 그는 내 눈을 힐끗 그러나 유심히 살펴보는 것이었다.

"그럼 그렇지 않다는 말입니까?"

"당신 그 따위로 사람을 의심하겠거든 당장 이 집에서 나가주시오. 난 당신 같은 사람 초청한 일도 없어요. 단지 내가 잘 아는 출판사 사장만을 믿고 당신을 맞아들인 것뿐이요. 대각을 했다는 사람이 겨우 그 정도의 안목밖에 없다면 더이상 사귀어 보나마나 알 만하오."

내가 이렇게 강경하게 나오자 그는 주춤하는 눈빛이었다.

"이제 보니 제가 김 선생님을 오해한 것 같습니다. 죄송하게 됐습니다. 제가 중대한 실수를 저지른 것 같습니다."

"도대체 남의 집에 처음 온 사람이 어떻게 그런 실수를 저지를 수 있단 말이요?"

"미안하게 됐습니다. 실은 저도 우리나라 도판에서 20년을 지내오다 보니 하도 험한 꼴을 많이 당해서 습관적으로 으레 그렇겠거니 했을 뿐입니다."

"도대체 난 무슨 소린지 이해가 되지 않소. 무엇 때문에 그런 엉뚱한 오해를 하게 됐어요?"

"우리나라 도판에는 하도 신과(神科)들이 많아서 그렇습니다."

"신과라니 그건 또 무슨 말이요?"

"도를 닦다가 옆길로 새어나간 자들을 말합니다. 접신이 되었거나 빙의가 되어 사술을 부리는 자들을 말합니다."

"아니 그렇다면 내가 당신 눈에는 겨우 그 정도로밖에는 보이지 않았단 말요? 당신은 처음부터 잘못 온 겁니다. 내 협조를 얻으려고 나를 찾았다면 내 책부터 읽고 왔어야 하는데 그냥 책 제목만 훑어보고 온 것부터가 잘못된 거요. 그러니까 그런 엉뚱한 오해까지 불러일으킨 게 아니겠소?"

"미안하게 됐습니다. 사실 지금까지 수많은 도사, 도인, 술사들을 만나보았지만 그 사람들은 하나같이 사술을 부리지 않는 자가 없었습니다. 그때마다 저는 사전에 기선을 제압해버리곤 했습니다. 상대가 사술을 부리려면 꼭 선생님께서 저에게 말씀하신 것처럼 꼭 3미터쯤 떨어져 앉으라고 합니다. 저는 이 말만 들으면 틀림없는 신과로 단정을 해 왔는데, 그게 거의 백 프로 맞아떨어졌습니다.

전 그때마다 대뜸 '네, 이놈 어디다 함부로 사술을 부리려고 그러느냐' 하면서 냅다 호통을 치면 거의가 다 '잘못했습니다. 제발 살려만 주십시오' 하고 무릎을 꿇고 용서를 빌곤 했습니다. 도판이란 데가 하도 험악한 데가 돼놔서 비슷한 고수(高手)끼리 맞닥뜨렸다 하면 우선 상대방의 기부터 꺾어놓으려고 별수를 다 씁니다. 저는 이런 일을 하도 많이 겪어 놔서 선생님도 그런 신과인 줄 일시 착각을 하고 중대한 실수를 범했습니다. 부디 오해를 푸시기 바랍니다."

"얘기를 듣고 보니 이해는 갑니다만 내가 겨우 그 정도의 소위 신과로밖에는 보이지 않았다니 내가 생각해도 참으로 내가 부덕한 인간이고 한심한 생각이 듭니다. 20년 수도 끝에 대각을 한 도인의 눈에도 겨우 그 정도로밖에는 비치지 않았다면 일반 수련자들 눈에는 어떻게 비추었을까 생각하니 내 모습이 한없이 초라한 느낌이 듭니다."

"선생님께서는 역시 너무나 겸손하십니다. 이건 순전히 제가 아상(我相)에 사로잡혀서 오해를 한 것에 지나지 않습니다. 부디 노여움을 푸시기 바랍니다."

"그렇게까지 나오는데 내가 더이상 그 일을 거론하고 싶지는 않습니다."

이렇게 말하면서 나는 진허 도인의 흡연 문제를 거론할 때가 왔다는 판단이 섰다. 3미터 간격을 두고 앉으니까 그와 나는 운기가 더욱 활발해지면서 니코틴 탁기가 더 많이 몰려들어오고 있었기 때문이었다.

"진허 도인께서는 담배를 많이 피우시는 모양이죠?"

"아니 그걸 어떻게 아십니까?"

"기운으로 들어오고 있습니다."

"사실 사업이라고 하다 보니 많은 사람을 만나게 되고 어쩔 수 없이 담배를 피우지 않을 수 없게 됐습니다. 그러나 전 맘만 먹는다면 당장에라도 담배를 끊을 수 있습니다. 그까짓 것쯤 끊는 것은 식은 죽 먹기죠. 또 맘만 먹으면 담배 탁기쯤 당장에 내 몸에서 전부 내몰 수도 있습니다."

"도인이고 성직자고 간에 백해무익한 담배를 피운다는 것은 이해가 가지 않습니다. 담배는 일종의 습관성 마약이니까요. 구도자가 마약을 습관적으로 이용한다면 그거 말이 되겠습니까? 난 단지 그런 차원에서라도 담배는 안 피우는 것이 좋다고 생각하는 사람입니다. 그건 그렇고 그럼 진허 도인께서는 나한테 무슨 도움을 받으려고 하시는 겁니까?"

"선생님께서 선도에 큰 뜻을 품고 계신 이상 아무래도 선생님의 도움이 있으면 제가 앞으로 개설하려는 도장 운영이 아주 잘되어 나갈 것으로 판단이 됩니다."

"아까도 말씀드렸지만 우선해야 하실 일은 지금껏 간행된 내가 쓴『선도체험기』시리즈를 전부 다 읽고 다시 오십시오. 그래야만이 무슨 얘기든지 실마리가 풀릴 것 같습니다. 그렇지 않아도 도장을 개설할 돈을 대겠다는 사람이 있는데, 도장을 운영할 사람이나 사범이 없어서 알선을 의뢰해온 분이 있습니다. 그러나 우선 중요한 것은 나와 의기투합이 되어야 그런 일도 성사가 될 것이 아니겠습니까? 그러니 그 책을 다 읽고 나서 다시 찾아오시기 바랍니다."

"그렇게 하겠습니다."

진허 도인은 이렇게 말하고 돌아갔다.

병아리 우는 소리

오후 2시. 우리집에 다녀간 지 일주일 만에 진허 도인에게서 전화가 걸려 왔다.

"『선도체험기』를 6권을 읽고 있습니다. 6권 211쪽을 읽다가 보니 선생님께서 인당에서 삐약삐약 소리가 났다는 말이 나오는데 그게 사실입니까?"

"그럼요. 사실이 아니구요."

"역시 사실이었군요."

그의 목소리는 매우 상기되어 있었다.

"왜 그러십니까?"

"전 사실 이 구절을 읽고서 무릎을 쳤습니다. 제가 19년 동안 오매불망 전국 방방곡곡을 찾아 헤맨 사람이 바로 김 선생님이라는 것을 알고는 저도 모르게 무릎을 친 것이죠."

"왜 그러세요. 인당에서 삐약삐약 병아리 우는 소리가 난 게 그렇게 대단한 일입니까?"

"대단한 일이구말구요. 현묘지도의 도맥(道脈)을 타고난 사람이 아니면 이런 일이 있을 수 없습니다. 인당에서 삐약삐약 병아리 울음소리가 난다는 것은 매우 희귀한 일입니다. 아마 몇백 년에 한 사람 나올까 말까 하는 아주 드문 일입니다."

"그게 그렇게 희한한 일입니까?"

"그렇지 않구요."

"도대체 그게 무엇을 뜻하는 겁니까?"

"명(命)이 끝나고 새 생명이 부화하는 것을 말합니다. 인당에서 삐약삐약 소리가 난 것만도 대단한 것인데, 한층 더 놀라운 것은 7권 52쪽에 보니까 선생님께서 수련 도중에 황금 계란이 깨어져 나가는 장면을 보신 겁니다."

"그렇게 책에 씌어 있던가요?"

"그렇구말구요."

"그렇다면 다 사실입니다. 나는 수련 시에 일어난 현상들을 아무 생각 없이 덧붙이거나 빼거나 과장하는 일 없이 솔직하게 그대로 글로 옮겼을 뿐입니다. 그런데 명이 끝나고 새 생명이 부화한다는 말은 무슨 뜻입니까?"

"사람이 이 세상에서 살다가 새로운 생명으로 탈바꿈하려면 한번 죽음의 세계에 갔다가 새로 잉태가 되어야 한다는 말입니다. 인당에서 삐약삐약 소리가 난 것은 새로운 생명이 부화되기 위해서 죽음의 세계로 들어가는 상태를 말합니다. 그것은 마치 나비가 된 누에의 성충이 좁쌀알 같은 알을 까고 그것이 부화되어 애벌레가 되고 고치집을 짓고 번데기로 살다가 점점 성장하여 나비가 되는 것과 같은 이치죠. 인당에서 삐약삐약 소리가 나는 것은 바로 애벌레가 번데기로 탈바꿈하는 것과 같습니다. 자세한 얘기는 만나서 직접 말씀드리겠습니다.

사실 저는 선생님을 만난 목적이 제가 도장을 차린 뒤에 도움을 받자는 것이었는데, 지금은 그런 것은 둘째 문제고 우선 제가 19년 동안 찾아 헤매던 분을 만난 것만이 그지없이 반가울 뿐입니다. 이제부터 제가 화두(話頭)를 하나 드릴 테니 수련 중에 계속 염하도록 하세요. 그렇게 하시겠습니까?"

"그렇게 하면 어떻게 된다는 겁니까?"

나는 아직도 그가 하는 말을 이해할 수 없었으므로 이렇게 되묻는 수밖에 없었다.

"우선 이 화두를 염하시면 엄청난 변화가 꼭 일어나게 될 것입니다. 시험 삼아 한번 그렇게 염해보도록 하십시오."

그는 거의 애원조로 말했다. 사실 나는 진리에 도달하기 위해서는 어떠한 방편(方便)이나 비법(秘法)이든지 가리지 않는다. 단전호흡, 요가, 마인드콘트롤, 초월명상, 참선, 명상 등등 무슨 방법이든지 사술(邪術)만 아니라면 방편에 구애받지 않겠다는 자세인 것이다. 그가 해 보라는 대로 해 본다고 해서 손해될 것은 없었다. 해 보다가 아무 효과도 없으면 그만두면 될 것이다.

"해 보도록 하죠 뭐."

"생각 잘하셨습니다."

그는 도장 개설 따위는 차치하고 나에게 수련을 시키는 일에 더 열의를 갖고 있는 듯한 인상을 주었다.

"화두라고 하면 참선할 때 염하는 그런 겁니까?"

"그와 비슷하다고는 할 수 있지만 꼭 같지는 않습니다. 참선 때의 화두는 스승이 제자에게 주는 것으로서 계속 그것에 집중을 하다가 보면 어떤 깨달음이 오는 수수께끼와 같은 성질을 띠고 있는데, 제가 드리는 화두는 그것보다는 아주 고차원적입니다. 이것은 일종의 암호와 같은 것입니다. 가령 군대에서 보초병의 수하(誰何)시에 '백두산' 하고 수하를 당한 사병이 먼저 암호를 대면 수하한 사병이 '금강산' 하고 응답하면서 통과를 시키는 것과 같이 이 화두를 계속 수련 시에 염송을 하면 반드시 수련이 한 단계씩 높아지면서 심신에 변화가 일어나게 되어 있습니다. 이것이 참선의 화두와는 근본적으로 다른 것입니다."

"변화라면 어떤 것을 말하는지요?"

"이때 화두를 주는 사람은 받는 사람의 수련 상태를 정확하게 점검할 수 있어야 합니다. 왜냐하면 아직 때가 되지 않았는데 어떤 화두를 준다면 이외의 부작용을 일으킬 수도 있기 때문입니다. 그것은 마치 정확하게 절기를 맞추어 파종을 하고 김을 매고 거름을 주고 수확을 하는 농부처럼, 상대자의 수련 정도를 정확하게 알아맞출 수 있는 능력이 있어야만 합니다. 만약에 정확하게 때를 맞추어 화두를 주었다면 반드시 화두를 받은 사람은 큰 효과를 거두게 됩니다. 그건 그렇구요. 지금까지 김 선생님께서는 어떠한 방식으로 호흡을 하여 오셨습니까?"

"그거야 단전에 의식을 두고 깊고 길고 가늘고 고르게 단전까지 숨을 들이 쉬고 내쉬는 방법이죠."

"그걸 이른바 혜명경 호흡법이라고도 합니다. 『선도체험기』를 읽어보면 선생님께서는 명현반응을 많이 겪으신 걸로 되어 있는데, 혜명경 호흡을 하면 효과는 빠른 반면에 부작용이 생길 우려가 많습니다. 까딱 잘못하면 기가 위로 뜬다든가 접신이 되는 수도 있는데, 제가 보기에는 혜명경 호흡법은 대주천까지는 몰라도 그 이상은 정도(正道)가 아니라고 생각합니다. 저도 처음엔 혜명경 호흡법으로 공부를 하다가 결국은 어떤 한계를 느끼고 방향을 바꾸었습니다."

"그러나 지금 우리나라에서 개설 운영되고 있는 거의 모든 도장에서는 바로 이 혜명경 호흡법을 이용하고 있지 않습니까?"

"그건 사실입니다. 그러나 이 호흡법은 건강 차원 이상의 구도를 원하는 사람에게는 올바른 호흡법이 아닙니다."

"그럼 어떤 호흡법이 정도입니까?"

"현묘지도 호흡법을 이용하셔야 합니다."

"그건 어떻게 하는 건데요?"

"초심자들은 수식법(數息法)을 하게 합니다."

"셈을 세면서 하는 호흡을 말합니까?"

"맞습니다. 하나 하고 수를 세면서 숨을 들이 쉬고 나서 잠시 숨을 가다듬었다가 천천히 내쉽니다. 그렇지 않으면 하나 하고 세면서 숨을 내쉬었다가 들이쉽니다. 어느 쪽을 택하든지 하나에서 열까지 세는 동안에 숨을 들이쉬고 내쉬든가 내쉬고 들이쉬는 것을 열 번 반복합니다. 이 호흡을 계속하다가 보면 반드시 손발이나 정수리에 찌릿찌릿하고 감전 현상이 일어납니다. 이렇게 되면 호흡의 문이 열리기 시작한 것입니다.

그래도 수식호흡을 계속하여 기운이 단전까지 내려가서 완전히 정착이 되면 행주좌와어묵동정(行住坐臥語默動靜), 다시 말해서 길을 가든지 멈추든지 앉아 있든지 눕든지 말을 하든지 침묵을 지키든지 또는 몸을 움직이든지 가만히 있든지 간에 단전호흡은 이루어지게 됩니다. 물론 처음에는 누구나 폐첨(肺尖)호흡을 하게 됩니다."

"폐첨호흡이란 뭘 말합니까?"

"말 그대로 폐 끝으로 호흡을 하는 것을 말합니다. 보통 사람들이 하는 흉식호흡을 말하죠. 그러나 수식호흡을 계속하여 호흡문이 열리면 자연히 호흡은 단전에까지 내려가게 됩니다. 단전호흡이 이루어지게 되는 것이죠. 이렇게 되면 비로소 축기가 시작됩니다. 이 상태가 한동안 지속되면 소주천이 이루어지고 기운이 임맥에서 독맥으로 거꾸로 흐르게 됩니다.

소주천이 완성되면 백회가 열리고 기운은 자연의 흐름대로 백회에서 천기를 받아 독맥을 통해 아래로 내리고 임맥에서는 밑에서 위로 흐르게 됩니다. 이때부터는 마음으로 호흡을 하게 됩니다. 그런데 선생님의 경우는 때가 되었고 이미 대주천 호흡을 하고 계시니까 단전에서 의식만 떼고 마음으로 무의식적으로 호흡만 하시면 됩니다."

"수련 자세는 어떻게 해야 됩니까?"

"결가부좌나 반가부좌를 한 다음에 눈은 반드시 반쯤 떠야 합니다. 눈을 완전히 감으면 마군(魔軍)이 달려들고 완전히 뜨면 빛을 받아 눈에 자극을 받게 되니까 반드시 여름철에 방문에 발을 드리운 것처럼 눈을 반쯤만 감고 1미터 앞을 응시하면 됩니다. 그럼 지금부터 선생님께서는 ○○○○을 수련 시에 암송하십시오."

진허 도인은 네 글자로 된 화두를 주었다.

"그럼 그걸 계속 염송만 하면 됩니까?"

"네. 그렇습니다."

"그럼 이 네 글자의 뜻 같은 것은 생각할 필요가 없습니까?"

"그냥 암송만 하십시오. 그런데 주의하실 일이 하나 있습니다. 누구한테든지 이 화두를 말하면 안 됩니다."

"왜 그렇죠?"

"제가 보기에 선생님은 이 화두를 꼭 염송해야만 할 때가 되었기 때문에 이것을 드리지만 만약에 때가 안 된 수련자가 이 화두를 염송했다간 큰일 납니다."

"큰일이라뇨. 어떤 큰일 말입니까?"

"때가 안 된 사람이 이 화두를 암송하면 몸이 그대로 뻣뻣이 굳어버리는 경직 현상이 일어나게 됩니다. 전신이 경직되면서 마비가 되는 수가 있습니다. 20년 전에 제 아버님이 그랬습니다.

저는 신명계의 삼허 스승님으로부터 이 화두를 받아 염송하는 수련을 쌓고 있었는데 저희 아버님께서 어떻게 그것을 엿들으시고는 제가 외출한 사이에 이 화두를 염송하시다가 그만 몸이 뻣뻣하게 굳어버렸습니다. 집에서는 난리가 났습니다. 그때 우리집은 충남 당진에 있었는데 저는 인천에 볼일을 보러 나갔다가 갑자기 시외전화가 걸려오는 바람에 집으로 허겁지겁 달려 왔더니 그 지경이었습니다.

그때 저는 최면술도 할 줄 알고 기운으로 경직된 몸을 풀 수 있는 능력이 있었기에 망정이지 그렇지 못했더라면 큰일날 뻔했습니다. 그때 저는 온몸이 굳은 채 꼼짝을 못하시고 의식을 잃고, 눈만 껌뻑껌뻑 하고 누워 계시는 아버님에게 최면을 걸고 온몸을 주물러 기운으로 굳은 근육을 풀어드렸습니다.”

“뭐라고 최면을 걸었는데요?”

“지금 일어나고 있는 것은 순전히 착각이라고 일깨워드렸죠.”

“그때 엄친께서는 춘추가 어떻게 되셨는데요?”

“환갑 나시던 해였습니다. 마비에서 풀려나자 첫마디에 ‘애야 쇠사슬에 꽁꽁 묶였다가 풀린 것 같구나’ 하시더군요.”

“그럼 엄친께서는 지금도 생존해 계십니까?”

“그러믄요. 지금은 연세가 80이 넘으셨는데도 아직 정정하십니다. 그때 만약에 아버님께서 수련이 그 화두를 받을 만한 때가 되었다면 그런 불상사는 겪지 않고 삼매의 경지를 전부 터득하실 수도 있었을 텐데, 미처 준비가 안 된 상태에서 화두만 염송하셨다가 그런 변을 당하신 겁니다. 그래도 일단 삼매의 경지에 들어가셨다가 나오셔서 그런지 비록 명(命)은 완성하시지 못했지만 지금까지도 아주 건강하게 장수하시는 편입니다.”

“삼매란 뭐를 말합니까?”

“사실 이 삼매라는 말은 제가 처음 도입한 용어인데요. 물론 인도의 요가에서는 예부터 써 오던 술어입니다만 그 내용이 좀 다릅니다. 요가에서 말하는 삼매란 어떤 대상에 정신적으로 몰입하여 망아(忘我)의 경지에 이르는 것을 말하는데, 현묘지도에서의 삼매는 그것과는 좀 다릅니다. 다시 말해서 성명쌍수(性命雙修)에서 말하는 명을 완성하는 첫 단계를 말합니다. 삼매의 경지를 얻음으로써 비로소 천·지·인 (天·地·人) 삼재(三才)를 뚫게 됩니다.”

"무슨 뜻인지 얼른 이해가 가지 않는데요."

"물론 그러실 겁니다. 그러나 이제 앞으로 수련을 해 나가시다 보면 구체적으로 증득(證得)하시게 될 겁니다. 나중에 직접 만나서 자세히 설명해 드리겠습니다. 그러니까 우선 ㅇㅇㅇㅇ을 수련 시에 염송해 주시기 바랍니다."

"알겠습니다. 염송하도록 해 보죠."

이렇게 하여 긴긴 전화 대화를 끝내면서 그는

"이 네 글자의 화두는 거듭 말씀드리지만 천기(天機)에 속하는 것이니까 아무에게도 발설해서는 절대로 안 됩니다."

"네, 잘 알겠습니다."

어느 분야에서든지 아는 사람에게 모르는 사람은 못 당하게 되어 있다. 또 하수(下手)는 고수(高手)에게 꿇리게 되어 있다. 나는 지난 7년간 그래도 선도수련을 해 온다고 해 왔다. 소위 도인, 도사라는 사람들을 숱하게 만나 보기도 했지만 이렇게 구체적으로 자신의 정체를 밝히고 내 수련에까지 깊은 관심을 가지고 대어드는 사람은 만나보지 못했다. 더구나 진허 도인의 말 한마디 한마디는 확신과 자신감에 차 있어서 의심의 여지가 없었다. 결코 범상한 일이 아니었다.

그와의 통화가 끝난 뒤에 나는 화두를 몇 번 외워보다가 독자들에게서 문의 전화가 걸려오는 바람에 중단하고 말았다. 뒤이어 수련생들이 둘이나 한꺼번에 찾아와서 도움을 청하자 화두 염송하는 것을 잊어버리고 말았다.

그러나 이런 생각도 들었다. 진허 도인이란 사람을 얼마나 안다고 그가 시키는 대로 유유낙낙한단 말인가 하는 반발도 있었다. 왕년의 어떤 사기꾼 모양 내 작가적인 명성을 이용하여 치부를 하려는 엉터리 도사는 아닐까 하는 생각도 들었다. 그가 비록 내가 모르는 일들을 많이 알고 있고 내가 시험해 본 일조차 없는 수련법이나 비법을 알고 있다고 해도 내가 너무 경솔하게 그에게 기울어진 것은 아닐까 하는 의심도 일었다. 그래서 그런지 어쩐지는 몰라도 나는 그가 나에게 준 화두를 금방 잊어버리고 말았다.

견성을 위한 8단계

1992년 11월 28일 토요일 -3~8℃ 가끔 흐림

오후 2시 이후 네 명의 수련생이 다녀간 뒤 7시쯤 되어 진허 도인이 예고도 없이 찾아왔다.

"아니 어떻게 전화도 없이 이렇게 찾아오셨습니까?"

"미안하게 됐습니다. 요 근처에 도장 차릴 만한 데를 구하려고 복덕방을 누비다가 갑자기 선생님을 만나고 싶어서 이렇게 무례하게 찾아왔습니다. 용서하십시오."

"아니 뭐 괜찮습니다."

"그 화두를 지금도 염송하고 계시겠죠?"

"네, 조금 염송하다가 그만 잊어버렸습니다."

"그러실 줄 알았습니다. 그래서 확인차 이렇게 찾아왔습니다."

이처럼 나를 불쑥 찾아온 진짜 이유는 바로 여기에 있었다는 것을 그는 감추지 않았다. 나는 슬그머니 의심이 일었다. 그는 무엇 때문에 이렇게 나에게 그토록 열의를 보이는 것일까. 내가 이 사회에서 내세울 것이라고 하면 쥐꼬리만한 명예뿐이다. 바로 이 보잘것없는 명예를 이용하고자 과거에도 수많은 사람들이 나를 자기편으로 회유하려고 했었다. 진허 도인 역시 그러한 부류에 속하는 것이 아닐까 하는 생각이 든 것이다.

"제가 꼭 그 화두를 염송해야만 할 특별한 이유라도 있습니까?"

나는 속으로 약간의 반발이 이는 것을 지그시 누르면서 이렇게 반문해 보았다.

"있구말구요. 선생님은 제가 19년 동안 남한 천지에서 찾아 헤매던 분이십니다. 밑져야 본전이라고 생각하시고 제가 말씀드린 대로 해보시면 곧 아시게 될 겁니다."

"그럴까요? 난 도대체 왜 내가 그런 수련을 꼭 해야 되는지 그 이유를 모르겠습니다. 수련은 순리에 따라야 된다고 봅니다. 욕심이 앞서면 꼭 사고를 부르게 됩니다. 이 세상에는 사이비 교주들이 너무나 많습니다. 자기 말만을 무조건 따르면 성통을 시켜주겠다고 장담을 하는 사기꾼이 하도 많은 세상이라서 안심이 안 되는군요. 그렇다고 진허 도인께서도 그런 부류에 든다는 뜻은 결코 아닙니다. 진허 도인께서는 그런 속물근성은 감지되지 않습니다. 그러나 내가 무엇 때문에 이런 수련을 받아야 하는지 그 이유를 확연히 알 수가 없습니다."

"선생님께서 그런 의심을 가지시는 것도 충분히 일리가 있습니다. 더구나 『선도체험기』를 읽어보니 선생님께서 그런 의문을 품으시는 것도 당연한 일이라고 생각이 됩니다."

"그렇지 않겠나 생각해 보십시오. 사기꾼이 어디 나는 사기꾼이요 하고 겉으로 표 내는 것 보았습니까? 겉으로 보기에는 그야말로 틀도 그럴듯하죠. 감언이설에 능하고요. 구도자는 흔히 이런 감언이설에 속고 자기 자신의 욕심에 속아 넘어가 맹종자로 전락하게 됩니다. 나 역시 그런 위기를 겪은 경험이 있어서 이런 말을 하는 겁니다."

"선생님의 심중을 충분히 이해할 수 있습니다. 제가 선생님께서 쓰신『선도체험기』를 읽지 않았다면 몰라도 그것을 10권까지 읽은 지금은 충분히 이해가 갑니다. 그렇다면 지금부터 선생님이 제가 말씀드린 수련을 받으셔야 할 이유를 요약해서 말씀드리겠습니다."

"어디 들어나 봅시다."

"지금 남한에는 선생님도 아시다시피 84년도에 소설『단(丹)』이 나온 이후 우후죽순처럼 숱한 단학 도장들이 생겨났습니다. 그런데 제가 보기에는 이 모든 도장들이 거의 전부가 건강 차원 이상은 넘지 못하고 있습니다. 건강만을 위해서라면 꼭 단학 도장을 찾을 필요는 없다고 봅니다. 체육관도 있고 헬스클럽도 있고 테니스, 등산, 골프 같은 각종 운동도 있지 않습니까. 그런데 선도 도장에서 겨우 건강 차원에만 머물러 있으니 다른 운동과 비교해서 나은 것이 뭐냐 그겁니다."

"그 말씀엔 나도 찬성입니다. 지금 운영되고 있는 도장들에서는 기껏해야 소주천 정도에 머물러 있지 않나 생각됩니다. 소주천도 아주 잘되는 사람의 경우고 대부분이 축기 정도에 머물러 있다고 봅니다. 축기만 잘돼도 건강 하나만은 충분히 보장이 되거든요. 나를 찾는 독자들도 대부분이 소주천 미만의 경지에 있는 사람들입니다. 그 이상을 가르쳐주는 도장이 없으니까 생각다 못해서 나를 찾는 거죠.

나는 소주천이 확실히 되는 사람에게는 대주천 호흡을 할 수 있게까지는 해 줄 수 있지만 그 이상은 어떻게 해야 할지 아직 모르고 있습니다. 모 도장에서는 삼합진공이라는 것을 전수하고 있습니다만 내가 보기에는 그것 역시 대주천 내에 속하는 한 단계에 지나지 않는다고 봅니다. 왜냐하면 상·중·하단전의 기운을 하나로 유통하게 하는 데 그칠 뿐이기 때문입니다. 그 이상은 아무것도 없습니다. 내가 아는 한 그 이상의 기법을 전수하는 곳도 없지 않나 생각됩니다."

"선생님 말씀이 맞습니다. 삼합진공이라는 것은 현묘지도 수련법에는 있지도 않는 겁니다. 선생님 말씀대로 대주천의 한 단계에 지나지 않는다고 봅니다. 그런데 현묘지도 수련법에는 바로 이 대주천 다음에도 여덟 개 단계가 있습니다. 이 여덟 개 단계가 바로 견성을 위한 8단계라고 볼 수 있습니다. 이것은 불교의 참선법에도 있는 겁니다. 초선(初禪), 이선(二禪), 삼선(三禪), 사선(四禪)이 있고 공처(空處), 식처(識處), 무소유처(無所有處), 비유상비무상처(非有想非無想處)가 있습니다.

이 여덟 개의 단계를 거쳐야만이 비로소 완전한 견성을 하고 해탈을 했다고 할 수 있습니다. 수련의 단계는 비슷하지만 참선과 현묘지도는 각 단계의 내용이 반드시 똑같지는 않습니다. 사공처 즉 공처, 식처, 무소유처, 비유상비무상처는 거의 같다고 할 수 있지만 초선부터 4선까지는 내용이 약간 다릅니다."

"견성을 하는 데 여덟 단계가 있다는 말은 금시초문인데요. 그럼 그 첫 번째 네 단계와 두 번째 네 단계는 어떻게 다릅니까?"

"다 같은 견성은 견성이지만 첫 번째 네 단계는 명(命)을 완성하는 단계입니다. 이 명을 완성하는 첫 단계가 바로 천지인삼매인데, 이것이 바로 명으로 볼 때는 초견성입니다. 현묘지도에서는 바로 이 삼매, 다시 말해서 천지인삼재(天地人三才)를 뚫는 단계를 가장 중요시합니다. 이 단계야말로 다른 어떠한 수련 체계에도 없는 현묘지도만의 비법

중의 비법이 아닐 수 없습니다. 지금부터 5천 5백 년 전 배달국의 태우의 환웅천황의 열두 번째 막내아들인 태호복희가 선도를 서토에 전할 때 다른 것은 다 넘어갔지만 바로 이 천지인삼재의 비법만은 빼놓았던 것입니다.

서토로 넘어간 선도는 다시 남쪽 인도로 흘러가서 요가 수련법이 생겨난 것으로 보입니다만 요가에서도 이 천지인삼재 비법만은 전하지 않습니다. 전에도 말씀드렸지만 요가에서 말하는 삼매는 현묘지도에서의 삼매하고는 용어는 같지만 내용은 전연 다릅니다. 바로 이 삼매의 경지를 뚫어야만이 명을 완성할 수가 있고 그 위 단계의 수련을 할 수 있는 토대를 쌓게 됩니다. 그런데 선생님은 바로 이 삼매에 들어갈 수 있는 여건을 충분히 갖추고 계신 것을 제가 발견한 겁니다. 그러니까 제가 선생님께 이렇게 관심을 기울이는 것이지 다른 뜻은 조금도 없습니다."

"내가 삼매 수련에 들어갈 수 있는 조건을 갖추었다는 것을 어떻게 아셨나요?"

"왜 어저께 전화로 말씀드리지 않았습니까? 선생님께서 쓰신『선도체험기』6권을 읽다가 제가 저 자신도 모르게 무릎을 쳤다고 말입니다. 제가 19년 동안 찾아 헤매던 분을 이제야 발견했다고 말입니다. 인당에서 삐약삐약 소리가 나든가 수련 중에 황금계란이 깨어져나가는 것을 보면 바로 삼매 수련에 들어갈 수 있다고 말씀드리지 않았습니까?

그것은 마치 누에의 애벌레가 번데기로 변하는 것과 같습니다. 제가 선생님의 수련에 열의를 갖고 있는 것은 바로 이 때문이지 다른 뜻은 조금도 없습니다. 물론 처음에 제가 출판사 사장의 소개로 선생님을 처음 뵙게 된 것은 삼매 수련과는 전연 상관없는 일이었습니다. 제가 선생님의 수련에 열의를 갖게 된 것은 순전히 『선도체험기』 6권을 읽고 나서부터였습니다."

"알겠습니다. 진허 도인의 진의가 어디에 있다는 것도 알 만합니다. 그런데 혜명경 수련법이나 요가에는 천지인삼재를 뚫는 수련이 없다고 하셨는데 이것이 있고 없고는 견성하는 데 어떤 관계가 있습니까?"

"혜명경에도 물론 성명쌍수(性命雙修)를 강조하고 있습니다만 그 핵심 비법은 빠져 있습니다. 중국의 기공 수련법에 보면 축기, 소주천, 대주천까지는 현묘지도와 다른 것이 없는데 그 이상부터는 확연히 달라집니다. 혜명경에서도 축기, 소주천, 대주천이 있고 대주천의 범주에 드는 소약, 대약이 있고 그다음에 양신(養神), 출신(出神) 그리고 면벽 9년의 단계를 지나 허공분쇄(虛空粉碎)라는 과정이 있습니다.

요컨대, 혜명경에는 대주천 이후에 양신, 출신, 면벽 9년, 허공분쇄라는 네 단계가 있지만 현묘지도에는 아까 말씀드린 바와 같이 여덟 개 단계가 있습니다. 그리고 제일 중요한 명을 완성하는 첫 단계가 현묘지도에서처럼 명확하게 그 비법이 전수되지 않고 있습니다. 다시 말해서 혜명경에서는 성명쌍수를 강조는 하고 있지만 실제로 어떻게 해야 한다는 알맹이는 빠져 있다는 말씀입니다.

그런데 현묘지도에는 그 노하우가 완벽하게 갖추어져 있다는 말씀이죠. 이제부터 제가 선생님께 전수해 드리려고 하는 것이 바로 천지인삼재(天地人三才)를 뚫는 과정입니다. 이것을 뚫은 뒤에 7단계 수련을 마치면 견성은 끝나는 겁니다."

"그렇다면 진허 도인께서는 그 여덟 개 단계의 수련을 다 마치셨다는 말인가요?"

"그럼요. 그렇지 않으면 제가 어떻게 감히 선생님께 이렇게 확신을 가지고 말씀드릴 수 있겠습니까?"

"그렇다면 아무 대가도 안 받고 무슨 이유로 나에게 그런 비법을 전수해 주시겠다는 건지 그게 아무래도 이해가 가지 않는군요. 세속적인 관점에서 본다면 돈을 몇백, 몇천 만 원씩 받아도 전해줄까 말까 하는 그런 비법을 그렇게 전수해 주실 수 있다는 말씀입니까?"

"제가 선생님께 전수해 드리려는 법은 그런 세속적인 관점은 초월하는 겁니다. 문제는 때가 된 사람인가 아닌가 하는 것이죠. 때가 된 사람이라면 저는 누구든지 전수해 주려고 합니다. 바로 그 때문에 도장을 차리려고 하는 것이구요. 이제 그런 때가 되었다고 생각되었기 때문입니다."

"성명쌍수를 한 것과 안 한 것하고는 어떤 차이가 있습니까?"

"성명쌍수를 마음으로 한 번 닦고 신(神)으로 한 번 닦고 우화(羽化)로 또 한 번 닦아서 전부 세 번을 닦으면 생로병사(生老病死)를 온전히 초월해서 육체를 가지고 그대로 승천할 수 있습니다. 죽은 지 사흘 만에 부활한 예수 그리스도가 바로 그러한 실례에 속합니다. 우리나라에서도 원효대사, 고운 최치원, 서화담 선생 같은 분이 그렇고 중국에서는 달마대사, 여동빈, 이팔백, 인도의 바바지 같은 사람이 그렇습니다."

"그렇다면 석가모니 같은 대성인은 어떻게 된 겁니까?"

"현묘지도의 기준에서 본다면 우화등선한 것은 아니고 시해를 했다고 할 수 있습니다. 불교에서는 석가모니가 우화등선을 하지 않은 것은 그럴 만한 능력이 없어서가 아니라 우정 그렇게 했다고 합니다."

"일부러 그랬다구요?"

"네, 석가모니께서 80세에 일반 중생들과 똑같이 운명을 하신 것은 자연법을 존중했기 때문이라고 합니다. 그분은 이미 생사를 초월했고 생로병사를 이긴 분이기 때문에 일반 중생들의 정서에 어긋나는 행위를 함으로써 위화감을 조성하려고 하시지 않았기 때문이라고 합니다. 육체의 죽음 따위는 진여(眞如)와는 하등 상관이 없는 유위법(有爲法)에 따르는 현상이라는 것을 보여주기 위해서였다고 합니다. 그것은 석가모니 부처님께서 입적하신 뒤 그분의 수많은 제자들이 우화등선을 한 것만 보아도 알 수 있는 일이라는 겁니다."

"그러니까 석가모니 부처님은 우화등선 따위는 별로 대수롭게 보지 않았다는 것이 되는군요."

"바로 그런 것 같습니다."

"그렇다면 우리나라 이외에서 나온 성인들이 우화등선한 경우는 어떻게 해석이 됩니까? 현묘지도법이 아니라도 우화등선할 수 있는 길은 얼마든지 있다는 뜻인가요?"

"물론이죠. 반드시 현묘지도만이 우화등선할 수 있는 비법을 가지고 있다고 할 수는 없겠죠. 이 법은 어느 특정한 도맥에만 전수되어 내려온다고 할 수는 없을 테니까요. 그러나 그 비법을 명확하게 전수할 수 있는 도장이 있다면 바로 현묘지도 도장이라고 할 수 있습니다. 선생님께서야 그 화두를 염송해보신다고 해도 손해될 것은 하나도 없습니다. 진리에 도달하는 방편은 얼마든지 있을 수 있으니까 어떠한 것이든지 실험을 해보셔서 효과만 있다면 되는 것이 아니겠습니까?"

"하긴 그렇군요. 그럼 그 화두를 또 염송해 보겠습니다."

"꼭 그렇게 하시기 바랍니다."

그는 나에게 다짐을 받고 나서야 돌아갔다.

화두 암송

1992년 11월 29일 일요일 1~10℃ 구름 조금

등산을 다녀와서 오후에 서재에서 쉬고 있는데 진허 도인에게서 전화가 걸려 왔다.

"안녕하십니까? 제가 말씀드린 대로 화두를 염송하고 계시겠죠?"

"네에, 에에 물론 하고 있습니다."

나는 명확한 대답을 못하고 어물어물 얼버무리고 말았다. 사실은 어제 그가 찾아와서 하도 강력하게 권하기에 그러자고 약속은 했지만 정신을 집중하여 염송을 하지는 않고 있었던 것이다. 그렇다고 해서 곧이곧대로 말한다면 그에게 너무나 큰 실망을 줄 것 같고 어차피 하기로 작정을 한 것이니까 이렇게 얼버무리고 말았던 것이다.

"혹시 무슨 변화가 일어나지 않았습니까?"

"아직은 아무 변화도 없습니다."

"그렇다면 좀 더 집중을 하시고 계속 암송해 보십시오."

"그렇게 하기로 하겠습니다."

나는 마치 그에게 죄나 지은 것처럼 떳떳할 수가 없었다. 그와의 약속을 지키지 못했기 때문이었다.

"그건 그렇구요. 저는 지금 선생님 댁 근처 선릉역 부근 복덕방에 와 있는데요. 이곳에 어쩌면 도장을 차릴까 생각 중입니다. 그런데 아무

래도 이쪽은 다른 데보다 건물 임대료가 좀 비싸군요. 어떻습니까? 선
생님도 저하고 같이 공동으로 도장을 하나 운영해 보시는 것이, 전화
로 이런 제의를 해서 죄송스럽긴 합니다만."

"아니 조금도 미안하게 생각하실 필요는 없습니다. 전에도 그런 제
의를 해 온 사람들이 여럿 있었는데 그때마다 저는 사양했습니다."

"왜요? 뭐 그럴 만한 이유라도 있습니까?"

"네 있습니다. 첫째 나는 그런 일은 취향에 맞지 않습니다. 송충이는
솔잎을 먹고 산다고 글쟁이가 이제 새삼스레 그런 일에 뛰어든다는 것
은 어울리지 않습니다. 내가 아니라도 그런 일을 할 만한 사람은 얼마
든지 있다고 봅니다. 저는 단지 그런 일을 하는 뜻 맞는 분들을 간접적
으로 도와는 드리겠습니다. 지금도 전국엔『선도체험기』취지에 찬동
하는 도장들이 여럿 운영되고 있습니다. 나는 이런 도장들을 소개해
주고 홍보해 주는 역할은 하겠지만 그 경영에 직접 참여하지는 않겠습
니다.

둘째는 설사 내가 그런 일에 참여하고 싶어도 그럴 만한 자금도 없
습니다.

셋째로 내가『선도체험기』를 통하여 사이비 단학 도장들의 비리를
지적하고 시정을 촉구하고 있는데, 이것은 어느 특정한 도장을 옹호하
기 위한 것은 아닙니다. 만약에 내가 어떤 특정 도장에 소속되어 있다
면 지금까지 겨우 경쟁의식 때문에 다른 도장을 비난해 온 것밖에는
되지 않습니다. 다시 말해서 지금까지 글을 통해서 단학 도장의 비리
를 폭로하고 시정을 촉구해 온 대의명분이 무산되지 않겠습니까? 저는

어디까지나 공공의 이익을 위해서 봉사하는 작가의 직분에만 충실할
작정입니다."

"반드시 투자를 하시지 않더라도 도장에 나오셔서 후배들을 지도하
시는 거야 어떻겠습니까?"

"그것도 가끔 가다가 초청 강사로 나간다면 몰라도 월급을 받으면서
한 도장에 소속되어 있고 싶지는 않습니다."

"저는 선생님께서 응하신다면 도장에 집필실을 따로 마련해 드리겠
습니다."

"그렇게까지 생각해 주시는 것은 고맙지만 조금 전에 말씀드린 이유
로 사양하겠습니다. 그 대신 자금은 있지만 도장을 경영할 사람과 사
범을 구하고 있는 모 사업가를 한 사람 소개해 드리겠습니다."

이렇게 하여 나는 그동안 나와 여러 번 통화를 해 온 바 있는 사업가
를 만나도록 주선해 주었다.

"선생님 그건 그렇구요. 그 화두를 꼭 수련시에 염송하시는 것을 잊
지 말아주시기 바랍니다."

"네, 명심하겠습니다."

천지인삼재(天地人三才)

1992년 12월 2일 수요일 −1~8℃ 구름 조금

오후 5시경. 진허 도인에게서 화두를 염송하라고 또 전화가 걸려 왔다. 벌써 세 번째다. 첫 번째는 11월 27일, 두 번째는 11월 29일이었다. 그때마다 나는 약속만 하고 정신 차려 집중을 해 오지는 않았던 것이다. 그러나 세 번째 독촉을 받고는 이게 결코 심상한 일이 아니라는 생각이 퍼뜩 들면서 가부좌를 틀고 앉아 본격적으로 염송하기 시작했다.

그런데 이게 웬일인가. 정신을 집중해서 염송을 한 지 30분도 채 안 되어 엄청난 변화가 일어나기 시작했다. 컴컴한 밤하늘의 어느 성단(星團)이 유독 내 눈에 부각되면서 그곳으로부터 내 백회로 엄청난 기운이 쏟아져 들어오면서 금새 내 온몸이 열기로 후끈후끈 달아오르기 시작했다.

이제야 비로소 나는 진허 도인이 나에게 준 화두가 결코 범상한 것이 아니라는 확신을 얻게 되었다. 드디어 나는 이 수련에 열의를 갖고 박차를 가하게 되었다. 그 특정 성단에서 쏟아져 들어오는 기운이 내 백회와 연결되면서 온몸이 훅훅 달아오르기만 한 것이 아니고 그때부터는 몸속에서 기운이 불끈불끈 치밀어 오르는 것이었다.

1992년 12월 3일 목요일 −1∼21℃ 대체로 맑음

수련이 가속화되었지만 집필까지 외면할 수는 없는 일이었다. 평소와 같이 오전 중에는 30매의 글을 써놓고 나기가 바쁘게 점심을 마치고 곧 수련에 돌입했다.

어제 나타났던 성단 이외에도 오늘은 그보다 엄청나게 많은 성단군(星團群)들이 나타났다. 그 성단군들에서 쏟아져 내리는 기운이 나의 상·중·하 단전에 연결되면서 온몸에 골고루 운기가 되었다. 그 많은 별무리 이외에도 지상에서는 찾아볼 수 없는 웅장하고 화려하고 장엄한 하얀 궁전이 나타나는가 하면 거대한 돌사자도 대형 전갈도 눈앞에 떠오른다. 그런가 하면 기하학적인 꽃무늬도 눈앞에 펼쳐진다.

오후 4시 45분이었다. 아까 나타난 궁전에서 흰빛이 부챗살 모양 퍼져 나오고 있었다. 그런데 그 빛이 어느새 내 상·중·하 단전에 맞바로 꽂혀 들어오는 것이었다. 그러자 새로운 힘이 용트림하듯 속에서 불끈불끈 치밀어 올랐다.

30분 동안 우리집이 있는 블럭을 한 바퀴 돌았다. 산보를 마치고 난 뒤 다시 수련에 열중하기 시작했다. 이제는 진허 도인이 준 화두를 염송하지 말라고 해도 해야 할 판이었다. 도대체 화두를 하나 염송하는 것만으로 어떻게 이렇게 엄청난 변화가 일어날 수 있는지 나는 도저히 이해가 되지 않았다.

연속적으로 이 화두를 염송만 해도 자꾸만 기상천외의 변화가 일어나니까 내가 혹시 누구에게 최면을 당한 게 아닌가 하는 의심이 일기까지 했다. 그러나 화두를 염송하는 최면술법이 있다는 말을 나는 아직 들어 본 일이 없다. 그리고 최면은 최면술사가 시술 대상자를 앞에 놓고 하는 것이지 멀리 떨어져서 화두만을 염송하게 하는 것은 아니라는 상식쯤은 나도 가지고 있었다. 분명 이것은 최면은 아니었다. 그렇다면 무엇인가. 나는 마치 알 수 없는 요지경 속에 들어온 것 같은 느낌이 일었다.

화두를 염송하면 할수록 흰 석조궁전에서 사방팔방으로 부챗살처럼 방사되는 빛이 내 백회, 인당, 전중, 하단전과 직접 연결이 되면서 내 온몸에 그리고 손끝에서 발끝까지 감전현상이 일면서 유통되는 것이었다.

오후 5시쯤. 진허 도인에게서 전화가 걸려 왔다.

"지금도 계속 그 화두를 염송하시겠죠?"

"네, 하고 있습니다."

"혹시 어떤 변화가 없었나요?"

"있었습니다."

"어떤 변화가 있었습니까?"

이렇게 묻는 그의 목소리는 약간 들떠 있었다. 잔뜩 기대에 찬 그의 숨소리까지 수화기를 통해 들려오고 있었다.

"○○성단이 보이면서 그곳으로부터 뜨거운 기운이 막 쏟아져 들어옵니다."

"확실히 ○○성단을 보셨습니까?"

"물론입니다."

"이젠 됐습니다. 드디어 김 선생님은 저와 같은 도맥을 잇고 있다는 것이 확인되었습니다. 지금부터 수련은 본격적인 궤도에 접어든 겁니다. 현묘지도는 바로 여기에서부터 진짜로 시작되는 거죠. ○○성단을 보신 뒤에 분명 호흡이 바뀌었다는 말씀이죠?"

"호흡이 바뀌다뇨?"

"강한 기운이 들어왔다고 하시지 않았습니까?"

"그럼요. 운기가 엄청나게 활발해졌습니다."

"그걸 가지고 호흡이 바뀌었다고 말합니다."

"그렇다면 호흡이 바뀌어도 아주 크게 바뀐 것이죠."

운기현상 역시 엄격히 말해서 일종의 호흡이기 때문에 물론 그렇게 말할 수도 있을 것이었다.

"됐습니다. 그럼 계속해서 그 화두를 염송하십시오. 반드시 또 어떤 변화가 일어나게 될 것입니다. 변화가 오면 지체 없이 저한테 전화로 알려주시기 바랍니다."

"그렇게 하죠."

수련을 받는 나 자신보다도 진허 도인이 더 흥분하고 있었다.

오후 7시 30분이었다. 그 화두를 계속 염송하고 있자니까 이번에는 다른 형상이 나타나기 시작했다. 성단이나 성단군들은 하늘을 나타내는 상징이라면 이번에 나타난 것은 땅을 상징하는 형상이었다. 그 다음에 연속적으로 또 하나의 형상이 뚜렷하게 나타났다. 그것은 사람을 상징하는 것이었다. 말하자면 하늘, 땅, 사람, 다시 말해서 천지인(天地人) 삼재를 다 본 것이다. 구체적인 모습은 진허 도인의 요청으로 이 자리에서 묘사해 보이지 못하는 것이 유감이다. 천기(天機)에 속하는 사항을 함부로 발설할 수 없기 때문이다.

천기란 달리 천기가 아니다. 독자들이 이것을 잘못 이용하면 크나큰 재난을 당할 수도 있기 때문이다. 그래서 때가 되지 않은 사람에게는 그것을 밝힐 수가 없다는 것이다. 나는 약속대로 진허 도인에게 내가 수련 중에 본 화면을 상세히 알려주었다.

"이제 김 선생님은 천지인삼재(天地人三才)를 드디어 뚫었습니다."

"그게 무엇을 의미하는 건지요?"

"앞으로 한 단계만 다 끝내면 선생님은 명(命)을 완성하게 됩니다. 명을 완성하게 되면 죽음의 세계를 극복하시게 됩니다. 그렇게 되면 그야말로 범골(凡骨)이 선골(仙骨)로 바뀝니다. 피부도 어린애처럼 부드러워지고 치아도 바뀌고 맥박도 바뀝니다."

"맥박은 어떻게 바뀝니까?"

"맥박이 그전보다는 상당히 안정되고 느려집니다. 제 말이 거짓말인가 한번 맥을 만져보십시오. 이렇게 되면 명으로는 견성을 한 것이 됩니다. 『천부경』과 삼태극의 원리도 비로소 피부로 생생하게 깨닫게 되는 겁니다. 머리로만 깨달아서는 아무런 의미가 없습니다. 생리적으로 깨달아야 합니다. 다시 말해서 천지인삼재를 관통하면서 김 선생님 경우처럼 호흡이 확실히 바뀌어야 합니다. 이 호흡이 바뀌지 않고 머리로만 깨닫는 것은 성명쌍수가 될 수가 없습니다. 과거에 수많은 고승들과 선인들이 겨우 시해의 경지에 머물 수밖에 없었던 것은 바로 이 천지인삼재를 뚫지 못했기 때문입니다."

"그렇다면 천지인삼재를 뚫었다는 것은 인간이 하늘과 땅과 사람의 요소를 함께 지니고 있다는 것을 몸과 마음으로 깨닫고 그에 따라 호흡까지도 바뀌는 것을 말하는 것이군요."

"바로 그겁니다. 정확하지 않습니까? 천지인은 바로 음양중을 말합니다. 선생님은 심신 속에 이 세 가지 요소 즉 천지인, 음양중을 다 함께 갖추고 있다는 것을 삼매 수련을 통해서 증득(證得)하신 겁니다.

아까도 말씀드렸지만, 삼매를 터득하여 천지인삼재를 뚫게 되면 범골이 선골이 되고 치아도 바뀌고 피부도 바뀌고 맥박도 느려집니다. 성명쌍수를 완성할 수 있는 기초 조건이 갖추어지는 겁니다. 천지인삼재를 뚫지 못하면 기껏해야 시해 정도로 그치지만 삼매를 완성하면 우화등선까지 할 수 있는 조건을 갖추게 됩니다."

"그게 말하자면 공(空)의 자리, 도(道)의 자리, 한의 자리, 진리의 자리와 하나가 된다는 말입니까?"

"바로 그렇습니다."

"다시 말해서 소우주인 인간이 우주생명과 하나가 된다는 뜻이군요."

"바로 맞히셨습니다. 그런데 지금 김 선생님은 천지인삼재를 관통함으로써 인선(人仙)의 경지에는 오르게 되었습니다."

"인선(人仙)이란 무엇을 말합니까?"

"인선은 지선(地仙)이라고도 합니다. 지상의 선인이라는 뜻이죠. 선(仙)에는 다섯 가지가 있습니다. 귀선(鬼仙), 인선(人仙), 천선(天仙), 제선(帝仙), 금선(金仙)이 그겁니다. 이로써 김 선생님은 선계(仙界)의 반열(班列)에 실질적으로 들게 되신 겁니다."

"도와주셔서 감사합니다. 진허 도인의 덕분입니다."

"김 선생님께서는 이미 준비가 다 되어 있었으니까요."

"그렇다고 해도 불을 댕겨주는 사람이 없으면 안 되는 거 아니겠습니까?"

"그렇긴 하지만 준비가 다 되어 있으면 불을 당겨주는 사람은 어차피 언젠가는 나타나게 되어 있습니다."

"그 말씀을 들으니 서양 속담이 생각납니다. '제자 될 준비가 끝나니까 대사님이 오신다'는 말이 있지 않습니까?"

"정확합니다. 선계에서 스승님들께서 이미 각본을 짜고 프로그램까지 상세히 편성해 놓으신 것이 틀림없습니다. 이제 천지인삼매를 완벽하게 마치셨으니까 다음 단계로 넘어가야 합니다."

"그다음엔 어떤 단계가 있는데요?"

"유위(有爲)삼매만 끝내면 명(命)은 완전히 끝내게 됩니다."

"그다음엔 뭐가 있습니까?"

"무위(無爲)삼매, 무념처(無念處)삼매, 공처(空處), 식처(識處), 무소유처(無所有處), 비비상처(非非想處)가 있습니다. 불교계에서는 마지막 네 단계를 사무색계(四無色界) 또는 사공처(四空處)라고도 합니다. 이 여섯 단계가 성(性)을 완성하는 단계입니다. 이처럼 명(命) 두 단계, 성(性) 네 단계를 완성해야만이 성명쌍수를 완성했다고 할 수 있습니다.

저는 삼매서부터 여덟 단계를 완성하는 데 꼭 20년이 걸렸습니다. 그런데 지금까지의 진행 상황으로 보아서 선생님은 의외로 빨리 끝내실 것 같습니다. 어떻습니까? 호흡이 바뀌니까 달라진 게 없습니까?"

"과거에도 부분적으로 피부호흡이 되어 오긴 했지만 삼매 수련이 되면서 전신호흡이 됩니다."

"이것을 보고 숨을 쉬는 듯 마는 듯 죽은 듯이 고요한, 숨을 거의 거둔 상태의 개구리나 뱀의 동면시의 호흡과 같다고 합니다. 이때 우주의 8만 4천 개의 별의 정기가 몸에 실려 우리의 8만 4천 개의 기공이 전부 열린다고 말합니다. 자아 그럼 이제부터 다음 단계로 넘어가도록 하시죠."

"어떻게 하면 되겠습니까?"

"유위삼매로 넘어가기로 하겠습니다. 이제부터는 o를 염하시기 바랍니다. 계속 이것을 염하시면 꼭 어떤 변화가 일어나게 될 겁니다."

"알겠습니다."

그와 전화를 끊은 뒤에 저녁을 들고 나서 나는 서재에 홀로 앉아 화두를 염송하기 시작했다.

밤 10시 30분. 수련 중에 선정에 들면서 화면이 나타났다. 다섯 가지의 거대한 동물들이 차례로 나타났다. 마지막 동물을 끝으로 화면은 끊어졌다. 나는 약속대로 진허 도인에게 늦은 밤을 무릅쓰고 전화를 걸었다.

"김 선생님한테서 전화가 올 줄 알고 기다리고 있었습니다."

"그러세요. 어떻게 무슨 텔레파시라도 받았습니까?"

"이상하게도 김 선생님이 각(覺)을 할 때마다 머리가 지끈지끈하고 김 선생님 모습이 떠오르곤 합니다. 방금 전에도 그랬습니다. 틀림없이 전화가 걸려올 것이라고 생각했죠. 전화가 안 오면 제가 직접 걸어보려고 하던 차였습니다."

"신기한 일이군요."

"같은 도맥을 타고 났기 때문에 그런 겁니다. 어떤 장면이 떠올랐습니까?"

"차례로 여덟 마리의 동물이 날아오르는 것을 보았습니다."

"정확합니다."

그는 정확하다는 말을 잘 썼다.

"그게 뭘 뜻하는 겁니까?"

"물론 선생님께서 스스로 알아내실 수도 있습니다. 그러나 어차피 아시게 될 테니까 제가 다 말씀드리겠습니다. 그렇게 하는 것이 수련을 촉진시킬 수 있을 테니까요. 이왕에 수련을 속성으로 끝마치기로 선계의 스승님들께서 작정하신 것 같으니까요."

"그럴까요?"

"정확합니다. 첫째 동물은 도인이 득도한 것을 상징합니다. 득도한 사람의 마음이 바로 그것입니다. 두 번째 동물은 첫 번째와 쌍벽을 이룹니다. 그럼 세 번째 다섯 마리는 무엇이냐? 이것은 인간의 오장육부를 상징합니다. 간(肝)에는 혼이, 심장엔 신(神), 비장엔 의지(意志), 폐장엔 백(魄), 신장에 정(精)이 깃들어 있다고 『동의보감』에도 나와 있습니다. 오장 속의 혼백은 명이 끝날 때 떠나게 되어 있습니다.

다시 말해서 간장, 심장, 비장, 폐장, 신장 속에 깃들어 있던 혼들이 떠나게 되어 있습니다. 마지막 동물은 바로 이 혼백을 상징하는 동물을 잡아먹는데, 그렇게 함으로써 죽음의 세계를 극복하는 것을 말합니다. 이제 명(命)은 끝난 겁니다.

그럼 다음부터는 성(性)의 단계로 넘어갑니다. O를 염하십시오. 저를 가르친 선계의 스승님께서 이르시기를 그대가 완성의 경지에 이를 무렵에는 한 도반을 만나게 되리라 하셨는데 그 예언이 실현되고 있는 것이 틀림없습니다. 저는 19년 동안 김 선생님을 찾아 헤맨 것입니다."

"그렇다면 진허 도인께서 『선도체험기』를 안 읽으셨다면 나와 만날 수도 없었을 것 아닙니까?"

"정확합니다. 『선도체험기』 6권에서 인당에서 삐약삐약 소리가 났다는 구절과 7권에서 황금알이 깨어져 나가는 장면을 보았다는 구절을 못 보았더라면 상황은 달라졌을 겁니다."

"그 말씀은 맞습니다. 왜냐하면 나는 글을 쓸 때 그저 무의식적으로 겪었던 일을 썼을 뿐이지 그게 무엇을 뜻하는지는 전연 몰랐으니까요. 그때 나는 자칭 큰 스승이라는 사람에게 인당에서 삐약삐약 소리가 났다고 했는데도 그게 뭔지 전연 모르더라구요. 그러니 결국 진허 도인을 만나려고 그런 글을 썼던 모양입니다."

"정확합니다. 그럼 이제부터 김 선생님께서 유위삼매를 통해서 선정에 들어 화면으로 깨달으신 것을 제가 정리해 드리도록 하겠습니다. 이건 제가 정리해 드리지 않아도 자연히 깨달아지게 되어 있습니다만, 다음 단계의 수련을 원만히 하시게 하려고 제가 일부러 정리해 보았습니다.

천지인삼매를 뚫고 유위삼매를 마침으로써 이제 명(命) 수련은 완전히 끝마치게 되었는데, 허준의 『동의보감』이라든가 그 밖의 동양의 의서(醫書)들은 이것을 아주 명확하게 밝혀놓고 있습니다. 다시 말해서 사람은 우주에서 가장 영귀(靈貴)한 존재라는 겁니다. 사람의 머리가 둥근 것은 둥근 하늘을 닮았기 때문입니다. 그리고 발이 모가 난 것은 땅을 밟기 때문입니다."

"강화도 마리산에 있는 첨성단 모양이 천원(天圓) 지방(地方)이라고 해서 둥글고 모나게 만든 것도 하늘과 땅을 상징한 것 아닙니까?"

"정확합니다. 하늘에는 봄, 여름, 가을, 겨울, 사시(四時)가 있고, 사람에게는 두 팔과 두 다리 즉 사지(四肢)가 있습니다. 하늘에는 목화토금수의 오행(五行)의 기운이 있고, 사람에게는 간, 심장, 비장, 폐장, 신장의 오장(五臟)이 있습니다. 하늘에는 육극(六極)이 있고, 사람에게는 육부(六腑)가 있습니다. 하늘에는 팔풍(八風)이 있고, 사람에게는 구규(九竅)가 있습니다. 하늘에 이십사기(二十四氣)가 있고, 사람에게는 이십사유(二十四俞)가 있습니다. 하늘에 십이시(十二時)가 있고, 사람에게는 십이경맥(十二經脈)이 있습니다. 하늘에 삼백육십오도(三百六拾五度)가 있고, 사람에게는 삼백육십오 골절(三百六拾五骨節)이 있습니다. 하늘에 일월(日月)이 있고, 사람에게는 면목(眠目)이 있습니다. 하늘에 주야(晝夜)가 있고, 사람에게는 오매(寤寐)가 있습니다. 하늘에 뇌전(雷電)이 있는가 하면, 사람에게는 희노(喜怒)가 있습니다. 하늘에 우로(雨露)가 있는 것과 같이 사람에게는 체루(涕淚)가 있습니다. 하늘에 음양(陰陽)이 있는 것처럼 사람에게는 한열(寒熱)이 있습니다.

땅에는 천수(泉水)가 있고 사람에게는 혈맥(血脈)이 있으며, 땅에 초목(草木)과 금석(金石)이 있는 것과 같이 사람에게는 모발과 치아가 있는데, 이런 것은 사대오상(四大五常)이 묘하고 아름답게 조화되어 이

루어진 것입니다. 이상 말씀드린 것을 신형장부론(身形臟腑論)이라고
합니다.

그럼 이제부터 인체의 구성 원리를 말씀드리겠습니다. 김 선생님께
서 삼매 수련을 통하여 그리고 화면과 호흡의 변화로 깨달으신 바와
같이 사람은 천(天)·지(地)·인(人)의 구성 원리로 태어났습니다. 다
시 말해서 천(天)은 사람의 영혼을 이루고 있고, 지(地)는 사람의 육체
를 구성하고 있으며, 인(人)은 모혈부정(母血夫精)으로 구성되어 태어
나게 됩니다. 인체의 근본은 정(精)·기(氣)·신(神)으로 이루어져 있
습니다. 정(精)은 하단전(下丹田)에 간직되어 있고 기(氣)는 상단전에
신(神)은 중단전에 있습니다."

"그거 혹시 잘못 말하신 거 아닙니까? 기는 중단전, 신은 상단전 아
닙니까?"

하고 내가 물어 보았다.

"그렇지 않습니다. 『혜명경』에서는 그렇게 말하고 있지만 실제는 그
렇지 않습니다. 혜명경과 현묘지도의 차이점이 바로 이런 데 있습니
다. 실제로 수련을 해 보면서 관찰을 해보면 금방 알 수 있습니다."

"그래요?"

나는 반신반의하지 않을 수 없었다.

"정확합니다. 기는 상단전에, 신은 중단전에 있습니다. 이것을 『혜명
경』에서는 잘못 말했기 때문에 그런 줄 알고 그렇게 수련받은 사람들
은 중단이 막히는 일이 자주 있습니다. 머리에 있는 기를 가슴에 있다
고 착각을 했기 때문입니다.

그리고 오장(五臟)은 각각 서로 독립하여 작용하고 있습니다. 폐장의 백(魄)은 호흡을 관장을 하고 있고, 간장의 혼(魂)은 혈액을 걸러서 정화하는 일을 하고 있고, 심장(心臟)의 신(神)은 혈액의 순환을 담당하고 있으며, 비장(脾臟)에는 의지(意志)가 있어서 위장이 자율적으로 움직여 음식을 소화시키고, 신장(腎臟)에는 정지(精志)가 있어서 배설기능과 생식기능을 담당하고 있습니다.

끝으로 머리에는 원신(元神)이 거주하고 있으면서 사고작용(思考作用)을 담당하고 있고 심장의 마음에 뜻을 결정토록 하여 그 일부를 간직하게 하고 평상시에는 생각을 하여 행동에 옮기도록 합니다. 오장 중의 주인은 심장에 깃들어 있는 마음입니다. 밤도 늦고 했으니 오늘은 이만 하겠습니다."

어느덧 밤 열두 시가 가까워 오고 있었다. 그는 거의 한 시간 이상이나 전화기를 들고 얘기를 한 셈이었다. 배우는 사람보다는 가르치는 사람이 몇 배나 더 열의를 보이고 있었다.

"진허 도인께서 지나칠 정도로 열의를 보여주시니 뭐라고 감사해야 할지 모르겠습니다."

"다 그렇게 하도록 스승님들께서 짜놓으신 것입니다. 그럼 이제부터는 ◦을 염송하시기 바랍니다."

"네 꼭 그렇게 하겠습니다."

우리는 전화를 끊었다. 전화를 끊고 나자 긴장이 풀리면서 본격적인 삼매호흡이 작동되기 시작한 것을 피부로 느낄 수 있었다. 팔, 다리, 넙적 다리, 머리, 발끝 할 것 없이 바늘로 찌르는 것 같이 따끔따끔하면서 시원한 기운이 오싹오싹 스며들고 있었다. 나는 내 호흡을 찬찬히 살펴보았다.

숨을 분명 쉬고는 있었지만 그게 쉬는 것 같기도 하고 쉬지 않는 것 같기도 했다. 어떤 때는 숨이 거의 멎은 것처럼 고요하고 우주의 팔만 사천 개의 별의 정기가 실린 내 온몸의 살갗의 팔만 사천 개의 기공이 모조리 열려 호흡기 호흡을 대신하는 것 같았다.

물속에서도 숨을 안 쉬고 배겨낼 수 있을 것 같았다. 고구려의 연개소문이 물속에서 한나절씩 헤엄을 쳤다는 얘기가 거짓말이 아니라는 것을 실감했다. 그뿐인가? 밀폐된 토굴 속에서 서너 달씩 동면을 한다는 인도의 요기들의 얘기 역시 허황된 얘기가 아니라는 것을 알 수 있을 것만 같았다. 개구리나 뱀이 한겨울 동안 땅속에서 여름과 가을에 잘 먹어서 뱃속에 저장해 둔 비계로 영양을 보충하면서 동면을 하는 것도 피부호흡만 할 수 있다면 얼마든지 가능한 일이라는 것을 실감할 수 있었다.

어떤 때는 손발이 시릴 정도로 음기가 들어오다가도 그것이 극에 달하면 이번엔 손발이 훈훈해지고 온몸이 따뜻해지면서 양기가 들어오기도 했다. 12월 2일에 삼매 수련에 들어가 12월 3일까지 이틀 동안에 나는 천지인삼재와 유위삼매를 완전히 마친 것이다. 바로 이 이틀 동안에 나는 하도 급격한 심신의 변동을 겪어서 그런지 밤 12시가 넘었건만 눈만 말똥말똥할 뿐 잠이 오지 않았다. 잠이 올 때까지 나는 진허도인이 일러준 화두를 암송하기 시작했다.

맥을 바꾸는 화두 염송

1992년 12월 4일 금요일 −1∼10℃ 대체로 맑음

오전 아홉 시부터 열 시까지 진허 도인이 일러준 화두로 수련을 계속했다. 처음엔 환한 빛이 나타나다가 사람 없는 옛날 선비의 방이 보였다. 책상에 지필묵이 가지런히 놓여 있고 서가에는 책이 차곡차곡 쌓여 있건만 사람은 보이지 않았다. 한동안 그런 장면이 되풀이 되다가 나중에는 아무것도 보이지 않았다.

시간이 흐를수록 삼매호흡 즉 피부호흡은 점점 더 강화되었다. 12월 2일과 3일 이틀간에 걸쳐 천지인삼재와 오장육부를 관통한 삼매 수련을 마치기 몇 주일 전부터 사실은 이상하게도 강한 기운이 들어오는 것을 나는 감지하고 있었다. 전에 여러 번 겪었던 일이다. 나는 이번에도 무슨 큰일이 일어나리라는 것을 예감은 했었다. 작년에 경찰이나 검찰에 불려가기 하루나 이틀 전부터 강한 기운이 들어오던 것과는 차원이 다른 큰 기운이었다.

나는 이번 수련을 통해서 성명쌍수라는 것이 과연 무엇을 의미하는지 확실히 알았다. 진허 도인이 준 화두를 암송한다는 것은 불교에서 참선 시에 이용하는 화두와는 전연 그 성질을 달리한다는 것도 알았다. 참선의 경우는 스승이 제자에게 준 화두의 의미를 깨닫는 것이지만 현묘지도에서 말하는 화두는 그런 것이 아니었다. 어쩌면 아라비안 나이트에 나오는 '열려라 참깨!' 같은 주문과도 비슷하다 할까?

열려라 참깨 하면 암벽 속에 감추어져 있던 비밀 문이 서서히 열린다. 그러나 현묘지도에서의 화두는 그런 외부적인 것이 아니다. 바로 이 화두를 염송함으로써 몸과 마음속에 감추어져 있던 눈에 보이지 않는 비밀의 문이 열리면서 엄청난 심신의 변화가 일어나기 때문이다. 머리로만 깨닫는 것이 아니라 몸이 함께 변화하기 때문이다. 화두를 암송함으로써 머리로만 깨달았다면 참선의 경우와 하등 다를 것이 없었을 것이다. 그러나 이건 호흡이 바뀌고 운기현상이 바뀌는 것이다. 마음에 깨달음이 오는 것과 함께 호흡과 운기가 대폭 변화한다는 데 묘미가 있는 것이다. 마음과 몸이 함께 변한다는 데 성명쌍수의 핵심이 있다.

오전 10시. 진허 도인이 축하차 찾아와서 말했다.

"천지인삼재를 뚫고 유위삼매를 마치면 범골이 선골로 바뀌고 피부와 호흡과 맥박이 바뀝니다. 이제 김 선생님은 명(命)을 마쳤으니까 이제 몸은 더이상 늙지 않습니다."

"그런 일이 정말 있을 수 있을까요?"

"있구말구요, 이제 두고 보십시오. 제 말이 틀리는가?"

"그렇다면 정말 늙음을 이길 수 있다는 말입니까?"

"인당에서 삐약삐약 소리가 났을 당시 이상으로는 늙지 않을 테니 두고 보십시오. 저는 스물두 살에 인당에서 삐약삐약 소리를 들었는데, 정력은 지금도 그때 그대롭니다."

이렇게 말하면서 그는 자신의 손이며 얼굴을 쓰다듬어 보이는 것이었다.

"그렇다면 지금도 22세 때의 정력을 그대로 유지하고 있다는 말입니까?"

"그렇다니까요. 세파에 부대껴서 비록 얼굴은 중년으로 보이지만 지금도 정력은 22세 때 그대롭니다."

"그렇다면 어디 한번 맥을 짚어보아도 되겠습니까?"

"짚어 보세요. 얼마든지."

나는 그의 촌구와 인영맥을 짚어보았다. 과연 네 개의 맥이 골고루 균형을 유지하고 있었고 틀림없는 평맥이었다. 나는 지금껏 숱한 사람의 맥을 짚어 보았지만 진허 도인만큼 균형 잡힌 평맥을 만져본 일은 없었던 것이다.

"과연 다르긴 다른데요."

그의 맥을 짚어본 나는 나도 모르게 나 자신의 인영 촌구맥을 짚어 보았다. 그러한 내 모습을 물끄러미 지켜보던 그가 말했다.

"어떠세요. 삼매 이전과는 사뭇 다르죠?"

"과연 다른데요. 삼매 전에는 인영맥이 촌구맥보다 조금 강했었는데, 이젠 거의 균형이 잡혀 있고 그전보다 맥이 약간 느리고 안정이 된 것 같습니다."

"그것 보세요. 그리고 대주천 경지까지는 호흡이 대체로 네 가지로 바뀝니다. 그것을 풍(風) 천(喘) 기(氣) 식(息)이라고 하는데."

"풍천기식이란 무엇을 말합니까?"

"네 가지 숨 쉬는 모양을 말합니다. 풍은 풍상(風相)이라고도 하는데, 코로 들이쉬는 숨이나 내어쉬는 숨소리가 나는 것을 마음으로 느

끼는 것을 말합니다. 천은 천상(喘相)이라고도 하는데 비록 숨소리는
들리지 않지만 막혀서 잘 통하지 않는 것을 말합니다. 기 역시 기상(氣
相)이라고도 하는데, 호흡할 때 비록 소리도 나지 않고 막히지도 않지
만 숨이 들어오고 나갈 때 면면(綿綿)히 가느다랗게 이어지지 않는 것
을 말합니다.

이 세 가지는 숨이 조화가 되지 않은 모양입니다. 이런 때는 상기된
기운을 가라앉혀 마음을 편안하게 하고, 몸을 느긋하게 이완시키고, 기
운이 온몸의 모공에 골고루 퍼져 있다고 생각해야 합니다. 이처럼 숨
쉬는 것이 조절되면 마음이 안정됩니다. 식은 식상(息相)이라고도 하
는데, 이것은 호흡할 때 소리도 나지 않고 막히지도 않으며 거칠지도
않게 들이쉬고 내쉬는 것이 면면(綿綿)하여 숨이 있는 듯도 하고 없는
듯도 하면서 심신이 편안해지는 것을 말합니다."

"혹시 그런 호흡법을 설명한 책이라도 있으면 소개해 주십시오."

"있습니다. 불교의 참선에 대한 책인데요. 어차피 현묘지도는 고운
최치원 선생님의 말씀과 같이 유·불·선이 다 포함되어 있습니다. 다
시 말해서 이 세상에 존재하는 모든 종교와 심신수련 기법이 전부 망
라되어 조화를 이루고 있습니다. 호흡법은 신라 때 천태지자대사가 설
명해 놓은 것을 새롭게 정리한 『선(禪)의 비밀(秘密)』이란 책에 자세히
나와 있습니다. 저자는 불앙(祓仰) 권오호 씨로 되어 있고 선문출판사
에서 펴냈습니다. 물론 현대인의 읽기에는 좀 껄끄러운 문장으로 되어
있기는 하지만 거듭 읽으면 반드시 그 진수를 접할 수 있는 좋은 책입
니다. 말이 나온 김에 현묘지도 공부에 참고가 될 만한 책을 한 가지만

더 소개하겠습니다."

"그게 무슨 책인데요?"

"석지현 스님이 쓰셨고 일지사에서 펴낸 『선(禪)으로 가는 길』이란 책입니다."

"그러고 보니 현묘지도는 선(禪)과는 밀접한 관계가 있는 것 같습니다."

"물론입니다. 배달국 제5대 태우의 환웅천황 때 우리 선도가 서쪽으로 넘어가 지나의 도교와 유교가 싹텄고 인도에 들어가서는 요가와 불교가 싹튼 겁니다. 그러니까 현묘지도는 유·불·선이 글자 그대로 다 내포되어 있는 겁니다. 온 세계의 종교와 심신수련 방법의 모태라고 할 수도 있습니다. 그건 그렇고 도대체 이거 어떻게 된 겁니까?"

"뭐가 말입니까?"

"전 무위삼매에까지 이르는데 무려 육 개월이나 걸렸는데 김 선생님께서는 겨우 이틀 만에 끝내시다니 정말 놀라운 일입니다. 제 아버님께서는 60세 때 아직 때가 이르지도 않았는데 제가 하던 화두를 엿들으시고 그것을 염하시다가 큰일 날 뻔했다는 얘기는 이미 말씀드렸죠. 그래도 그때 유위삼매에는 이르시지 못하고 겨우 천지인삼매까지는 관통을 하셨기 때문에 지금 연세가 80이 되셨는데도 아직 머리도 세지 않으셨고 비교적 정정하신 편입니다. 그때 만약 유위삼매까지만 마치셨더라면 명(命)은 완성할 수 있었을 텐데. 그 때문인지 남보다는 훨씬 정정하신 편이긴 하지만 서서히 늙어가시는 것이 안타깝기 짝이 없습니다."

"그렇다면 현묘지도에는 모두 몇 가지 수련 단계가 있습니까?"

"초보에서 견성까지만 해도 우선 열두 단계가 있습니다."

"그것도 좀 설명해 주시겠습니까?"

"그러죠. 1단계가 호흡문 열기, 2단계가 하단전 축기, 3단계가 소주천, 4단계가 대주천입니다. 여기까지는 혜명경 기공법과 거의 같습니다. 그다음 5단계로서 천지인삼재를 뚫는 천지인삼매와 유위삼매가 있는데 이것이 바로 현묘지도의 핵심 비결입니다. 이것은 5천 5백 년 전에 우리 선도가 태우의 환웅천황의 막내아들인 태호복희에 의해 서토로 전해질 때도 빠져 있었고 자부선인이 황제헌원에게 삼황내문경(음부경)을 넘겨줄 때도 빠져있었습니다.

그래서 지금도 지나의 기공이나 인도의 요가나 불교의 참선에서도 이것만은 빠져 있습니다. 5단계가 천지인삼매, 6단계가 유위삼매, 7단계가 무위삼매, 8단계가 무념처삼매, 9단계가 공처, 10단계가 식처, 11단계가 무소유처, 12단계가 비비상처입니다. 8단계서부터 12단계까지를 불교에서는 사공처(四空處) 또는 사무색계(四無色界)라고도 합니다. 비록 내용은 다르지만 삼매는 요가에도 있습니다. 그러니까 현묘지도는 이것만 보아도 벌써 기공, 요가, 참선, 유·불·선이 다 포함되어 있지 않습니까?"

"과연 그렇겠는데요."

"김 선생님은 대주천까지는 이미 되어 있었으니까 천지인삼매부터 8단계 수련만 마치시면 견성까지는 모두 끝내게 되는데, 벌써 시작하신 지 이틀 만에 두 단계를 뛰어넘으셨습니다. 천지인삼매, 유위삼매를 거쳐 지금은 무위삼매에 들어가 계시는 겁니다. 제가 지금부터 20년전 스물두 살 때 선계의 삼허대사의 지도를 받아가면서 근 반년 동안에 터득한 것을 겨우 이틀 만에 마치신 겁니다.

대단히 큰 그릇이 아니면 이런 일은 있을 수 없습니다. 저는 사실 김 선생님을 선계의 스승님들이 계시는 문 앞까지만 인도하는 역할을 할 뿐입니다. 비밀의 문을 여는 열쇠는 순전히 선계의 스승님들께서 쥐고 계십니다. 그러니까 보십시오. 선계의 스승님들과 지상에 사는 인도자와 수련받을 사람 세 요소가 일치가 되어 있어야 비로소 이 공부는 제대로 이루어지는 겁니다. 선계의 스승님들이 김 선생님과 저에게 거는 기대가 얼마나 크다는 것을 곧 이해하시게 될 겁니다."

"글쎄요. 난 무슨 소린지 지금은 잘 알아들을 수가 없네요."

"이제 차차 아시게 될 겁니다. 어쨌든 명(命)을 완성하신 것을 축하드립니다."

"고맙습니다. 그렇다면 나는 지금 이상으로는 더이상 늙지 않는다는 말입니까?"

"그렇습니다. 적어도 지금의 정력은 그대로 언제까지나 유지될 것입니다. 가만히 생각해 보세요. 지난 3년 동안 김 선생님께서는 정력이 쇠하신 일이 있었는지."

이 말을 듣고 나는 지난 3년 동안을 되돌아보았다. 미상불 그럴싸해서 그런진 몰라도 그동안에 남들처럼 기력이 줄어든 것 같지는 않다. 나는 비록 앞머리는 좀 벗겨졌을 망정 머리칼은 조금도 세지 않았다.

아내는 나보다 나이가 다섯 살이나 아래인데도 벌써 흰머리가 반쯤이나 차지하고 있는데도 나는 아직 검은머리 그대로다. 아내는 노상 내 머리를 보고는, "어떻게 돼서 나보다 다섯이나 나이를 더 먹은 당신은 머리가 조금도 세지를 않았어요. 그런데 난 왜 이렇게 자꾸만 머리가 세지. 정말 얄미워 죽겠네. 이러다가 내가 먼저 할망구가 되는 거 아닌지 모르겠어요" 하고 푸념을 늘어놓곤 한다.

그것뿐이 아니었다. 바느질할 때 아내는 바늘에 실을 꿰지 못한다. 눈이 침침해서 바늘귀가 영 보이지 않는다고 한다. 그래서 지금도 나는 바늘에 실 꿰는 일을 대신해 준다. 그뿐 아니라 아내는 신문 활자도 아물아물해서 잘 못 읽고 영어 사전도 못 읽지만 나는 어떠한 작은 활자든지 육안으로 다 읽는다. 내 기력이 아직 쇠하지 않은 것은 등산할 때 암벽을 타보면 금방 알 수 있다. 나는 아직도 10년 전에 타던 암벽도 그때와 조금도 다름없이 잘 탄다. 어떤 때는 그때보다 오히려 더 힘이 난다. 이것을 보면 지난 몇 해 동안 기력이 줄어든 것이 아닌 것은 확실하다. 그러나 진허 도인이 그렇게 말했다고 해서 그의 말을 곧이곧대로 믿기는 아직 이르다고 나는 생각한다.

"아직까지는 지난 3년 동안에 기력이 줄어든 것 같지는 않지만 앞으로 10년 뒤에도 그럴지는 속단할 수 없을 것 같습니다. 그러나 10년 뒤에도 지금의 내 정력이 그대로 유지된다면 믿을 수밖에 없겠죠. 그때가 되면 나는 71세가 될 것이고 내 동갑내기들은 대부분 머리가 허옇게 세거나 이 세상을 하직한 축들이 더러 있을 겁니다. 그때도 지금의 기력이 그대로 유지가 되고 외모도 지금과 대차가 없다면 진허 도인의 말이 실증이 되겠죠. 어디 그때까지 두고 봅시다."

"두고 보세요. 틀림없을 겁니다. 좌우간 축하드립니다. 저는 20년 동안 도를 닦아 왔지만 김 선생님처럼 천지인삼매와 유위삼매를 단 이틀 만에 통과한 분은 처음 봅니다. 이미 모든 준비를 다 끝내 놓고 계셨던 것 같습니다."

"난 지금도 뭐가 뭔지 모르겠습니다. 어쨌든 진허 도인이 아니라면 어떻게 이런 일이 일어날 수 있겠습니까?"

"저야 단지 심지만 당겼을 뿐이죠. 현묘지도 도맥의 바통은 이미 김 선생님께 넘어 갔습니다."

"그게 정말입니까?"

"그렇구말구요."

아직도 어리둥절한 상태이긴 하지만 이 말을 들으니 불현듯 한 생각이 떠올랐다. 나는 그 생각을 금방 언어로 바꾸어 놓았다.

"그렇다면 현묘지도의 역사, 현묘지도의 수행법, 현묘지도의 역대 스승님들의 업적과 계보까지 나한테 넘겨주셔야 되는 거 아닙니까?"

"정확한 얘깁니다. 이제 차츰차츰 넘어가게 되어 있습니다. 두고 보십시오."

"오해는 하시지 마십시오. 뭐 어떤 욕심이 있어서가 아니라 나는 글쟁이의 속성을 가지고 있지 않습니까? 이런 훌륭한 조상들의 도법이 세상에 나왔으면 한시바삐 그것을 국내외 구도자들에게 알려야 할 임무가 나에게는 지워져 있기 때문에 이런 말을 하는 겁니다."

"잘 알고 있습니다. 그것이 바로 선계의 스승님들의 뜻이라는 것도 알고 있습니다. 앞으로 김 선생님과 저와는 부단한 대화를 나누는 가운데 하나씩 하나씩 도법이 전수될 것입니다. 때로는 기록으로 넘어가는 수도 있을 것입니다. 벌써 반 이상은 넘어갔습니다. 가장 중요한 핵심 노하우가 이미 김 선생님 수중으로 넘어갔습니다."

"그렇습니까? 그게 정말입니까?"

"그렇구말구요. 현묘지도를 빼놓고는 이 세상의 어떤 종교나 심신수련 체계에도 없는 도법의 핵심 부분이 지난 이틀 동안에 김 선생님에게로 넘어갔습니다. 이런 일은 선계의 스승님들의 동의 없이는 절대로 성사되지 않습니다."

"선계의 스승님들은 전부 우화등선한 분들이겠죠?"

"물론입니다. 그분들이야 맘만 잡수신다면 이 우주 삼라만상의 그 어느 것으로도 순식간에 변할 수 있는 능력을 갖추신 분들이죠. 빛으로 계시다가 순식간에 사람도 되고 동물도 식물도 광물로도 둔갑을 할 수 있는 분들입니다. 신통자재(神通自在)한 분들입니다."

"그러한 분들이 30명이나 된다는 말입니까?"

"그렇죠. 그분들은 전부 다 삼선(三仙)의 도를 닦으신 분들입니다."

"삼선의 도란 무엇을 말하는지요?"

"첫째 마음으로 닦고 두 번째는 신(神)으로 닦고 세 번째는 우화(羽化)로 닦아야 비로소 삼선의 도를 다 닦을 수 있는데 그렇게 되어야만 자신의 육체를 그대로 에너지로도 빛으로도 그 밖의 무엇으로도 원하는 대로 바꿀 수 있습니다."

"그런 말을 자꾸만 들으니까 내가 꼭 무릉도원이나 무슨 요지경 속에 들어 앉아 있는 것 같은 느낌이 드는군요. 어쩐지 현실 같지 않습니다."

"그러나 어쩌겠습니까? 그게 어쩔 수 없는 엄연한 현실인 것을."

"진허 도인께서는 인당에서 삐약삐약 소리가 나는 사람을 19년 동안이나 찾아 헤매다가 『선도체험기』를 읽고 나를 찾아냈다고 하셨는데, 그럼 나 역시 앞으로 그런 사람을 찾아내야 된다는 얘기가 아닙니까?"

"그거야. 김 선생님께서 앞으로 하실 입니다. 저는 지금 19년 지고 다니던 무거운 등짐을 내려놓은 것처럼 기분이 홀가분하고 시원합니다. 지금은 그야말로 기분이 날아갈 것 같이 홀가분합니다."

과연 그럴까? 그렇다면 나도 내 뒤를 이을 만한 구도자를 지금부터 점찍어 두어야 하는 것이 아닌가? 나는 이때부터 나와 관련을 맺었던 구도자들을 일일이 점검해 보기 시작했다.

천지인삼매와 유위삼매를 성공적으로 통과한 것을 축하하러 왔던 진허 도인은 무위삼매를 계속 밀고 나갈 것을 당부하고 돌아갔다. 나는 실로 오래간만에 자기가 하는 일을 돈과 결부시키지 않는 순수한 사람을 만난 것 같다. 스스로 장담한 그대로 진허 도인이 나를 찾아와 수련을 시키는 것은 사욕이 전연 개재되지 않은 것을 알 수 있다. 그는 자기가 하는 일이 그저 좋아서 하는 그런 사람이다. 수입이나 돈이나 자기 이익 같은 것은 애초에 계산에 넣지 않고 그는 스스로 보람이 있다고 생각한 일을 선택하여 그 일에 정신없이 몰두해 있는 것이다.

이러한 사람을 돕지 않고 누구를 돕는단 말인가? 인간은 어차피 상부상조하지 않으면 살아갈 수 없게 되어 있는 것이다. 무엇이 진허 도인을 돕는 것인가? 그것은 두말할 것도 없이 그가 지난 20년 동안 남몰래 외롭게 혼자서 닦아온 현묘지도를 널리 세상에 알리는 일이 될 것이다. 이 일은 진허 도인 혼자서는 하기 어려울 것이다. 내가 할 일은 그가 한계를 느끼는 일을 돕는 것이다.

시해등선(尸解登仙)

1992년 12월 7일 월요일 5~9℃ 한 두 차례 비

무위삼매 수련을 계속하고 있다. 진허 도인이 나타나고부터 결과부좌를 하고 수련을 하기 시작했다. 이제는 결과부좌를 한 채 한 시간 이상을 버틸 수 있게 되었다. 결과부좌를 하면 더 깊은 삼매의 경지에 몰입할 수 있다.

삼매호흡이 점점 더 깊어진다. 온몸 살갗 전체에 아주 진한 박하를 발라놓은 것같이 상쾌하고 시원한 느낌이다. 유위삼매는 오장육부를 관통함으로써 몸속에서 음양오행육기가 완성되는 단계이다.

오후 2시 반에서 3시 사이, 무위삼매 수련을 하고 있는 동안 나는 어느덧 나 자신도 모르게 시해(尸解)를 했다. 시해란 내 영체가 몸을 빠져나가는 것을 말한다. 전에도 여러 번 경험한 일이 있어서 심상했다. 1989년도엔가 한 번 가본 일이 있고 작년에도 가본 일이 있고, 그 뒤에도 몇 번인가 가본 일이 있는 곳이었다. 몸에서 빠져 나간 영체는 1분쯤 뒤에 화려하고 웅장한 대부전(大府殿)에 도착했다. 환웅천황이 계시는 전각에 가서 그분에게 인사를 했다.

"부르셨습니까?"

"거기 앉아서 잠시 기다리게."

잠시 후에,

"부를 때 다시 오게."

이러한 대화가 원격 감응으로 오갔다.

나는 금방 내 몸속으로 돌아왔다.

1992년 12월 8일 4~8℃ 가끔 흐림

오후 3시. 무위삼매 수련 중 다시 입정 상태에 들어갔다. 어느덧 나는 대부전에 가 있었다. 환웅천황의 인도를 받아 환인천제 앞에 인도되었다. 작년에 갔던 바로 그 장엄한 전각 내부였다. 환인천제에게 세 번 절을 하고 나니까, 옆에 있던 배신(陪臣)이 문짝만한 타원형의 거울을 보여주었다. 작년(1991년) 4월에 보았던 것과 똑같은 네 개의 글씨가 나타나고는 그때 보지 못했던 또 하나의 글씨가 더 나타났는데 다음과 같았다.

人 天 人 天 天
心 心 車 車 人

이 다섯 글자에 뒤이어 일곱 가지 형상이 차례로 나타났다가 하늘로 날아올랐다. 뒤이어 수많은 신선과 선녀들이 환영하고 축하하듯 나를 에워싸고 춤을 춘다. 잠시 후 나는 그들을 뒤에 하고 그 자리를 떠났다. 그들이 손을 흔들어 나를 전송해주었다. 잠시 후 나는 현실로 돌아왔다.

현실로 돌아온 나는 곰곰이 생각해 보았다. 대부전에서 본 형상들이 무엇을 나타나내는 것일까. 내 나름대로 해석을 해 보았다.

孫盃盦崙의 네 개의 글자는 내가 맡은 사명을 말하는 것이다. 나는 그 사명을 완수하기 위해서 이미 14권의 『선도체험기』를 썼다. 정상적인 궤도를 벗어난 선도를 제 자리에 돌려놓기 위한 작업이었다.

나는 내 나름으로 맡은 사명을 충실히 완수한다고 했다. 天이 그것이다. 이제 선계에서 인정을 받은 것 같았다. 그럼 人은 무엇을 의미하는 것일까? 그에 대한 보상으로 나는 지금 천인합일(天人合一)을 이룰 수 있는 수련에 임하고 있다는 것을 암시해 주는 것임을 알 수 있었다. 그렇다면 전에는 전연 보지 못했던 일곱 개의 형상은 무엇을 말하는 것일까? 나는 아무리 머리를 굴려 보았지만 의문은 쉽사리 풀리지 않았다. 이때 진허 도인에게서 전화가 걸려 왔다.

"무위삼매 수련 잘되고 있습니까?"

"네, 그런대로 잘 진행되고 있는데, 조금 전에 유체이탈을 했습니다."

"그러세요. 유체이탈이란 심령과학 용어고 우리는 그것을 시해등선(尸解登仙) 또는 좌탈입망(坐脫入亡)이라고 합니다. 『혜명경』에서는 이것을 출신(出神)이라고 하죠."

나는 방금 전에 본 것을 그대로 말해 주었다.

"다른 것은 무슨 뜻인지 알만한데 그 일곱 형상만은 금방 이해가 되지 않습니다."

"어디 한번 더 자세히 말씀해 보세요."

나는 내가 조금 전에 본 것을 좀 더 상세히 사실대로 말했다.

"이젠 모든 것이 다 드러났군요."

"그게 무슨 말씀입니까?"

"도맥(道脈)의 실상이 다 드러났다는 말씀입니다."

"그래요. 좀 자세히 말씀해 주시겠습니까?"

"그 일곱 형상은 바로 현묘지도의 제 1대부터 7대까지의 스승님들을 상징하는 것입니다. 그러니 김 선생님과 저는 결국 같은 도맥이라는 것을 보여주는 겁니다."

이렇게 말하면서 그는 1대 스승부터 7대 스승까지의 내력을 설명해 주었다. 그러나 아직 때가 아니어서 발표는 하지 말아달라고 당부했다.

"그런데 김 선생님이나 저나 시해등선(尸解登仙) 즉 좌탈입망(坐脫入亡)은 할 수 있지만 천법(天法)과 천시(天時)를 맞추어야 할 금선탈각(金蟬脫殼)은 할 수 없습니다."

"금선탈각이란 우화등선을 말하는 것인가요?"

"정확합니다. 금선탈각을 해야만 임의로 자기 모습을 무슨 형상으로든 바꿀 수 있습니다. 조금 전에 오신 일곱 스승은 그걸 입증하고 있습니다."

"그건 천인합일이 되어 우주와 완전히 하나가 된 것을 말하는 것이겠군요."

"정확한 얘깁니다. 그런데 김 선생님은 오늘을 마지막으로 앞으로는 절대로 시해등선이나 좌탈입망을 하시지 않는 것이 좋습니다."

"그렇습니까? 왜 그렇게 해야만 되죠?"

"이제부터는 불필요하게 에너지를 그런데 소모할 필요가 없으니까요. 견성하시기 위한 수련에도 모자랄 정력을 그런데 소모할 필요가 있겠습니까? 잘 아시겠지만 한번 좌탈입망하는 데 얼마나 많은 에너지가 소비되는지 잘 아실 텐데요."

"그건 사실입니다. 한번 시해를 할 때마다 엄청난 정력이 소비되는 것은 사실입니다."

"시해하실 때 자신의 영체를 보신 일이 있습니까?"

"있구말구요. 그렇지 않아도 나 자신의 영체는 어떤 모습일까 하고 유심히 살펴본 일이 있습니다."

"어떤 모습이던가요?"

"옷을 입고는 있었는데, 거의 투명체였습니다."

"그래야 합니다. 만약 자신의 영체가 투명하지 않으면 무언가 잘못된 겁니다. 지금 호흡은 어떻습니까?"

"천지인삼재가 관통될 때에 호흡이 가장 크게 변했고 유위삼매를 마쳤을 때도 변하긴 했지만 천지인삼매 때보다는 조금 못한 것 같았습니다. 무위 호흡에 들어가서도 물론 변화가 있었습니다."

"어떻게요?"

"유위삼매 때보다는 좀 더 안정되고 강화된 호흡입니다."

"삼매호흡을 전신호흡 또는 피부호흡이라고 합니다. 기공에서는 이것을 태식(胎息)이라고 하죠. 기공에는 무식(武息), 문식(文息), 진식(眞息), 태식(胎息)이 있는데, 바로 이 태식이 삼매호흡에 해당됩니다.

누에알은 따뜻한 잠실에서 부화되어 벌레로 변해서 뽕잎을 갉아 먹고 자라게 됩니다. 어느 정도 자라면 고치집을 짓고 그 안에서 한동안 아무것도 먹지 않고 가만히 있습니다. 이때 유충은 성충이 되는 데 필요한 조직으로 변해갑니다.

삼매호흡이란 바로 이때의 번데기의 호흡과 비슷합니다. 숨을 쉬는 듯 마는 듯 죽은 듯 고요하고 사람으로 말하면 거의 숨을 거둔 상태를 말합니다. 이 과정을 거친 뒤에야 비로소 나비로 변하게 됩니다. 인간으로 말하면 우화등선하는 것과 같습니다. 나비는 알을 낳고 죽습니다. 그러나 인간은 우화등선하여 우주와 완전히 합일하여 우주생명으로 영원히 존재하게 됩니다."

"열반에 들어 부처가 되는 것을 말하는군요."

"정확합니다."

"선도에서 말하는 성통공완이니 천인합일이니 하는 것도 바로 이것을 말하는 것이 아닙니까?"

"정확합니다."

1992년 12월 10일 목요일 1~4℃ 비, 눈 조금

무위삼매호흡을 계속한다. 진허 도인의 말이 생각났다.

"무위삼매 시는 마음으로 화두를 염송하면서 고양이가 쥐를 노리듯 마음을 노려보아야 합니다. 마음에 정신이 먹혀버리면 안 됩니다. 마음에 정신이 먹혀버리면 마군이 끼어들게 됩니다."

진허 도인의 말이 잠재의식에 각인되어서일까? 밤 11시부터 11시 15분 사이였다. 수련 시 화면에 보통의 쥐의 세배나 됨직한 대형 쥐 한 마리가 뒤뚱뒤뚱 움직이고 있었다. 이때 어디서 나타났는지 고양이 한 마리가 잽싸게 달려와 쥐를 덮쳐버렸다. 고양이는 정신이고 쥐는 마음을 상징한 것일까? 이런 일이 있은 뒤 피부호흡이 한층 더 강화되었다.

1992년 12월 12일 토요일 −4∼4℃ 맑은 후 흐림

전신 피부호흡이 점점 더 강화되고 있다. 수축 · 이완 · 한열 · 허실 · 음양이 교대로 진행되면서 기운이 바뀌고 있다. 음기가 들어올 때는 손발이 차고 양기가 들어올 때는 손발이 따뜻해진다. 피부호흡이 진행되면서 이러한 현상은 더욱더 뚜렷해졌다.

1992년 12월 14일 월요일 −9∼−2℃ 구름 조금

오전 9시 반. 수련 중에 거대한 빛의 덩어리가 상단전과 중단전에서 빙글빙글 소용돌이친다. 작년(1991년) 4월에도 이와 비슷한 경험을 했지만 그때보다는 그 규모나 질적인 면에서 엄청나게 크다. 처음엔 은백색의 발광체가 회전하고 있었는데 그것이 뒤에는 황금색으로 변해 갔다. 진허 도인에게서 점검차 전화가 왔기에 이런 얘기를 했더니, "은백색은 대주천의 대약(大藥)이고 황금색은 불교에서 말하는 백호방광(白毫放光)입니다. 부처님의 인당에 박혀있는 구슬이 그걸 상징하는데, 눈썹 사이의 터럭으로 광명을 무량세계로 비친다고 합니다" 하고 말했다.

1992년 12월 18일 금요일 −5∼4℃ 맑은 후 흐림

피부호흡이 점점 더 강해지고 있다. 온몸이 몸살 때 모양 오싹오싹했다. 그전 같으면 몸살기로 누워야 할 판이지만 그렇지는 않았다. 몸살 때문에 몸이 오싹오싹한 게 아니고 피부호흡 때문에 그런 것이다.

1992년 12월 19일 토요일 −2~5℃ 구름 조금

새벽 다섯 시에 눈을 떴을 때 하도 몸이 오싹오싹해서 영락없이 몸살기로 못 일어나나 보다 했는데, 막상 일어나 보니 아무렇지도 않았다. 피부호흡을 몸살로 착각을 한 것이다. 급격한 신체적 변화에 미처 순응이 되지 않아 신경이 곤두선다.

1992년 12월 26일 토요일 −5~−4℃ 맑은 후 흐림

진허 도인의 점검을 받고 무위삼매를 끝내고 무념처삼매 단계에 들다. 호흡의 상태가 또 한 단계 뛰어 올랐다. 무위삼매와 무념처삼매는 직접 경험해 보지 않고는 무어라고 설명을 할 수가 없다.

열한 가지 호흡

1992년 12월 30일 수요일 -2~3℃ 흐린 후 갬

무념처삼매에 들면서 호흡이 풍천기식(風喘氣息.) 네 가지에서 열한 가지로 변했다. 호흡 중에 다음과 같은 변화가 일어났다.

1. 몸이 앞뒤로 끄떡끄떡 움직인다.
2. 몸이 좌우로 부르르 떤다.
3. 배속을 주걱이 휘젓는 것 같다.
4. 주걱이 가슴을 휘젓는다.
5. 고개가 좌우로 흔들린다.
6. 고개가 앞뒤로 흔들린다.
7. 고개가 자동으로 도리질을 한다.
8. 호흡이 일시에 상단전으로 몰린다.
9. 호흡이 일시에 중단전으로 몰린다.
10. 호흡이 일시에 하단전으로 몰린다.
11. 흡과 호가 일정치 않고 자유자재로 움직인다.

단기 4326(1993년) 1월 7일 목요일 -2~3℃ 가끔 흐림

무념처삼매 수련을 끝내고 나 자신의 정체를 밝히는 공처(空處) 수련에 들어가다.

1993년 1월 10일 일요일 −2~1℃ 구름 조금

지금까지 내가 걸어온 천지인삼매, 유위삼매, 무위삼매, 무념처삼매
는 불교적으로 말하는 4유색계(四有色界)에 해당되고 앞으로 하게 될
공처, 식처, 무소유처, 비비상처는 4무색계에 해당된다.

오전에 등산에서 돌아와 오후 3시 40분에서 4시 50분 사이에 입정
상태에 들어갔다. 공처는 나 자신의 정체(正體)를 알아내는 단계이다.
공처 화두를 계속 염송하자 홀연 입정 상태에 들어가면서 눈앞에 화면
이 나타나기 시작했다. 수백 개의 인물상이 마치 인원 점검이라도 받
듯이 나란히 줄을 서 있다. 문사(文士), 무사(武士), 관리, 도인, 신하,
기술자, 예능인 모두가 이목구비가 뚜렷하고 기골이 장대하여 한가락
하는 사람 같은 인상을 풍겼다.

그중에서도 특히 내 눈길을 끄는 것은 면류관을 쓴 네 명의 임금의
모습이었다. 그러니까 나는 전생에 네 번이나 왕 노릇을 한 경험이 있
다는 것을 말한다. 내가 정치에 무관심한 것은 전생에 이에 신물이 나
도록 경험을 한 일이기 때문일 것이다. 그런데 순간적으로 이 모든 인
물상들이 한데 뒤섞여 빙빙 소용돌이치며 돌아간다. 마치 강력한 회오
리바람에 휘말린 것 같다. 한참 돌개바람처럼 소용돌이치더니 그것은
일시에 말간 액체로 변했다. 그런가 하면 금방 또 기체로 변하는 것이
었다. 그 기체는 다시금 아무것도 없는 허공으로 변했다.

마지막으로 허공으로 변할 때는 뭐라고 말할 수 없는 황홀한 법열과

충만감이 내 인당과 중단을 중심으로 온몸을 감쌌다. 지금껏 지식으로 머릿속으로만 알았던 진리를 몸과 피부와 중심 자각으로 확인한 것 같았다. 뒤이어 진허 도인으로부터 내 수련의 진전 상황을 점검하려는 전화가 걸려 왔다. 나는 방금 본 것을 상세히 말해 주었다.

"아주 정확하게 공처(空處)를 보셨군요. 이제 김 선생님은 성(性)으로는 초견성을 하신 겁니다."

"그럴까요?"

나는 아직 반신반의 상태였다.

"그 수많은 인물상들은 김 선생님의 전생의 여러 모습들입니다. 그만큼 많은 전생을 윤회해 오신 것을 말하여 주는 겁니다. 그런데 어떻습니까? 결국 인간은 생명이 다하면 숨을 거둡니다. 그렇게 되면 주검은 썩습니다. 썩으면 피와 살은 액체가 되어 결국은 바다로 흘러들고 뼈는 흙이 되고, 혼은 하늘로 올라가서 공(空)이 됩니다.

그러나 이 공은 아무것도 없는 그야말로 텅 비어 있는 공이 아니고 그 공 속에서 삼라만상이 생겨나는 그런 공이라 그런 말입니다. 이것을 가지고 진공묘유(眞空妙有)라고 하죠. 진공 속에 묘한 것이 있다는 말은 삼라만상이 다 그 안에 들어 있다는 뜻입니다.

이제부터 김 선생님은 보림(保任) 공부를 해야 합니다. 지금 김 선생님의 정신과 마음은 청아하고 맑고 고요하고, 만인을 사랑하는 관용지심이 생기려고 할 겁니다. 사람은 죽으면 흙이 되고 액체가 되고 기체가 되고 결국은 공(空)으로 화한다는 것을 깨닫게 해준 것입니다. 어떻습니까? 초견성한 다음에 호흡이 크게 바뀌는 것을 느끼고 계십니까?"

"네, 시간이 흐를수록 점점 운기가 활발해지는데요. 마음은 편안하고 고요하고 느긋합니다."

"그리고 모든 것이 사랑스럽고 그야말로 대자대비한 마음이 생기게 될 겁니다. 지금 깨닫고 얻으신 호흡이 몸에 완전히 배도록 하셔야 합니다. 성(性) 공부는 불교만큼 완벽한 것이 없습니다. 십우도(十牛圖)가 그것을 아주 명확하게 보여주고 있습니다.

1단계에서는 소를 찾아 나섭니다.

2단계에서는 소가 지나간 흔적을 봅니다. 여기서 소는 본성(참나)을 말합니다.

3단계에서는 소를 봅니다.

4단계에서는 소를 붙잡습니다.

5단계에서는 소를 기릅니다.

6단계에서는 소를 타고 집으로 돌아옵니다.

7단계에서는 소를 찾았다는 생각을 지워버립니다.

8단계에서는 찾은 소와 나 자신을 전부 다 지워버립니다. 즉 공이 되는 겁니다. 이것이 지금 김 선생님이 도달한 자립니다.

9단계에서는 근본으로 돌아갑니다.

10단계에서는 시장 바닥으로 들어가 종횡무진으로 진리의 바퀴를 돌리는 것을 입전수수(入廛垂手)라고 합니다.

사공처(四空處)로 말하자면 앞으로 식처, 무소유처, 비비상처 세 단계가 남아 있습니다. 이것을 역학(易學)으로 풀면 어떻게 되는지 살펴보겠습니다. 역학에는 태소(太素), 태시(太始), 태초(太初), 태역(太易)

네 단계가 있습니다. 여기서 태소는 물질을 말합니다. 인간으로 말하면 육신을 말하구요. 태시는 액체를 말하고 태초는 기(氣)를, 태역은 공을 말합니다. 다시 말해서 태소는 질(質), 태시는 형(形), 태초는 기(氣), 태역은 공(空)을 말합니다.

도교로는 인법지(人法地), 지법천(地法天), 천법도(天法道), 무위자연(無爲自然) 즉 도법자연(道法自然)이 있는데, 바로 김 선생님은 지금 도법자연의 상태에 와 계십니다. 다시 정리해 드리면 역학으로는 태역, 도교로는 도법자연, 불교로는 공처 단계에 와 계십니다. 무위삼매까지는 물질의 단계이고, 무념처삼매까지는 기(氣)의 단계이고, 공처부터는 공(空)의 단계입니다.

현묘지도는 원래 유불선을 다 포함하고 있습니다. 여기서 말하는 선(仙)은 도교를 말합니다. 그러니까 도교로서는 노자의 『도덕경』, 유교의 『주역』, 불교의 『팔만대장경』 같은 책들을 두루 섭렵하시는 것이 좋습니다. 그래야만이 이 세상의 어떤 종교에도 막히지 않습니다."

"기독교는 서선(西仙)이라고도 하죠. 유불선의 선(仙) 속에는 기독교도 응당 포함되겠죠?"

"정확합니다."

"그러니까 이 지구상에 존재하는 모든 종교와 심신 수련법을 전부 다 총 망라해야 된다는 말이 되겠군요."

"정확합니다."

"잘 알겠습니다. 이제부터 공부도 많이 해야 되겠군요."

"정확합니다. 저는 천지인삼매 후 꼭 5년 만에 공처를 보았는데 선생님께서는 꼭 8일 만에 보셨습니다. 대단하십니다."

오후 4시 50분에 공처를 본 뒤 6시에 호흡이 또 한 단계 높아지더니 7시에는 그보다 더 크게 호흡이 바뀌었다. 공처를 실감했다.

1993년 1월 11일 월요일 −5∼2℃ 구름 조금

오전부터 식처 화두를 틈나는 대로 염송하기 시작했다. 이것은 나 자신의 출처(出處)를 알아내는 수련이다. 오후 4시 30분부터 5시 10분 사이에 집중적으로 식처 화두를 계속 암송하자 곧 입정 상태에 들어갔다. 아주 낯익은 듯하면서도 확실한 기억이 없는 초목이 우거진 완만한 산과 밭과 숲과 초가가 있는 농촌 풍경이 나타난다.

그런데 사람의 그림자는 보이지 않는다. 직감적으로 내가 태어난 고향 산천이고 초가라는 생각이 들었다. 나는 두 살 때 출생지인 경기도 개풍군 영북면 길상리 82번지 고향을 떠났으므로 구체적인 기억은 없다. 정겨운 고향의 풍경이 잠시 보이고 나서 내 몸이 갑자기 하늘로 붕 떠오른다. 고향산천이 눈 아래 굽어보인다. 나는 점점 더 하늘 높이 떠올랐다. 땅 위의 모습들이 아득하게 멀어져 간다.

자꾸만 하늘 높이 떠오르자 거대한 지구가 천천히 회전하는 것이 눈 아래 내려다보였다. 뒤이어 나는 마치 유영하는 우주인처럼 공중에 떠서 눈 깜짝할 사이에 다른 천체로 이동했다. 생전 처음 보는 수없이 많은 천체들을 두루 섭렵하고 있는데, 갑자기 인당에서 "○○!"하는 외마디 외침 소리가 들렸다. 나는 그 뒤에도 계속 드넓은 우주공간을 헤매다가 지상으로 돌아왔다. 그 뒤 인당으로 하얀빛이 계속 들어왔다.

잠시 후, 진허 도인으로부터 내 수련을 점검하려는 전화가 걸려 왔다. 내가 방금 겪은 얘기를 듣고 나서 그는 물었다.

"분명 인당에서 ㅇㅇ! 하는 소리를 들었습니까?"

"네, 분명 들었습니다. 그런데, 아주 짧은 순간에 들린 외마디 소리였습니다."

"원래가 깨달음은 일찰라에 오는 겁니다."

"분명 그 소리를 들으셨죠?"

"물론입니다."

"그럼 됐군요."

"뭐가 말입니까?"

"식처는 다 됐습니다."

"그렇습니까? 그럼 다음엔 뭘 해야 됩니까?"

"무소유처로 넘어가야죠. 그런데 너무 빨리 진행이 되니까 좀 싱거운 생각이 드는군요. 저는 스물두 살에 수련을 시작해서 스물일곱에 공처를 끝내고 8년 뒤인 서른다섯에 식처를 마쳤거든요. 그런데 선생님께서는 제가 8년 동안에 한 것을 불과 하루 사이에 마치셨습니다. 대단한 그릇입니다. 그렇다고 해서 보림 공부를 소홀히 할 수는 없는 일이니까, 앞으로는 보림에 힘써주셔야 하겠습니다."

"보림이란 무엇을 말하는데요."

"참선에서 쓰는 용어인데요. 한 단계의 수련을 마치고 나서 그 공부의 기반을 다지는 것을 말합니다. 구도자는 바로 이 보림(保任) 공부가 아주 중요합니다. 어떤 스님은 초견성을 했는데, 너무 흥분을 해서 보림 공부를 착실히 하지 못하고 그대로 선방을 박차고 세상에 나와 돌아다닌 일이 있습니다. 그러자 공부는 거기서 끝나버리고 만 겁니다. 훌륭한 스승이 있었더라면 보림 공부를 계속하게 해서 다음 단계로 넘어가야 하는데 그 스님은 그것으로 공부가 다 끝난 것으로 착각을 하고 입전수수에 들어간 겁니다.”

“그럼 보림 공부를 할 때는 어떻게 해야 되는지요?”

“절대로 도술을 부려서는 안 됩니다. 누구의 백회를 열어주는 일도 하시면 절대로 안 됩니다.”

“난 이미 남의 백회를 열어주는 일은 2년 전부터 그만두었습니다. 그러나 내 앞에 와서 앉아서 얘기하다가 스스로 열리는 것이야 어쩔 수 없는 것 아니겠습니까?”

“그거야 어떻게 하겠습니까? 열릴 때가 되어서 열린 것인데. 그러나 도술을 써서 백회를 열어주는 일은 하시면 안 됩니다.”

“그런 일은 하지 않습니다. 단지 스스로 열린 사람만 통로를 터주고 끝마무리를 해줄 뿐입니다.”

“그리고 기를 보내고 받는 일도 일체 하시면 안 됩니다.”

“그 일도 이미 하지 않은 지 오래되었습니다.”

“그리고 과음을 하시든가 누구와 심한 다툼을 벌이든가 주색잡기에 빠지든가 해도 안 됩니다.”

“그런 것과는 이미 인연을 끊은 지 오래됐습니다.”

“그리고 될수록 사랑과 관용을 베푸시고 습기(習氣)와 아상을 깨버려야 합니다. 자성(自性)은 보았지만 아직도 습기와 아상이 겹겹이 두꺼운 막을 이루고 자성을 감싸고 있어서 밖으로 빛을 내보내지 못하게 가로막고 있습니다. 그러니까 아상과 습기와 아집을 깨버려야 합니다."

"대자대비심을 길러야 한다는 말씀이군요."

"정확합니다."

"그럼 다음엔 보림 공부만 하면 되겠군요."

"너무 빨리 진행되어 나가니까 조금 브레이크를 걸어야겠습니다."

이리하여 잠시 속도를 늦추고 보림 공부를 하기로 했다.

저자 약력

경기도 개풍 출생
1963년 포병 중위로 예편
1966년 경희대학교 영어영문학과 졸업
코리아 헤럴드 및 코리아 타임즈 기자생활 23년
1974년 단편『산놀이』로《한국문학》제1회 신인상 당선
1982년 장편『훈풍』으로 삼성문예상 당선
1985년 장편『중립지대』로 MBC 6.25문학상 수상

저서로는 단편집『살려놓고 봐야죠』(1978년), 대일출판사, 민족미래소설『다물』(1985년), 정신세계사, 장편『소설 한단고기』(1987년), 도서출판 유림,『인민군』3부작(1989년), 도서출판 유림,『소설 단군』5권(1996년), 도서출판 유림, 소설선집『산놀이』①(2004년),『가면 벗기기』②(2006년),『하계수련』③(2006년), 지상사,『선도체험기』시리즈 등이 있다.

약편 선도체험기 4권

2021년 1월 20일 초판 인쇄
2021년 1월 30일 초판 발행

지 은 이   김 태 영
펴 낸 이   한 신 규
본문디자인   안 혜 숙
표지디자인   이 은 영
펴 낸 곳   글터
주소   05827 서울특별시 송파구 동남로 11길 19(가락동)
전화   070 - 7613 - 9110   Fax   02 - 443 - 0212
등록   2013년 4월 12일(제25100 - 2013 - 000041호)
E-mail geul2013@naver.com

ISBN 979 - 11 - 88353 - 27 - 9   03810   정가 20,000원
ISBN 979 - 11 - 88353 - 23 - 1(세트)